재외한인문학 예술과 치료

문학예술치료학회

지식과교양

▌머리말▐

문학예술치료학회는 2016년 7월 1일에 〈치유의 관점에서 본 재외한인 문학과 예술〉이라는 학술대회를 부경대학교에서 갖고 창립하였다. 학회를 창립한 취지는 우리 사회의 병리적 현상을 치유하기 위해 문학치료를 비롯하여 음악치료, 미술치료, 무용치료, 연극치료, 영화치료 등 다양한 장르의 예술치료가 널리 활용되고 있는 최근의 사회적 추세에 발맞추어 문학뿐만 아니라 다양한 예술 매체를 아우르는 '문학예술치료학'의 이론 정립이라는 시대적 요청을 학문적으로 적극 수용하고자 하는 데 있었다. 우리 학회는 지금까지 세 차례의 학술대회를 가졌고, 『문학예술치료』라는 학술지를 2016년 12월 말에 창간한 이후 현재 제3호까지 발간하였다. 이번에 발간하는 단행본 『재외한인 문학예술과 치유』도 그 연장선상에서 이루어지는 것이다.

그동안 재외한인 문학과 예술은 한인들이 이주한 지역을 중심으로 그 역사적 발전 양상과 작가 개인의 작품을 연구하는 것이 대체적 흐름이었다. 하지만 우리 학회는 이에서 벗어나 한 단계 더 성숙한 연구의 시점을 확보해야 한다는 필요성을 절감하였다. 그 첫 번째 시도를 '치유'라는 코드로 설정하게 된 이유는 우리 학회가 '치료'를 연구목적으로 삼은 '문학예술치료학회'라는 데에만 있는 것은 아니다.

왜 재외한인들의 문학과 예술을 연구하는 데 있어 '치유'라는 접근법을 취해야 하는 것일까? 그것은 모국을 떠난 재외한인들이 거주국에 정착하여 성공하기까지는 디아스포라 그 자체가 피할 수 없는 상처라는 것이 그들의 문학과 예술에서 드러났기 때문이다. 재외한인들은 새로운 거주국에서 주체가 아닌 객체로서 소외의식을 겪는가 하면, 주류사회에서 배제당한 주변적 존재로서의 열등감에 휩싸이고, 인종이나 민족이 다른 사회에서 가시적 또는 불가시적 차별을 겪는가 하면, 두 개의 문화 사이에서 정체성 갈등과 문화충격을 겪지 않을 수 없다. 모국을 떠난 한인들은 새로운 땅에서 보다 자유롭고 풍요롭게 살아가길 원하지만 새로운 사회는 그들의 주체적 삶을 박탈하고, 중심에서 배제하며, 그들을 주변적 존재로 몰아넣는다. 그리고 그들이 모국과 거주국 사이에서 겪는 정체성의 혼란과 문화충격은 피해갈 수 없는 갈등과 상처를 야기한다. 어쩌면 재외한인 문학과 예술은 자기표현을 넘어서서 이주민이라는 주변적 존재로서 그들이 겪은 상처를 드러내고, 그 드러냄을 통해서 상처를 치유해가는 자기 초월과 통합의 창작활동이라고 할 수 있을 것이다. 이로부터 치유라는 관점의 연구의 필요성이 제기되지 않을 수 없는 것이다.

이번 저서에 실린 11편의 논문들은 미국, 중국, 일본, 러시아, 호주 등에 흩어져 살아가는 재외한인들의 시, 소설, 드라마, 춤 등에 대해 치유의 관점으로 접근하고 있다. 필자들은 재외한인들의 디아스포라 경험에서 나타나는 트라우마와 그 치유의 양상 및 기능에 대해 깊이 있게 분석하고 있다.

제1부의 「재미 한인 시에 나타난 자기치료의 양상 연구 – 송석증 · 윤영범 · 석상길의 경우」(이승하), 「엑소더스, 그 시의 치유 양상 – 재

러 시인 리진의 경우」(김영미), 「재호 한인 시인의 치유적 글쓰기 - 이기순 시를 중심으로」(송주영)는 재미한인, 재러한인, 재호한인 시에 나타난 치유의 양상을 분석하고 있다.

제2부의 「「그늘의 집」의 장소와 산책자 그리고 치유」(송명희), 「해외 이민자 작품서사를 통해 본 혐오의 정동 - 제니스 Y. K. 리의 『피아노 교사』를 중심으로」(류진아), 「에코페미니즘 치유 관점으로 읽는 허련순의 소설세계 - 『바람꽃』을 중심으로」(김원희), 「재일한인의 상처 치유 과정」(조민경), 「김달수 소설 「박달의 재판」의 민족적 각성과 치유」(우남희)는 재일한인과 중국조선족 소설을 텍스트로 하여 한인들이 겪은 상처와 그 치유과정을 탐색한다.

제3부의 「치유의 관점에서 본 러시아 한인들의 한국 전통춤의 특징과 의미에 대한 연구 - 한국 전통무용단 "소운(小雲)"을 중심으로」(양민아), 「「남은 여생의 시련」을 통해 본 사할린 한인의 역사적 상처와 치유로서의 희곡 쓰기」(김남석)은 재러한인들의 한국전통춤과 사할린한인의 드라마를 중심으로 치유의 의미를 찾고 있다. 그리고 「영이록의 장애 화소와 그 의미」(권대광)은 조선후기 고소설 『영이록』을 중심으로 인물의 장애와 치유를 분석심리학의 관점으로 분석하고 있다.

이 책이 재외한인의 문학과 예술, 그리고 그들의 디아스포라로서의 삶을 이해하는 데 작은 도움이라도 될 수 있기를 바란다. 그리고 우리 학회는 문학예술 치료학의 이론 정립뿐만 아니라 임상치료에 대한 연구도 함께 수용하는 학회로서 더욱 발전해 나갈 것을 약속드린다.

2018년 5월 16일

문학예술치료학회 회장 송명희 씀.

| 목차 |

머리말 3

1부

• 재미 한인 시에 나타난 자기치료의 양상 연구
– 송석증 · 윤영범 · 석상길의 경우 | 이승하 11

• 엑소더스, 그 시의 치유 양상
– 재러 시인 리진의 경우 | 김영미 45

• 재호 한인 시인의 치유적 글쓰기
– 이기순 시를 중심으로 | 송주영 73

2부

• 「그늘의 집」의 장소와 산책자 그리고 치유 | 송명희 111

• 해외 이민자 작품서사를 통해 본 혐오의 정동
- 제니스 Y. K. 리의 『피아노 교사』를 중심으로 - | 류진아 147

• 에코페미니즘 치유 관점으로 읽는 허련순의 소설세계
-『바람꽃』을 중심으로 - | 김원희 171

• 재일 한인의 상처 치유 과정
-이양지의 「나비타령」을 중심으로- | 조민경 205

• 김달수 소설 「박달의 재판」의 민족적 각성과 치유 | 우남희 237

3부

• 치유의 관점에서 본 러시아 한인들의 한국 전통춤의 특징과 의미에 대한 연구 - 한국 전통무용단 "소운(小雲)"을 중심으로- | 양민아 281

• 「남은 여생의 시련」을 통해 본 사할린 한인의 역사적 상처와 치유로서의 희곡 쓰기 | 김남석 303

• 영이록의 장애 화소와 그 의미 | 권대광 339

1부

재미 한인 시에 나타난 자기치료의 양상 연구
−송석증 · 윤영범 · 석상길의 경우−

이승하

1. 서론

외국에 나가서 살고 있는 우리 동포의 수가 700만이 넘었다.[1] 이 가운데 미국에서 사는 이가 약 224만 명으로, 30%가 넘는다. 재중국 조선족의 수 258만 5,993명(36%)보다는 조금 적지만 재일동포의 수 85만 5,725명(12%)보다는 월등 많은 수치다. 우리 민족이 일제 강점기 전인 1863년부터 두만강을 넘어 만주와 연해주로 이주하기 시작했으므로 미국으로의 이민은 한국전쟁 휴전협정 조인 이후를 기점으로 삼는다면 지난 60여 년 동안 꾸준히, 아주 많이 이루어졌음을 알 수 있다. 단순한 계산으로는 매년 35만 명 이상이 미국으로 이민을 가야지 224만 명이 되기 때문이다. 재미동포는 대다수 로스앤젤레스, 샌프란

1) 외교부 발행 『외교백서』의 재외동포 현황표를 보면 2015년에 718만 4,872명으로 되어 있다. 여기에 불법이민자는 포함되어 있지 않다.

시스코, 뉴욕, 시카고, 워싱턴, 애틀랜타 같은 대도시와 이들 도시 인근의 교외에서 살고 있다. 미국의 이런 도시에서 동인지 성격의 문예지가 발간되고 있다.[2)]

다른 지역도 마찬가지지만 재미동포들은 경제적인 이유로 이민을 간 이들이 대부분이다. 아메리칸드림을 실현해보고자 이민 대열에 서 고국을 등지게 되었던 것이다. 자식의 교육을 위해 미국으로 이민 간 이들도 있긴 했지만 절대다수가 이 땅에서 경제적으로 어려움을 겪다가 미국은 땅도 넓고 사람도 많으니 기회가 많을 것이라는 희망을 가지고 새 출발을 해보고자 이민을 떠났다. '성공'의 의미가 반드시 경제적 여건이 좋아지는 것을 나타내는 것은 아니겠지만 일부는 성공했고 다수는 실패했다. 성공을 했다고 해서 고국으로 돌아가는 경우는 별로 없었고, 실패를 했다면 더군다나 고국에 갈 낯이 서지 않아 주저앉게 마련이었다.

이민 1세대가 겪는 가장 큰 문제가 언어 습득의 어려움에서 오는 문제였다. 이민자가 한국에서 아이(대체로 어리다)를 데리고 이민을 가면 그 아이는 1.5세대가 되는데 학교에서는 영어를 쓰고 집에 오면 한국어를 쓴다. 그런데 시간이 흐를수록 점점 집에서 영어를 사용하는 빈도가 높아지고 한국어 사용은 빈도가 낮아진다. 자연히 부모와 자

2) 미국에서 발간되는 한글 문예지의 수가 10종이 넘는데 그중 대표적인 것이 1982년에 창간되어 지금까지 결호 없이 발간해오고 있는 계간 『미주문학』이다. 로스앤젤레스에서는 사는 동포들이 미주한국문인협회를 만들어 발간해오고 있다. 1991년에 창간호를 낸 『뉴욕문학』도 수십 개의 성상을 쌓고 있다. 『시카고문학』과 『워싱턴문학』도 각 지역 동포들의 삶과 꿈을 담아 펴내고 있고, 애틀랜타를 거점으로 한 『한돌문학』도 있다. 미주이민문학회와 미주크리스천문학가협회에서 창립 24주년을 기념해 작품집 『미주이민문학』을 출간하기도 했다.

식 간의 대화 시간이 줄어들게 마련이다. 게다가 대다수 부모는 영세 상인의 삶을 살아가기 때문에 분주한 일과를 보내게 된다. 자식과의 대화 단절은 어쩔 수 없는 현상이었다. 한편 부모가 이민 간 이후 미국에서 태어난 2세대는 미국식 교육제도 아래서 자라나게 되므로 한국어 구사 능력이 현저히 떨어져 부모와 일상적인 대화가 이뤄지기 어렵다. 한 지붕 아래 살아도 조부 세대와 손자 세대 사이에는 언어 장벽이 가로놓이게 마련이었다. 각 가정마다 언어 습득에 관한 사정은 다를 것이고, 그중에는 두 나라의 언어를 모두 자유롭게 구사하는 이민 2세대가 있을 수 있겠지만 그런 경우는 드물 것이다. 즉, 이민을 가지 않더라도 세대차는 있게 마련이고, 이민을 감으로써 세대차는 언어 때문에 더욱 벌어질 것이라 예상할 수 있다.

창작자인 재미동포가 미국에서 한글로 된 문예지에 시를 싣는다는 것은 무슨 의미가 있을까. 이들의 자녀는 1.5세대 내지 2세대일 텐데, 대화가 원활히 이루어지지 않는 상황일 것이다. 그런데 할아버지와 할머니, 혹은 부모가 한글로 시를 쓰고 수필을 쓰고 소설을 쓴다. 이 행위야말로 자기위안일 것이다. 어떤 경우, 자기치료일 수도 있겠다.

이민자로서 의사소통의 어려움을 다룬 일련의 시는 일단 '치료'의 측면에서 살펴볼 수 있다. 시 치료(Poetry Therapy)란 용어는 시인이자 변호사인 그리퍼(E. Griefer)가 병원에서 약사 자원봉사 활동을 하면서 처음 사용했다고 한다.[3] 시 치료에 있어서 시의 문학적 완성도나 문학적 야망에만 집중하기보다는 시 텍스트를 활용하는 개개인이 겪

3) 최소영, 『문학치료학 이론과 실제』, 고요아침, 2016, 93면.

는 정서적 체험을 중요시하고 그것에 가치를 둔다고 한다[4]면 재미동포의 시 가운데 치료 기능을 보여준 예가 분명히 있을 거라고 본다.

대다수 재미동포는 네 가지 큰 어려움 속에서 살아가게 마련이다. 언어 습득의 어려움, 부모-자식 간 세대차에서 오는 어려움, 경제적인 어려움, 고국에 대한 향수가 그것인데 시를 씀으로써 자기치료를 할 수 있었을 것이다. 즉, 본고는 지향점이 달랐던 재미동포 시인 3명을 가려내 시를 매개로 하여 행한 자기치료의 방법을 찾아보고, 그들 작품의 의미를 논하고자 한다.

2. 본론

심리학자였던 블랜톤(S. Blanton)은 『시의 치료적 힘』이라는 책에서 시의 치료적 가치를 논했고, 영감을 주는 시어들을 사용하면서 처방적인 접근을 유지하였다.[5] 이 책은 아마도 현대에 들어 시의 치료적 기능에 대해 언급한 최초의 책일 것이다. 블랜톤에 이어 그리퍼는 1963년에 『시 치료의 원리』[6]라는 책을 펴냈다. '시 치료'라는 말이 이때부터 널리 퍼지기 시작하였다. 시를 씀으로써 저절로 마음이 안정되고 아픔이 치유된다면 시가 가진 이러한 순기능에 대해 널리 전파해야 할 필요가 있을 것이다.

1969년에 미국에서 시치료협회(APT)가 설립되면서 '시 치료'라는

---

4) 최소영, 위의 책, 93면.
5) S. Blanton, *The Healing Power of Poetry Therapy*. New York: Crowll, 1960.
6) E. Griefer, *Principles of poetry Therapy*. New York: Poetry Therapy Center, 1963.

말이 공식적으로 알려졌고, 1971년부터 매년 뉴욕에서 학회가 열리기 시작했다. APT는 1981년에 미국 시치료학회(NAPT)로 바뀌었고, 그 때부터 매년 미국 전역을 돌아가면서 학회가 열리게 되었다.[7] 이런 역사를 갖고 있는 '시 치료'를 우리나라에 적용시킬 경우, 마땅한 작품을 찾기가 쉽지 않다. 어느 정신병원에서 시 치료를 위한 프로그램이 가동되어 현장에서 창작된 시가 다수 있다면 연구를 해볼 수 있을 것이다. 그런 작품을 다수 수집하면 좋은 연구 결과를 도출할 수 있겠지만 현실적으로 쉽지 않은 일이다. 그래서 연구자는 재미 시인 중 시 쓰기의 방법론이 달랐던 3명의 시인을 골라 시가 어떻게 치료의 차원으로 나아갈 수 있는지 연구해보고자 한다. NAPT의 전 회장 미콜라스 마자(Nicholas Mazza) 박사는 시 치료의 모델이 다음 세 가지 요소로 구성된다고 했다.[8]

① 수용적/처방적 요소 : 치료에 기존의 언어를 도입하는 것
② 표현적/창조적 요소 : 내담자가 적극적인 글쓰기를 하는 것
③ 상징적/의식적 요소 : 은유, 의식, 옛이야기를 남에게 들려주는 것

본고는 이 세 가지 요소에 해당하는 재미동포 시인 셋을 골라서 어떻게 시를 통해 자신의 내상을 치료해나가는지 살펴보려고 한다.

7) 니콜라스 마자, 김현희 외 옮김, 『시 치료 이론과 실제』, 학지사, 2005, 30면.
8) 서경숙, 『분석심리학에 기초한 시 치료의 이론과 실제』, 한들출판사, 2012, 100면.

1) 우리말에 대한 애정 : 송석증

재미동포가 겪는 가장 큰 어려움은 '언어 습득'의 문제다. 이민 1세대는 한국에서 성인이 될 때까지 살다가 미국으로 간 이들이다. 이민 갈 때의 나이는 천차만별이지만 대체로 30~40대가 많다고 본다. 고교 과정, 대학 과정에서 영어를 공부했더라도 미국인과 제대로 대화할 어학 실력을 갖추지 못한 채 이민을 갔기 때문에 미국에 가서 엄청난 고생을 해야 한다. 미국인들이 한국에서 이민 온 이들과 대화를 할 때 인내심을 가지고 대해주는 경우는 거의 없다. 우리는 미국을 '우방'이라고 생각하며 호감을 갖고 있을지 모르지만, 미국의 일반 시민이 동양의 소국에서 온 유색인종 이민자들을 환대할 이유는 없다.

> 햄버그 먹은 것이 몇 개인가
> 왜? 아직도 치즈 맛이 역겨운지
> K타운 못 떠난 혀, 올림픽街에 머문 내 입맛
> 허리 쭉 펴고 보무도 당당히 입성했어야 할
> 주류사회 속, 결단코 무너짐이 없는 백인사회 앞에서
> 남루한 차림 맨발의 패잔병 같은 내 삶이
> 무릎 피딱지 아물지 못하게 변호하고 있다
> 오금 못 편 혀, 오그라들어 혀짜래기 되고
> 한때 유학생들 Dog Food 쇠고기 통조림으로 착각하듯
> 혼돈과 착각의 사막을 헤매는 내 새우잠이
> 어젯밤 팜 트리 허리 꺾은 바람에
> 꿈과 희망 시민권과 지긋지긋 영주권 날려 보냈다
>
> -「이민 애가」 전반부

30대 말인 1983년에 미국에 간 송석증 시인은 2006년에 이 시를 썼으니 23년 동안이나 고국을 떠나 있었던 셈이다.[9] 그 긴 기간 동안 시민권과 영주권을 받기 위해 적지 않게 애를 썼을 텐데 시적 화자를 내세워 "꿈과 희망 시민권과 지긋지긋 영주권 날려 보냈다"고 했다. 허리케인 때문인지("어젯밤 팜 트리 허리 꺾는 바람에") 사업체도 날리고 시민권과 영주권 획득에 실패했다는 것이다. 특히 "오금 못 편 혀, 오그라들어 혀짜래기 되고"란 시행을 보면 그간 미국인들과 소통하는 과정에서 갖은 어려움을 다 겪었음을 알 수 있다. "결단코 무너짐이 없는 백인사회"와 대조되는 것은 "남루한 차림 맨발의 패잔병 같은 내 삶"이다. 앵글로색슨족이 주축이 된 미국의 주류사회는 견고하게 성을 쌓은 채 한국에서 온 이민자의 입성을 허락하지 않는다. 그간 시인이 시민권과 영주권을 얻고자 노력하지 않았을까? 피눈물 나는 노력을 했을 테고, 무릎에 피딱지가 아무는 날 없이 힘들고 서러운 나날이었을 것이다. 영주권과 시민권을 받아야 온전한 미국인이 되는데, 그것이 결코 쉬운 일이 아닌 모양이다. 이 두 가지를 받는다는 것은 미국인이라는 자격을 획득했다는 뜻이다. 인종차별이나 신분차별의 굴레를 벗고 떳떳하게 미국에서 생활하고 자식 교육을 시킬 수 있는 자격을 얻는 것이 그렇게 어렵다는 뜻이다.

여기 머문 지 어언 23년 되었습니다

9) 송석증은 미국에 간 이후 1997년 『시대문학』을 통해 등단했다. 시집 『바다 건너온 눈물』 『내 콩팥이 혈액 정화를 거부했을 때』 『지시할 땅으로 가라』 『혼자 저녁 먹는 사내』 『늙은 황야의 유혹』 등을 펴냈는데 인용하는 시는 대개 『늙은 황야의 유혹』(문학의 전당, 2009)에서 가져온 것임.

공항에 내리고 다음날부터 문제가 된 혓바닥
뻣뻣한 혀끝 아직도 굳어 있습니다.
(…)
미국 머문 지 오래되어, 너무 오래되어
스스로 파진 구덩이, 내 마음 상한 덫
정말 두렵습니다.
빨간 루게릭 병에 신음하는 민족 앞에
바보들 난투극의 연속극
바보상자만 바라보고 서 있는 내가

-「미국에서」 부분

시인은 미국에 도착한 다음날부터 혓바닥이 굳어버렸고, 23년이 지난 지금도 혀끝이 굳어 있다고 한다. 우리는 흔히 '입이 안 떨어진다'는 말을 쓰는데 이 시의 화자는 23년이나 혀끝이 굳어 있으니 영어를 미국사람처럼 자유자재로 구사하는 것은 불가능하다. 화자는 또한 "미국 머문 지 오래되어, 너무 오래되어"라고 말하고 있다. 20년도 넘는 세월을 미국에서 보냈다면 그래도 미국에서의 삶에 꽤 익숙해졌을 터인데 시인은 "너무 오래" 미국에 머물고 있다고 한다. 이 말은 즉, 몸은 미국에 있지만 마음은 떠나온 고국에 가 있다는 뜻이다. "바람처럼 들려오는 고국 소식/ 듣기만 할 뿐 보지 못하는 비애 앞에 절망"하는 이유도 이방인이기에 느끼는 설움 때문일 것이다.

인종은 191개국 다 있지만
신분은 서류 한 장이 차별하고 시민권자, 영주권자

영주하는 사람들은 합법과 불법으로 체류되고
미 시민권은 누구나 미합중국의 성조기를 흔들게 함
자유와 평등 기회는 사내답게 살게 하지만
의무와 차별 막막함 함께 동거하는 사내가 많음
이민은 편리한 세상 풍요로운 나를 관리하지만
창 없는 감옥 속 빈곤한 나를 향수병자로 방치하기도 함

-「LAX의 경고」 종반부

LAX는 로스앤젤레스 국제공항의 코드명이다. 이 작품은 224만 미국 거주 한인의 고충을 대변한 것으로 보아도 무방할 것이다. 미국에 영주하는 사람들은 일단 합법 체류자와 불법 체류자로 분류된다. 삶의 터전을 마련한 시민권자는 "미합중국의 성조기를 흔들게" 된다. 미국이란 나라가 '자유와 평등', '기회'의 나라임에는 틀림없지만 '의무와 차별', '막막함'이 늘 따라다닌다. 또한 물질적인 풍요는 미국에 견줄 나라가 없겠지만 묘하게도 그런 미국이 "창 없는 감옥 속 빈곤한 나"로 만든다. 한 가지 예만 들면 미국에서는 술에 취해 밤거리를 비틀거리며 돌아다녔다가는 살해당할 수도 있다. 한국에서 살다가 미국으로 간 시인으로서야 자신을 "창 없는 감옥 속 빈곤한 나"로 표현하는 것이 당연한 일이다. 이런 시편을 보면 미국으로 이민을 갈 때는 미국이 약속의 땅이요 가능성이 무한정 열려 있는 희망의 나라로 알고 가지만 정작 가서는 '향수병자'가 되어 "창 없는 감옥 속 빈곤한 나"로 살아가게 되는 것이다. 송 시인은 영어를 자유자재로 구사하는 것을 포기하는 대신 우리말 연구자로 나선다.

골육 나누려 생살 찢어지는 아픔 감내한 사람
똥 묻은 속옷 빨아주는 유일무이한 사람
휘뚜루마뚜루 저지레해도 들떼놓고 타박 않던 사람
부천하고 자발없는 성정 에둘러 모르쇠하던 사람
잡살뱅이 살림살이 벌충하며 젖은 손으로
오체투지하며 살림하던 사람

-「조강지처」 부분

아내에게 바치는 헌사이기도 한 이 시 속에는 고생시켜 미안한 마음, 잘 해주지 못해 죄스런 마음, 내게 잘 해주어 고마운 마음 등이 담겨 있다. "댓잎처럼 파랗게 언 손 꼿꼿하게 희망 심던 사람"이라는 표현 속에는 화자가 좌절하거나 절망했을 때 옆에서 격려를 아끼지 않은 사람이 아내였다는 뜻이 내포되어 있다. 또한 험한 일 마다하지 않고 해내어 가장의 역할을 일부 떠맡았다는 뜻도 포함되어 있다. 21행으로 된 「조강지처」라는 시의 6행을 예시했는데 이 부분만 해도 '휘뚜루마뚜루' '저지레해도' '들떼놓고' '부천하고' '자발없는' '에둘러' '모르쇠하던' '잡살뱅이' 등 8개에 달하는 우리말이 나온다. 미국에서 활동하고는 있지만 모국어를 잘 갈무리하여 후손에게 물려주어야 하는 것이 시인 본연의 임무라고 생각하는지 송석증의 제5시집 『늙은 황야의 유혹』을 보면 느침, 똘기, 수통하다, 궤란쩍다, 사발허통, 언즉번죽, 어리마리, 들떼리다, 주니, 눈모시, 밑절미, 츠렁바위, 짓둥이, 겨끈내기, 더뻑, 도사리, 물한년하다, 던적스럽다, 답치기, 몽둥발이, 잦추다, 앤생이, 더그매 같은 순우리말을 시어로 사용함으로써 본격적인 언어탐구에 나선다.

송 시인은 미국에서 23년 이상 살면서도 언어 소통의 문제로 고충을 많이 겪었음을 여러 편의 시를 통해 알 수 있다. 30대 말에 영어를 잘 모르는 상태에서 이민을 갔으니 영어 구사는 아무리 애를 써도 한계가 있었을 것이다. 그래서 그는 시를 쓰면서 국내 시인들도 소홀히 하고 있는 순우리말 시어의 개발이라는 방법론을 찾아내어 시를 써 나가게 된다. 언어를 습득하는 과정에서 어려움을 겪고 있지만 미국에서 살지 않을 수 없게 되었고, 계속 힘들어하면서도 한국으로 돌아가는 것은 불가능한 일이 되었을 때 그가 취한 방법은 시 쓰기였고, 특히 우리말이 들어가는 시를 쓰는 것이었다. 「조강지처」의 내용을 허구가 아닌 사실로 간주한다면 송 시인은 아내에게 많이 의존하며 살아가고 있는 셈이다. 그에게 있어 시작 행위는 일종의 '한풀이'였던 셈이다.

로스앤젤레스에서 멀리 않은 곳에 있는 사막인 데스밸리(Death Valley)에 갔다 와 연작시 「사막에 들다」를 쓰는데, 다음과 같은 우리말을 구사하고 있다.

수통하다 : 부끄럽고 분하다.(「사막에 들다 1」)
궤란쩍다 : 행동이 건방지거나 주제넘다.(「사막에 들다 1」)
사발허통 : 주위가 막힌 곳이 없이 휑하게 터져 매우 허전함.(「사막에 들다 2」)
언죽번죽 : 조금도 부끄러워하는 기색이 없고 비위가 좋아 뻔뻔한 모양.(「사막에 들다 3」)
어리마리 : 잠이 든 둥 만 둥한 모양.(「사막에 들다 3」)
들떼리다 : 남의 감정을 건드려 덧나게 하다.(「사막에 들다 3」)
주니 : 1.몹시 지루함을 느끼는 싫증. 2.두렵거나 확고한 자신이 없어

서 내키지 아니하는 마음.(「사막에 들다 4」)

눈모시 : 잿물에 담갔다가 솥에 쪄 내어 빛깔이 하얀 모시. 백저(白苧).(「사막에 들다 4」)

이 가운데 연작시 제1편의 일부를 본다.

알몸 다 드러낸 채
오늘날도 창세기를 꿈꾸고 있는
모래밭에 들면 내 발길 자꾸 발목 빠지고
생각도 푹푹 모래에 묻혀 무릎 꺾는다
로마 병사의 채찍 맞은 자리 같은
저 붉은 산허리 드러난 상처 보니
아직도 선혈이 낭자한
내 영혼의 넝마 같은 죄 추레하고 수통하다

-「사막에 들다 1」 부분

데스밸리로 가면서 성경에서 읽은 내용을 떠올린다. 선인장의 가시를 보니 예수가 처형될 때 썼던 가시 면류관이 생각난 것이고, 사막의 붉은 산허리를 보고 로마 병사의 채찍을 맞으며 골고다 언덕을 걸어간 예수를 떠올려보기도 한다. 황야는 너무 고요하고 막막해 머리칼이 쭈뼛 서는데, 천국인지 지옥인지 독수리도 선뜻 내려서지 못하는 험한 곳이어서 예수가 숨을 거둔 골고다 언덕이 생각난 것이다. 사막은 아담과 이브가 쫓겨 내려온 곳이기도 하다(「사막에 들다 2」). 영어 습득을 위한 노력이 한계에 부닥치자 이렇게 시를 쓰면서 스스로 치료의 길을 모색한 것이다.

이는 니콜라스 마자가 말한 수용적/처방적 요소에 가깝다고 할 수 있다. 새 언어(영어)가 아닌 기억 속의 옛 언어(순우리말)를 도입하여 스스로 치료의 길을 모색해 간 경우로 송석증을 꼽아보았다. 언어 습득의 어려움에 부닥쳐 괴로워하고만 있던 그는 이렇게 시를 쓰면서 자신의 콤플렉스와 트라우마에서 벗어나려고 했던 것이다. 인간은 만 20세 무렵을 성인이 되는 시기로 보는데, 이때가 되면 자아 정체성이 확립되어 부모로부터 정신적 · 경제적 독립이 가능해진다. 그러나 송석증 시인 같은 이민자라면 사정이 달라진다. 이주한 나라의 문화와 언어를 새롭게 습득해야 하기 때문이다. 사전 학습과 정보 취득으로 어느 정도 적응력을 갖춘 이민자들이라 할지라도 문화 충돌은 큰 충격이 아닐 수 없다. 글을 매개로 삶을 표현하는 시인들이라면 더할 것이다. 언어를 다루는 이가 언어 운용을 제대로 못하는 것만큼 큰 핸디캡과 콤플렉스는 없다. 그래서 송석증 시인은 순우리말로 시를 씀으로써 정서의 안전을 꾀하는데, 이는 미국말을 네이티브 스피커처럼 쓸 수 없는 현실적 한계에 대한 내적 반발이자 자기치료의 한 방식이다. 미국인의 언어를 흉내 낼 때마다 흔들릴 정체성 대신 순우리말을 찾아내어 시어로 쓰면서 순우리말을 잘 구사하는 시인이 되려고 한 것이다. 미국어를 어설프게 구사하면서 당하는 낭패보다 우리말을 누구보다 풍성하게 씀으로써 자존감을 높이는 쪽을 택한 것이다. 송석증 시인은 이렇게 순우리말을 구사하는 시인이 됨으로써 자아를 강화해 나갈 수 있었다.

2) 고독을 잊게 하는 생업 : 윤영범

1967년생 윤영범은 대학 졸업 후 전자회사에 취직하여 안정된 직장생활을 하지만 IMF 구제금융의 위기를 맞이하자 중대한 결단을 한다. 근무하던 회사가 위기를 맞은 것을 인생의 전환점으로 삼아 이민 보따리를 쌌다. 1999년 8월이었다. 판단을 잘못했다는 생각이 들 정도로 미국에 가서 고생을 한다. 생선 도매를 시작으로 일식집, 이태리 식당, 식료품 가게를 차례로 열어 몸이 부서져라 열심히 일한다. 이민생활 어언 17년째, 지금은 약품 도매업을 하고 있다. 그런데 윤영범이 처음 한 일은 '생선 도매업'이었다. 애당초 자본금을 갖고 간 이민자였고, 영어도 어느 정도 구사할 능력이 있어서 바로 직업전선에 뛰어들 수 있었다. 첫 시집[10]의 시편들도 직업의식의 산물이다.

> 바다, 그 깊은 마을에선
> 사랑을 많이 할수록
> 등이 푸른가 보다.
> 볼록한 아가미로
> 서로의 등을 닦아주다 보면
> 사랑의 언어들이
> 비늘이 되어
> 굽은 등으로
> 푸르게 새겨지는가 보다.
>
> -「등 푸른 생선」 첫 연

---

10) 윤영범, 『등 푸른 생선의 꿈』, 문학나무, 2016.

왜 심해에서 살아가는 생선들의 등이 푸른가를 생각해보았다. "서로의 등을 닦아주다 보면/ 사랑의 언어들이/ 비늘이 되어/ 굽은 등으로/ 푸르게 생겨지는가 보다."라는 구절에 이르면 푸름이 '사랑'의 결과임을 알 수 있다. 그러나 그러한 등도 제2연에 가면 '이별'의 결과가 된다.

> 마흔을 넘어가는 가을
> 등이 점점이 가려워지는데
> 푸른 등일까 부끄러워
> 혼자서 거울 앞에 선다.
>
> -「등 푸른 생선」 끝 연

생선의 등이 푸른 것은 사랑과 이별을 많이 했기 때문이라는 시인의 상상력은 화자의 내면으로 귀결된다. "마흔을 넘어가는 가을"에 "등이 점점 가려워" "푸른 등일까 부끄러워/ 혼자서 거울 앞에 선다"는 상상은 결국 화자 자신이 등 푸른 생선과 다를 바 없다는 얘기다. 앞 연에서는 사랑의 결과였던 푸른색이 여기서는 뒤바뀌어 있다. '사랑'은 떠나온 고국에 대한 사랑이요 '이별'은 고국으로부터의 이별이 아닐까. 한창때는 서로 부대끼면서 살아도 짐짓 사랑의 몸짓으로 승화할 수 있지만 나이 들어 파랗게 된 등은 가려움증만 유발할 뿐, 그런 등을 긁어줄 상대도 없이 화자는 "혼자서 거울 앞에" 쓸쓸하게 서 있다. 화자 자신 등 푸른 생선이 아닌가, 착각하는 것은 "사랑의 언어들"과 "이별의 언어들"을 그간 너무나 많이 뱉어냈기 때문일 것이다. 등은 여전히 푸른색을 띠고 있지만 만남과 헤어짐이 다반사인 삶 속에서 시인은 똑같은 현상을 놓고도 사랑과 이별이라는 상반된 정서를 가질 수밖에 없는 우리의 삶을 들여다보고 있다. 이제 미주 중앙일보 신춘문예 당선작을 보자.

> 얼음 속, 줄지어 누워
> 서로의 상처를 덮어주고 있었다
> 넘은 파도 수만큼 돋아난
> 비늘을 곱게 두르고
> 어느 찬란한 바다 속에서
> 사랑을 하고, 이별을 하고
> 방황을 했을 그 심해의 수온을
> 기억하면서
>
> ㅡ비늘을 벗기고 배 따 주세요
> 어릴 적 짙은 들쑥 내음 같은
> 비린내 나는 나무 도마 위에서
> 비늘을 털기 시작했다
>
> -「생선가게 일기」 전반부

이 시에도 "어느 찬란한 바다 속에서/ 사랑을 하고 이별을 하고/ 방황을 했을 그 심해의 수온을/ 기억하면서"라는 구절이 나오는 것으로 보아 생선은 과거에 사랑을 했고 이별을 한 어떤 존재다. 같은 바다에서 놀던 다른 생선과의 사랑과 이별의 경험일 수도 있지만 삶의 터전인 바다와의 사랑과 그 바다를 떠나온 아픔이 어떠했을지 짐작케 한다. 손님에게 팔 생선을 손질하면서 화자는 생각해본다. 파도 하나를 넘을 때마다 돋아났을 거친 비늘을 벗겨내면서 그것을 곱다고 표현하는 것은 고통의 바다를 헤엄치던 물고기를 위로하는 마음이면서 지금 화자의 손에서 그 비늘을 벗겨내야만 하는 안쓰러움을 표현한 것이다. 손님의 주문으로 생선비늘을 털자 추억들이 우수수 떨어져 내린다.

> 갑자기 빛나는 추억들이 우수수 떨어지고
> 살며 주워온 부끄러운 껍질들도 떨어지고
> 말갛게 드러나는 알몸
> 배를 가르면 쏟아져 나올까
> 숨겨두었던 사랑이며 그리움들이
>
> 문득 소금기로 삐걱거리는 가게 문으로
> 파도가 밀려 들어와, 생선들은
> 얼음을 털고 일어나
> 작은 바다 하나를 만들고
> 난 새롭게 돋아날
> 푸른 비늘을 갖기 위해
> 하루 종일 파도를 넘었다
>
> -「생선가게 일기」 후반부

화자는 생선가게에서 일하며 생선 비늘을 벗기고 배를 가르는데, "숨겨두었던 사랑이며 그리움들이" 배를 가르면 쏟아져 나오지 않을까 생각해본다. 그리움이나 사랑 같은 정서는 누구에게나 언제나 부족한 정서다. 시인이라면 더 말해 무엇 하랴. 게다가 살던 터전을 떠나 머나먼 이국땅에서 어릴 적 바다냄새를 기억하며 생선을 팔고 있는 화자라면 그 마음이 얼마나 간절하겠는가. 그리하여 "새롭게 돋아날/ 푸른 비늘을 갖기 위해/ 하루 종일 파도를 넘"어 상상력의 세계 혹은 환상의 세계로 날아가는 것이다. 그것은 시의 세계다. 생업에 충실한 가운데 화자는 다른 세상을 꿈꾸게 된다. 뉴욕의 플러싱(Flushing, 시인이 사는 뉴욕의 동네 이름이다) 골목 코너에 새로 생긴 '뉴욕 포장마차'에 가서는 오랜만에 취해본다. 미국에서는 야심한 시간에 취해서 거리를 배회하면 강도에게 돈을 털리기 쉽다지만 한국에서는 포장마차에서 밤새 술 마시는 일이 조금도 부자연스런 것이 아니다.

포장마차 안은 오직 떠나온 자들의 고된 꿈을
용서하는 곳이니
주머니 속 너절한 아메리카 드림
휴지통에 구겨 넣고,
오늘은
비틀거리는 꼼장어에,
초겨울 뉴욕의 오뎅 국물에,
가슴속 숨어 있는 아련한 첫사랑에
붉게 취하라 모두들.

-「뉴욕 포장마차」 후반부

미국에서 살아가는 한국인 이민자들이어서 그런지 "Made in Korea 붙은/ 참소주 병을 목탁처럼 두들겨 가며" 마시고 취한다. 그들이 꾸었던 꿈이 왜 "고된 꿈"이며 아메리카 드림이 왜 "너절한 아메리카 드림"일까. 돈도 웬만큼 벌어 생활은 안정되었을지라도 (대개는 그렇지도 않다) 미국에서의 삶은 팍팍하다. 특히나 한국에서는 버스 한두 번 타면, 지하철 몇 정거정만 가면 친구나 친지를 만날 수 있지만 미국에서는 승용차를 타고 수십 킬로미터를 가야 지인을 만날 수 있다. 밤 문화가 없으니 친구들과 술추렴하기도 쉽지 않다. 돈을 안 벌면 괴로운 나날이고 돈을 벌어도 외로운 나날이다.

> 열 살 아들이 전화를 했다.
> "아빠, 나 hair cut했어."
> "응, 잘했어. 이따가 보자."
>
> 늦은 밤 집에 들어가
> 잠든 아이의 머리를 쓰다듬는다.
> 그러다 가슴이 아련해 오면
> 내 가슴을 대신 쓰다듬는다.
>
> 쏟아져 들어오는 별빛으로
> 눈이 따끔거리고,
> 가슴도 따끔거리고
>
> 머릿결처럼 고운
> 아이의 꿈 옆으로
> 고단한 잠자리를 편다.
>
> -「뉴욕 일기」 전문

이 시에서 우리가 알 수 있는 정보는 부자가 함께할 시간이 거의 없다는 것이다. 밤늦은 시간에 귀가하니 아들은 잠들어 있고, 가장은 잠든 아이의 머리를 쓰다듬는다. 그러더니 아이 옆에서 잠이 든다. 아내는 어디에 있는 것일까. 아이는 아빠랑 얘기를 하고 싶어서 전화를 했는데 한 말이란 것이 "아빠, 나 hair cut했어."가 전부다. 부자가 같이 자고 있지만 참 쓸쓸한 풍경이다. 뉴욕 플러싱에 있는 한양서점에서 시집을 한 권 사 들고 나오면서 시인은 인천에서의 지난날을 추억한다.

새들이 떠나온 둥지 속의 적막함, 나무 새순이 트는 새벽의 고요함,
봄비에 젖던 옛 애인의 청치마, 자유공원을 날던 비둘기 떼,
희끗거리는 귀밑머리, 노던 블러바드 담벼락의 뜻 모를 낙서들.
긴 봄 풍경 모두가 젖어서
따뜻한 오후입니다

－「일요일 오후」 부분

어느 봄날 일요일 오후, 비가 내리고 있다. 시인은 노던 블러바드 담벼락의 뜻 모를 낙서를 보고 있는데 눈앞을 스치는 것은 "비에 젖던 옛 애인의 청치마"와 "자유공원을 날던 비둘기 떼"다. 몸은 뉴욕에 있는데 마음은 인천 자유공원에 가 있다. 그래서 "가슴에 멍 같은 샘물 하나 생겨"나는 것이고, "집으로 오는 길"에 "그 샘물에 많은 것들을 비워보는" 것이다.

겨울 눈이
하늘에서 땅으로 이민을 왔다.

공항으로 마중을 나간다.
모든 세상이 신기한 눈은
아내와 아이들을 연줄 달고 펄펄 내려와
맨해튼의 세탁소를 덮고
브롱스의 델리 가게를 덮고
브루클린의 생선 가게 지붕도 덮는다.
겨울 동안 눈은 꿈꾼다.
빛나는 겨울 햇빛과 바람을 만나
아름다운 은빛 한 생을 보내고
따스한 봄이 세상에 돌아온다면
후회 없이 하늘로 돌아가겠노라고.

-「눈 2」 전반부

이 시는 뉴욕에서 이 가게 저 가게 하면서 본 눈, 그 눈 내린 날의 기억 속 풍경화다. 이국에서의 생활이라는 것, 즉 한 가족이 낯선 곳에서 살아간다는 것은 참으로 고달픈 일이다. 비가 오나 눈이 오나 가게 문을 열어야 한다. "하늘에 남아 있는 부모들"과 "세상 어디론가 떨어질 자식들"을 생각하며 교회의 벤(ben)을 탄다. 차 안에서 보는 눈 내리는 바깥 풍경, "그렇게 눈 오는 새벽 플러싱은/ 아프게 고요하다." 이민자의 고독이 물씬 풍기는 겨울 맨해튼 풍경이다. 하지만 윤영범은 그래도 이민자로서 성공한 케이스다. 자신의 삶과 생업을 적극적으로 이야기하는 것에서 이 점을 알 수 있다. 시집에는 한국에서의 추억담도 많이 전개되고 있지만 이와 같이 미국에서의 삶의 이모저모, 즉 일상을 다룬 시가 여러 편 나오는데, 이는 송석증과는 판이하게 다른 면이다.

윤영범의 시는 마자가 말한 시 치료의 세 가지 모델 중 표현적/창조적 요소에 속한다. 이민을 이왕 온 이상 적극적으로 살아보려고 하는 생활태도가 시에 어느 정도 나타나 있는데, 이 또한 시로써 자신의 외로움을 달래는 한 방법이 될 수 있다. 「눈 2」에서 시인의 이런 자세를 상징적으로 표현하는 시어가 "후회 없이"이다. 눈이 와 녹지도 않고 있지만 봄이 오면 "후회 없이 하늘로 돌아가겠노라고" 한다. 화자도 저 눈처럼 이민 와서 열심히 생업을 꾸려가다가 때가 되면 후회 없이 하늘나라로 가겠다는 마음이 이 구절에 잘 나타나 있다. 윤영범 시인은 한 마디로 적응력이 강한 시인이다. 인간은 어떤 문제와 직면했을 때 각자 상이한 태도를 취한다. 이것이 곧 그들의 삶의 방식이 된다. 윤영범 시인의 경우, 대안이 없을 때는 눈앞에 놓인 문제부터 해결하고 보는 현실주의자다. 주어진 환경을 벗어날 수 없고, 그것이 자신의 선택이라면 그에 대한 책임을 스스로 완수해 나가는 유형이다. 우회하는 길보다 눈앞에 놓인 길로 곧장 나가면서 고뇌와 걱정을 자신의 삶으로 받아들여 내적 언어로 승화한다. 그래서 윤영범 시인의 시에서는 삶의 냄새가 강하게 풍긴다. 현실의 아픔이 없다면 시도 쓰지 못했을 것이다. 그런 점에서 윤영범 시인의 시는 창조적 행위의 결과물이라고 할 수 있다.

3) 고향에 대한 추억담 : 석상길

석상길 시인은 1972년에 도미하였다. 우리 나이 서른다섯 살에 큰 꿈을 가슴에 품고 미국행 비행기에 몸을 실었다. 1980년 이후 미주 발간 교포신문에 시와 수필을 발표하며 작품 활동을 시작한 그는 국내 시단에는 1994년에 정식 등단하였다. 생시에는 시집을 내지 못했고, 유고시집이 나왔는데 시집의 소재가 대체로 고향이요 주제는 수구초심이다.[11)]

구구구
비둘기의
서러운 울음 속에
때깔 낀
큰 머슴의 꼬장바지가
해렴해렴해지면
깊어져 가는
9월의 고향 가을

지친 황소놈은
지금쯤
고삐 멘 대추나무를
비잉빙 돌며
늦가을을 새김질하고 있겠지

-「고향의 9월」 전반부

일제 강점기 때인 1938년 경북 자인에서 태어난 석 시인은 40년대 전반기의 일제 수탈과 한국전쟁과 전후의 궁핍을 몸소 겪었을 테지만

11) 석상길, 『어느 날 돌이 내 곁에 와 있었다』, 아침향기, 2015.

시에서는 가난 이야기를 직접적으로 하지 않는다. "비둘기의 울음 속에/ 큰 머슴의 꼬장바지가/ 해럼해럼해지면/ 깊어져 가는/ 9월의 고향 가을"로 살림살이의 어려움을 경상도말로 빙 돌려서 이야기하다가도 시의 후반부에서는,

마악 올린
노란 새 지붕 이엉에는
따가운 늦가을의 태양만큼이나
빨간 고추말름들
하얗게 동그란
보름달 닮은 박들이
넝쿨 사이사이 잠들고
뜰 앞에 넙죽이
삽살개 한 마리
머엉 멍 보름달을 짖고 있겠지

하면서 그 시절 시골마을의 정경을 아름답게 그리고 있다. 시인의 뇌리에 남아 있는 고향은 다시 가보고 싶은 정겨운 곳, 언제나 그리운 곳이다. 이 마을의 정경이 이발소에 걸려 있는 그림 같다고 해서 이 정경을 유치하다고 해서는 안 된다. 시골마을의 푸근한 정경은 시인의 마음에 40년 넘게 드리워 있는, 맛이 변하지 않는 서늘한 샘물 같은 것이기 때문이다. 시인은 감 하나를 먹어도 "고향을 잃은 사람들만이/ 음미할 수 있는/ 단감이랑 홍시의 감칠맛"(「가을 맛 감 맛」)이기에 "감 맛보다 더 깊은/ 잃어버린 세월들을/ 반추하는" 것이다. 향수가 사무

쳐 오히려 역설적으로, "보릿고개나/ 말라빠진 갈치 꽁지의/ 쓴 추억을 외면하면서/ 자꾸 향수를 잊는 연습을 한다"(「향수 잊기 연습」). 그 옛날 '보릿고개'는 시인에게 가슴 아픈 기억임에 틀림없다.

춘삼월
보릿고개를 넘듯
딸 하나에도
무게를 느끼는
불혹의 언덕을
나는 외롭게 넘고 있다
되돌아보는
하 많은 세월들의 할퀌에
어제도 그제도
잠을 설치는 날이 잦아지고
새벽이 하얗게 밀려올 때쯤
잃어버린 세월들을
제 몫만큼이나 큰
또 하나의 새로운
세월들을 잉태하고 있다

-「불혹 이후 1」 전문

나이 마흔을 넘기고 나서 쓴 시일 것이다. 미국에서의 고생은 형용할 말이 없었을 것이고, 다만 "되돌아보는/ 하 많은 세월들의 할퀌에/ 어제도 그제도/ 잠을 설치는 날이 잦아지고/새벽이 하얗게 밀려올 때쯤/ 잃어버린 세월들을" 하면서 회한에 사로잡혀 지난 시절을 통틀어

"잃어버린 세월"이라고 한탄한다. 이역만리에서 살아가는 자의 고난과 고독이 뼈저리게 느껴진다. 한인 타운에 가서도 시인이 찾는 것은 고향의 맛이다. 팔도 사투리를 들으면 반갑기 짝이 없다. 시인도 '정다운' 경상도 사투리로 말을 한다.

송편하며 인절미 시루떡
순댓국 파전하며 해장국으로
잃어버린 고향의 맛을 찾자

노랑머리 파란 눈에 찌든 시력도
까망머리 노랑 피부로 헹구어 내자

주고받는 따스한 시선 낯익은 얼굴들
정다운 사투리 팔도 사투리로
서툴러 껄끄러운
우리말도 되씹어 보자

-「한인 타운」 중반부

우리들 삶의 과정에서 부모자식간, 형제간, 이웃간, 인척간, 동료간의 '정'을 빼면 얼마나 삭막하고 건조해질까? 절해고도의 로빈슨 크루소나 대인국에 간 소인 걸리버와 다를 바 없을 것이다. 시인은 가족과 함께 살지 못했던 것일까. "거의 서너 주일 만에/ 아내가 집에서 잠을 잔다// 남편이 있는 둥 마는 둥/ 아무 상관없이 곤히 잔다"(「아내」)고 하기도 하고 "어머님/ 당신께서 보내주신/ 씨레기국을 마시다가/ 그만 눈물도 함께 말아 먹었"(「어머니 1」)다고도 한다. 자세한 내용은 알 수 없지만 미국에서 시인은 외로움을 많이 느끼며 살아갔던가 보다. 어느 날 태평양을 보면서 귀 하나가 조국에 있어 나는 지금 귀를 하나만 갖고 산다고 말하기도 한다.

빅서의 피닉스 가게
뒤뜰에 서서 바라보는 태평양

거기가 저기 즈음이지 아마
파도 소리에 귀 기울이다가

댕 댕 댕…… 종을 친다

종소리가 귀를 데불고
바다를 건너갔다 왔다

만져보니 귀가 하나 없다

귀 하나는 거기에
남은 귀는 여기에

내 귀는 반 고흐의 외귀

－「반 고흐의 외귀」 전문

고흐가 귀를 자른 것은 정신병증 때문이었겠지만 시인은 귀를 고국에 두고 와서 남은 귀 한쪽을 갖고 살아가고 있다고 한다. “내 귀는 반

고흐의 외귀"라는 구절은 달리 말하면, '내 몸과 마음의 반쪽은 태평양 저쪽 고국에 가 있다'는 뜻이다. 외로움과 그리움은 평범한 이민자인 석상길에게 펜을 쥐어주었을 것이고, 평범하지 않은 시를 쓰게 했을 것이다. "마디 굵은 엄지보다/ 잃어버린 손금보다/ 더 서럽고 고된 것은/ 고갈되어 가는 시심의 샘"(「시와 생활 사이에서」)이며, "퍼내어도 퍼내어도/ 다시 채워지는/ 시심의 샘물"(「사진 박다」)이다.

오늘도
나는
태평양의 어느 한 바닷가에서
조국을 줍는다
우정의 종각에
석양이 걸리면
동해의 내음

그리고 울릉도가
저만치
수평선에 어른거리고
조용히 파도의 선율 따라
조국의 사연 사연들이
휩쓸어 온다.

정다운 숱한 사연, 그 내음들……
오늘도 나는 두고 온 조국을
한아름 안고

11번 FWY를 달린다.

-「수석 일기」 전문

태평양 바닷가를 돌아다니며 주운 것은 '조국'이었다. 석 시인은 그 바닷가에서 동해의 냄새를 맡았다. 고개를 돌리면 "울릉도가/ 저만치/ 수평선에 어른거리고/ 조용히 파도의 선율 따라/ 조국의 사연 사연들"에게 귀를 기울이곤 했다. "정다운 숱한 사연/ 그 내음들"은 이민의 대열에 서기 전, 조국에서 맡았던 온갖 사연들, 냄새들이었을 것이다. 미국에 가서도 관심은 늘 조국의 안위와 발전이었다. 석 시인은 "두고 온 조국을/ 한아름 안고" 11번 FWY를 달려 돌아온다. 고향에 갈 수는 없고, 향수를 달래려는 한 방편으로 석상길은 수석을 모으는 일에 나섰음을 말해준다. 아마도 그는 돌을 찾으면서, 돌을 모으면서, 고향과 고향사람들을 생각했을 것이다.

친구여
우리 살면 얼마나 산다고
세월을 서둘러 살지 말게나

길섶의 돌멩이에도 사랑의 눈길 주고
사랑은 손길로 쓰다듬어 주렴

하면 돌도 너에게 천상의 언어로
말을 걸어올 거야

서로 손 마주잡고

지상낙원으로 동행하세

-「돌 15」 후반부

무기물인 돌과 유기체인 인간이 친구가 되었으므로 이를 일러 물아일체라고 할까 자연귀의라고 할까. 시인은 신기한 돌을 찾아서 미국 이곳저곳을 돌아다니며 외로움을 달랬을 것이다. 하늘과 땅을 벗삼아 순례하면서 마음을 다스리고 시상을 떠올렸을 것이다. 수렵은 짐승의 목숨을 빼앗는 것을 취미로 삼는 것이요, 골프는 사색을 도무지 허용하지 않는 운동이다. 그렇지만 수석은 돌을 친구로 사귀게 하고 우주의 섭리를 깨달을 수 있게 한다.

"보이는 듯 안 보이는 듯 살다 보니까
시가 쓰여지더라"는 어느 시인의 말대로
돌은 내가 이 세상에 있는 듯 없는 듯
반존재의 투명한 인간으로 살면서 자꾸 사랑의
눈길을 돌리다보니 어느 날 외롭게 보이는
나에게 친구로 다가온다.

계절마다 돌밭에서 허리를 구부리고 돌에
문안드리며 한 삼천 배 절하고 나니
석신(石神)은 옜다 여기 있다 하고
일생일석(一生一石)의
명석 한 점 점지하신다.

-「돌 17」 후반부

깨뜨리지 않는 한 돌은 오래오래 제 형태를 유지한다. 박물관의 미라를 보면 인간의 육신이 천년 뒤에까지 남기도 하지만, 물질로 이뤄진 인간의 육신이 물과 바람, 공기와 흙으로 돌아가는 데에는 많은 시간이 필요치 않다. 돌을 찾아다니는 세월이 길어지자 오히려 돌이 화자에게 와서 친구가 된다. 석신이 인도하는 참선을 통해 열반의 경지에 들 수도 있다. 석신이 선물한 일생일석의 명석 한 점은 시인에게 죽을 때까지 변치 않는 친구가 된 것이 아닐까. 인간은 죽어 지상에서 사라지지만 돌은 여전히 남아 있을 것이다. 시인의 돌을 사랑하게 된 연유가 보다 확실하게 설명되어 있는 글이 이 시집의 부록이라고 할 수 있는 유고 산문이다. 시인의 수석 취미가 모으는 것에 그치지 않고 어느새 돌 사랑으로 바뀌었다. "돌 사랑은 도를 닦는 일"이었기 때문이다. 돌을 신의 장난감이라고 한 묘사가 무척 재미있다. 그의 성씨도 석(石)이다.

이 시인의 경우, 마자가 말한 것 중 상징적/의식적 요소에 해당한다고 볼 수 있다. 인간에게는 기억을 환기시키는 어떤 상징물이 반드시 있게 마련이다. 삶의 긍정요소로 또는 부정요소로 작용하는 그것은 인간의 무의식을 부단하게 자극한다. 석상길 시인의 경우는 돌이 긍정요소로 작용한 경우다. 마음에 드는 돌 하나를 찾아낼 때마다 시인은 고국 땅의 어느 지명과 사물들을 추억하면서 현실의 억압기제들을 하나씩 해소하게 된다. 계속해서 과거를 반추하면서 옛날이야기를 독자들에게 들려주는 것으로 자신의 외로움과 그리움을 달래고 있는 것이다. 모든 과거지사, 특히 고국에서 있었던 일을 떠올리게 하는 강렬한 상징기제가 바로 돌이다. 석상길 시인은 자신의 기억 깊숙이 들어 있던 것들을 들춰내어 미지의 독자들에게 이야기를 들려주는 것으로써 시 치료의 방법을 찾아낸 경우다. '수석'은 분명히 무정물이지만 과거의 길고긴 시간을 간직하고 있는 상징물이라고 볼 수 있다. 시를 쓰면서 과거지사를 줄곧 이야기하고, 돌을 찾아다니면서 그는 조국에 대한 향수병을 애써 달랬던 것이다.

3. 결론

송석증, 석상길 시인의 경우를 보면 그가 어느 연령대에 이민을 갔느냐가 대단히 중요하다는 것을 알 수 있다. 30대 중 · 후반에 가면 아무래도 영어 구사 능력에 한계가 있을 것이다. 그래서 송석증은 우리말 탐구에 나선 것이고 석상길은 고향을 마음으로 찾아가는 수석 탐사를 하는 것으로 허전한 마음을 달랬던 이다. 특히 생활의 어려움(생활고)이 자심할 때, 시 쓰기는 좋은 심리적 치료 방법이 될 수 있음을 이상 세 시인의 경우가 보여주고 있다.

지금까지의 내용을 다시 정리해보면, 치료에 기존의 언어를 도입한 예는 우리말 시어 구사에 나선 송석증이 보여주었다. 새로운 문화와 언어에 완벽하게 적응하지 못해 이방인일 수밖에 없는 자신을 순우리말을 잘 구사하는 시인으로 정립함으로써 외국어를 완벽하게 구사하지 못하는 불안으로부터 자아를 보호한 경우다.

정신적 트라우마가 있는 내담자가 적극적인 글쓰기를 하는 예는 윤영범의 시가 보여주었다. 어릴 적에 내면화된 정신적 외상은 성인이 된 후에도 현실의 표면으로 돌출하여 현실생활을 공포와 불안으로 몰아가기 마련이나 윤영범 시인은 이를 극복하기 위한 대안을 시 창작에서 찾은 경우다. 그는 일에 몰두함으로써 이민자의 고독을 떨치려고 애를 썼다. 돈은 제법 벌게 되었지만 아들과 대화하는 시간도 내기 어렵게 되었고, 친척과 친구들과도 멀어짐으로써 고독감이 엄습하였다. 그래서 더욱 열심히 일을 하였고, 이런 내용이 시에 잘 나타나 있다.

옛이야기를 남에게 들려주는 시의 예는 석상길 시인이 보여주었다. 한 사람의 과거사는 옛이야기 이상의 의미를 갖는다. 그것은 그에게 원형의 공간이자 시간이다. 그것에 대한 이해 없이는 시인의 존재를 완벽하게 이해하는 일도 불가능하다. 그는 고국과 고향에서 있었던 일을 줄기차게 회상함으로써 향수를 달랜 시인이다. 미국에서 그는 수석을 했는데 돌을 찾아 산야를 돌아다닌 것도 고향에 대한 그리움을 달래기 위한 방법이었다. 과거지사 회상과 돌 탐사와 시 쓰기가 모두 자기치료의 방법이었다.

이와 같이 세 명의 재미시인은 각자 나름대로 고초가 있었으나 시 쓰기를 일종의 치료 방법으로 활용하였다. 영어를 잘하고 싶지만 마음대로 되지 않았고(송석증), 향수병이 심해지면 어떻게든 그것을 치료하고 싶었고(윤영범), 부를 추구하는 방법에 골몰하면서도 고향에서의 일들을 잊지 않으려 했다(석상길). 이들은 모두 30년 이상을 미국에서 살았다. 그러면서 그들은 모국어로 시를 썼는데, 몸은 비록 미국에 가 있지만 마음은 늘 한국의 고향땅 언저리를 배회하고 있었던 셈이다. 외국에 나가면 모두 애국자가 된다는 말 그대로, 고국을 떠났기에 그것이 더욱 소중해진 마음을 우리말로 절절히 표현해내고 있다. 자기치료의 방법을 시 쓰기에서 찾아 미국생활에 적응하려고 한 이들의 노력이 고국에도 전해지기를 바란다.

참/고/문/헌

〈기본서〉

- 송석증, 『늙은 황야의 유혹』, 문학의 전당, 2009.
- 석상길, 『어느 날 돌이 내 곁에 와 있었다』, 아침향기, 2015.
- 윤영범, 『등 푸른 생선의 꿈』, 문학나무, 2016.

〈단행본〉

- 니콜라스 마자, 『시 치료 이론과 실제』, 김현희 외 역, 학지사, 2005.
- 서경숙, 『분석심리학에 기초한 시 치료의 이론과 실제』, 한들출판사, 2012.
- 최소영, 『문학치료학 이론과 실제』, 고요아침, 2016.

〈번역서〉

- E. Griefer, Principles of poetry Therapy. New York: Poetry Therapy Center, 1963.
- S. Blanton, The Healing Power of Poetry Therapy. New York: Crowll, 1960.

엑소더스, 그 시의 치유 양상
-재러 시인 리진의 경우-

김영미

1. 트라우마와 벗어남의 시 쓰기

예술이 갖는 기능을 말하면 불순하다고 믿는 사람이 많다. 예술의 미적 구조가 훼손된다는 이유가 거기에 놓인다. 예술 가운데에도 음악이나 미술의 경우는 그러한 인식이 덜하다. 공연이나 전시의 관행이 따르기 때문이다. 그러나 문학의 경우는 그렇지 못하다. 언어를 통하여 다양한 표현 양식과 그리고 삶과 그를 둘러싼 사회에 대한 주제의 깊이가 따르기 때문이다. 문학의 순수성을 내세우면서 그 공리성을 거부하는 근거가 거기에 있다.

하지만 다른 예술 양식과 마찬가지로 문학도 그 궁극에는 '감동'이 있다. 청중(음악)이나 관중(미술)이 갖는 제한적 반응은 문학의 경우 시간 지속과 공간 확대의 면에서 놀라울 정도다. 독자의 삶을 바꿔놓는다거나 사회를 변혁시키는 사례를 쉽게 발견할 수 있다. 문학-시,소설, 희곡 등이 갖는 수용자(독자)에게 긍정적 충격을 주목하지 않을 수 없는 이유다.

톨스토이가 『예술론』에서 '감염력(感染力)'을 줄기차게 강조하는 것이 그의 계몽적(경향적) 문학관과 관계가 깊다고 할 수 있지만, 사실은 그 이상의 것이다. '감염력'은 감동력이며 그것의 자연스러운 힘이라 할 수 있다. 그것은 삶의 고통이나 부정적인 면을 제거하는 심리적 기제다. 일찍이 아리스토텔레스는 『시학』(Poetica)에서 그의 스승 플라톤의 '시인추방론'을 극복하는 대안을 보여준 바 있다. '카타르시스(Catharsis)'의 이론이 바로 그것이다. '배설, 설사'라는 뜻을 갖는 이 용어가 의학에서 나왔다는 것은 우연이 아니다.

그와 유사한 이론을 당(唐)의 한유(韓愈)에게서 발견하게 되는 것은 흥미롭다. 그는 그가 아끼던 맹교(孟郊)가 쉰 살에 겨우 진사로 급제되어 그것도 네 해가 지나 시골로 현위(縣衛)가 되어 떠날 때 그를 위로하기 위하여 장문의 산문을 써 주었다. 그게 바로 '송맹동야서(送孟東野序)'다. 이 서는 '대개 만물은 평정을 얻지 못하면 소리를 낸다(大凡物不得其平則鳴)'라고 시작하고 있다. '평'은 '平'이며 '定'이며 균형이다. 이것을 잃을 때 본래의 상태로 돌아가려고 '운다'는 것이다. '운다'는 것은 평(平)이 상실될 때 생기는 생태적 현상이다. 이 울음이 바로 문학이라는 견해이다.[1] 한유문학의 치유적 기능을 원천적으로

---

1) 張少康교수는 그의 『中國文學理論批評史教程』(북경대학출판사, 2004)에서 그 이론의 가치를 다음과 같이 높이 평가하고 있다.
한유의 문학 사상 중 매우 가치 있는 것을 보여주었다. 문학창작(비문학의 문장도 포함)은 '불평즉명(不平則鳴)의 산물이다.'가 그것이다. 이것은 중국 고대 봉건사회 가운데 풍부한 민주정신과 반항정신의 명제다. 이것은 중국 고대시 가이원(可以怨)의 전통을 계승하고 있으며 아울러 새로운 역사조건하의 발전이다.(134면)

성찰한 혜안의 산물이다.

문학(시)의 치료적 기능에 대하여 다음과 같은 윤동주의 말은 시사하는 바 크다.

> 처음에는('서시'가 되기 전) 시집 이름을 『병원』으로 붙일까 했다면서 표지에 연필로 '病院'이라고 써 넣어 주었다. 그 이유는 지금 세상은 온통 환자투성이기 때문이라 하였다. 그리고 병원이란 앓은 사람을 고치는 곳이기 때문에 혹시 이 시집(『하늘과 바람과 별과 시』-필자)이 많은 사람들에게 도움이 될 수 있을 지도 모르지 않겠느냐고 겸손하게 말했던 것을 기억한다.[2)]

치료의 양상은 양면성을 갖는다. 하나는 창작자의 표현의 영역이고 다른 하나는 독자의 수용 영역이다. 표현은 능동적으로서 때로는 전문성을 요구하게 되고 수용은 수동적으로서 일방적인 감상의 성격을 지니게 된다.[3)]

문학 장르 중 시는 근본적으로 독백의 자기발화다. 자아의 노출이 가장 직접적으로 드러나는 장르적 속성을 지닌다. 한 시인에게 시는 그의 내면을 드러내는 방법이며, 드러냄으로써 심리적 카타르시스를

---

2) 정병욱, 『하늘과 바람과 별과 시』 재판, 정음사, 1976.

3) 이에 대하여 시치료에서는 '시적 공간(poetic space)'이라 용어로 명명하고 있기도 하다. 이는 시적주체와 시치료사가 함께 공유하는 공간으로 본다. 시적 주체는 시적 공간에서 모든 것을 내려 놓을 수 있고, 비울 수 있으며, 진술해 질 수 있는 공간, 마치 어머니의 자궁(womb)과 같은 공간으로 설명한다.(최소영, 「시치료와 라캉정신분석」, 『라캉과 현대정신분석』 제11권 1호, 한국라캉과현대정신분석학회, 2009, 65면) 이러한 설명은 리진의 경우 그가 시에서 확보하고 있는 시적 공간의 정신적이고 절대적인 점을 설명하는데 유효하다.

이룬다. 심리적 불평형 상태를 시로 씀으로서 평형상태를 이루어 나가게 된다. 이 경우 시는 한 시인의 존재를 가능케 하는 절대적 힘을 지닌다. 시를 씀으로써 그는 존재를 확보하고 지속할 수 있는 것이다. 내면의 상처, 트라우마가 클수록 시는 그 심연에서 움튼다. 그것을 시로 드러내는 순간 시인은 그 상처, 트라우마로부터 자유로와진다. 그 경우 시는 존재의 연속성을 위한 근거이자 터전이 된다.

리진은 그러한 치유로서의 시쓰기를 잘 보여주는 시인이다. 그는 러시아에서 40여년의 망명생활을 해 오면서 시를 쓴 시인[4]이다. 그는 '한글로 시를 쓰고, 또 한글로 된 시를 이해할 수 있는 사람 숫자가 열 손가락 안에 드는 러시아 땅'[5]에서 유폐되고 격리된 채 시쓰기를 했다. 그의 삶은 남북분단과 이데올로기가 주는 상흔을 가로지른다. 1930년 함흥에서 태어나 이후 6 · 25동란 참전과 러시아로의 유학, 이후 북한으로 돌아가지 않고 러시아에 망명, 러시아에서 무국적자로서 힘겨운 삶을 감내하여 살아야 했다. 그의 엑소더스는 역사의 폭압에서 강요된 탈출이었다.

1951년 유학생의 신분으로 러시아에 머무른 지 근 반세기, 그는 북한의 국적도 없이 러시아의 국적도 없이 오로지 모국어로 시를 쓰는

---

4) 리진은 1930년 함남 함흥에서 출생했다. 이후 평양 김일성종합대학 영문과 2년을 마치고 한국전쟁에 참전하였고, 1951년 가을 북한 국비유학생으로 모스크바 전연맹 국립영화대학 극문학 및 평론학부에 입학, 유학한다. 이후 북한으로 돌아가지 않고 소련에서 무국적자로 체제하였다. 이후 그는 카자흐스탄 등에서 까레이스키로 살면서 시를 써오다가 타계하였다. 그가 한국문단에 알려진 것은 80년대 말 여러 문예지에 시와 소설을 발표하면서 부터이다. 『리진 서정시집』(생각의 바다, 1996), 『하늘은 나에게 언제나 너그러웠다』(창작과비평사, 1999) 등의 시집을 출간한 바 있다.

5) 허진, 「민족시인 리진에 대하여」, 리진 『리진 서정시집』, 생각의 바다, 577면.

한편한편에 자신의 전 인생을 투여해 왔다.[6] 유폐된 자의 밀봉된 언어[7], 하지만 그 언어는 내밀함을 생명으로 하는 시적 언술의 한 극점을 드러내 준다.

다음 진술은 리진에서 모국어로의 시쓰기가 어떤 의미를 갖는지를 짐작케 한다.

> 그(리진-필자)는 그의 시가 발표되리라는 기대나 희망을 갖지 않고 시를 썼다. 그저 늘 시를 썼다. 마치 시를 쓰기 위해 태어난 사람 같기도 했다. 시를 쓴다는 것은 그에게는 생(生)의 내용이자 형식 그 자체였다. 일 년 전에는 심장마비로 두 달 동안 중환자실에 누워 있었다. 몇 시간을 생리적으로 죽음의 시간에서 헤매이기도 했다. 그 죽음에서 깨어나자 2,3일은 움직이지도 못하고 링겔주사에 매달려 있어야 했다. 그런데, 그 때 그 시간 동안에도 시를 썼다.
>
> – 허진, 「민족시인 리진에 대하여」에서[8]

리진에게 시쓰기는 자신으로 존재하기 위한 방법이었다. 자신의 존재를 확인하는 유일한 출로였다.

이 글은 탈북 재러시인 리진의 경우, 그가 모국어로 쓴 시를 통하여 어떻게 자신의 상처를 극복해 내고 있는가를 살펴보고자 하는 것이

---

6) 이시영, 「편집 후기」, 리진, 『하늘은 언제나 나에게 너그러웠다』, 창작과비평사, 1999, 239면.

7) 다음은 리진이 처한 모국어의 상황을 단적으로 드러낸다.
'모든 시는 그를 포함해서 세 사람 사이에서만 읽혀져 왔다. 한진(韓眞)과 나(許眞), 그리고 그다. 그런데 한 진이 가고 없는 지금에 와서는 그는 시를 읽고, 나는 듣고 할 뿐이다.'(허진, 앞의 글, 577면)

8) 허진, 앞의 책, 579~580면.

다. 리진 시에 나타나는 억압의 양상과 그에 대한 대응방식으로서의 시쓰기에 대하여 규명하고자 한다. 이는 리진 시의 특성을 규명하는 한 방법이며, 동시에 고려인 문학이 지닌 역사적 의미를 추출해 내는 것이기도 하다.

2. 이데올로기의 억압과 자유의 길

리진의 삶에는 6 · 25와 남북 분단, 대립이라는 정치적 상황이 가로지르고 있다. 개인을 압도하고 지배하는 이데올로기는 그의 망명을 결정하는 중요 요소다. 그의 엑소더스는 강압적인 이데올로기로부터의 도피 공간일 수밖에 없다.

> 우리는 6 · 25를 겪었습니다. 우리에게는 유혈의 위험까지도 배태한 국토 분단이라는 우선 그리고 주로 정치적인 문제도 있습니다.
>
> 또 이밖에도 우리 세기는 컴퓨터 한 대가 수백 내지 수천 명의 수학자를 대신할 수 있는 세기임에도 불구하고 세계 어디에서도 사회적 정의의 이상의 실현에 대하여 말할 수 없는 세기입니다.
>
> 우리 세기는 지구상 여기저기에서 굶어죽는 어린들의 수까지도 여전히 이루 헤아릴 수 없는 그런 세기입니다.
>
> 우리 세기는 여전히 남볼썽 없는 탐욕과 파렴치한 견유가 판을 치는 세기입니다.
>
> – 리진, 「저마다 자기 시가 있다」 에서[9]

9) 리진, 『하늘은 나에게 언제나 너그러웠다』, 창작과비평사, 1999, 224면.

리진에게 전쟁은 아직도 여전히 살아있다. '6 · 25-국토 분단-정치적인 문제-기아-탐욕과 파렴치'는 서로 긴밀히 연결되는 것이다. 미개와 야만의 상황이다.

그에게 시는 이데올로기로부터 억압된 자유를 찾는 언어적 방법이다. 개인적 해방의 경험이다. 거기서 그는 절대 자유를 지닌 한 개인 '리진'으로 존재한다.[10] 그것은 '우리'를 버리고 '나'를 찾아가는 방법이다. 시는 '우리'가 아닌 '나'를 확인하는 방법이다.

야심을 감추려 할 때
하늘을 가리키며
가슴을 두드리며
〈우리는...〉 한다.

책임을 사람들에게
얼입히려 할 때
침을 날리며
〈우리는...〉 한다.

(중략)

말버릇같이
〈우리는...〉 하는 자들을

---

10) 리진은 그의 개명이다. 그의 개명은 이데올로기를 벗어나 존재하는 한 개인에 대한 새로운 명명으로 볼 수 있다.

경계하라,

그들이 어떤 탈을 쓰고 나서든.

- 「경계하라!」(1964) 부분[11)]

이 시는 제목으로 '경계하라!'란 강한 언표를 지니고 있다. 리진의 강한 심리적 부정을 직서적으로 드러낸다.[12)] 여기서 거부되는 경계의 대상은 '〈우리는.....〉'을 말하는 자들이다. '우리'는 '야심을 감추'는 방법이며, '책임을 사람들에게 얼입히는' 방법이며 수단이다. 리진은 그 '우리'를 말하는 자들을 경계하라고 단호하게 말하고 있다.

이들을 경계함으로써 그가 확보하고자 하는 것은 이데올로기를 벗어난, 한 개인을 구속하지 않은 자유다. 그에게 시는 우리를 강요하는 자들에게서 벗어나 자신을 확보하고 자유를 얻는 방법이다. 이 시에 드러나는 강한 어조는 그가 감내해야 했던 억압의 강도를 보여준다. 이를 시로 드러냄으로써 그는 억압으로부터 벗어나고, 자유를 획득하는 것이 가능해진다.

거룩한 이념을 걸고

무엇을 하지 않았던가?!

알고 보면

유감하게도

---

11) 리진, 『리진 서정시집』, 생각의 바다 , 1996, 147-148면.

12) 현대시에서는 시인과 시의 화자를 분리하여 논의한다. 이 글에서는 시가 무엇보다 시인의 내면을 드러내는 것이란 전제에서 시인과 시의 화자를 동일시하였다. 이러한 접근이 문학치료의 측면에서 리진의 시를 검토하고는 데, 보다 유효하다고 판단되기 때문이다.

예외는 없다.
이념의 허울이 크면 클수록
굴레 벗을 구실도 컸다.
알고 보면
더 중한 것이
있었다.

있다!

-「거룩한 이념을 걸고」전문[13)]

그것은 다음과 같이 그가 처해야 했던 이데올로기의 정치적 상황을 언어로 드러내는 것으로부터 비롯되고 있다.

어떤 치욕과/ 어떤 허영,
어떤 아부와/ 어떤 굴종,
어떤 몽매의 상징인가!

-「금박의 동상」부분[14)]

리진은 엑소더스의 이국 공간에서 '금박의 동상'의 실체를 '치욕, 허영, 아부, 굴종, 몽매' 등으로 명명하고 있다. 그는 이전의 공간에서 금기시되었던 발언들이다.[15)] 이를 말함으로써 그는 자유를 향해 나갈 수

13) 리진, 앞의 책, 139면.
14) 리진, 위의 책, 378면.
15) 탈북 직후인 1950년대 말~1960년대 초 리진의 시 중에는 억압, 특히 김일성 독재에 대한 비판의식을 전경화하고 있는 작품들을 흔히 찾아볼 수 있다. (「정덕준 외,

있게 된다. 그리고 그 나섬은 단호하면서도 조심스럽고 애처롭다.

> 이미 망설임도
> 겁도 없다.
> 내닫는 버릇을 잃은 두 발이
> 한 걸음 한 걸음 더듬어
> 조심스레 옮겨 디딘다.
> 가냘픈 촛불이 언제까지 비쳐줄지 모를
> 서투른 길에
> 나섰다.
>
> -「촛불을 들고」부분[16)]

리진은 '가냘픈 촛불을 들고' 조심스럽게 길을 나서고 있다. 그는 촛불과 함께 어둠 속에서 새로운 길을 내딛고 나선다. '망설임도 겁도 없는' 자유에 대한 갈망을 그는 시속에서 드러낸다. 엑소더스의 공간에서만이 이러한 '나섬'은 가능해진다. 그것은 엑소더스의 공간인 '이곳'이 아닌 떠나온 '저곳'에서는 불가능할 것이다. 이것은 어쩔 수 없는 본원적 비애를 리진 시에 만들어 내는 기제다. 그 비애 속에서도 리진은 애타게 '자유'를 갈망하고 있다.

> (가) 어깨를 쩍 벌리려 해도
> 이미 잘다

『CIS 고려인 문학사와 론』, 한국문화사, 2016, 176면)
16) 리진, 앞의 책. 58면.

나의 숨,
네 가슴이 아무리 솟았어도
이 품에 쪼그리면
그만…

심신의 해방의 길 모르면서
웬 자유를
갈구하는가?

-「자책」부분[17]

(나) 천재의 자유를 달라!
거침없이 웃게,
서슴없이 울게,
그늘지지 않은
노래를 부르게.
넋은 드레지려 함에도
마음은 아마 실날.
혼자 앓는다.
혼자 웃고,
혼자 울고,
혼자
조용히 못난 시를
혼자 읊는다.

---

17) 리진, 위의 책, 45면.

-「천재의 자유를 달라」전문[18)]

(가)와 (나)는 '자유'를 직접 언표하고 있다. 그의 내적 지향점이 단적으로 드러내는 부분이다. (가)에서는 '심신의 해방을 길 모르면서' 자유를 갈구하는 자신에 대한 자책이 들어있다. (나)에서 '천재의 자유를 달라'란 발언은 자유를 갖고 있지 못함에 대한 직서적 발언이다. 거침없는 웃음과 울음 노래를 가능케 하는 자유를 그는 원한다. 하지만 리진에게 진정한 자유는 허여되지 못한다. 그것은 그의 망명자로서의 억압 상황과, 모국의 분단과 이데올로기 등 의 외부적 요인들에서 비롯된다. 그는 자유가 주어질 수 없는 상황에서 혼자 앓고, 웃으며, 울고, 조용히 못난 시를 혼자 읊을 뿐이다.

자유가 주어지지 않는 상황에서 시는 자유를 얻는 유일한 탈출구의 역할을 담당한다. 자유를 달라고 말하는 그 순간 자유의 치유를 그는 시로써 획득하는 것이다. 자유가 주어지지 않은 자, 붙들린 자로서의 그의 얽매임과 자유에 대한 갈망은 리진에서 새의 상징으로 드러난다.

(가) 노래를 부르려느냐,/ 그저 목청을 가늠하여 보느냐,
카라투르가이,/ 검정종다리
-「검정종다리」부분[19)]

(나) 노을녘에서 노을녘까지/ 불과 두 시간

18) 리진, 앞의 책, 170면.
19) 리진, 위의 책, 96면.

짧고도 훤한/ 이 고장의/ 유월 밤

(중략)

노래없이 못 산다는 새/ 밤꾀꼬리야

-「밤꾀꼬리」부분[20]

(다) 후리후리 벌거벗은 봇나무 위를

짝을 부르며 날아가던

멧도요가 떨어진다.

칠호 산탄 두어 알에!

어쩌면 그리 약하냐 너는!

-「멧도요 사냥」부분[21]

(라) 종다리야/ 종다리야/ 멍든 기억의

여전히 아픔에 약한 줄/ 뜯지 말어라

-「노래」부분[22]

쉽게 찾아본 위의 예들에서와 같이 리진 시에는 '검정종다리, 밤꾀꼬리, 멧도요, 종다리'와 같은 새들이 자주 등장한다. 그가 엑소더스의 공간에 존재하는 새를 '검정종다리, 밤꾀꼬리, 멧도요, 종다리' 등의 모국어로 명명하는 순간, 그 새들은 리진의 언어 공간 속으로 환원된다.

---

20) 리진, 앞의 책, 108면

21) 리진, 위의 책, 164면.

22) 리진, 위의 책, 59면.

(가)에서 이국의 언어 '카라투르가이'를 한 행 바꾸어 다시 '검정종다리'로 호명하는 것은 동일한 존재를 완전한 모국어로 환원하는 언표로서의 작업이다. 그의 시쓰기는 외부의 낯선 사물들을 모국어로 바꾸어 부르면서 자신의 고유 영역을 만들어 내고 확인하는 작업에 해당한다. 그 속에서 새들은 리진의 모국어로 노래하는 새들, 모국어의 공간에 존재하는 새들로 존재한다.

또한 그 새들은 작고 약한 모습을 지니고 있다. '칠호 산탄 두어 알'에 떨어지는 멧도요에서 그는 자신을 연상하게 하고 있다. '어찌 그리 약하냐, 너는'의 빠른 발화는 '너(멧도요)'가 아닌 '나(리진)'을 향한 동일시가 이루어지는 순간이다.

연약하지만 새들은 모두 '노래'하는 대상들이다. 새들에게의 노래는 자신의 언어다. 새들은 자신만의 언어로 자신의 마음(뜻)을 드러내는 존재들이다. '노래를 부르려느냐'(검정종다리), '노래없이 못 산다는 새/ 밤꾀꼬리야' (밤꾀꼬리), '짝을 부르며 날아가던/ 멧도요'(멧도요 사냥)에서와 같이 리진에게 새들은 노래하는 존재들이다.

이 노래는 약하고 작은 새의 존재를 가능하게 하는 강력한 무기이다. 리진에게 모국어로 시를 쓴다는 것은 새와 같이 그의 언어로 자신의 생각을 드러내는 것이다. 그것은 연약한 자신이 그 존재가치를 지닐 수 있는 유일한 방법에 해당한다. 그는 시를 씀으로써 마치 새와 같이 붙박힌 자의 부자유를 벗어나 자유를 획득한다. 그 자유의 획득이 이루어질 수 있는 유일한 공간이 시이다. 모국어로 쓰는 시안에서 그는 자신의 언어로 노래하며 마음대로 날아다니는 자유를 성취한다. 또한 그 성취가 폐쇄된 모국어에서 이루어지고 있는 것은 리진으로 하여금 지속적으로 시를 쓸 수밖에 없게 하는 기제로 작용한다.

나아가 그는 모국어 안에서 이데올로기가 강요한 언어가 이로부터 벗어나는 자신만의 언어적 지평을 열고자 한다. 그것은 이데올로기에 매몰된 언어가 아니라, 자신을 회복하는 언어다. 이데올로기에 함몰된 자신을 되찾는 언어를 찾아내는 작업을 그는 시작 과정에서 지속적으로 드러내고 있다.

3. 탈이데올로기와 언어의 지평

리진에게서 '서정'은 자신을 억압하는 이데올로기로부터 벗어남[23]을 의미한다. 이데올로기로부터 벗어나 자신의 감정을 충실히 노래하는 시가 그에게는 서정의 개념이다. 그에게 서정은 이데올로기와 이항대립을 이룬다.[24] 후항은 버리고 전항을 취하는 그의 시는 북한을

---

23) 문학치료에서 치유는 질병으로부터의 치유라기보다는 고통으로부터의 치유에 해당한다는 생각은 리진에게서 억압과 그로부터 벗어남 문제를 설명하는 중요한 방법이다. (김익진, 「문학의 치료 기제에 관한 고찰 Ⅰ」, 『인문과학연구』제45호, 강원대학교 인문과학연구소, 2015, 386면 참조.)

24) 리진은 망명한 러시아에서 「까라딸 강반에서」(1960)을 발표하면서 창작 활동을 시작한다. 이 시는 "대 이는 자가 물려받은 채찍 밑에서/ 구십 일 동안 목부들이 양을 잡아/ 그 피와 그 털로 모래를 이겨/ 유언대로 웅장한 묘를 세웠다. … (중략) … 영예와 행복의 척도를 바꾼 세기는/ 까라딸의 무염 광야도 물들인 지 오래다/ 광대한 분묘 없이 자손들이 머리 숙일/ 보람찬 일이 많은 새 세상이다.!"에서 보듯, 봉건적 사회풍조 아래 존재하던 카자흐 유목민들의 노비계급을 없애고, 이들이 영예와 행복의 척도를 바꾸어 놓은 소련의 사회주의를 찬양하는 내용이다. (정덕준 외, 앞의 책, 44면) 이러한 점은 그가 망명 이후에도 지속적으로 이데올로기의 상황에 놓여있어야 했고 그 구속에서 자유롭지 못했음을 짐작케 한다. 모국어로서의 시 쓰기는 이러한 상황으로부터의 도피의 한 방법이었으며, 그 내적 상처를 치유하는 방법이었음을 유추할 수 있게 한다.

버린 망명과 동궤에 있다.

이데올로기를 벗어난 개인의 정서에 충실한 시는 개인의 감정을 섬세하게 드러낼 수 있는 자신의 언어여야 했다. 그가 모국어로 시를 쓴 이유이다. 하지만 그의 모국어는 이데올로기에의 지향을 강요받았던 억압된 모국어가 아니다. 자신의 정서를 드러내는 자신의 언어를 만들고자 한다. 그것은 리진에게서 새로운 언어의 지평을 확대해 가는 방법이다. 그는 자기만의 시선을 확보하고 자신을 드러내는 것에 주력한다. 그것은 꽃, 나무, 새, 곤충 등의 자연물에 대한 섬세한 감정을 드러내는 것에서 시작된다.

거기에서 시인은 사람과의 연결을 끊고 사람들로 가득한 세계에서 벗어나 자연물과 마주하고 있다. 이제 시인은 사람에게 말하는 언어가 아니라 자연물에게 말하는 언어의 세계를 구축하고자 한다.

(가) 그리운 너의 얼굴
주름살 모르건만
큰 세월 그늘에서
지친 가슴 더 아파라

이 봄도 어루만지는
정아한
방울소리

-「은방울꽃」전문[25]

---

25) 리진, 앞의 책, 106면.

(나) 보라

저 떨기나무를

싹싸울이다!

들쥐에 도마뱀의 자취도 드문

마른 모래땅에서

저 나무는 자란다.

싹싸울이다!

-「싹싸울」부분[26]

(다) 시커먼 전나무밭 톱니 위에

싸늘히 말쑥한 반달

싸늘히 말이 없는

너의 눈에

싸늘한 반딧불 두 점

- 반딧불」부분[27]

(가)~(다)의 시들은 '은방울꽃, 싹싸울, 반딧불' 등의 대상들로 채워져 있다. 이들 대상은 '우리'로 명명되던 이데올로기의 집단성으로부터 벗어난 존재들이다. 리진은 시에서 사람을 거두어내고 작은 주변의 사소한 자연물들로 채우고 있다. 그 자연물들은 시인 리진이 응시하는, 그의 세계를 만들어내는 대상들이다. 거기서 이데올로기는 소거되고 그것으로부터 자유로워진 개인의 섬세한 정서를 드러내는 것이

26) 리진, 위의 책, 79면.
27) 리진, 위의 책, 130면.

가능해진다. 그에게 시는 개인의 정서를 드러내는 섬세한 언어를 구축해 나가는 과정이다. 그는 이것을 '서정'[28]으로 부르고자 한다. 그것은 이데올로기부터 억압된 자아를 회복하는 것이며, 시는 자신을 회복하는 언어적 방법이다. 이데올로기로부터 벗어나는 개인의 내밀한 언어에 가 닿고자 이유이다. 이 경우 모국어는 억압으로 벗어나는 유일한 탈출구에 해당한다. 거기서 시인은 그가 호명한 대상들과 합일을 이루고자 한다.[29] 모국어는 대상들과의 합일을 이루는 통로에 해당한다.

(가)에서 시인은 '은방울꽃'에 자신을 투사한다. 은방울꽃은 '그리움, 아름다움, 정아한 방울소리'를 지닌 대상이다. 하지만 그 꽃은 '큰 세월의 그늘에서/ 지친 가슴/ 이 더 아픈 대상이다. 여기서 은방울꽃과 리진은 구별되지 않는다. 은방울꽃으로 자신의 아픔을 노래하면서 그는 아픔으로부터 벗어날 수 있게 된다. 자신의 깊은 내면의 아픔을 드러낼 수 있는 언어는 모국어이어야만 가능한 것이다. 2연의 '이 봄도/ 어루만지는/ 정아한/ 방울소리'란 대상에 대한 찬미에서 찾아볼 수 있다. 그것은 1연에서 보여준 아픔에서 벗어남을 의미한다. 나의

---

28) 리진이 한국에서 낸 『리진 서정시집』(생각의 바다, 1996)에 주목할 필요가 있다. 여기 발문을 쓴 허진은 리진을 민족 시인으로 명명하면서, 다음과 같이 출판의 경위를 밝히고 있다. '이 시집으로 시인 리 진은 한국문단에 첫선을 보이게 된다. 러시아에서 40여년의 망명생활을 해 오면서 쓴 방대한 양의 작품 중에서 서정시만을 간추려서 4건의 책으로 묶었다.' 이 글에서 '서정시'란 명명은 이데올로기로부터 자유로운 시를 뜻하는 것으로 해명된다. '서정(이데올로기로부터 벗어남)-민족시인'의 연결은 리진이 당면해야 했던 시적 상황의 고통을 단적으로 말하는 부분이다.

29) 이와 관련하여 김정훈은 리진 시에서 식물은 단순히 자신의 감정을 투영하는 대상으로만 존재하는 것이 아니라, 대개의 경우 그 자신으로 보았다. (김정훈 · 김영미, 「탈북 고려인 시 연구」, 『한국시학연구』제39호, 한국시학회, 2014, 145면)

아픔을 은방울꽃으로 말함으로써, 그는 자신의 고통에서 벗어나고 있다. 이때 모국어는 자신의 내면을 은방울꽃에 말하는 언어, 은방울꽃과 일체가 되는 언어이다. 그것은 타자와 공유하지 않은 자신만의 언어이다. 그의 시가 새로운 발성법을 갖는 이유다.

(나)에서 '싹싸울'에 보내는 감탄은 자신을 향한 발화이다. '보라'의 강한 명령을 시의 처음에 내세우면서도 시 안에 다른 대상 인물이 존재하지 않음으로써 그 청자는 자신으로 국한된다. 따라서 타자에 대한 명령이 아닌, 자신에게 하는 강한 위로의 발화로 바뀌어 있다. '마른 모래땅에서 자라는 싹싸울'은 그의 지향점이다. 그것은 스스로 홀로 강인하게 존재하는 당당하고 외로운 대상이다. 자신을 향한 발화에 그는 시는 머물고자 한다. 이러한 점은 (다)에서도 동일하다. 한밤중에 빛나는 '반딧불'의 싸늘함은 자신에 해당한다. '시커먼' 밤에 빛나는 냉철한 이성을 그는 반딧불에서 찾아낸다.

이처럼 리진에게 모국어는 탈이데올로기의 언어적 지평을 가능케 한 대상이다. 이데올로기로부터 벗어나는 새로운 언어를 그는 시에서 찾아내고자 하였다. 그것은 자신의 내밀한 내면을 드러내는 언어였으며, 그 발화 방식이었다.

4. 모국어와 부활의 치유

리진에게 모국어는 소통을 봉쇄당한 자기만의 언어였다. 그 언어로의 시쓰기는 봉쇄당한 언어에의 유폐를 뜻한다. 하지만 그 모국어는 자신을 존속시키며 아픔으로부터 벗어나는 방법에 해당한다. 모국어로 부르는 노래로부터 그는 다시 일어서는 부활의 치유를 이루어 낸다. 그의 시에 자주 등장하는 '꾀꼬리'는 자신을 단적으로 드러내는 은유체다.

노을녘에서 노을녘까지
불과 두 시간
짧고도 훤한
이 고장의 유월 밤

극성스러운 노래에
정신을 팔고
밤꾀꼬리는 울고 또 울며
새벽을 맞네

제멋이냐
아니면
노래의 힘에 대한
지나친 믿음은
혹 아니냐

노래 없이 못 산다는 새
밤꾀꼬리야

-「밤꾀꼬리」 전문[30]

---

30) 리진, 앞의 책, 108면.

'이 고장'으로 명명되는 낯선 공간에 꾀꼬리와 시인은 함께 있다. '이 고장'은 그가 어쩔 수 없이 살아야 했던 공간이다. 이에는 떠나옴과 떠돔이 내재되어 있다. '이 고장'의 너머에는 그가 버리고 와야 했던 '그 고장' 으로서의 고향이 존재한다.

이 고장의 짧은 유월밤을 우는 꾀꼬리와 시인은 모두 타자의 공간에서 떠도는 존재들이다. 짧은 유월밤을 밤새워 울고 새벽을 맞는 밤꾀꼬리의 울음(노래)을 시인은 함께 깨어 듣고 있다. 꾀꼬리에게서 울음은 노래와 동일시된다. 이는 리진에게서 그의 시(노래)는 곧 울음임을 말한다.

'제멋이냐/ 아니면/ 노래의 힘에 대한/ 지나친 믿음은/혹 아니냐'란 꾀꼬리에 대한 질문은 곧 모국어로 시를 쓰는 자기 자신에 대한 물음이다. '노래의 힘'은 꾀꼬리가 밤새 우는/ 노래하는 이유이며, 리진이 지속적으로 시를 쓴 이유다. '노래 없이 못 산다는 새/ 밤꾀꼬리'처럼 리진도 '울지 않고/ 노래하지 않고'는 존재할 수 없었을 것이다.

그에게 모국어로 쓴 시는 낯선 고장에서 제 목소리로 노래하는 꾀꼬리의 언어에 해당한다. 모국어의 시쓰기는 '힘'을 지닌 언어로 노래하는 것이다. 오직 모국어에서 그는 울 수 있으며 노래할 수 있다.

내가 잊고 난 피도
문제가 아니라고
하기로 하자
나를 낳아 축난 땅 앞에
갚아야 할 그 빚도 또한
문제가 아니라고

하기로 하자

그러나 어쩌면 좋니
이 마음의
온갖 정과
이 마음 한 구석에서 꺼지지 않는
희망의 불씨의
목쉰 소리는
오직
우리 말로만 울리잖느냐

-「우리 말」 전문[31)]

망명자로서의 삶을 살아야 했던 리진에게 '내가 잇고 난 피'와 '나를 낳아 축난 땅 앞에 갚아야 할 빚'은 고뇌의 원천이었을 것이다. 그 무거움들을 '문제가 아니라고' 거부하고 버리더라도, 그는 '마음의/ 온갖 정과/ 이 마음 한 구석에 꺼지지 않는/ 희망의 불씨의/ 목쉰 소리'는 오직 '우리 말'로만 울림을 아프게 고백한다. 그 우리 말로 쓰는 시는 현실과 싸우는 방법이며 희망의 불씨를 지피는 방법이다. 미래를 향해 현재와 싸우는 방법이다.

철새들이 마치도 영원히 두고 떠난 숲
비에 젖은 연둣빛 사시나무의
씁스레한 향기

31) 리진, 앞의 책, 371면.

코를 간질여주고

벌거벗어 서로서로 물러들 앉은 듯한
봇나무 오리나무 또 웬 나무
전에 모른 오솔길로
걸음을 이끌어가네

한나절에 또 한나절
이 숲을 고불고불 더듬어가노라면
이른 땅거미의 그늘에서 내 발에만 들리는
누기찬 낙엽의 소리

이제 벌에 나서서 먼 마을의
단 하나 여태 등불을 켜지 않은 집으로 가면
방구석에 총을 세우고 난롯불을 지피리라
손부터 녹이리라

-「늦가을에」 전문[32]

'늦가을에' 시인은 숲을 헤매고 있다. 그 숲은 철새들이 영원이 두고 떠난 숲, 벌거벗은 나무들이 가득한 숲을 지나고 있다. 낮과 땅거미가 지는 저녁을 지나 그는 '먼 마을의/ 단 하나 여태 등불을 켜지 않은 집' 에 가고자 한다. 그리고 그곳에서 '방구석에 총을 세우고 난롯불을 지피고 손부터 녹이고 싶어한다.

32) 리진, 『하늘은 내게 너무나 너그러웠다』, 창작과비평사, 1999, 234~235면.

그는 오랫동안 숲을 지나면서 내내 '총'을 들고 있었다. 그리고 먼 마을에 '단 하난 여태 등불을 켜지 않은 집'에 이르러 그 총을 방구석에 세우려 한다. 총을 놓는 것은 늦가을에 시인이 꿈꾸는 미래다. 하지만 지금 그는 여전히 총을 들고 '단 하나 여태 등불을 켜지 않은 집'을 향해 가고 있는 중이다.

리진이 모국어로 쓰는 시는 '단 하나 여태 등불을 켜지 않은 집'에 이르는 방법이다. '등불을 켠 집, 그 집에 갈 수 있'다는 확인의 길이다. 이 고장 숲을 지나면서 몸에 지닌 총에 해당한다. 리진이 현재의 암울에서 부활하는 과정이다. 리진에게 시는 현실의 부정적인 상황에 대한 한 개인의 대결[33]이다. 그에게 총이 필요한 이유이다. 그에게서 총은 현실과 대결하는 시적 긴장을 드러내는 상징물이다.[34] 궁극에서 그는 총을 내려놓고자 한다. 모국어로의 시쓰기는 부정적인 현실과 대결하는 방법이며, 그가 부활하는 방법이다.

5. 민족의 분단과 그 감옥

리진은 남북 분단의 역사적 비극에 갇혀있는 시인이다. 그의 상처는 근본적으로 역사로부터 생겨난 트마우마들이다. 그에게 시는 지속적으로 이 트라우마로부터 벗어나는 힘겨운 자기싸움이다. 하지만 리

33) 이러한 점은 다음의 지적에서도 확인할 수 있다. '그(리진)가 단절과 외로움만을 노래하고 있는 것은 아니다. … 결코 꺾이지 않는, 내재한 저항의지를 드러내고 있다.'(정덕준, 앞의 책, 179면)

34) 김영미 · 송명희, 「재러 시인 리진 시 연구」, 『현대문학이론연구』제51호, 현대문학이론과비평학회, 2012, 129면 참조.

진은 그 싸움에서 자신을 확인하고 존재의 이유를 찾을 수 수 있었다. 그의 상처는 한 개인의 영역을 넘어 확대될 가능성을 갖는다. 그의 시는 자신을 드러내고 비추는 거울에 해당한다.

그의 시는 개인을 억압하는 이데올로기의 몰락과 민족의 분단이 종식될 예언성을 갖는다. 그 예언적 기대는 리진이 시를 통하여 자신을 구원한 방법이다. 또한 그 시적 구원의 방법은 확대될 가능성을 갖는다. 여기에서 리진 시가 개인의 발화를 넘어 확대될 통로가 있다. 그것은 리진 시가 지닌 힘이다. 하지만 그 힘은 아픈 고뇌와 절망에서 핀 꽃이다.

리진은 분단 상황을 도피하여 저 편에 존재할 수밖에 없었던 시인이다. 그 속에서 끝없이 조국과 자유의 문제에 대한 갈망과 천착을 시속에 보여준다. 분단의 조국 상황에서 남과 북의 어디에도 속하지 않은 채 경계인으로서 감옥에 갇혀있어야 했음을 의미한다. 그 폐쇄와 고립은 그의 의지에 의한 선택이 아니라, 역사의 구속일 수밖에 없었다.

경계인으로서 시인 리진에게 모국어는 개인의 상흔을 치유하고 자아를 회복하게 하는 유일한 방편으로 작용할 수 있었다. 나아가 남북의 이데올로기를 극복하고 본원적 화해의 가능성을 언표하는 것이기도 하다. 이는 리진 시의 존재 이유이기도 하다.

마침내 리진은 '모국어'를 찾아 중립적 자유의 세계를 끊임없이 시화함으로써 자기 구원의 치유를 실현했다.

참/고/문/헌

〈연구논문〉

- 권성훈, 「한국 기독교시에 나타난 치유성 연구」, 『종교연구』제 66호, 한국종교학회, 2012.
  ______, 「욕망을 채우려는 억압의 언어」, 『열린시학』제17권 1호, 고요아침, 2012.
- 김영미 · 송명희, 「재러 시인 리진 시 연구」, 『현대문학이론연구』제51호, 현대문학이론과비평학회, 2012.
- 김익진, 「문학의 치료 기제에 관한 고찰 Ⅰ」, 『인문과학연구』제45호, 강원대학교인문과학연구소, 2015.
- 김정훈 · 김영미, 「탈북 고려인 연구」, 『한국시학연구』제39호, 한국시학회, 2014.
- 모연숙, 「시치료의 이론과 실제에 관한 고찰」, 『문화교류연구』제2권 2호, 한국국제문화교류학회, 2013.
- 송명희, 「문학의 치유적 기능에 대한 고찰(1)」, 『한어문교육』제27호, 한국언어문학교육학회, 2012.
- 조재훈, 「동양시학」, 『문학마당』제40호, 문학마당출판사, 2013.
- 최소영, 「시치료와 라캉정신분석」, 『라캉과 현대정신분석』제11권 1호, 한국라깡과현대정신분석학회, 2009.

〈단행본〉

- 리진, 『리진 서정시집』, 생각의 바다, 1996.
  ____, 『하늘은 나에게 언제나 너그러웠다』, 창작과비평사, 1999.

- 김정규, 『게슈탈트 심리치료』, 학지사, 1998.
- 김필영, 『소비에트 중앙아시아 고려인문학사』, 강남대학교출판부, 2004.
- 윤동주, 『하늘과 바람과 별과 시』, 정음사, 1976.
- 이명재, 『구소련지역의 한글문학』, 국학자료원, 2003.
- 정덕준 외, 『CIS 고려인 문학사와 론』, 한국문화사, 2016.
- 최병철, 『음악치료학』, 학지사, 2005.
- 張少康, 『中國文學理論批評史教程』, 북경대학출판사, 1977.

재호 한인 시인의 치유적 글쓰기
-이기순 시를 중심으로-

송주영

1. 들어가며

2017년 재외동포재단의 현황에 의하면 호주에 거주하는 재외한인은 현재 18만 명에 이르렀다고 한다. 그 중에서도 시드니에 거주하는 한인은 10만 명이 넘었고, 그에 따른 다양한 문예지가 발간되어 활발한 한글문단을 이루었다.[1] 이들 문예지들의 작품 소재나 주제는 디아스포라적 삶의 서사들을 다루고 있다. 작품의 배경은 한글과 호주라는 두 개의 시공간을 활용하고 있으며. 서술자나 화자는 이방지대에서 경계인으로 살아가며 많은 시행착오를 겪는 인물들이다.[2] 호주 한

---

1) 재외한인이 다수 거주하는 국가로는 미국-중국-일본-캐나다-우즈베키스탄-호주 순이다. 70년대 호주 이민 이후 거의 50년 동안 꾸준하게 한글문단 활동이 이루어져 왔으나 그에 비해 연구가 미흡하다고 생각하여 호주의 재외한인작품을 선택하게 되었다.

2) 이명재, 「오세아니아주 지역의 한글문단 ―호주 시드니를 중심으로」, 『한국문학과

인문학은 이주 환경과 조건에서 다른 지역의 한인문학과는 차이가 있다. 1970년대부터 이루어진 호주 이민은 대부분 지식인 출신으로 자발적이고 선택적인 이민이었다. 이들은 타국에서 한국인으로서의 경험과 정체성을 포기하지 않는 특이성을 지니고 있다.[3] 호주는 여러 언어와 문화가 공존하는 다문화 사회인 까닭에 재호 한인들의 정체성 찾기 문제는 다른 재외한인들보다 심각했다.

호주는 금광에서 일할 수 있는 값싼 노동력을 확보하기 위해 중국인 이민자를 적극적으로 받아들였다. 얼굴색이 다른 이민자가 너무 늘어나자 1901년 유럽 외 나라에서 건너오는 이민자를 제한하는 인종차별주의적인 정책을 도입하였다. 이 백호주의 정책은 1990년 초반에 호주 노동당이 공식적으로 다문화주의를 지지하면서 사라졌다.[4] 호

예술』제12집, 숭실대학교 한국문학과 예술연구소, 2013. 1990년대 말엽 이후 최근까지 호주한인문인협회, 호주문학협회, 호주한국문학협회 등에서 정기적으로 문예지들을 펴내고 있다. 『호주한국문학』은 호주한국문학협회가 발간하는 것으로, 협회는 2008년 시인이며 수필가인 이기순씨 주축으로 창립되었다. 협회(회장 이기순)는 해마다 호주일보와 신춘문예 공모로 신인작가를 발굴한다. 윤정헌, 「호주한인문학 연구」, 『한민족어문학』제37집, 한민족어문학회, 2000, 243쪽. 『호주한인문학』을 발간하는 호주한인문인협회는 80년대 중반, 한국에서 이민 온 일부 문인들이 시드니를 중심으로 동인 성격의 모임을 가지게 된 후 1989년 이무, 윤필립 등의 문인들에 의해 재호문인회가 결성되었고 이후, 1996년 7월 재호 한인문인협회로 바꿔어 오늘에 이르렀다.

3) 김정훈 · 송명희, 「호주 한인시문학 연구」, 『한국문학이론과 비평』제50집, 한국문학이론과 비평학회, 2011, 41쪽.

4) 일사 샤프, 김은지 옮김, 『세계를 읽다 호주』, 가지, 2014, 55~56쪽. 1788년과 1868년 사이, 약 16만 명에 달하는 백인들이 범죄자로 찍혀서 영국 땅에서 쫓겨나 호주로 왔다. 그 뒤 호주는 이민정책을 적극적으로 펼쳐 다문화사회가 되었지만 아직도 인종차별주의자들이 많이 존재한다. 그들은 호주의 범죄율 증가가 베트남인 때문이라고 믿고 있으며 아시아인이 이민을 오면서 나쁜 질병을 가져왔다고 생각한다. 그들에게 '아시아인'이란 단어는 '눈이 가늘게 찢어진'을 뜻하기도 한다.

주 사회는 인종 간 차별보다 남녀차별이 두드러져서 성별에 따라 사회 안에서의 역할이 결정된다. 남녀구분이 뚜렷한 호주에서는 지금도 파티에서 남자와 여자가 따로 그룹을 지어 어울린다.[5)]

시대가 변하여 다양성을 존중하는 현대 사회지만 호주에서는 아직도 인종차별과 남녀차별이 존재한다고 한다. 이 글에서는 호주 사회에서 이방인이면서 동시에 여자로 살아가는 재호 한인 여성 작가의 작품을 살펴보고자 한다. 디아스포라이면서 타자의 삶을 사는 여성이 글쓰기를 통해 자신의 언어로 자유롭게 비상할 수 있었다는 사실을 확인하고 이 연구를 진행하게 되었다.

여성의 글쓰기는 가부장적 담론에 눌린 억압의 말인 동시에 은밀한 저항의 말이다. 남성 중심적 삶 속에서 절규하는 여성들의 막힌 말과 언어적 전략은 여성으로서의 존재 확인, 자기 찾기의 시도가 그 속에 담겨 있다. 여성들의 이야기 욕구를 가장 체계적으로 자유롭게 실현시키는 것은 글쓰기이다. 글쓰기는 구체적인 대상을 필요로 하지 않는 자족적 행위다. 여성들은 글쓰기를 통해 자신의 삶을 스스로 위안

5) 일사 샤프, 앞의 책, 91~96쪽. 식민지였던 호주는 여성에 대한 두 가지 편견을 갖고 있다. 남성의 성적 욕구를 채워주는 매춘부 이미지와 공공 도덕을 옹호하는 하나님의 수호자 이미지이다. 초기 식민지 시대에 죄수인 여성에게 행해진 폭력의 역사가 차별적인 남녀관계를 낳게 되었다. 2007년 호주 정부가 발표한 보고서에 따르면 빅토리아 주에서 45세 이하 여성이 사망 또는 질병이나 장애를 얻게 된 가장 큰 이유가 가정폭력이었다. 호주 출신 작가 저메인 그리어가 발표한 소설『거세당한 여자』(1971)가 전 세계에 페미니스트 바람을 일으킨 뒤 대도시를 주변으로 남녀평등을 주장하는 움직임이 꾸준하게 일어났다. 1984년에 통과된 성차별금지법은 호주 내에서 성으로 인한 어떤 차별도 금지하고, 2011년에는 고용인이 임신이나 출신 휴가, 모유 수유 등을 이유로 여성 근로자를 해고하지 못하도록 성희롱에 관한 법률 역시 강화하였다.

하기도 하고 반성하기도 하며 저항하기도 하고 견뎌내기도 한다.[6] 엘렌 식수는 여성적 글쓰기가 여성 본연의 자리를 찾아 줄 것이라고 보았다.[7] 글쓰기 행위는 여성에 의한 말의 장악을 나타내며 여성의 억압 위에 형성되었던 역사 속으로 여성이 들어감을 알리게 될 것이라고 했다. 그리고 모든 상징 체계 속에서, 모든 정치적 절차 속에서 여성 마음대로, 여성 자신의 권리를 위해 이해관계자와 전수자가 되기 위해 글을 써야 한다고 강조하였다.[8]

낯선 이국에서 여성의 글쓰기는 이민자인 자신을 드러내는 길이며, 소외감을 극복하고 자신의 정체성을 찾아가는 길이다. 한국에서도 여성적 역할과 지위가 비교적 한정되어 있는데, 백인 우월의식이 팽배한 호주 사회에서 아시아 국가 여성은 소외된 위치로 스스로 움츠러들고 소극적이 될 수밖에 없을 것이다. 그 상황에서 글쓰기란 여성의 자존감을 회복하는 방법일 것이며 마음의 위로를 받을 수 있는 출구라고 본다. 특히 여성은 자신의 이야기를 서술함으로써 삶을 치유할 수 있고, 글쓰기를 통한 과거로의 여행은 내면의 치유와 더불어 자아와의 화해를 도모하는 적극적 행위이다. 여성적 글쓰기를 통한 '형상

---

6) 황도경, 「여성의 말하기와 글쓰기」, 『한국여성시학』, 깊은샘, 1997, 289쪽.

7) 엘렌 식수, 박혜영 옮김, 『메두사의 웃음 / 출구』, 동문선, 2004, 69쪽. "모든 사람들은 알고 있다. 다른 곳으로 가기 위한 탐험 · 항해를 위해서는 통로가 있다는 것을. 그 통로, 그것은 책이다. 경제적으로 정치적으로 모든 비천함, 모든 타협을 강요당하지 않는 어떤 곳이 있다는 것을. 모든 사람들은 알고 있다. 체제 재생산을 강요받지 않는 그 어떤 곳, 그것은 글쓰기의 나라라는 것을, 지옥과 같은 반복에서 벗어날 수 있는 또 다른 곳이 있다면, 그것은 그곳이며, 그것이 씌어지고, 그것이 꿈꾸며, 그것이 신세계들을 만들어 내는 그곳이라는 것을."

8) 엘렌 식수, 앞의 책, 19쪽.

화된 언어'는 서술자 스스로를 감동시키고 변화하게 한다.[9] 결국 작가는 자신의 작품을 통해 현실의 문제를 극복하고 더 큰 이상을 펼쳐 나가게 된다.

이 글에서는 호주 한글문단에서 2권의 수필집과 4권의 시집을 발간하며 활발한 활동을 하고 있는 이기순의 작품을 연구대상으로 삼았다.[10] 그의 시세계를 통해서 재외한인문학의 여성적 글쓰기 형태를 구체적으로 살펴보고자 한다. 재외한인 여성 작가인 이기순은 시를 쓰면서 삶에 대해 치유적 활력을 얻고 삶의 의미를 발견해 나갔을 것이다.

2. 차이의 수용과 포용의 말하기

엘렌 식수에 의하면 여성은 아무런 계산없이 자기를 탈고유화하는 능력을 가지고 있다. 여자의 무의식은 세계적이며, 여자의 리비도는 우주적으로 자신에 대해 지역화를 만들지 않고 주변을 새기거나 구별하지 않는다.[11] 여성은 여자로 생성되어가는 변천 속에서 잠재적으로 있는 양성성을 말소시키지 않아서 여성성과 양성성을 함께 간직하고 있다.[12] 여성은 여성적 글쓰기를 통해 타자가 존재한다는 것을 인정하며 타자를 수용한다. 타자는 현실과의 관계에 혼란을 가져오는

9) 채연숙, 『'형상화된 언어', 치유적 삶』, 교육과학사, 2015, 117~118쪽.
10) 이기순, 『나그네 향기』, 문학바탕, 2005. 『춤추는 가면』, 『타조발을 밟은 참새』, 『환상』, 모던, 2010. 『시간의 소리』, 『빛을 조각하는 바람』, 시한울, 2015.
11) 엘렌 식수, 앞의 책, 103쪽.
12) 위의 책, 99쪽.

존재지만 여성은 글쓰기를 통해 그를 받아들이며 자신을 끝없이 확장해 나갈 수 있다. 타자로서가 아닌 진정한 주체로서의 여성성으로 자신과 다른 존재의 차이가 무엇인가를 정립하고 새롭게 새기는 작업을 하는 것이다.[13)]

재외 한인들의 문학작품에는 민족적 삶의 현실에 대한 다양한 체험과 복합적 시선이 존재한다. 이들 문학에는 이주라는 '탈(脫)공간'의 박탈적 경험과 '언어적 전치(轉置)과정'에서 발생하는 소외와 정체성의 혼란, 그런 가운데서도 민족적 정체성을 고수하려는 숨은 노력 등이 담겨 있다.[14)] 재외 한인문학이 드러내 보이는 공통적 주제는 이주 한인들이 겪어야 했던 '경계인' 의식과 정체성의 상실이다.[15)] 이기순 시인은 호주의 이방인이라는 자신의 위치를 정확하게 받아들인다. 호주는 이기순 시인에게 타자이며, 시인 또한 호주인에게는 타자이다. 시인은 여성 특유의 포용 정신으로 타인과 자아의 차이를 있는 그대로 인정하고 주어진 환경을 객관화된 시선으로 바라보고자 하였다.

(1) 시드니 북쪽 쿠링가이 국립공원 끝자락
　　계곡마다 초록물이 고여있는 곳

---

13) 위의 책, 212쪽.

14) 정덕준, 「재외 한인문학과 한국문학 - 연구 방향과 과제를 중심으로」, 『한국문학이론과 비평』제32집, 한국문학이론과 비평학회, 2006, 17쪽. 정덕준은 재외 한인문학을 한국문학의 범주 안에 적극적으로 포함시키는 과정을 통해 국적 위주의 민족문학 개념을 확장시키고, 우리 문학의 외연을 확대해 나갈 수 있는 활로를 찾아야 한다고 보았다.

15) 위의 책, 24쪽. 쿠르트 레빈(Kurt Lewin)에 의하면 "복수의이질적 집단에 동시에 속하거나 어떤 집단에도 명확하게 속하지 못하는 처지에 있는, 두 사회나 집단 사이에서 얼치기가 되는 자"로서 이문화(異文化) 지역으로의 이주자가 그 대표적인 예이다. 『사회과학에서의 장이론』, 민음사, 1987. 재인용.

원주민 아보리진들 그 자유,
그 숨결 어디로 갔을까?
파란 눈빛에 뭉개진 그 자유
시간에 엉켜 붙은 초록 희망
언제부터 초점 잃었을까?
그렇다고 다문화민족의 탓인 양 보지 마라
푸런티어(frontier)정신, 이상향을 꿈꾸는 곳
벌쭉이 웃자란 꽃대에 삐죽삐죽 칼날 세운 잎새
높새바람에 흔들릴지언정 절대 꺾이지 않는
눅진눅진 엿가락처럼 잘도 버텨내는 내성(耐性)
잔뿌리마저 단단한 가을꽃으로 피어
비개인 오후 무지개처럼
넓은 태평양 위에 오색 시향(詩香) 뿌려가는
나는 갈색피부
나에게 고향이 어디냐고 묻지를 마라
그대도 나도 이방인이니까,

–「묻지 마라」 전문[16)]

(2) 태초부터 서로 다른 흙에서 온 뿌리들
꽃피우고 열매 익힌 도시, 그 속에서
네가 누구인가 어찌 물을 수 있으랴
내일이면 환영을 보리라, 또다시
내일이면 보리라, 그렇게 달려와 문득
삿갓의 후예로 살려는 그 불꽃에서

---

16) 이기순, 『빛을 조각하는 바람』, 시한울, 2015, 16쪽.

어찌 환속(還俗)하고 싶지 않으랴,

타국의 질편한 둔덕에서 삭혀온
디아스포라의 삶
작은 미움까지도 정으로 움켜쥐고
놓지 못하는 설익은 심장
어찌 들숨날숨으로 박동하지 않으랴,
언어와 언어가 뒤엉킨 이 땅에서
우리말의 실체, 실타래 같으니
어찌 선잠으로 목이 타지 않으랴 ,

-「열정, 그 뒤안길」 부분[17)]

(3) 이향의 언덕에 뿌리내린 야생화
비릿한 바닷바람 목도리처럼 두르고
휘돌아온 세월이 손금으로 선명하다

때로는 어둠에 부표처럼 떠 있는
작은 배가 되었다가
때로는 차디찬 달빛에 은빛갈치처럼
바다 속으로 곤두박질하면서
물보라 건넌 도요새

-「삶」 부분[18)]

---

17) 이기순, 앞의 책, 42~43쪽.
18) 위의 책, 48쪽.

호주는 영국인이 들어오기 전까지 원주민들의 땅이었다. 백인들이 정착하면서 원주민들은 시외 지역으로 쫓기다 못해 사막같은 제한 구역에 갇히게 되었다. (1)의 화자는 호주의 한 '국립공원'에서 이곳의 주류사회였지만 이제는 이방인으로 전락한 원주민들의 삶을 환기하고 있다.[19] 과거 자유로웠던 원주민들은 '초록물이 고여' 넘쳐서 생명력으로 가득한 눈빛을 하고 있었을 것이다. 하지만 '파란 눈빛'의 영국인들이 들어와 그들의 터전을 앗아감으로 눈빛의 '초점'을 잃고 생명력을 상실하기에 이르렀다. 이 시에서 화자는 주체에서 타자로 위치가 바뀐 원주민들에 대한 연민을 드러내고 있다. 그리고 이국에서 타자가 된 자신의 모습을 그들과 비교하였다. 화자는 자신이 서 있는 곳이 절망의 공간이 아니라 새로운 이상향을 꿈꿀 수 있는 미지의 경계라고 보았다. 화자를 '흔들' 수 있는 시련의 공간이지만 '절대 꺾이지 않는' '내성'을 가진 강인한 민족성으로 버텨보겠다고 다짐하고 있다. 일정하고 균형있게 자라진 못했지만 '삐죽삐죽 칼날 세'우고 어떤 바람 앞에도 무릎 꿇지 않는 이방인의 기개를 자신하고 있다. '눅진눅진 엿가락처럼' 늘어질지언정 끊어질 수 없는 끈질긴 생명력을 지니겠다는 것이다. 또한 '잔뿌리마저 단단한' 꽃으로 피어 이국땅에 '시향'을 뿌리고 싶은 시인은 자신의 피부색을 당당하게 인정한다. 다문화 사

---

19) 일사 샤프, 앞의 책, 70~72쪽. 진보적인 호주 사람들은 원주민을 가리켜 '최초의 호주인'이라고 부른다. 1788년 영국인이 호주 대륙에 정착하러 들어왔을 때 시드니 주변에만 100만명이 넘는 원주민이 살았다고 한다. 처음 호주에 도착한 영국인과 유럽인들은 이미 그곳에 살고 있던 원주민을 무시하고 호주 대륙을 '주인없는 땅'이라고 선포하였다. 그곳의 침입자들은 원주민을 동물처럼 사냥하고 학살을 일삼았으며 원주민의 문화를 무시하고 끝내 말살했다. 현재도 여전히 원주민들은 공공연하게 부당한 대우를 받고 있다고 한다.

회에서 '갈색피부'를 지닌 이민족으로 자신만의 뿌리를 확고히 다지겠다는 결의를 확인할 수 있다.

호주는 다종족 다문화 사회로 '태초부터 서로 다른 흙에서 온 뿌리들'이 공동체를 이루고 있다. (2) 시에서는 호주에서 꿈을 잃지 않고 내일의 환영을 간직하며 하루하루를 살아가는 디아스포라들의 모습을 그리고 있다. '타국의 질펀한 둔덕에서' 아픔을 삭히고 '삭혀온' 그들은 '디아스포라의 삶'을 꿋꿋하게 견디며 살고 있다. 시인은 그 삶의 역경 속에서 '작은' 감정 하나에도 요동치는 '심장'의 움직임을 부여잡고 창작의 욕구를 드러낸다. 디아스포라의 삶으로 살아가지만 그 경계에 머뭇거리지 않고 고국의 언어로 시 쓰기를 갈망하는 자아의 목소리가 드러난다. 시는 모든 생명이 품고 있는 존재의 가능성을 열어준다.[20] 이방인으로 살아가고 있는 시인에게 여성적 글쓰기는 인간의 진실한 조건을 깨닫고 받아들이도록 해 준다는 점에서 근원적 삶을 모색하고 내면을 다독이는 치유의 행위라고 할 수 있다.

(3) 시에서 화자는 자신을 '이향의 언덕에 뿌리내린 야생화'에 비유하였다. 화자가 이국의 '비릿한 바닷바람'을 몸에 감고 거친 세월을 살아왔다고 회상한 것이다. 휘몰아쳐 살아온 인생살이를 손금 보듯이 돌아보며 자신에 대한 연민을 드러내었다. 화자는 거센 파도가 치면 난파될 수 있는 '작은 배'와 같은 미약한 존재였지만 아무것도 보이지 않는 '어둠' 속에서도 '부표처럼 떠'서 자신의 신념을 잃지 않았다. 부표는 이리저리 힘없이 출렁이는 것처럼 보여도 결코 자기 자리를 떠나지 않기 때문에 타인에게 길잡이 역할을 해 준다. 화자 또한 모진 현

---

20) 옥타비오 파스, 김홍근 · 김은중 옮김, 『활과 리라』, 솔, 2001, 206쪽

실에서 작은 흔들림을 보일지언정 자신의 위치를 벗어나지 않아 주변인에게 삶의 방향을 제시해 주고자 하였다. 때로는 '차디'차고 냉혹한 현실 속에서도 자신의 빛을 발하는 '은빛갈치처럼' '바다 속으로 곤두박질하면서'도 새로운 존재로 거듭날 수 있음을 보여준다. '물보라'를 건너는 한 마리 '도요새'처럼 온갖 역경을 이겨내고 하늘로 비상하는 새가 되는 모습을 통해 정신적 승리를 거두고자 한다. 지금까지 이방인의 삶을 인정하고 그 속에서 강인한 정신력으로 삶을 꾸려나가는 시인의 모습을 확인해 볼 수 있었다.

(1) 사람이 꽃처럼 아름답듯,
빛과 그늘 온전히 끌어 안는 자연에서
생경한 바람의 함성을 들었다
시간시간 핏줄로 전해지는 온기를

-「자연에서」 부분[21)]

(2) 그렇지요.
내 마음 그리움으로 출렁일 때마다
난 시드니항구로 달려가곤 했지요.
푸른 수평선 위에 내 마음 띄워놓고
고국의 하늘을 찾아 헤매기도 했었지요.

그랬지요.
눈치 빠른 바닷새들 얄미운 자맥질로

21) 이기순, 『빛을 조각하는 바람』, 시한울, 2015, 136쪽.

내 눈을 가려버리고
아름다운 시드니 항구는 또 그렇게
내 그리움을 감싸 안아주었지요.
그렇게 또 20년이 흘러가네요.
- 「아름다운 시드니항구」 부분[22]

(3) 햇살이 그림자를 밟는 해거름
보랏빛 영혼이 허공에 출렁거린다
연약한 들녘처럼 흔들리는
"자카란다"
저리도 가슴저린가,

초여름 열정 식기도 전에
세월의 품속으로 낙화하는
"자카란다"
보랏빛 갈망으로 꿈꾸는 시간
꽃눈으로 발아시켜
활화산처럼 피어날 약속 있음에도
저리도 속울음 토하는가,
- 「꽃이야기(자카란다)」[23]

(4) 훈훈한 바람이 가슴속에 바다를 껴안고
밀물이 되어 밀려간다. 인생살이

---

22) 이기순, 『나그네의 향기』, 문학바탕, 2005, 143쪽.
23) ______, 『빛을 조각하는 바람』, 시한울, 2015, 69쪽.

햇볕도 되었다가 바람도 되었다가
그렇게 밀려가고 밀려갈 동안
저 연약한 채송화
세월 따라 피고 지기를 반복하면서
나에게 생명의 존엄성을 일깨워준다
순간순간 앙금으로 소금창고 쌓던 가슴속
순수로 씻어준다

-「채송화」 부분[24)]

여성 안에는 언제나 회복시켜 주고 먹을 것을 주며 분리에 저항하는 '어머니'가 있다.[25)] 여성적 텍스트는 여성의 몸이라 할 수 있으며 여성적 글쓰기에는 외유내강의 여성적 포용 언어가 담겨 있다. 이방인으로 자신과 타자의 차이를 인정한 시인은 이국의 자연에서 삶의 위로를 찾고 주어진 환경을 자신의 언어로 품기 시작한다. (1) 시에는 시드니의 자연적 풍경에서 따스함을 느끼는 화자의 모습이 나타나 있다. 사람의 아름다움을 자연스럽게 꽃에 빗대듯이, 자연이 아름다운 세계라는 사실을 새삼 실감하고 있다. 밝음과 어둠을 모두 포용하는 자연에서 삶의 가르침을 배우며 이전에는 듣지 못한 '생경한 바람의' 소리를 듣게 된다. 이국의 '온전'한 '자연에서' 바다 건너 고국에서 불어오는 따스한 바람을 피부로 느끼며 이질적 두 공간의 합일을 추구하고 있다. (2) 시에는 고국이 그리운 화자가 '아름다운 시드니 항구'에서 위로를 얻은 내용이다. '고국의 하늘'을 먼 바다 너머로 보고자

24) 이기순, 『환상』, 모던, 2010, 116쪽.
25) 엘렌 식수, 앞의 책, 115쪽.

했을 때 항구를 찾아갔다. 그곳에서 잠시나마 '푸른' 하늘을 보며 위안을 삼았을 것이다. 하지만 '바닷새들'이 자신의 시야를 방해해서 '수평선'을 바라보지 못할 때 비로소 '시드니 항구'의 아름다움을 발견하게 된다. 20년의 이민생활 동안 그 항구에서 위로를 얻었을 화자의 담담한 목소리가 그려진다. 여성은 자신에게 주어진 삶을 거부하지 않는다. 여성의 언어는 자신을 억제하지 않고 주변을 품으며 미지의 것에 대해 두려움을 갖지 않고 적응하려고 노력한다.[26] 호주 시드니에서의 삶을 선택한 시인은 이제 그곳의 자연을 받아들이고 자신에게 주어진 삶에 적응해 나가고 있다.

(3) 시에는 호주의 대표적인 꽃이 등장한다. 자연이 갖고 있는 이미지는 시인이 창조한 것으로 시인의 마음을 잘 드러내 준다. 시인이 창조해 낸 자연은 인간의 정신이 생명을 부여한 대상이다.[27] 그 중에서도 꽃은 그것을 바라보고 냄새 맡고 만져 봄에 의한 즐거움으로써 미적 의식에 주어지는 순수한 부여물이다.[28] 해질녘에 '연약한 들녘처럼' 흔들리는 '보랏빛' 영혼은 화자의 쓸쓸한 내면을 보여준다.[29] 들녘이란 '연약한' 존재라 볼 수 없다. 무한한 잠재의 능력을 갖춘 들녘이

---

26) 엘렌 식수, 앞의 책, 41쪽. 엘렌 식수는 이러한 능력을 여성의 자기 변질 가능성이라고 하였다.

27) 클리언드 브룩스, 이경수 옮김, 『잘 빚어진 항아리』, 홍성사, 1983, 169쪽.

28) 아지자, 앞의 책, 188쪽.

29) 칸딘스키, 권영필 옮김, 『예술에서의 정신적인 것에 대하여 - 칸딘스키의 예술론』, 열화당, 2010, 99쪽. 빨강이 파랑에 의해서 인간에게서 멀어져 감으로써 생겨난 색이 보라색이다. 즉 이 보라색은 인간으로부터 멀어지려는 경향을 가지고 있다. 보라색은 물리적이고 심리적인 의미에서 볼 때 냉각한 빨강이다. 보라색은 일종의 병적이며, 불꽃이 꺼져 버린 것 같은 요소를 가지고 있으며, 또한 내부에 비극적인 요소를 가지고 있다. 보라색은 잉글리시 호른이나 갈대피리의 음향과 유사하다.

연약하다고 표현한 것은 화자 마음의 공허를 표현한 것이다. '저리도'라는 부사어를 반복하면서 쓸쓸한 마음에 흔들리는 꽃잎을 보고 '가슴저'림을 느끼고 있다. 꽃은 일시적인 존재로 흐르는 시간의 표지라 할 수 있다. 멈출 수 없는 '세월의' 흐름을 느끼는 화자는 아무리 '활화산처럼 피어날 약속 있음에도' '낙화하는' 현실에 가슴앓이를 하고 있다. 하지만 이내 다음 시에서 강인한 정신을 회복한다. (4) 시는 이국땅에 핀 '연약한 채송화'를 통해 '생명의 존엄성'을 배우고 있다. '인생살이'가 '밀물이 되'었다가 썰물이 되기도 하고, 행복한 추억이 쌓이는 '햇볕도 되었다가' 때론 삶을 포기하고 싶은 '바람'도 된다. 이러한 삶과 죽음의 양면성 속에서 '연약한' 존재이면서 언제나 '피고 지기를 반복하'며 끈질긴 생명력을 보여주는 작은 꽃송이를 보며 깨달음을 얻는다. 아주 작은 존재로 관심을 갖지 않으면 볼 수 없는 존재인 '채송화'를 통해 자신의 '순수'를 되찾고 싶어하는 시인의 섬세함과 결벽성을 확인할 수 있다. 또한 세상에 대해 혹은 누군가에 대한 불평불만으로 '소금창고'처럼 '앙금'이 쌓였을 자신의 마음을 '씻'고 깨끗하게 새로 출발하고 싶은 그의 강한 정신적 의지를 확인할 수 있다.

지금까지 살펴본 바에 의하면 시인은 여성적 글쓰기를 통해 자신과 타자의 차이를 수용하고 주변의 환경에 대해 포용적인 언어로 경계인 의식을 극복하고 정체성을 회복할 수 있었다는 사실을 알 수 있었다.

3. 내면을 비상하는 자유의 언어

스스로의 내면을 들여다볼 수 있는 사람은 자유로워질 수 있다. 자신의 내밀한 공간을 외면하는 자는 다른 이의 마음을 포용할 수 없으며, 마음의 짐을 지고 있는 자는 진정한 자유를 누릴 수 없다. 시인은 내면을 솔직하게 표현함으로써 자유로운 자가 될 수 있었다. 자아가 서 있는 이방인의 자리를 부정하지 않았다. 현실을 있는 그대로 수용한 시인은 고국과 어머니를 그리워한다. 시는 근본적으로 독백의 자기 발화다. 한 시인에게 시는 그의 내면을 드러내는 방법이며, 드러냄으로써 심리적 카타르시스를 이룬다. 심리적 불평형 상태를 시로 씀으로서 평형상태를 이루어 나가게 된다. 시를 씀으로써 시인의 존재를 확보하고 지속할 수 있다. 시 쓰기는 자신으로 존재하기 위한 방법이며 자신의 존재를 확인하는 유일한 출로라 할 수 있다.[30] 여자는 글을 쓰면서 침묵 아닌 다른 것으로 여성을 주장하게 된다.[31] 상징적이고 지배적인 담론 안에서 여자는 침묵해야 하기 때문에 여성은 자기 자신을 글로 써야 한다. 여성적 글쓰기는 부당한 역사와의 결별과 더불어 새로운 변화를 가져올 수 있다. 글을 쓰는 행위는 여성에게 자기 고유의 힘에 접근하는 것을 가능하게 할 것이다.[32] 글을 쓰는 사람들의 대부분은 자신과의 화해나 자신이 가진 유년이나 과거와의 화해를 위해 글을 쓴다고 볼 수 있다. 글은 과거를 회상하고 기억하지만 결국 쓰는 순간을 지향하고 있다. 그러면서도 쓰여진 글의 의미는 늘 미래지향적이다. 글을 쓰면서 자신을 설계하고 상황을 변화시켜 나가기

---

30) 김영미, 「엑소더스, 그 시의 치유 양상」, 『문학예술치료』제1권, 문학예술치료학회, 2016, 64쪽.

31) 엘렌 식수, 앞의 책, 114쪽. 여자는 글을 쓰면서 지배 담론의 도전에 응하면서 여자를 긍정하게 된다.

32) 위의 책, 18~19쪽.

때문이다.[33)]

시인은 시 쓰기를 통해 자신의 내면을 솔직하게 표현한다. 이민자는 외적으로 낯선 공간에 적응하여 살지만 그의 무의식은 자아의 근원적인 공간을 배회한다. 개인은 자란 일정한 공간은 개인의 삶에 특별한 의미를 부여하게 된다. 고향과 고국 그리고 어머니는 등치의 대상이라 할 수 있다. 인간 존재의 근원적 공간이기 때문이다. 고국을 떠나온 시인은 동일성의 회복을 위해 외부 공간에 고국의 공간 이미지를 연상하고 투사하여 세계를 자아화하려고 하였다. 외부의 장소가 내면화된 고국의 이미지에 동화되거나 내면화된 고국이 외부의 장소에 투사될 때만 외부의 장소는 제한적으로 시적 자아에게 의미를 갖는다. 그러한 의미 부여을 통해 외적으로는 외국에 살아도 내적으로는 고국에 사는 삶을 유지하려고 한 것이다.[34)]

(1) 후미진 세월자락 헤집어보아도
그리움 깔려있는 꿈길 더듬어보아도
그윽이 서려오는 가날픈 숨결
서리꽃 같았던 그 모습

---

33) 채연숙, 『'형상화된 언어', 치유적 삶』, 교육과학사, 2015, 72~73쪽. 문학치료의 인본주의적 근원은 게슈탈트이론이다. 게슈탈트는 '개체에 의해 지각된 자신의 행동 동기'를 뜻하는 것으로, 개체의 욕구나 감정을 말하는 것이 아니라 개체가 어떤 상황 속에서 자신의 욕구나 감정 그리고 환경조건과 맥락 등을 고려하여 가장 매력있는 혹은 절실한 행동을 게슈탈트로 형성하는 것이다. 그 이론에서는 치료적으로 현재의 상황이나 감정을 매우 중요하게 여긴다. 이 이론의 기본 원리는 '지금-현재', '지금-여기'의 현 상황의 자신을 자각하고 통찰함으로써 자신의 모습을 있는 그대로 보게 되고 그것을 글이나 그림으로 형상화한다는 것이 이론적 특징이다.

34) 김기택, 「마종기 시의 공간 의식의 변화에 대한 고찰」, 『국제한인문학』제17집, 국제한인문학회, 2016, 81쪽.

시드니가을 아지랑이로 출렁일 뿐
어느 하늘꽃밭에 노니는지 감감무소식
-「어머니의 강」 부분[35]

(2) 내 안에 시월은,
기와지붕에 감 떨어지는 소리지
물 먹은 콩나물 시루에 청명한 달이 떴지
꿈 많은 소녀의 치마폭에서 알밤이 익었지
달빛에 부서진 별들이 대나무 밭에서 속삭였지
내 안에 시월은,
황톳길에 빛나는 새벽이슬처럼
경건한 풍요로움이었지
-「회상(回想)」[36]

(3) 밤새도록 토닥토닥 비가 내리더니
온종일 쇳물같이 절절 끓이던 그리움
서로를 껴안고 샛노란 꽃으로 피어
내 고향 빈집 앞마당을 옮겨놓았나
밤비 먹은 하늘이 시퍼렇다
이슬 먹은 나무들이 청량하다
세상이 더없이 맑다
진실이 초록 뒤에 숨어있는지
샛노란 꽃잎 지기 전에 저울에 올려볼까

35) 이기순, 『빛을 조각하는 바람』, 시한울, 2015, 38쪽.
36) 위의 책, 64쪽.

어느 쪽으로 기우는지

-「샛노란 칸나꽃」 부분[37)]

시인은 고향과 가족에 대한 그리움을 이국의 자연에 고국의 공간을 겹쳐 표현하였다. 시인의 마음 깊숙이 자리한 감정의 소용돌이는 어머니의 생각으로 차 있을 것인데 그 마음을 감추지 않고 그대로 표현함으로써 시인은 내면의 자유를 획득하고자 하였다. (1) 시에는 어머니의 회상을 그리고 있다. 화자는 지나간 시간을 추억하며 '후미진 세월자락 헤집어보아도' 혹은 '그리움'의 기억들을 찬찬히 '더듬어보아도' 어머니의 모습을 찾을 수 없다. '꿈길'에 행여 보일까 기대하지만 어머니는 시인을 찾아오지 않는다. '가냘픈 숨결'을 지닌 연약한 어머니는 창백한 모습으로 '서리꽃 같'은 존재였는데 떠난 뒤에도 그 모습은 여리디 여린 '아지랑이'로 그림자처럼 뿌옇게 '출렁'거리며 모습을 보여주지 않는다. '감감무소식'인 어머니를 시드니 하늘에서 그려보는 시인의 애잔한 모습을 확인할 수 있다.

(2) 시에는 '시월' 고향의 모습이 나타나 있다. '기와지붕에 감 떨어지는' 소리를 청각적으로, '콩나물 시루'에 비친 '청명한 달'을 시각적으로 형상화하여 구체적 생동감을 부여하였다. 또한 시인의 모습을 객관적 대상으로 표현하여 떨어진 '알밤'을 '치마폭' 가득 담아오던 소녀로 표현하였다. '달빛' 아래 무수한 '별들이' 운행하는 모습을 '대나무 밭에서 속삭'이는 정감어린 모습으로 형상화하여 따스한 고향 풍경을 자아내고 있다. 시골의 '노란 황톳길'에 빛나는 '새벽이슬'은 만

37) 이기순, 『환상』, 모던, 2010, 33쪽.

곡을 익게 하는 풍요로움의 대상으로 부족할 것 없던 고향 마을의 행복한 기억을 보여준다. '~지'라는 종결어미의 반복은 화자의 이야기를 듣고 있는 누군가를 친근하고 정감어린 과거의 추억 속으로 동참하게 만든다. (3) 시에는 고향 생각하는 시인이 자연에서 위로를 얻고 있다. 밤새도록 비가 '토닥토닥' 내려서 시인의 등을 두드리는 느낌을 준다. 고향을 애절하게 그리워하는 마음을 뜨거운 용광로의 '쇳물'에 비유할 정도로 '절절 끓'는다고 하니 시인의 마음이 어떠한지 짐작이 가능하다. '고향 빈집 앞마당'에 피어있을 법한 칸나꽃이 시드니에 피어있음을 보고 감격에 젖는다. '밤비 먹은 하늘'은 멍이 든 것처럼 '시퍼렇'지만 이슬 먹은 '나무들'은 '청량하'기만 하다. '더없이 맑'아서 '초록' 세상인 곳에 진실이 담겨있다고 생각한다. 순수하고 맑은 자연의 모습에서 진실과 진리를 추구하는 소박한 시인의 정신 세계를 가늠해 볼 수 있다.

(1) 흐르는 개울물에 발을 담그고
투명한 것들에게 내 속내 들어낼 수 있는
그런 곳으로 떠나고 싶다.

정작 제 속내 덮어두고 남의 속내 들추어보는
세상, 서 있기만 해도 빙글빙글 멀미가 난다.
무딘 척 바라보지만 방향에 따라 찌그러진 얼굴뿐이다.
그렇지, 나 또한 그 사람의 눈엔 뒤통수만 보일지도

-「탈춤을 추네」 부분[38]

38) 이기순, 『빛을 조각하는 바람』, 시한울, 2015, 116쪽.

(2) 위로도 아래로도 견주지 않기를
나름대로 터득한 진실, 그 오묘함
이제라도 알았으니 거울 앞에선 나그네
마음 매무새 고쳐본다

여린 땅거미에도 길을 잃고 비틀거리는
영혼에 물끈을 터놓고
선명한 부표하나 세워보는 1월의 행보
-「1월」 부분[39]

(3) 종달새 걸음으로 쳇바퀴 돌 듯
걸어온 세월
이향의 자갈밭 밟는 소리 귓전에 흘리며
어깨 위로 싸늘하게 불던 바람
허리춤에 매달고
태평양 건너온 우리 아버지의 시계
허기진 기류 속에서 빙그르르 돌다
낯선 언어 속에서 부엉이 울음소리로
잿빛날개를 달더니 언제부턴가
영육의 간결한 색채로 비상(飛翔)을 꿈꾸었지

주어진 숙명에 매몰된 바람의 절규
치밀어 오르는 분노에
실핏줄 곤두세웠던 시간까지

39) 위의 책, 149쪽.

오늘은 희망의 무지개로 뜬다

-「비상(飛翔)」[40]

시인은 여성적 목소리로 고향과 가족에 대한 그리움을 절실하게 드러내었다. 이제 그는 자신의 내면을 솔직하게 표현함으로 무한한 자유로움을 획득하게 될 것이다. 내밀한 내면을 바라보며 자신의 삶에 대해 설계하고 자신의 나아갈 바를 깨닫게 된다. (1) 시에서 시인은 자신의 '속내'를 '투명'하게 '흐르는 개울물에' 비추고 싶어한다. 이국에서의 가식적인 삶에서 벗어나 자신의 어떠한 모습이든 받아줄 것 같은 고향 산천의 자연에 보이고 싶은 것이다. 그는 '제 속내 덮어두고 남의 속내 들추어보는' 이방인들의 삶 속에서 어지러움을 느낀다. 아무렇지 않은 척 무신경한 척 애써 노력하지만 보이는 얼굴들은 가식적이고 '찌그러진 얼굴'들이다. 하지만 나 또한 타인들의 눈에 가식적인 모습은 아닐지 반성해 본다.

(2) 시에는 한 해를 시작하는 '1월'에 시인이 어떠한 마음가짐을 가져야 할지 자아성찰하는 태도를 보인다. '위로도 아래로도' 다른 존재와 '견주지 않기를' 바라며 그 '진실'을 지켜나가기 위해 '마음 매무새'를 '거울 앞에'서 다지는 시인의 모습을 확인할 수 있다. '나그네'로서 작은 어려움에도 '길을 잃고 비틀거'렸음을 반성하며 좀더 의연한 자세로 한 해를 살아갈 것을 '부표 하나 세워보는' 일로 마음을 잡는다. (3)에는 큰 보폭도 아니고 '종달새 걸음으로' 삶의 '쳇바퀴'를 '돌 듯'이 반복적인 일상을 살아온 세월을 돌아보고 있다. '이향'에서 이방인

---

40) 이기순, 『환상』, 모던, 2010, 72쪽.

으로 사는 것은 '자갈밭' 같은 불안하고 위험한 세월을 보내는 것이다. 늘상 겪는 어려움을 '어깨 위로 싸늘하게 불던 바람'에 비유하며 힘든 삶의 발자취를 그리고 있다. 하지만 이젠 타국의 '낯선 언어' 속에서도 자신만의 언어를 바로 세우며 정신과 육체가 날아오르기를 바란다. '주어진 숙명'을 극복하고 자신의 상황에 '치밀어 오르'던 '분노'의 힘까지 모아서 '희망의 무지개'를 띄우고자 한다.

앞의 시들을 통해서 살펴보았듯이 시인은 여성적 글쓰기를 통해 무한한 내면의식을 확장해 나갔다. 그리운 고향과 어머니를 시드니의 자연에 투사하여 그리움을 맘껏 표현하였으며, 아시아의 여성으로서 주어진 환경에 굴하지 않고 절망을 희망으로 변화시키고자 하는 내면 의지를 표출하였다. 시인은 인종과 남녀의 차별이 있는 호주의 거친 땅에서 당당한 여성적 목소리로 시를 통해 자신의 존재를 알리고 자아성찰과 더불어 강인한 여성의 의지를 확인시켜주었다.

4. 타자 지향의 위로와 치유의 글쓰기

여성은 자기가 가진 것 이상으로 주며 자기가 주는 것으로부터, 설사 예측 못한 이익이 자기에게 돌아오리라는 확신이 없이도 준다. 여성적 글쓰기는 여성을 살게 하고, 생각하게 하며, 변모하게 한다. 여성은 다소 의식적인 계산 끝에 이득을 보는 것이 아니라 차이를 본다.[41] 여성 안에는 항상 타자를 생산하는 힘이 있다. 여자는 잠재적이며 언

41) 엘렌 식수, 앞의 책, 46쪽.

제나 채비가 되어 있다. 타자를 위한 장소가 있다.[42] 여성은 자기 자신에 집착하지 않기 때문에 분산 가능한 존재다.[43] 여성은 사랑하고자 하는 욕구가 있어서 타자를 원하며 타자 전체를 욕망한다. 살아간다는 것은 존재하는 모든 것, 살아 잇는 모든 것을 바라는 것이기 때문이다. 시는 비할 바 없는 삶의 생동감을 주며 시인은 타자들을 나타내고, 타자들을 실현하는 것이 과업이다. 여성이 쓰는 시적 언어는 타자성을 드러냄과 동시에 현재의 자신과 타자의 자아를 실현시킬 수 있다.[44] 여성적 글쓰기는 남성 중심적 체제를 지배하는 담론을 초월할 것이다. 여성이 발언권을 잡고 말한다는 것은 현기증 나는 도약이며 자신을 내던지는 다이빙과 같다. 여성은 자기 담론의 논리를 그 여자는 자기 온몸으로 생명을 다하여 주장한다.[45]

앞에서 시인은 이국에서 자신이 타자로서 이방인임을 인정하고 차이를 수용하였으며 포용의 언어로 주변을 감싸 안았다. 그리고 자신의 내면의 솔직한 고백을 통해 자신만의 언어로 무한한 자유를 표현하였다. 이제 시인은 타자를 지향하는 치유적 글쓰기를 통해 자신은 물론 타자로서 이방인의 아픔을 극복하고자 하였다. 시의 리듬과 이미지를 통해 시인은 시 속에서 끊임없이 자신이 되고자 하는 자로 존재한다. 시는 '존재로 들어가기'이다.[46] 시인은 시 쓰기를 통해 자신과 타자를 동일시하고 타자의 아픔을 위로하고 치유하고자 하였다. 여성적이며 치유적인 글쓰기는 독자뿐만 아니라 시인 자신에게도 영향

42) 엘렌식수, 앞의 책, 22쪽.
43) 위의 책, 41쪽.
44) 옥타비오 파스, 앞의 책, 205쪽.
45) 엘렌 식수, 앞의 책, 114쪽.
46) 옥타비오 파스, 앞의 책, 149쪽.

을 미친다. 글을 쓰는 사람의 삶 자체가 하나의 소재가 되어 그것이 글을 쓰는 자신에 의해 재표현되기 때문이다. 텍스트 자체의 내면적인 것이 외부적인 것으로 전환되면서 참여자는 새로운 경험을 하게 되는 것이다.[47] 문학은 텍스트 쓰기와 읽기를 통해 자아발견과 자아존재를 확인할 수 있다. 이때의 작품은 시인 자신의 삶의 패러다임이면서 동시에 삶의 모습 그 자체다.[48]

(1) 바다갈매기 어미 찾아 울부짖는
시드니항구 뱃전에서
대지를 잃은 다갈색 그대가 토해놓는
디제리두(Didgeridoo)음색은
푸른 창공위로 구슬프게 울려 퍼지는구나,

색깔 다른 얼굴들 가슴깊이 세월을 묻고
하나둘
정박한 선상(페리) 안으로 들어가는데
하늘을 회유(回遊)하던
새털구름도 하늘 길잡이로 따라 나선다.

혼탁한 대지위에 속박으로 이어진 절규(絶叫)
양철지붕 같은 세상 속에 뿌리의 한을 내려놓고
빗소리에 울고 바람소리에 지나쳐버린

47) 채연숙, 『'형상화된 언어', 치유적 삶』, 교육과학사, 2015, 114~115쪽.
48) 위의 책, 116쪽.

긴~세월의 고통을 그늘진 가슴으로 노래하는구나,

-「나 그리고 그대」[49]

(2) 이 할미도 말없이 속울음 운적 많았단다
어쩌다 색깔 다른 이방인이 되어
이 여린 가슴속에 옹이를 만드는고,

아가야 너무 슬퍼하지 말거라
이 땅에서 한 십년 살다보면 그때는
어떤 색깔에도 바람에도 흔들리지 않고
저마다의 색깔로 어울려져 살아갈 테니까
아가야 너무 아파하지 말거라
아가야 가슴속에 옹이는 앉히지 말거라

-「이민자(친구 손녀)」[50]

(3) 타국 사람들이여
반갑잖은 눈으로
나를 보지 마라.
나는 그대들을 희망으로
제압하려고 여기 있노라. (중략)
어눌한 말투에 야유하지 마라.
우리는 동방의 예의지국
청아함의 나라에서 왔느니라.

49) 〈나향 문학관〉(http://blog.daum.net/stellalee51/16159112)에 있는 작품. 디제리두(Didgeridoo)는 호주원주민의 대형 목관 악기를 의미한다.

50) 이기순, 『빛을 조각하는 바람』, 시한울, 2015, 132쪽.

아침이슬 깨우는 나라에서 왔느니라.

-「도망가지 마라」 부분[51)]

(1) 시에서 '대지를 잃은 그대'의 울음이 '푸른 창공'으로 울려 나가는 것은 대조적 상황으로 슬픔을 부각하고 있다. '푸른'색은 인간을 무한의 세계로 이끌어 들이고, 순수에 대한 동경과 초감각적인 것에 대한 동경을 인간에게 일깨워준다.[52)] 하지만 '어미' 찾는 갈매기의 울음과 원주민의 슬픈 음율이 더해진 하늘은 어두운 푸른 색이 될 것이다.[53)] 대지는 모든 풍요로움의 비옥한 원천이 된다.[54)] 그 터전을 잃었

---

51) 이기순, 『나그네의 향기』, 문학바탕, 2005, 198~199쪽.

52) 칸딘스키, 권영필 옮김, 『예술에서의 정신적인 것에 대하여 - 칸딘스키의 예술론』, 열화당, 2010, 101쪽. 칸딘스키는 색의 특징들에 대해 잠정적이고 일반적인 사실들을 제시하였다. 감정을 영혼의 물질적인 상태라 보고 색의 특징으로 감정을 인용하였다. "색에서 색조는 음악에서 음조처럼 매우 예민한 본성인데, 말로 표현하기 어려운 영혼의 섬세한 진동을 일깨워준다. 모든 색조는 궁극적으로 언어적인 표현이 가능하겠지만 말로써 완전하게 표현해 낼 수 없는 어떤 것이 그대로 남을 수 있다. 그러므로 언어는 색에 대한 단순한 암시일 뿐이요, 색을 상당히 외적으로 특징짓는 것에 지나지 않는다."

53) 위의 책, 89~90쪽. 푸른색이 극도로 심화되면 안식의 요소가 생겨나고 검은색으로 침잠하면서 푸른색은 인간적이라 할 수 없는 슬픔의 배음을 얻게 된다. 그리하여 끝이 없는 엄숙한 상태로 무한히 침잠하게 될 것이다. 음악적으로 표현하면 어두운 푸른색은 첼로와 유사하며, 짙은 색조는 콘트라베이스의 경이로운 음향과 유사하다.

54) 아지자 · 올리비에리 · 스크트릭, 장영수 옮김, 『문학의 상징 · 주제 사전』, 청하, 1989, 313쪽. 양분을 갖고 있는 땅과 우리에게 금속과 에너지를 주는 땅 속은 그로부터 인간에게 필요한 커다란 공급원이 되어 준다. 성경과 수많은 고대 신화에 따르면 인간의 유래가 되는 대지는 그 조직적인 삶 동안에 모든 그의 염원으로부터 불러일으켜진 것처럼 보이는 그 융합을 한 줌의 흙으로 실현시키면서 그의 젖가슴에 인간을 거둬 들임에 의해 끝나게 될 것이다. 대지는 물질적인 어머니를 상징하며 오랜 영양 공급처로 인식되어 왔다. 또한 모든 것을 파묻고 창조하는 근본적 모호함을 보존하고 있다.

다는 것은 뿌리 내릴 곳이 없다는 것으로 정착하지 못하는 난민의 상황이라 할 수 있다. 그가 부르는 악기의 울림이 곧 그의 울음이다. 시드니의 하늘은 푸르디 푸르고 맑은 하늘일 것이다. 너무도 평화로워 보이는 그 하늘에 갈 곳을 잃은 원주민의 탄식이다. 디제리두[55] 악기의 낮은 음색은 우울하고 기운없이 들릴 것이다. 오랜 식민지배 속에서 원주민의 문화는 활력을 잃었을 것이다. 원주민 문화의 원 줄기가 희미해지고 무의식적인 습관이 되어 일부 전통과 몇 가지 관습만 남아 명맥을 이어고 있기 때문이다. 잔존 문화에서는 활기를 거의 찾아볼 수 없고 현실적인 창조성과 흘러넘치는 생명력도 없다. '울부짖'고 '토해놓는'이란 단어는 '색깔 다른 얼굴들'의 가슴에 맺힌 응어리를 드러낸다. 공평하지 못하고 차별이 있는 '혼탁한 대지'에서 가볍고 요란스러운 세상을 향해 슬픔의 노래를 부르고 있다. 시인은 원주민의 악기 소리를 듣고 그들의 내면의 아픔에 공감하며 타자를 위로하는 시를 쓰고 있다.

(2) 시에서 시인은 친구의 어린 손녀를 위로하고 있다. 자신 또한 이방인의 삶을 통해 경험했던 것을 어린 아이가 겪고 있다는 사실에

55) 프란츠 파농, 남경태 옮김, 『대지의 저주받은 사람들』, 그린비, 2015, 242쪽. 식민지 지배하에서의 민족 문화는 조직적으로 파괴하려는 세력과 싸우기 때문에 비밀문화가 될 수밖에 없다. 점령국이 전통에 대한 집착을 민족 정신에 충성하고 모국에 대한 복종을 거부하려는 의도로 해석하기 때문이다. 소멸할 위기에 처해 있는 문화가 미약하게나마 잔존하고 있다는 것 자체가 민족성을 보여주는 사례다. 하지만 식민지 지배를 받고 나면 문화는 굳어버리거나 찌꺼기만 화석처럼 남는다. 진정한 민족의식이 형성되면 원주민 지식인은 문학 창작의 단계에서 민족적인 주제를 채택하게 된다. 그것은 민중에게 민족의식을 주조하고, 형체와 윤곽을 부여하고, 드넓은 새 지평을 연다는 의미에서 전투적 문학이라 할 수 있다. 식민지 상황에서는 문화가 민족과 국가의 지원을 얻지 못하므로 쇠약해지고 죽게 된다. 문화가 생존하기 위한 조건은 민족해방과 국가의 부활이다.

매우 가슴 아파한다. '어쩌다 색깔 다른 이방인이 되어' 다른 사람들과 차별을 받으며 우는 아이를 달래고 있다. '여린 가슴'에 상처가 되지 않기를 간절하게 바라는 것이다. '한 십 년 살다보면' 주변의 어떠한 위험에도 아랑곳하지 않는 강인한 정신을 소유하게 될 것이니 지금 여린 마음에 '옹이'가 박히지 않기만을 기도하고 있다. (3) 시에서는 이러한 '타국 사람들'에게 호통을 치고 있다. 이방인보다 '희망'이 없는 그들을 우월한 시선에서 내려보며 큰 소리를 내고 있다. '동방의 예의지국'인 고국을 자랑스럽게 이야기하며 선비같은 '청아'한 정신의 소유자인 자신이 그들에게 진정 '희망'을 꿈꾸는 자의 모습이 무엇인지 보여주기 위해 '아침이슬'을 '깨우는 나라'에서 온 갈색피부의 이민자임을 강조하고 있는 자신있는 모습을 확인할 수 있었다.

(1) 영화필름처럼 돌아가는 관점
내부회로 뒤엉키다 이탈하는 톱니바퀴처럼
세월의 뉘누리에 발을 담그고
심안의 초점 이탈하여 끌려 다니다
뒷부분 검게 물들고 잘려진 실체로 잠시
혼미해지긴 했어도그 지독한 "가시"
내 몸에서 떨어져나갔다.
갈잎 훌훌 털어낸 굴참나무처럼,

현실에 거부하지 않는 단 한가지
폿대설정만은 이탈하지 않는 사람들
무의식을 선입관으로 공유한 사람들

완성품에 얽매이지 않는 정신이 있었기에,
인내와 능력 저만치 멀어져 갈지라도
모자이크로 조각된 남루한 시간
유월의 밤하늘에 별처럼 선명하다
느린 걸음이지만 퐂대를 향하여,

- 「퐂대」 부분[56]

(2) 내뿜는 사람에 따라 보약도 되고 독약도 되는
칼보다 강한 펜, 휘두르는 사람에 따라
염증을 도려 내기도 하고 생살을 도려내기도 하는
내 안에 침잠된 허상을 독살하면서
진정한 나로 만날 수 있는 너는
세상에서 가장 아름다운 독(毒)이다
그 달콤한 미혹(迷惑)에 중독된 나는
꿈속에서도 너를 기다린다
푸른 별빛으로 떨어질 그대 만나기 위해
꿈길에서도 서성인다. 텅 빈 가슴으로.....,

- 「시상(詩想)」 부분[57]

(3) 발 없는 씨방
바람 가는 곳이면 어딘들 못가리
옥토나 자갈밭 가시넝쿨 속에서도
연녹색 생명 태동시키는 씨방

56) 이기순, 『빛을 조각하는 바람』, 시한울, 2015, 37쪽. ※퐂대: 뉘누리 :물살
57) ______, 『환상』, 모던, 2010, 55쪽.

먼 대지 위로 꿈을 찾아 날아와 낯선 기류 속에서도
변함없는 온기로 삶을 가꾸어가는
그대와 나
같은 뿌리에서 익어진 씨방이 아니던가요

먹구름 낀 날이나 햇살 고운 날에도
한가락에 춤추며 살아가는 우리
이국의 삶에서 가슴 조이던 불면의 밤이면
언어의 단절로 익어진 씨방은
바다 건너 고국 하늘로 희뿌옇게 날려보내며
살아온 세월이 아니던가요
조국의 언어(言語) 일깨우려는 소망 가슴에 품었기에
오늘 이토록 고운 열매 아름아름 가슴에 담을 수 있었지요

-「푸른 대지에 휘날리는 씨방」 부분[58)]

타자의 아픔에 온전히 공감하고 그들을 위로하던 시인은 이제 시인으로서 여성적 글쓰기를 통해 자신을 좀더 확장해 나가고자 한다. (1) 시에는 자신의 삶을 새롭게 변화시키고자 하는 의지가 담겨 있다. 자신의 이전 삶은 마치 '내부회로 뒤엉키다 이탈하는 톱니바퀴' 같다고 표현하였다. 제 갈 길을 바로 찾지 못하고 궤도를 이탈해 버린 존재같다고 본 것이다. 세월의 풍파 속에서 마음을 통제하지 못하다가 결국 자신의 어두운 이면을 벗어나고서야 제대로 중심을 잡을 수 있었다고

58) 이기순, 『환상』, 모던, 2010, 11쪽. ※씨방 (一房)『식』 암술대 밑에 붙은 통통한 주머니

본다. 낡은 것을 털어버린 '굴참나무처럼' 자신의 과거를 훌훌 털고 제대로된 '푯대'를 세워 앞으로 나가고자 한다. 참된 자아의 무의식을 바탕으로 겉모습에 치우치지 않고 조금 느리지만 자신의 목표를 잃지 않기를 다짐하고 있다. (2) 시에서는 시 쓰는 자세를 확인하고 있다. 촌철살인이란 말처럼 '내뿜는 사람에 따라 보약도 되고 독약도' 될 수 있는 시적 언어를 통해 먼저 자신의 내면을 아름답게 가꿀 것을 당부하고 있다. 또한 '침잠된 허상'을 지우고 '진정한' 자아로 회복할 수 있기를 바란다. 단지 시를 쓸 때만이 아니고 일상 생활에서 진실된 삶을 추구하겠다는 의지를 보여준다. (3) 시에서는 시인 자신이 '발 없는 씨방'이 되어 '옥토나 자갈밭 가시넝쿨' 같이 아름답지 못하고 역경의 상황에 '생명'을 '태동시키'고자 한다. '먼 대지'의 이국에서 지속적인 시쓰기를 통해 '꿈을' 그리며 따스함으로 삶을 가꾸어 온 시인은 다시 한 번 이 시를 통해 자신의 존재 이유와 목적을 밝히고 있다. 시인은 기쁘거나 슬프거나 어느 날에도 풍류에 젖을 줄 알고 역경을 웃음으로 극복한 우리 민족이라면 언어가 통하지 않는 이국에서도 우리의 아름다운 문학의 열매를 맺을 수 있을 것이라는 희망을 품고 있었다.

5. 나오며

이기순 시집을 중심으로 재호 한인 시인의 여성적 글쓰기이자 치유적 글쓰기의 면모를 살펴보았다. 시인은 자신의 외로움과 삶의 상처를 여성적 목소리로 극복하여, 주변을 포용하고 그리움으로 승화시킨 자신만의 작품세계를 완성하였다. 그는 낯선 땅에서 이방인으로서의 자신의 자리를 부정하지 않고 자신의 정체성을 확인하고자 노력하였다. 그의 작품에는 이방인임과 동시에 여자로서 겪을 수 있는 이중적 차별의 모습이 직접 드러나지 않는다. 일반적인 재외한인 작품과 다른 점은 여성의 부드러운 언어로 강인한 정신을 표현하며 내면을 치유하고 있다는 것이다. 디아스포라의 현실을 있는 그대로 수용한 시인은 주변의 아름다운 자연을 긍정적으로 받아들이고 그러한 환경에 살고 있음에 감사한다. 시인은 고국과 어머니를 그리워하는 마음을 이국의 풍경에 담아 내면을 솔직하게 표현함으로써 자유로운 자가 될 수 있었다. 내면의 자유를 얻은 시인은 다문화 사회 속에서 동병상련의 마음으로 주변 이방인의 아픔을 진정 위로하고자 하였다. 디아스포라인 자신도 끈질긴 생명력으로 시 쓰기를 지속하여 자신의 내면을 성찰하고 아픔을 치유하고자 다짐한다. 그에게 시 쓰기는 숨쉬기이며 내면을 향한 위로이고, 세상에 나아가는 출구였으며 외유내강의 여성적 힘이었다.

내면을 확장하고 타자로서의 아픔을 치유한 이기순 시인의 여성적 글쓰기이자 치유적 글쓰기는, 문학 창작을 통해 환경을 극복하고 주변에 대한 시선을 따스하게 변화시킬 수 있다는 정신 승리를 보여주었다.

참/고/문/헌

〈기본자료〉

- 이기순, 『나그네 향기』, 문학바탕, 2005.

  ______, 『환상』, 모던, 2010.

  ______, 『빛을 조각하는 바람』, 시한울, 2015.

- 〈나향 문학관〉(http://blog.daum.net/stellalee51/16159112)
- 〈사단법인 호주한국문학협회〉(http://cafe.daum.net/stellalee51)

〈연구논문〉

- 김영미, 「엑소더스, 그 시의 치유 양상」, 『문학예술치료』제1권, 문학예술 치료학회, 2016.
- 김정훈 · 송명희, 「호주 한인시문학 연구」, 『한국문학이론과 비평』제50집, 한국문학이론과 비평학회, 2011.
- 윤정헌, 「호주한인문학 연구」, 『한민족어문학』제37집, 한민족어문학회, 2000.
- 양명득, 「호주 다문화사회와 재호한인동포」, 『재외한인연구』제22호, 재외한인연구회, 2010.
- 이명재, 「오세아니아주 지역의 한글문단 ―호주 시드니를 중심으로」, 『한국문학과 예술』제12집, 숭실대학교 한국문학과 예술연구소, 2013.
- 이승하, 「재미 한인 시에 나타난 자기치료 양상 연구」, 『문학예술치료』제1권, 문학예술치료학회, 2016.
- 정덕준, 「재외 한인문학과 한국문학 - 연구 방향과 과제를 중심

으로」, 『한국문학이론과 비평』제32집, 한국문학이론과 비평학회, 2006.

〈단행본〉

- 채연숙, 『'형상화된 언어', 치유적 삶』, 교육과학사, 2015.
- 호주한인50년사 편찬위원회, 『호주한인 50년사』, 진흥, 2008.

〈번역서 및 외국 논저〉

- 바실리 칸딘스키, 권영필 옮김, 『예술에서의 정신적인 것에 대하여 - 칸딘스키의 예술론』, 열화당, 2010.
- 엘렌 식수, 박혜영 옮김, 『메두사의 웃음 / 출구』, 동문선, 2004.
- 옥타비오 파스, 김홍근 · 김은중 옮김, 『활과 리라』, 솔, 2001.
- 클리언드 브룩스, 이경수 옮김, 『잘 빚어진 항아리』, 홍성사, 1983.

2부

「그늘의 집」의 장소와 산책자 그리고 치유

송명희

1. 서론

재일한인 작가 현월(玄月, 1965-)은 「그늘의 집」(1999.11)으로 이회성, 이양지, 유미리에 이어 122회(2000) 아쿠타가와(芥川)상을 수상했다. 그는 재일한인 제3세대 작가로서 자신이 한국에서 태어난 부모로부터 민족의 피를 물려받은 사실에 대한 자각이 일본에 이주하여 살게 된 부모세대들의 발자취와 특수성에 천착하게 했으며, 그러한 자전적 배경이 일본인들은 좀처럼 깨닫지 못하는 일본사회의 일면을 그려내게 했다고 고백한다. 하지만 그는 자신의 작품이 국가와 민족을 초월한 인간의 보편성에 입각하여 읽히기를 희망한다.[1)]

「그늘의 집」은 오사카의 재일한인 집단촌을 배경으로 한 중편소설

---

1) 현월, 「한국의 독자에게 보내는 글」, 현월, 신은주 · 홍순애 옮김, 『그늘의 집』, 문학동네, 2000, 8면.

이다. 황봉모는 주인공 '서방'이 탈주의 과정을 통해 어떻게 자신의 정체성을 찾아가는가를 살피는[2] 한편 욕망과 폭력이라는 두 개의 키워드로 작품을 분석하며 집단촌의 성격을 다수집단인 주류사회와의 관계 속에서 파악한다.[3] 구재진은 집단촌을 아감벤(Giorgio Agamben)이 말한 수용소로 위치지우며, 국가의 외부로서 존재하는 집단촌의 성격과 인물을 호모사케르(homo sacer)의 관점에서 접근한다.[4] 김환기는 「그늘의 집」을 폐쇄적인 공간 속의 개인에 대한 조명, 전 세대와 현세대 내지 가족 구성원 간의 단절, 집단주의에 내몰린 허약한 개인의 존재성에 대한 천착을 통해서 현대사회가 안고 있는 제 문제를 직시케 하고 거기에서 인간 본연의 실존적 의미를 담아내는 데 주력한 작품으로 파악한다.[5] 한편 그는 「그늘의 집」과 『나쁜 소문』에서 보여주는 재일한인 밀집지역에 내재된 주류/비주류, 중심/주변의 권력/폭력의 이분법과 이질적 존재감은 인간사회의 공통적 병리현상으로서 현월을 기존의 민족적 글쓰기와는 다른 현실중심의 글쓰기를 한 작가라고 평가한다.[6] 박정이는 「그늘의 집」에서 '그늘'의 긍정과 부정의 이중적 의미를 분석하며, 재일사회에 대해 부정적인 시각을 지닌 일

---

2) 황봉모, 「현월(玄月)의 「그늘의 집(“蔭の棲みか)-‘서방’이라는 인물-」, 『일본연구』 제23호, 한국외국어대학교 일본연구소, 2004, 381~403면.

3) 황봉모, 「현월(玄月)의 「그늘의 집(“蔭の棲みか)-욕망과 폭력」, 『일어일문학연구』 제54권 제2호, 일어일문학회, 2005, 121~138면.

4) 구재진, 「국가의 외부와 호모 사케르로서의 디아스포라-현월의 〈그늘의 집〉 연구」, 『비평문학』제32호, 한국비평문학회, 2009, 7~26면.

5) 김환기, 「현월(玄月) 문학의 실존적 글쓰기」, 『日本學報』제61권 제2호, 한국일본학회, 2004, 439~455면.

6) 김환기, 「전후 재일코리언 문학의 변용과 특징: 오사카 이쿠노(大阪生野) 지역의 소설을 중심으로」, 『日本學報』제86호, 한국일본학회, 2011, 167~181면.

본사회를 향해 그 실체를 반문하고 있는 작품으로 보았다.[7] 문재원은 오래된 한인 집단촌이라는 공간을 매개로 한 인물들, 서방의 아버지-서방-서방의 아들로 이어지는 세대의 의식과 삶의 변화를 서사화하면서 거주 공간의 분화와 소멸이라는 주제를 암시한 작품으로 「그늘의 집」을 해석한 바 있다.[8]

본고는 「그늘의 집」을 '장소(place)'와 '산책자(flaneur)' 그리고 '치유(healing)'의 관점에서 고찰하고자 한다. 제목에서 암시하듯 「그늘의 집」은 기본적으로 장소에 관한 소설이다. 즉 재일한인의 집단촌을 중심으로 그 속에서 살아가는 인물들이 집단촌에서 다른 인물들과 어떻게 관계를 맺고, 외부세계를 어떻게 바라보고, 어떻게 세계와 관계를 맺는가 하는 것을 그린 소설로 읽을 수 있다. 그리고 장소를 인식하는 주체인 '서방'이란 인물의 '산책'을 통해서 갖게 되는 장소감이 작품 해석에서 매우 중요하다. 뿐만 아니라 '산책'은 서방이란 인물을 트라우마와 직면하게 만들고 집단촌 한인으로서의 정체성을 획득하게 함으로써 주체의 불안을 치유하는 과정이기도 하다.

발터 벤야민(Walter Benjamin)에 의하면 산책자는 노동, 시간, 관계 등에 균열을 낼 수 있는 자본주의의 외부자인 동시에, 자본과 권력이 생산하는 판타스마고리아(phantasmagoria : 환영)에 도취되는 군중의 일부이다.[9] 또한 산책자는 보행자, 부랑아, 철학적 산책자뿐 아

---

7) 박정이, 「현월 「그늘의 집(“蔭の棲みか)의 '그늘'의 실체」, 『일어일문학』제46호, 대한일어일문학회, 2010, 227~239면.

8) 문재원, 「재일코리안 디아스포라 문학사의 경계와 해체-현월(玄月)과 가네시로 가즈키(金城一紀)의 작품을 중심으로」, 『동북아문화연구』제26호, 동북아문화학회, 2011, 5~21면.

9) 권용선, 『세계와 역사의 몽타주, 벤야민의 아케이드 프로젝트』, 그린비, 2009, 195면.

니라 군중, 구경꾼과도 구분되는 개념으로, 그는 관찰하고 성찰하는 자로서 자기만의 내면을 지닌다.[10] 벤야민에게 산책은 도시의 건축이나 일시적인 유행에 이르는 삶의 수많은 형태들 속에서 집단적 과거의 흔적으로서 도시를 찾는 일이다. 거리 산책에서 도시공간은 지나간 여러 시대의 시간층이 미로처럼 얽혀 있는 기억의 공간으로 나타난다. 도시가 개인의 과거에 대한 기억을 일깨우기 때문이 아니라 집단적 과거의 흔적을 담고 있는 공간이기 때문에 기억의 공간을 벤야민은 강조했다.[11]

인본주의 지리학자 에드워드 렐프(Edward Relph)에 의하면, 장소는 본질적으로 인간실존의 근원적 중심이다.[12] 현상학의 관점에서 장소란 객관적이고 독립적으로 실재하는 어떤 것이 아니라 장소를 경험하는 사람과의 관계를 고려하지 않고는 존재할 수 없다. 즉 장소는 장소 경험의 주체인 인간과의 상호작용을 통해 만들어진다. 장소는 반드시 그 장소를 경험하는 인간을 내포하고 있으며, '장소정체성'은 장소-인간의 관계 속에서 형성되는 장소의 고유한 특성을 의미한다. 그리고 '장소감'은 인간-장소의 관계 속에서 인간이 장소를 어떻게 지각하고 경험하고 의미화하는가를 말한다. 따라서 장소와 장소정체성, 장소감은 별개의 것이 아니다. 장소정체성은 장소에 중심을 둔 표현이며, 장소감은 인간에 중심을 둔 표현으로서 장소정체성이 비진정할 때 인간이 느끼는 장소감 역시 비진정한 것이 되고, 사람들이 장소를

10) 박진영, 「한국현대소설에 나타난 '야행(夜行)' 모티프와 '밤 산책자' 연구」, 『Journal of Korean Culture』 제31호, 한국어문학국제학술포럼, 2015, 156면.

11) 윤미애, 「도시, 기억, 산보」, 『오늘의 문예비평』제51호, 오늘의문예비평, 2003.12, 212면.

12) 에드워드 렐프, 김덕현·김현주·심승희 옮김, 『장소와 장소상실』, 논형, 2005, 25면.

비진정하게 느끼기 때문에 그 장소의 정체성은 비진정한 것이 된다.[13)]

2. 「그늘의 집」의 장소 그리고 산책자

1) 집단촌의 장소정체성과 주변화된 재일한인의 위치성

「그늘의 집」은 '오사카시 동부지역 이천오백 평의 대지에 이백여 채의 바라크가 밀집해 있는 한인 집단촌'이 배경으로 설정되어 있다. 작가는 그곳이 실재하는 장소가 아니라 허구적 장소라고 말한다. 하지만 작가가 한인 집단촌이 위치한 오사카의 이카이노(猪飼野)를 염두에 두고 작품을 썼다는 것은 쉽게 추측할 수 있다. 그러면 오사카의 이카이노는 어떤 장소인가? 아니 그보다 재일한인사회는 어떻게 형성되었는가?

재일한인사회는 일제 강점기에 조선농민층의 몰락으로 배출된 이농민들이 일본의 노동시장에 자율적으로 유입됨으로써 시작되어, 1939년부터 시작된 강제연행에 의해 그 규모가 확대되었고, 일본 패전 후 귀환하지 않고 잔류한 사람들에 의해서 형성되었다.[14)] 재일한인 1세들은 일본사회에서 도쿄, 오사카, 교토, 나고야, 고베, 요코하마, 후쿠오카 등 산업이 발달한 도시지역에 집중적으로 거주지를 형성하여 고립된 생활을 했으며, 출신지에 따라 한 곳에 모여 사는 특성을 보였다. 그 중 1923년에 제주도와 정기항로가 개설된 공업도시 오사카

---

13) 심승희, 「장소의 진정성과 현대경관」, 에드워드 렐프, 앞의 책, 306~310면.
14) 윤인진, 『코리안 디아스포라』, 고려대학교출판부, 2004, 149면.

에는 제주도 출신이 모여 살았다.[15] 한인들이 오사카에 모여든 이유는 아시아 각지로 공업제품을 수출하는 도시의 특성상 일자리가 있었기 때문이다.

작품의 배경이 된 오사카는 제주도 출신 재일한인들의 집단촌이 형성된 곳으로 재일한인들의 삶과 존재성을 해석하는 데 있어 매우 중요한 장소로 인식되어 왔다.

> 오사카 지역은 한국과 일본의 일그러진 근대사 속에서 역사, 정치, 이념으로 피지배자의 부성(負性)을 담아내는 상징인 공간이었다. 오사카는 일제강점기 재일 코리언들이 밀집하던 장소로서 재일 코리언들의 역사, 정치, 사회, 문화의 형성-분화-변용을 가장 리얼하게 담아낸다. 재일 코리언들이 일제강점기부터 해방 이후에 이르기까지 오사카지역으로 몰려든 것은 당시 오사카지역이 차지하는 역사, 정치, 지리의 특수성 때문이었다. 이른바 일제강점기에 공장이 밀집했던 지역이고 식민/피식민 간의 상호이동이 활발했던 교통의 거점이었다. 그리고 해방을 맞은 한반도의 극심한 정치 이데올로기 대립과 제주4 · 3 사건의 영향도 간과할 수 없다.[16]

특히 이카이노는 일본사회의 한인에 대한 차별을 피하고자 새로운 거주지로 분산되는 상황에서도 여전히 재일한인들의 밀집지역으로 남아 있는 곳이다.[17] 이카이노 출신 작가들의 작품은 어느 한 국가의

15) 윤인진, 위의 책, 171~172면.
16) 김환기, 앞의 논문, 172면.
17) 윤인진, 앞의 책, 173면.

문화나 이데올로기에 종속되는 것을 거부하고 재일한인으로 살면서 겪는 삶의 고단함과, 주류사회에서 소외된 실존적 고민을 다루는 것을 특징으로 한다.[18] 현월도 이러한 특징에서 크게 벗어나지 않는다.

> 이처럼 현월의 소설은 국가와 제도권의 규율과 인권이 작동되지 않는 폐쇄된 공간에서 횡행되는 피차별인들의 소외의식과 단절, 무질서와 부조리를 중심 주제로 취할 것임을 일찌감치 예고하고 있다. 실제로 소설은 외부세계와 소통이 단절되고 집단 자체인 권력 구도가 작동되는 공간으로 설정되면서 구성원 간의 살인, 폭력, 집단따돌림, 성폭행 등이 만연한다. 그리고 주류와 비주류, 지배와 피지배, 중심과 주변의 구도가 만들어내는 비루한 현실이 리얼하게 전개되면서 소외된 마이너리티의 울분, 눈물, 고통, 상처가 전면에서 부침한다.[19]

작품의 배경이 된 집단촌은 재일한인들의 종족 집거지(ethnic enclave)이다. 오사카에 한인들이 몰려든 역사, 정치, 지리적인 이유를 앞에서 언급했지만 외국에서 온 이주자들이 특정한 장소에 집중하는 이유의 하나는 그 장소가 역사적이고 장소 특수적인 조건으로 인해 외국인들에 대한 문화적 · 경제적인 진입장벽이 낮기 때문이다. 다른 하나는 외국인들이 모이면서 그들의 사회경제적 네트워크가 그 장소에 뿌리내리며 그를 바탕으로 더 많은 외국인들을 끌어들이기 때문

---

18) 장안순, 「무대배우의 고독(舞臺役者の孤獨)-집단(集村)에서 노조무(望)의 정체성」, 『일어일문학』제35호, 대한일어일문학회, 2007, 277면.

19) 김환기, 「전후 재일코리언 문학의 변용과 특징: 오사카 이쿠노(大阪生野) 지역의 소설을 중심으로」, 앞의 책, 178면.

이다.[20)]

작품 속의 집단촌 역시 문화적 경제적 진입장벽이 낮음으로써 외국인 노동자들을 끌어들이기에 적합한 곳이다. 그런데 오랫동안 제주 출신 한인들의 집거지였던 집단촌은 삼십여 년 전부터 점차 한인들이 떠나가고, 특히 최근 십 년 동안은 저임금으로 인해 한국인이 줄어드는 대신 중국인 불법노동자들이 새롭게 진입하는 변화를 겪고 있다.

물론 이 집단촌은 주류사회의 외적 힘에 의한 강제적 격리공간인 게토(ghetto)는 아니며, '엔클레이브(enclave)'이다. 이곳을 '엔클레이브'라고 할 수 있는 이유는 재일한인들이 자기들의 정체성 유지와 권력 강화를 위해 자발적으로 형성한 공간이라는 의미에서이다. 하지만 격리, 차별, 탄압, 불평등 등의 의미를 지니며, 일본 내 소수민족인 한인들이 모여 살아온 도시의 특정지역, 즉 슬럼(slum)의 동의어라는 뜻에서는 게토와 크게 구별되지도 않는다.

작품의 주인공 서방은 조선이 일본의 식민지였던 시절 일본에서 태어난 한인 2세이다. 그는 전쟁에 나가 오른손목이 잘린 장애를 갖고 있고, 돌봐 줄 가족 하나 없는 75세의 독거노인이라는 점에서 즉 이민자, 장애, 노인 등 삼중으로 주변부에 속하는 서발턴이다.

스피박(Gayatri Chakravorty Spivak)은 세계자본주의 체계 내에서 제3세계라는 공간 조건과 계층적 하위성, 그리고 젠더 문제를 결합하여 서발턴(subaltern)이란 개념을 재설정한 바 있다. 그녀는 서발턴을 기존의 지배적 담론들에서 배제된 피식민지인, 이민자, 노동자, 소수

20) 박배균, 「초국가적 이주와 정착에 대한 공간적 접근」, 최병두 외 3인, 『지구 · 지방화와 다문화 공간』, 푸른길, 2011, 78면.

자, 여성 등 종속적인 처지에 놓이거나 주변부에 놓인 사람들을 포괄하는 용어로 규정하였다. 따라서 서발턴은 고정된 개념이 아니라 지배와 종속이 기능하는 모든 곳의 억압받는 사람이나 집단을 나타낸다. 즉 "하위주체란 생산 위주의 자본주의 체계에서 중심을 차지하던 프롤레타리아 계급을 포괄하면서도 성, 인종, 문화적으로 주변부에 속하는 사람들로 확장"된다. 그리고 하위주체는 "자본의 논리에 희생당하고 착취당하면서도 자본의 논리를 거슬러 갈 수 있는 저항성을 갖는 주체를 개념화한다."[21]

지리학자 이용균은 주변부에 위치한 서발턴 이주자들의 주변화 문제를 공간과 관련지어 해석한 바 있다. 그에 의하면 주류사회는 이주자를 차별하고 주변화시키면서 이주자의 공간을 주류사회의 공간과 분리시킨다는 것이다.[22] 그의 지적처럼 재일한인들의 집거지인 집단촌은 사실상 주류사회로부터 격리, 차별, 탄압, 불평등 등의 의미를 지니며, 주류사회의 공간과 분리되어 있다. 작품에 그려진 집단촌 풍경은 다음과 같다.

> 서방은 뒤돌아보았다. 지금 막 빠져나온 민가 사이의 골목길이 함석지붕 차양 밑으로 끝이 막힌 좁은 동굴처럼 보이는 것이 신선하게 느껴졌다. 여기서 보면, 그 깊은 동굴 속에 이천오백 평의 대지가 펼쳐지고, 튼튼하게 세운 기둥에 판자를 붙여 만든 바라크가 이백여 채나 된다는 것, 그리고 그 사이로 골목길이 혈관처럼 이어져 있다는 것은 상상조차

---

21) 태혜숙, 『탈식민주의 페미니즘』, 여이연, 2001, 117면.
22) 이용균, 「이주자의 주변화와 거주공간의 분리」, 『한국도시지리학회지』 제16권 제3호, 한국도시지리학회, 2013, 87~100면.

> 할 수 없다. 서방의 아버지 세대 사람들이 습지대였던 이곳에 처음 오두막집을 지은 것은 약 칠십 년 전, 거의 지금의 규모가 되고도 오십 년, 그 후부터는 그 모습 그대로, 민가가 빽빽이 들어선 오사카 시 동부 지역 한 자락에 폭 감싸 안기듯 조용히 존재하고 있다.[23)]
>
> 칠십 년 전 서방의 아버지 세대가 습지대에 오두막을 지으면서 처음 형성된 집단촌은 "오사카 시 동부지역 한 자락에 폭 감싸 안기듯 조용히 존재하고 있"다. 그곳은 "함석지붕 차양 밑으로 막힌 좁은 동굴처럼 보이"며, "튼튼하게 세운 기둥에 판자를 붙여 만든 바라크"와 "골목길이 혈관처럼 이어져 있"다. 즉 처음 지어진 모습 그대로 집단촌은 함석지붕에 판자 등을 사용하여 지은 허술한 바라크 건물이 빽빽이 들어서 있고, 골목이 혈관처럼 이어져 있는 곳이다. 더구나 그곳은 외부에서 보면 좁은 동굴처럼 감추어진 장소이다. 동굴은 은신처이면서 때로는 위기가 집중되기도 하는 곳이기도 하다. 그곳은 주류사회의 공간과 분리되어 조용히 없는 듯이 존재해야 하는 장소이다. 작품의 결말에서 보여준 경찰의 경고대로 조용히 말썽을 일으키지 않고 없는 듯이 존재할 때에만 안전이 보장되는 곳이다. 그런 의미에서 작품명이 '그늘의 집'으로 명명되었다.

집단촌에 살고 있는 재일한인과 외국인 불법노동자들의 소외되고 주변적인 삶의 위치성은 끝이 막힌 좁은 동굴처럼 보이는 집단촌의 장소 묘사에서 그대로 드러난다. 즉 바라크가 밀집한 집단촌의 조악한 풍경은 일본에서 재일한인들의 삶의 열악함을 단적으로 드러낸다.

---

23) 현월, 「그늘의 집」, 앞의 책, 12~13면.

한인들은 집단촌이 생긴 이래 삼십여 년 동안 막노동이나 행상을 하며 열악하고 허기진 삶을 살아왔다. 즉 일본사회의 주변부 서발턴으로 살아온 재일한인들의 열악하고 주변화된 위치성은 동굴, 혈관처럼 이어진 골목, 그리고 허술한 바라크 건물과 같은 장소 묘사를 통해서 압축적으로 은유되고 있다.

이십오 년 전 집단촌이 사라질 위기에서 나가야마는 그곳을 싼값에 매입하여 그가 운영하는 구두공장과 파친코에서 저임금으로 일할 외국인 노동자들을 체류하게 했다. 나가야마의 구두공장과 파친코는 집단촌 한인들이 임금노동자로 일할 수 있는 일터를 제공했고, 그들을 가난으로부터 벗어나게 했다. 공장이 들어서자 집단촌에는 전기가 들어오고, 라디오, 텔레비전, 냉장고를 갖추는 등 생활환경의 변화가 일어났다. 그런데 한인들의 소득 향상은 그들로 하여금 문화주택이나 아파트, 또는 단독주택을 사서 그곳을 떠나도록 영향을 미쳤다. 1970년대 이후 공장의 임금이 낮아지자 더 비싼 임금을 찾아 한인들이 집단촌을 떠나는 현상은 가속화되었다. 한때 집단촌에는 이백여 채의 바라크에 팔백 명이나 되는 한인들이 모여 살았지만 점차 떠나버림으로써 이십 년 이상 비어 있는 집이 허다해졌다. 현재 집단촌은 중국인 불법노동자들의 새로운 유입에 의해 유지되고 있으며, 그곳을 경찰이 예의주시하고 있음이 밝혀진다. 그러니까 오래전 한인들의 집거지였던 집단촌은 현재 중국인 불법노동자들의 체류지로 변화했다.

서방은 산책에서 불법체류자인 중국인들의 집단린치를 목격하는데, 이 사실이 경찰에 신고되자 순찰 나온 경찰은 서방에게 다음과 같이 경고한다.

"영감 영감이 여기, 일본에 사는 건 역사적으로도 이해할 수 있어. 하지만 내가 보는 앞에서 백 명이나 되는 불법 체류자들이 자기들끼리 커뮤니티를 만드는 건 절대 용서할 수 없다고. 이 지역은 신주쿠도 미나미도 아닌, 그저 재일조선인들이 조금 많이 사는 정도의 보통 동네란 말이야. 이제 외국인들은 필요가 없어. 이건 이 지역에 사는 사람 모두가 다 바라는 일이야. 알겠어? 오늘이라도 여길 부숴버리겠어. 서장은 적당히 넘어갈 생각으로 우선 둘러보고 오라고 했지만, 백 명 정도가 당장이라도 도망칠 위험이 있다고 보고하면, 그 길로 오사카 부 경찰본부에 지원 요청을 하지 않고는 못 배길 걸. 영감도 당장 짐을 꾸리는 게 좋을 거야."[24)]

경찰은 불법 체류자가 열 명쯤 있다는 것은 눈감아 줄 수 있지만 백여 명의 불법 체류자들이 자기들끼리 커뮤니티를 만드는 것은 절대 용서할 수 없다고 선언한다. 없는 듯이 조용히 있을 때는 용납하지만 그들의 숫자가 필요 이상 늘어나거나 불법적인 커뮤니티를 만들어 세력을 확장하는 것은 있을 수 없는 일이라는 경고이다. 앞에서 묘사된 집단촌의 풍경처럼 주변화된 서발턴으로서 조용히 없는 듯이 존재할 때는 묵인하겠지만 어떤 말썽을 일으킨다든지 필요 이상으로 세력을 확장하는 것은 결코 용납하지 않겠다는 것이다. 경찰은 그 사실을 서방을 향해 말했지만 실은 수시로 경찰서장과 술을 마시며 로비를 하는 집단촌의 소유주인 나가야마를 향한 경고이다.

그래서 나가야마는 중국인들이 그들의 지하은행의 돈을 슬쩍한 세 사람에게 집단린치를 가하려고 했을 때 200만 엔을 자신이 대신 물어

24) 현월, 앞의 책, 88면.

줄 테니 그만두라고 만류했던 것이다. 왜냐하면 그 사건으로 인해 말썽이 나고 그것이 외부, 특히 경찰에 알려지는 것을 원하지 않았기 때문이다. 아무튼 린치사건은 누군가에 의해 경찰에 신고되고, 순찰 나온 경찰의 발언을 통해 집단촌은 주류사회의 결정 여하에 따라 언제든 강제 폐쇄될 수도 있는 불안한 장소임이 밝혀진다. 즉 중국인 불법노동자의 은신처가 되고 있는 집단촌은 언제든 위기가 집중될 수 있는 위태로운 장소이다. 그리고 이러한 집단촌의 장소정체성은 집단촌 사람들의 주변적이고 불안한 위치성에 다름 아니다.

사회공간적 관계를 영역(territory), 장소, 스케일, 네트워크라는 네 가지 차원을 중심으로 이해한 제솝(Jessop)에 의하면, 영역은 특수한 형태의 장소로서 어떤 경계를 중심으로 안과 밖을 구분하는 과정을 통해서 만들어진다.[25] 즉 개인이나 집단이 특정지역을 경계 짓고, 그에 대한 통제권을 주장함으로써 사람, 사건, 그리고 그들 사이의 관계들에 영향과 통제를 행사하려는 시도에 의해 만들어진다. 장소의 영역화는 외부자에 의해 구성되기도 한다. 특정 장소 외부의 행위자들이 그 장소에 대한 편견적 시선을 만들고, 그를 바탕으로 그 장소에 거주하는 사람들을 배제하고 소외시킴으로써 내부와 외부 혹은 타자를 만들어내는 행위도 장소를 영역화시키는 중요한 기제라고 할 수 있다.[26]

작품에서 서방은 집단촌을 한인들의 종족 집거지로 알고 평생을 살아온 인물이다. 하지만 그는 산책을 통해 그곳이 중국인 불법노동자

---

25) 박배균, 앞의 논문, 74~75면.
26) 박배균, 위의 논문, 81~82면.

들의 체류지로 변화해버렸다는 것을 실감하고 소외감을 느낀다. 그리고 작품의 결말에서 외부자인 경찰에 의해 그곳이 주류사회의 결정 여하에 따라 언제든 폐쇄될 수도 있는 매우 위태로운 장소라는 사실을 깨닫는다. 서방은 집단촌 내부에서는 중국인으로부터 배제되고 소외된다는 느낌을 받으며, 집단촌 외부로부터는 외부자(경찰)의 편견적 시선에 의해 집단촌이 주류사회로부터 배제되고 소외된 장소이자 위태로운 장소로 영역화되고 있다는 사실을 인지하게 된다.

이처럼 주류사회는 이주자의 장소를 주류사회의 장소와 분리시키는데, 이러한 공간 분리 정책은 이주자를 주류사회로부터 주변화시키는 정책과 연결되어 있다. 그리고 경찰로 상징되는 주류사회는 언제든 이주자의 공간을 폐쇄시킬 수 있는 권력을 행사할 수 있다. 그것이 바로 집단촌의 불안한 장소정체성이며, 재일한인의 일본에서의 주변적인 위치성이다.

2) 산책자 서방의 장소감

주인공 '서방'은 군대에 갔던 수개월을 제외한 68년 동안 집단촌을 거의 떠나본 적이 없어 집단촌의 '살아 있는 화석'으로 불려온, 집단촌의 역사를 증언할 수 있는 상징적 인물이다. 왜냐하면 집단촌의 역사는 그곳에서 평생을 살아온 그의 '인생과 맞물려' 왔기 때문이다. 따라서 그의 집단촌 산책은 과거에 대한 개인적 차원의 기억을 넘어서며 집단촌의 역사적 흔적을 찾는 일과 연관되지 않을 수 없다.

서방은 작품의 주인공이지만 이 집단촌을 중심으로 세 번의 계기를 통해 경제적 성공을 이룬 집단촌의 주인인 나가야마, 공장장 가네야마, 의사가 된 아들 친구 다카모토, 그리고 집단린치를 당해 불구가 된 채로 생존하고 있는 숙자 등 집단촌을 구성하고 있는 한인들 모두가 주인공이다. 어떤 의미에서는 집단촌 자체가 작품의 진정한 주인공이며, 서방의 산책은 집단촌의 집단적 역사의 흔적에 대한 탐색이라고 할 수 있다.

> 양쪽에서 드리워진 함석지붕 차양이 하늘을 가린 어두컴컴한 골목길을 걷고 있던 서방은, 차양 틈새 바로 앞에서 걸음을 멈췄다. 햇빛이 한 아름 수직으로 내리쬐고 있다.
>
> 오늘도 햇살이 따갑다. 큰길로 나가기 전에 광장 우물에서 목이라고 축이려고 몸을 돌렸는데, 한 발짝 내딛다가 그만 균형을 잃고 휘청거리고 말았다. 쓴웃음을 지으며 허리를 펴고는, 우물이 벌써 이십 년 전에 말라버렸다는 사실을 한순간이나마 잊은 것도 다 나이 탓이다 싶었다. 차양 틈새를 피해 걸음을 옮기다가 불현듯 먼 옛날 들었던 말이 떠올라 갑자기 화가 치밀었다.[27]

작품의 서두는 서방의 산책으로부터 시작된다. 집단촌 골목을 거닐던 그가 화가 치민 것은 오래 전 동네사람들과 아버지가 우물을 파며 "백년 정도는 끄떡없을 게다."라고 집단촌의 미래를 장담했던 기억이 떠올랐기 때문이다. 그는 영속하리라 믿었던 집단촌의 미래가 우물이 말라버린 것처럼 덧없이 사라져버린 것에 대한 회한과 반발심에 사로잡힌다. "엉성하게 남은 흰머리를 짧게 깍은 머리끝에서 열기가 빠져나가는 것을" 느낀 서방의 눈에 "엷은 회색빛 개 한 마리가 혀를 내민

27) 현월, 앞의 책, 11면.

채 사지를 쭉 뻗고 엎드려 있"는 모습이 들어온다. 맥없이 눈을 뜬 채 죽어가는 늙은 개의 모습과 자신의 모습을 동일시하며 서방은 산책을 계속해 나간다.

그가 우물이 사라진 사실을 회고하며 울분이 치민 것은 아버지에 대한 그리움과 같은 개인적인 감정 때문이 아니다. 그것은 사지를 쭉 뻗고 죽어가는 개와 다를 바 없는 자신의 미래에 대한 알 수 없는 분노이자 한인들의 집거지로서 집단촌의 미래가 불확실해진 데 대한 회한이자 반발이다. 현재 집단촌이 처한 상황은 죽어가는 늙은 개, 또는 그 개와 다를 바 없는 75세의 독거노인인 서방이란 존재와 조금도 다를 바 없다. 한인들이 떠나간 집단촌은 빈집이 허다하고, 중국인 불법 노동자들이 일부만을 채우고 있는 상황이기 때문이다. 집단촌을 관리하는 숙소장도 한인이 아니라 서방이 조선말을 하는 것을 금지시키는 조선족 중국인으로 대체되어 있다.

집단촌의 변화는 중국인들의 린치사건을 통해서 극명하게 확인된다. 중국인들의 집단린치는 서방으로 하여금 과거 숙자에 대한 한인들의 집단린치에 대한 기시감(deja vu)에 사로잡히게 만든다. 이십칠 년 전 남편을 세 번이나 갈아치운 숙자는 계주노릇에 집단촌 사람들이 관계하는 여러 개의 계에 끼어들어 모은 천백만 엔을 들고 도망치려다 붙들렸다. 더구나 그때 그녀는 이미 상당액의 돈을 써 버린 후였고, 열다섯 살의 외동딸을 버리고 도망치려 했기 때문에 집단촌 사람들로부터 용서받지 못했다. 하지만 린치를 당해 무릎이 단단하게 굽은 다리를 끌며 모은 골판지를 고물상에 팔아 생계를 유지해온 숙자를 나가야마는 고물상에 보조금을 주어 살아갈 수 있도록 했다. 그리고 집단촌 사람들은 숙자를 린치한 후 최소한의 치료를 해주었으며,

그녀의 딸이 고등학교를 나올 때까지 뒤를 봐주었다.

이처럼 한인들은 숙자에게 린치를 가할 때에도 증오심이나 광기의 개입 없이 무표정하고 피곤한 표정으로 해야 할 일을 묵묵히 수행하듯 행했고, 그녀를 집단촌에서 쫓아내지도 않았다.

> 광기가 개입할 여지는 없었고, 사람들은 해야 할 일을 묵묵히 해내고 있을 뿐이었다. 모두가 무표정했으며, 일어서는 모습이나 눈가에서 피곤함을 엿볼 수는 있었지만, 자기 차례가 왔을 때 빠지는 사람은 한 사람도 없었다.[28]

하지만 중국인들은 달랐다. 과거 한인들의 숙자에 대한 린치와 현재 중국인들의 린치는 닮은 듯 같지 않다. 즉 피곤하고 무표정한 표정으로 죽도로 숙자의 등이나 어깨를 찌르고 때리던 한인들의 린치와 눈에 핏발을 세우며 흥분하여 펜치로 살점을 비틀어 찢어내는 중국인들의 잔인한 린치는 결코 같을 수 없다.

> "중국인 지하은행의 돈을 슬쩍한 놈들을 린치하고 있소. 제멋대로 하게 내버려 두면 흥분해서 죽여 버릴지도 몰라. 룰을 정해 일절 소리를 못 내게 했죠."(중략)
>
> 서방은 숙소장이 무슨 말을 하는 건지 얼른 알아들을 수가 없었다. 그러나 작은 살점이 붙어 있는 펜치를 손에 쥐고 사람들이 둘러싸인 자리에서 나오는 남자들의 흥분되고 지친 얼굴을 보고 있자 어디서 본 듯한 묘한 느낌에 사로잡히면서 '지하은행'이라는 것이 바로 계모임 같은

28) 현월, 앞의 책, 65면.

거라는 걸 깨달았다.[29)]

숙자의 린치사건은 공동체 내부에서 일어나는 집단폭력에도 불구하고 공동체가 가지는 보호기능을 잘 보여준다. 집단촌은 한인들에게 폭력의 장소이자 보호받는 장소이기도 했던 것이다. 그들은 규칙을 어긴 숙자에 대해서 공동체의 질서 유지를 위해 어쩔 수 없이 린치를 가했지만 집단촌 내부에서 숙자와 그녀의 딸을 최소한 보호해 주었던 것이다.

하지만 중국인 불법 노동자들이 모여든 현재의 집단촌은 중국인들의 집단린치가 보여주듯 그와 같은 내적 결속력과 보호기능은 찾아볼 수 없고 폭력의 잔혹성만이 존재한다. 더구나 누군가에 의해 린치사건이 경찰에 신고되어 조사까지 나올 만큼 집단촌의 결속력은 매우 허약해졌다. 중국인 불법노동자들에게 집단촌은 영구히 살아갈 공동체의 보금자리가 아니라 일시적인 체류지에 불과했던 것이다. 피터 소머빌(Peter Sommerville)은 '집'을 보금자리, 난로, 마음, 사생활, 뿌리, 체류지, 낙원 등의 일곱 가지 의미로 정리한 바 있다.[30)] 여기서 '체류지'는 단순히 잠을 잘 수 있고 휴식을 취할 수 있는 장소를 의미한다.

서방은 산책에서 중국인들의 집단린치뿐만 아니라 중국인들이 "비가 오는데 남자 둘이 지붕 높이에서 떼어낸 홈통 아래 쭈그리고 앉아 비누 거품을 내며 몸을 씻고 있"는 충격적 장면을 목격한다. 그는 "옛날에는 아무리 가난해도 이런 짓을 하는 사람은 없었다."라고 생각하

29) 현월, 위의 책, 76~77면.
30) 질 발렌타인, 박경환 옮김, 『사회지리학』, 논형, 2009, 98~101면.

며 몸서리를 친다. 그리고 집단촌이 "전혀 낯선 곳 같다"는 느낌에 사로잡힌다. 잔인한 집단 린치뿐만 아니라 길거리에서 아무런 부끄럼도 없이 몸을 씻거나 큰소리로 싸우는 중국인들에 대해 느끼는 문화적 이질감에서도 서방은 집단촌의 변화를 실감하지 않을 수 없다. 서방은 점점 자신이 집단촌에서 밀려나버리는 듯한 소외감, 즉 장소상실을 느끼게 된다. 한마디로 서방은 중국인들로 대체된 집단촌 내부에서 배제와 소외를 경험한다.

렐프는 장소를 긍정적이고 진정한 장소감을 일으키는 장소와 부정적이고 진정치 못한 장소감을 일으키는 장소로 구분했다. 이 둘을 나누는 기준은 인간이 장소와 맺는 관계, 즉 장소경험이 능동적이고 주체적인가, 아니면 수동적이거나 강제적이거나 관습화된 것인가이다. 다시 말해서 인간이 장소에서 소외되어 있는가의 여부이다.[31]

서방이 집단촌 산책에서 느끼는 장소감은 비진정한 장소감, 즉 장소상실이다. 진정한 장소감은 개인 또는 공동체의 일원으로서 내가 장소에 속해 있다는 느낌을 말한다. 이 소속감은 집이나 고향, 혹은 지역이나 국가에 대해서 느끼는 감정이다. 진정하고 무의식적인 장소감은 개인의 정체성에 중요한 원천을 제공한다.[32] 하지만 서방은 중국인 불법노동자들이 판을 치는 집단촌이 한인들의 공동체라는 장소감을 더 이상 가질 수 없다. 대신 비진정한 장소감, 즉 장소상실에 빠지게 된다. 다시 말해 현재의 집단촌은 서방에게 공동체의 일원이라는 소속감을 가질 수 없게 한다. 공동체란 구성원들 사이의 심적 유대감, 정

31) 심승희, 앞의 글, 310면.
32) 에드워드 렐프, 앞의 책, 150면.

신적 일체감, 또는 이해관계의 동질성에 근거하여 자발적으로 조직된 집단[33]이어야 한다. 그런데 중국인들로 대체된 현재의 집단촌은 그에게 그러한 심적 유대감과 정신적 일체감을 전혀 가질 수 없게 한다.

그가 걷다가 도착한 곳은 '매드·킬' 야구시합이 열리고 있는 야구장이다. 야구모임 '매드·킬'은 집단촌 출신들의 네트워크(networks)이다.

> 같은 중학교 출신 친구들끼리 만든 '매드 · 킬'은 멤버 전원의 부모 혹은 조부모가 집단촌 출신이고, 나가야마와는 부모 대(代) 혹은 조부모 대부터 지금까지 일로 관계를 맺고 있다. 나가야마가 의도적으로 그렇게 하고 있는 것은 아니지만, 결과적으로 집단촌 출신 사람들은 흩어져 있으면서도 네트워크를 유지하고 있는 셈이다.[34]

현재 한인들은 집단촌을 떠나 이곳저곳으로 흩어져 살아가지만 야구모임 '매드 · 킬'을 중심으로 야구도 하고 식사도 하며 네트워크를 유지하고 있다. 즉 '매드 · 킬'은 집단촌 출신 한인들의 심리학적인 결합성 또는 소속감을 지닌 연결망이라고 할 수 있다.

서방은 야구장에서 죽은 아들의 친구 다카모토를 만나게 된다. 의사가 된 그는 "전쟁 때 일본군이었던 조선인 몇 천 명이 전상자 배상연금을 요구하는 재판을 벌이고 있는 것"에 대해 오사카 고등법원이 화해권고를 냈다는 사실을 알려주며, 전쟁 중 잘린 오른손목의 보상청구재판을 해보라고 권한다. 서방은 실은 전쟁터에서 부상을 입은

---

33) 김경일, 「공동체론의 기본문제」, 신용하 편, 『공동체 이론』, 문학과지성사, 1985, 183~210면.

34) 현월, 앞의 책, 38면

것이 아니라 상관의 명령으로 횡령물자를 선적하는 노무자들을 감시하다가 사고로 적기의 기총 소사를 받아 오른손목이 잘려나갔었다.

독거노인 서방이 매주 매드 · 킬의 식사모임에 나가는 것은 매드 · 킬을 통해서라야만 최소한 필요한 정보를 얻을 수 있으며, "다음 일주일을 살아갈 기운을 얻"을 수 있기 때문이다. 그는 매드 · 킬이라는 네트워크를 통해서만 자신이 한인이라는 소속감과 정체성을 인정받을 수 있으며 살아갈 활력을 얻을 수 있다. 따라서 다카모토가 전상자의 보상금을 받을 수 없다는 기사가 나왔다고 알려 주었을 때에도 보상을 받을 수 없다는 사실에 대한 실망감보다는 한인 공동체의 일원으로서 다카모토가 그에게 보여주는 관심에 대해서 가슴속의 응어리가 확 풀리는 것 같은 감격을 느낄 정도로 그는 고독한 노인이다.

> 말보다도, 자신의 무력함을 탓하는 듯한 침통해하는 다카모토의 표정을 보니, 서방은 가슴속에 남아 있던 작은 응어리가 확 풀리는 것 같았다. 그렇다 이 오른팔이 부당한 대접을 받기 때문에 자기는 지금까지 이 집단촌과 함께 존재해 왔고, 또 더불어 살아갈 수 있는 것이다. 우물을 파 올리던 아버지의 굵은 팔에 안겨 보금자리같이 포근함을 느꼈던 기억을 떠올리며 한순간 황홀한 기분에 사로잡혔다.[35]

작품의 결말에서 서방은 경관의 장딴지를 물어뜯다 연타를 당하며 나가떨어졌을 때에도 몸이 아픈 것은 아랑곳하지 않고 집단촌 한인 공동체의 일원으로서 정체성과 소속감을 갖게 된 데 대해 기쁨을 느

35) 현월, 앞의 책, 83면.

낀다. 따라서 그의 집단촌 산책은 궁극적으로 장소상실을 극복하고, 자신이 한인 공동체의 일원이라는 공동체의식을 획득하는 과정이라고 할 수 있다. 오래전 의지할 가족공동체를 상실한 그에게 집단촌 한인으로서의 정체성과 소속감이야말로 그를 이 집단촌에서 살아가게 하는 유일한 근거를 제공한다. 힐러리(George A, Hillery)에 의하면 공동체의 구성원들은 공동의 관심과 목표 등을 공유하면서 동류의식과 소속감을 가지고 관심과 사랑, 근면과 헌신 등의 정서적 태도를 취한다.[36] 집단촌은 그에게 단순한 체류지가 아니라 68년이라는 긴 시간층이 쌓인 기억의 장소이자 한인으로서의 정체성과 소속감을 느낄 수 있는 장소이다. 그는 집단촌 산책을 통해 68년의 세월이 흐르는 동안 변화해온 집단촌의 역사와 변화된 현재를 동시적으로 조망하지 않을 수 없다. 집단촌을 산책하는 그의 내면은 '과거에 대한 감성적 동경이나 시시각각 변화하는 현재, 그 어느 쪽에 일방적으로 매몰되지 않는 심리적 복합성을 갖게 된다. 그는 현재와 과거, 현존과 부재의 변증법을 자신 안에 체현하는'[37] 인물이다.

그런데 작가 현월은 한인 3세들은 적당한 돈과 사회적 지위를 유지하는 것으로 만족하는 세대이니만큼 역사문제는 2세인 서방 세대에서 마무리 지어달라는 3세인 다카모토의 발언을 통해서 민족에 대한 그의 부채의식의 수위를 드러낸다. 전공투에 가입하여 활동하다 폭력의 희생양이 된 아들(고히치)의 죽음을 통해서도 작가는 고루한 민족의식이 재일의 삶에 결코 도움이 되지 않는다는 것을 분명히 했다. 현

36) 김형주 · 최정기, 「공동체의 경계와 여백에 대한 탐색」, 『민주주의와 인권』제14권 제2호, 전남대학교 5.18연구소, 2014, 168면에서 재인용.
37) 윤미애, 「도시 산보와 기억」, 『독어교육』제29호, 한국독어교육학회, 2004, 527면.

재 3세가 된 재일한인들에게는 과거 역사에 대한 민족의식보다는 현재 살고 있는 일본에서의 삶과 앞으로 살아갈 미래가 더 중요하다는 것이다. 즉 그들에게는 지나간 역사나 민족이 아니라 현재의 재일의 삶과 살아갈 미래가 더 중요하다는 작가의식이다.

3. 트라우마와 치유 그리고 정체성의 획득

트라우마(trauma)는 어원적으로 외부의 강렬한 자극으로 인체의 피부가 찢기는 외상(外傷)을 의미했다. 하지만 프로이트(Sigmund Freud)가 『쾌락원칙을 넘어서』에서 이를 육체적 관점에서 정신적 관점으로 바꾸어 놓음으로써 정신적 외상을 의미하게 되었다. 따라서 트라우마는 외부의 강렬한 자극으로 '보호방패'에 구멍이 뚫려 주체가 감당할 수 없는 자극물이 무방비상태로 내부에 유입되는 사건, 즉 정신적 외상을 의미한다.[38)]

서방은 육체적 외상과 정신적 외상을 모두 지닌 인물이다. 전쟁기에 사고로 오른손목을 잃은 육체의 상처가 그의 첫 번째 외상이다. 그런데 이 외상은 이후의 외상들을 초래하는 근원적 트라우마로 작용한다. 두 번째 외상은 아들로부터 전쟁이 끝났을 때 왜 죽지 않았냐고 비난을 받은 일이다. 서방의 오른손목이 일본군의 전쟁에 참가했다가 부상을 당함으로써 잘렸다는 사실을 알게 된 아들은 아버지를 비난하며 가출해버렸다. 세 번째 외상은 의절하고 집을 나간 아들이 시체로

38) 박찬부, 『에로스와 죽음』, 서울대학교출판부, 2013, 205면.

발견된 것이다. 네 번째 외상은 아내의 죽음이다. 이처럼 서방은 육체적 외상으로부터 여러 번의 정신적 트라우마까지를 모두 안고 고통스럽고 외롭게 살아온 인물이다. 그는 엄청난 육체적 정신적 트라우마를 겪고도 오직 슬픔을 억압할 뿐 그것을 치유할 어떤 애도의 과정조차 거치지 않았다.

남달리 고지식한 민족의식을 가진 아들 고이치는 고등학생이 되었을 때 "어째서 전쟁이 끝났을 때 죽지 않았어요? 무슨 낯으로 뻔뻔하게 살아남아 동포의 얼굴을 봤냐구요. 당신 같은 사람이 아버지라니, 차라리 태어나지 않았더라면 좋았을 걸."이라고 면전에 대고 서방이 한인으로서 일본이 벌인 전쟁에 동원되어 부상까지 당하고 살아남은 사실을 비난하며 집을 뛰쳐나갔던 것이다. 그 후 서방과 의절한 아들은 도쿄로 가 과격학생운동단체 전공투[39]에 가입하여 활동하다 결국 폭력의 희생양이 되고 만다. 아들 고이치는 '베트남에서 한국인 병사를 철수시켜라'라고 주장하다 반동분자로 몰려 린치를 당해 죽었다. 그리고 2년 뒤에는 서방의 아내마저 나가야마의 공장에서 재단기에 팔이 잘려 과다출혈로 죽게 된다. 아들이 죽고 나서 아내는 점점 말이 더 많아졌는데, 집단촌에서 일어난 사소한 일이나 인간관계에 대해 생각나는 대로 혼잣말처럼 같은 말을 되풀이하거나 때로는 "가끔 바느질을 하다 말고 멍하니 천장을 쳐다보며, 뭐에 홀린 사람처럼" 끊임없이 떠들어댔다. 아내는 아들을 잃은 슬픔 때문에 의미 없는 말들을 혼잣말처럼 반복하거나 떠들어대는 증세 등에서 보듯이 심각한 우

39) '전공투(全共闘)', 또는 '전학공투회의(全學共闘會議)'는 '전국학생공동투쟁회의'의 약자로, 1960년대 일본 학생운동 시기에, 일본 공산당을 보수주의 정당으로 규정하고 도쿄대학교를 중심으로 시작된 새로운 과격학생운동을 말한다.

울증을 앓았던 것 같다.

프로이트에 의하면 우울증은 심각한 낙심, 외부세계에 대한 관심의 중단, 사랑할 수 있는 능력의 상실, 모든 행동의 억제, 자신에 대한 비난과 자기비하감 등을 비롯해 누군가가 자신을 처벌해 주었으면 하는 자기징벌적이고 망상적 기대를 한다는 점에서 정상적 감정인 애도와 구별되는 병리적 감정이다.[40] 아내는 아들의 죽음 때문에 우울증을 앓던 나머지 작업 중에 사고를 당해 죽은 것이다. 그러나 서방은 그런 아내에 대해서 관심을 기울이지 못했다. 재단기에 팔이 잘려 과다출혈로 죽은 아내에 대해 공장주인 나가야마는 대놓고 자살이 아니냐고 중얼거려 서방에게 깊은 상처를 주지만 작품의 맥락은 아내의 죽음이 우울증 때문에 야기된 것일 수도 있다는 개연성을 충분히 보여주고 있다.

> 사람들은, 평소 빈혈기가 있던 아내가 갑자기 현기증이 나서 기계 위에 쓰러졌을 거라고들 했다. 그러난 나가야마는 대놓고 자살이 아니냐고 중얼거리며 서방의 마음에 깊은 상처를 주었다. 사실 기계 위에 쓰러졌다고 해서 팔이 어깻죽지까지 절단기 날 아래로 들어간다는 것은 이상하다. 서방은 오히려 자신이 나가야마에게 빚진 느낌이 들어, 나가야마가 제시한 보상조건을 거절할 수 없었다. 집단촌에 사는 동안은 식사와 매달 이만 엔의 용돈을 지급하겠다는 것이었다.[41]

---

40) 프로이트, 윤희기 옮김, 『무의식에 관하여-프로이드 전집13』, 열린책들, 1997, 248~249면.

41) 현월, 앞의 책, 32면.

서방은 아들의 비난과 죽음, 아들의 죽음 이후 아내마저 우울증으로 죽은 것을 생각할 때마다 "가슴에 통증이 와 푹 엎드려 방바닥에 이마를 비벼댔다. 그리고 천천히 숨을 들이쉬고 내쉬었다. 몇 년에 한 번씩 일어나는 발작 같은 것이었다."[42]처럼 아직도 트라우마가 치유되지 않은 채 외상 후 스트레스장애(post traumatic stress disorder)[43]에 시달리고 있다. 그는 아들이 자신을 비난하며 집을 나가 시신으로 발견되었을 때나 아내의 죽음에 대해서도 제대로 애도의 감정을 표출한 적이 없다. 애도의 감정을 외면하고 억압한 결과 오랜 세월이 지난 후에도 그는 간헐적으로 발작 같은 통증에 시달려왔던 것이다.

> '베트남에서 한국인 병사를 철수시켜라'라고 호소할 때 금색으로 빛나는 고이치의 눈은, 저편 멀리 아비의 모습을 보고 있었을까. 아냐. 그럴 리가 없어. 서방은 자조 섞인 웃음을 웃었다. 고이치의 마음속에서 아버지의 존재는 이미 오래 전에 소멸해버렸던 것이다. 그것은 서방도 마찬가지였다. 고이치가 어떤 사상을 갖든 나랑은 상관없다. 고이치가 집단촌을 버린 순간, 아들과의 인연은 영원히 끊어져버린 거라고, 서방은 마음속 깊이 솟아오르는 슬픔을 씹어 삼키며 자신에게 그렇게 말했다.[44]

---

42) 현월, 앞의 책, 33면.

43) '외상 후 스트레스장애'는 사람이 전쟁, 고문, 자연재해, 사고 등의 심각한 사건을 경험한 후 그 사건에 공포감을 느끼고, 사건 후에도 계속적인 재경험을 통해 고통을 느끼며 거기서 벗어나기 위해 에너지를 소비하게 되는 질환으로, 정상적인 사회생활에 부정적인 영향을 끼치게 된다.: 이봉건, 『이상심리학』, 시그마프레스, 2005, 113면.

44) 현월, 위의 책, 23면

프로이트는 애도를 '보통 사랑하는 사람의 상실, 혹은 사랑하는 사람의 자리에 대신 들어선 어떤 추상적인 것, 즉 조국, 자유, 어떤 이상 등의 상실에 대한 반응으로서 병리적인 것이 아니라'는 점에서 우울증과 구분했다.[45] 애도는 대상이 더 이상 존재하지 않는다는 사실을 서서히 인정하고 그에 대한 자신의 애정을 점차 철회함으로써 상실의 충격에서 벗어나 현실 속으로 복귀하는 과정이다. 그런데 서방은 현실에 복귀하는 그 어떤 애도의 과정도 밟지 않았다. 즉 일본이 벌린 전쟁에 동원되어 오른손목이 잘린 부당함, 그로 인한 아들의 비난과 사망, 그리고 아내의 사망이라는 감당할 수 없는 충격적 사실들에 오로지 "마음속 깊이 솟아오르는 슬픔을 씹어 삼키며" 간헐적인 발작과 같은 고통에 시달려 왔을 뿐 상실의 충격에서 벗어나 현실로 복귀하는 그 어떤 애도의 과정도 밟지 않았다.

지난 30여 년 동안 돈을 벌거나 제대로 된 일을 가져 본 적이 없는 서방이 이 집단촌에 남아 있는 현실적인 이유는 아내의 죽음에 대한 보상으로 공장주인 나가야마가 숙소와 식사와 용돈을 제공하기 때문이다. 오래전 아내마저 죽음으로써 서방에게는 사랑을 주고받을 보금자리인 집(가족 공동체)은 더 이상 존재하지 않는다. 다만 그에게는 집단촌이라는 공동체만이 남아있을 뿐이다. 그런데 산책은 그 공동체마저 사라져버릴지도 모른다는 위기의식에 그를 빠뜨린다.

지난날을 생각하며 괴로워하는 서방은 집단촌의 주인인 나가야마에 대해 울분도 체념도 아닌 건조한 상념에 사로잡힌다. 때로는 나가야마에 대해 증오심을 느끼기도 한다. 서방뿐만 아니라 집단촌 남자

45) 프로이트, 앞의 책, 248~!249면.

들 모두 그로부터 벗어나지 못하는 데 대해 화를 내는 한편 체념을 하는 양가감정을 느끼고 있다.

> 작은 신발 공장을 시작했을 때부터 집단촌은 나가야마의 소유물이었다는, 울분도 체념도 아닌 건조한 상념에 사로잡혔다. 그렇다면 여기 있는 남자들 또한 여전히 나가야마의 '소유로부터 벗어나지 못하는 데 대해 때로는 화를 때로는 체념하고 있는 것이다.[46)]

하지만 나가야마는 집단촌의 소유주인 동시에 집단촌 한인들의 후견인이기도 하다. 그는 집단린치를 당한 숙자의 뒤를 말없이 돌봐주기도 하고, 공원과 야구장에 쉰 그루의 나무를 기부하기도 하며 집단촌을 지켜낸 인물이다. 어쨌든 노동력을 상실한 독거노인 서방에게 숙소와 식사와 용돈을 제공하여 살아갈 수 있도록 배려해주는 것도 다름 아닌 나가야마인 것이다.

그는 이 집단촌에 가장 큰 영향력을 행사하는 권력자이다. 그가 땅주인으로부터 집단촌을 사들인 의도는 당시 돈을 벌기 위해 들어오는 한국인의 숫자가 갑자기 수십 명으로 늘어났기 때문이다. 그는 외국인 노동자들이 자신의 구두공장과 파친코에서 안심하고 일할 수 있도록 집단촌에 은신처를 제공했다. 그는 시대의 변화를 읽을 수 있는 영민한 인물로서 20여 년쯤 전에 귀화까지 해가며 네 차례나 시의원에 출마했지만 연속 낙선했다. 그는 경제적으로 성공한 집단촌의 실력자이지만 아직 일본 주류사회에까지 정치적 영향력을 미치는 단계에는

---

46) 현월, 앞의 책, 51면.

이르지 못했다. 따라서 그가 경찰서장과 수시로 술을 마시며 친분관계를 유지한다 해도 주류사회의 눈에 거슬리면 언제든 집단촌은 강제로 폐쇄당할 수도 있다.

집단촌 한인 차세대는 나가야마처럼 사장도 되고, 차차세대인 다카모토처럼 의사도 되었다. 하지만 거기까지이다. 주류사회는 한인들이 일본으로 귀화해 일본이름으로 개명을 해도 독자적 세력을 형성하거나 시의원에 당선되어 정치적 영향력을 갖게 되는 것을 결코 허용하지 않는다. 다만 그들이 격리된 공간에서 말썽을 일으키지 않고 없는 듯이 존재하기를 바랄 뿐이다. 주류사회가 집단촌을 용인하는 이유는 일본인들이 꺼려하는 분야에서 불법노동자들의 저임금 노동력이 필요하기 때문이다.

따라서 주류사회는 언제든 집단촌을 폐쇄시킬 수 있는 권력을 행사할 수 있다. 주인공 서방은 그 자신이나 공장주 나가야마, 공장장 가네무라가 서로 다를 바 없는 주변적 위치의 한인이라는 민족정체성을 산책의 마지막 단계에서 분명하게 깨닫는다.

> "기다려!" 하는 외침 소리가 멀리서 들리고 동시에 공장으로 들어가는 길에서 남자 하나가 뛰쳐나왔다. 그 뒤를 이어 남자 세 사람이 나오는 것을 본 순간, 서방은 자기도 모르게 몇 발짝 앞에 있는 경관의 다리에 달려들었다.[47)]

따라서 서방은 집단촌의 주인인 나가아먀가 곤경에 처하게 되자 불

---

47) 현월, 앞의 책, 88~89면.

편한 몸으로 경찰관의 허벅지를 물어뜯는 무의식적 돌발행동을 통해 집단촌 한인으로서 나가야마와 그가 같은 운명공동체로 결속되어 있다는 것을 증명한다. 나가야마의 위기는 바로 집단촌의 위기이기 때문에 그는 자신도 모르는 사이 경찰에 대해 저항행위를 감행했던 것이다. "벌렁 뒤로 자빠진 서방이 입안에 있는 살점을 퉤하고 뱉어내고, 이럴 때 자신도 생각할 수 없는 엄청난 힘이 나온 데 감사했다."와 같이 느낀 것은 바로 자신이 집단촌 한인 공동체의 일원임을 자각했기 때문이다.

집단촌 골목을 산책하는 동안 장소상실에 빠져 있던 서방은 작품의 결말에서 집단촌과 자신이 하나로 결속되어 있다는 진정한 장소감을 획득한다. 렐프가 말했듯이 진정하고 무의식적인 장소감은 개인의 정체성에 중요한 원천을 제공하고, 이를 통해 공동체에 대해서도 정체감의 원천이 된다.[48] 의지할 가족 공동체를 상실하고 외상 후 스트레스 장애에 빠져 있던 그에게 한인 공동체 일원으로서의 정체성 획득은 일종의 치유 과정이다. 그것은 소속감과 사랑과 관심을 기울일 공동체가 아직 그에게 남아있다는 데 대한 안도감이다. 그것은 서방에게 주체의 고독과 불안을 치유하게 하는 힘으로 작용한다.

서방은 그를 찾아오는 유일한 외부자인 일본인 자원봉사자 사에키가 나가야마에 의해 강간당했다는 사실을 알게 되었을 때, 그녀를 다시 만날 수 없게 되었다는 데 대해 울화가 치솟지만 다음날 아침 "세상에 나서 이렇게 상쾌하게 잠이 깬 건 기억에 없을 정도라고 느끼"는 심적 변화를 나타낸다. 그와 같은 심경 변화도 사에키가 그에게는 고

---

48) 에드워드 렐프, 앞의 책, 150면.

마운 여성임에도 집단촌 한인으로서 일본인에 대한 무의식적인 반발심을 품고 있었던 데서 기인한 것이라고밖에는 해석되지 않는다.

루이스 코저(Lewis A Coser)의 지적대로 주류사회(경찰)라는 외집단과의 갈등은 한인끼리의 내적 응집력을 증대시키는[49] 계기를 제공했다. 하지만 집단촌의 한인 공동체는 이미 해체된 것이나 다름없으며, 경찰과 나가야마의 협력관계가 깨진 만큼 앞으로 집단촌의 위기는 보다 증대될 것이다. 즉 공동체 내부적으로는 공동체를 구성해온 한인들이 대부분 집단촌을 떠나버림으로써, 외부적으로는 경찰과의 갈등관계가 야기됨으로써 집단촌의 해체는 더욱 가속화될 것이다.

4. 결론

본고는 현월의 소설 「그늘의 집」을 '장소(place)'와 '산책자(flaneur)', 그리고 '치유(healing)'의 관점에서 고찰하였다. 제목이 암시하듯 「그늘의 집」은 기본적으로 장소에 관한 소설이다. 그리고 장소를 인식하는 주체인 '서방'이란 인물의 '산책'을 통해서 갖게 되는 장소감이 작품 해석에서 매우 중요하다. 뿐만 아니라 '산책'은 서방이란 인물이 집단촌 한인 공동체의 일원으로서 정체성을 획득하게 함으로써 트라우마를 치유하는 과정이기도 하다.

작품은 제주도 출신 한인들이 집거해온 오사카의 집단촌을 배경으로 한인 2세인 '서방'이라는 인물의 산책에 의해 전개되는 구조를 갖

49) 루이스 코저, 박재환 옮김, 『갈등의 사회적 기능』, 한길사, 1980, 109~119면.

고 있다. 이민자, 장애, 노인 등 삼중으로 주변부에 속하는 서발턴 '서방'은 오사카의 슬럼지역이자 자신이 68년 동안 한 번도 떠나본 적이 없는 집단촌을 산책한다. 한때 흥성했던 집단촌은 한인들이 떠나버리고 중국인 불법노동자들의 체류지로 변화했다. 집단촌은 현재 중국인 불법노동자의 은신처로서 없는 듯이 조용히 존재할 때는 안전이 보장되지만 언제든 위기가 집중될 수 있는 위태로운 장소다. 이와 같은 집단촌의 장소정체성은 곧바로 재일한인의 주변적이고 불안정한 위치성을 상징한다.

서방은 중국인들의 집단린치와 길거리 목욕, 싸움 등에서 충격을 받으며 그곳이 더 이상 한인들의 집거지가 아니라는 데서 장소상실을 느낀다. 하지만 그는 중국인들의 집단린치가 신고되어 순찰 나온 경찰에 의해 나가야마가 위기에 빠지게 되자 경찰을 공격하는 저항행위를 통해 집단촌 한인 공동체 일원임을 증명한다. 평생 동안 집단촌을 떠나본 적이 없는 그의 산책은 개인적 기억을 넘어서며 집단촌이 형성되어 오늘에 이른 역사의 흔적을 찾는 과정에 다름 아니다. 그리고 그 과정을 통해서 그는 한인 공동체의 일원으로서 정체성을 획득하고, 의지할 가족 공동체를 상실한 데서 오는 고독과 불안을 치유하게 된다.

결말에서 보여주었듯이 주류사회(경찰)라는 외집단과의 갈등은 한인끼리의 내적 응집력을 증대시키는 계기를 제공했지만 집단촌의 한인 공동체는 이미 해체된 것이나 다름없다. 남아 있는 한인들끼리 일시적으로 내적 결속력이 증대된 것은 사실이지만 경찰과 나가야마의 협력관계가 깨진 만큼 앞으로 집단촌의 위기는 보다 증대될 것이다. 즉 내부적으로는 공동체를 구성해온 한인들이 대부분 집단촌을 떠나버림으로써, 외부적으로는 경찰과의 갈등관계가 발생함으로써 집단촌의 해체는 더욱 가속화될 것이다.

현월은 일본사회의 소외된 주변부에 속하는 서발턴 인물과 장소를 통해서 오랜 세월이 지났음에도 한인들의 재일의 삶이 여전히 소외되고 배제되는 주변적인 위치에 놓여 있다는 것을 보여주었다. 하지만 그의 관심사는 혈연으로서의 민족보다는 보편적인 인간에 있다고 말한다. 전 세계적으로 디아스포라가 보편화된 시대이니만큼 「그늘의 집」에서 제시된 사건은 다른 지역에서 살아가는 이주민들에게도 언제든 일어날 수 있는 사건이 될 수 있다. 더욱이 최근 서구세계에서 증가하고 있는 이주민에 대한 정주민의 배타적이고 적대적인 편견과 태도들은 더욱 그럴 개연성을 높게 만든다고 할 것이다.

참/고/문/헌

〈기초자료〉

• 현월, 신은주 · 홍순애 옮김, 「그늘의 집」, 『그늘의 집』, 문학동네, 2000.

〈연구논문〉

• 구재진, 「국가의 외부와 호모 사케르로서의 디아스포라-현월의 「그늘의 집」 연구」, 『비평문학』제32호, 한국비평문학회, 2009.
• 김형주 · 최정기, 「공동체의 경계와 여백에 대한 탐색」, 『민주주의와 인권』제14권 제2호, 전남대학교 5.18연구소, 2014.
• 김환기, 「현월(玄月) 문학의 실존적 글쓰기」, 『日本學報』제61권 제2호, 한국일본학회, 2004.
_____, 「전후 재일코리언 문학의 변용과 특징: 오사카 이쿠노(大阪生野) 지역의 소설을 중심으로」, 『日本學報』제86호, 한국일본학회, 2011.
• 문재원, 「재일코리안 디아스포라 문학사의 경계와 해체-현월(玄月)과 가네시로 가즈키(金城一紀)의 작품을 중심으로」, 『동북아문화연구』제26호, 동북아문화학회, 2011.
• 박정이, 「현월 「그늘의 집(“蔭の棲みか)의 ‘그늘’의 실체」, 『일어일문학』제46호, 대한일어일문학회, 2010.
• 박진영, 「한국현대소설에 나타난 ‘야행(夜行)’ 모티프와 ‘밤 산책자’ 연구」, 『Journal of Korean Culture』제31호, 한국어문학국제학술포럼, 2015.

• 윤미애, 「도시, 기억, 산보」, 『오늘의 문예비평』 제51호, 오늘의문예비평, 2003. 12.

_____, 「도시 산보와 기억」, 『독어교육』제29호, 한국독어교육학회, 2004.

• 이용균, 「이주자의 주변화와 거주공간의 분리」, 『한국도시지리학회지』제16권 제3호, 한국도시지리학회, 2013.

• 장안순, 「무대배우의 고독(舞臺役者の孤獨) -집단(集村)에서 노조무(望)의 정체성」, 『일어일문학』제35호, 대한일어일문학회, 2007.

• 황봉모, 「현월(玄月)의 「그늘의 집(“蔭の棲みか)-‘서방’이라는 인물-」, 『일본연구』제23호, 한국외국어대학교 일본연구소, 2004.

_____, 「현월(玄月)의 「그늘의 집(“蔭の棲みか)-욕망과 폭력」, 『일어일문학연구』제54권 제2호, 일어일문학회, 2005.

〈단행본〉

• 권용선, 『세계와 역사의 몽타주, 벤야민의 아케이드 프로젝트』, 그린비, 2009.

• 박찬부, 『에로스와 죽음』, 서울대학교출판부, 2013.

• 신용하 편, 『공동체 이론』, 문학과지성사, 1985.

• 윤인진, 『코리안 디아스포라』, 고려대학교출판부, 2004.

• 최병두 외 3인, 『지구 · 지방화와 다문화 공간』, 푸른길, 2011.

• 태혜숙, 『탈식민주의 페미니즘』, 여이연, 2001.

〈번역서〉

• 루이스 코저, 박재환 옮김, 『갈등의 사회적 기능』, 한길사, 1980.
• 에드워드 렐프, 김덕현 · 김현주 · 심승희 옮김, 『장소와 장소상실』, 논형, 2005.
• 질 발렌타인, 박경환 옮김, 『사회지리학』, 논형, 2009.
• 프로이트, 윤희기 옮김, 『무의식에 관하여 - 프로이드 전집 13』, 열린책들, 1997.

해외 이민자 작품서사를 통해 본 혐오의 정동
-제니스 Y. K. 리의 『피아노 교사』를 중심으로-

류진아

1. 서론

제니스 Y. K. 리는 한인 2세 작가로 1972년 홍콩에서 태어났으며, 열다섯 살에 미국으로 건너가 명문고를 졸업하고 하버드 대학에서 영문학을 전공하였다. 이후 자신이 어릴 적부터 꿈꿔왔던 작가가 되기 위해 대학원에 진학해 소설가인 이창래 교수 밑에서 소설 창작법을 배웠다.

그의 첫 장편 장편소설인 『피아노 교사』는 제2차 세계대전 전후의 홍콩을 배경으로 하고 있다. 작품의 시대적 배경인 1940년대와 1950년대의 홍콩은 식민지와 전쟁을 경험한 곳이다. 우리나라와 참 많이 닮아 있다. 하지만 작가가 홍콩을 작품의 공간적 배경으로 설정 한 데에는 또 다른 이유가 있다. 작품에서도 언급하고 있는 것처럼 당시의 '홍콩은 가장 흥미로운 혼합체'이며, '전쟁이 모든 사람을 체에 넣고 흔들자 다양한 부류의 사람들이 체에 걸려 남게 되었기' 때문이다. 작가는 이런 다양한 계층과 인종들이 모여 사는 곳의 이야기를 소설을 통해 보여주고 있다.

이민 2세대 작가인 제니스 Y. K. 리는 다른 이민 작가들과는 달리 작품 속 등장인물을 한국인이 아닌 홍콩에 사는 영국인과 유라시아 혼혈인을 주인공으로 설정하고 그 밖의 다양한 국적의 사람들을 주변인물로 등장시키고 있다. 그동안 한인 작가들이 한국인 등장인물을 내세워 이민국에서의 그들의 생활과 그들이 겪는 갈등과 불안, 그리고 정체성 찾기 등을 주제로 삼은 것과는 거리가 있다.

재외 한인 문학의 범주에 대해서는 여러 의견이 분분하나 김종회는 재외 한인 문학의 개념을 정리하며, 미국, 일본, 중국, 구소련 지역의 해외동포 문학을 두루 살펴볼 때, 우리는 이 모든 영역의 재외 한국문학을 한민족 문화권이라는 이름으로 통칭할 수 있을 것[1]이라고 말한다. 즉, 한인 문학은 그 언어가 어떤 것으로 쓰였건 한민족의 이야기나 그들과 관련된 주제를 바탕으로 쓰인 문학을 한인 문학이라고 할 수 있을 것이다.

「재외 한인 작가의 민족의 이중적 지위」에 대해 연구한 서종택은 재외 한인 작가들의 문학을 그들이 사용했던 언어와 그것으로 이루어진 작품의 귀속 문제가 쟁점이 될 수 있다고 말한다. 그는 재미 작가 김용익의 말을 인용하며, 그가 일차적으로 사용한 언어가 영어였다는 점에서 그것을 한국 문학의 범주에 넣을 수 있느냐 하는 논의에 대해, 김용익은 자신이 거주하는 곳의 언어로 작품을 썼을 뿐이며, 재외 한인

1) 김종회, 「재외 한민족문학연구-재외 한인문학의 범주와 작품세계」, 『비교한국학』 제14권 제1호, 국제비교한국학회, 2006, 51-53면. 72면.

문학을 논의하는 데 있어 무엇보다 중요한 것은 그 작품이 '누구'에 의해 '무엇'을 썼느냐가 중요하다고 말한다.[2)]

연구자가 제니스 Y. K. 리의 작품을 해외 한인문학으로 보고 그에 대한 연구를 하기로 마음먹은 데에는 『피아노 교사』 서문에서 밝힌 작가의 말[3)]이 큰 영향을 미쳤다. 세계는 이미 오래 전 일일생활권에 접어들었으며, 더 이상 하나의 민족이라는 단일 정체성은 존재하지 않는다. 그리고 외국으로의 이민은 더 이상 그들만의 문제가 아니다.

그동안 해외 이민자들에 대한 문학 연구는 주로 해외로 이주한 이민자들의 삶과 그 속에서 살면서 작품 활동을 한 이민 작가들의 작품을 중심으로 이루어졌다. 이들 연구를 주제별로 살펴보면, 이주의 촉발이 되는 역사와 정착의 과정에서 갈등의 주원인이 되는 문화적인

---

2) 서종택, 「재외 한인 작가와 민족의 이중적 지위」, 『한국학연구』제10호, 고려대학교 한국학연구소, 1998.

3) 제니스 Y. K. 리는 책의 서문에서 자신의 작품이 해외 이민자로 살아가는 자신의 인생과 연관이 있음을 이야기 하고 있다. "때때로 나는 이런 질문을 받는다. 홍콩에서 태어나고 자랐으며 미국에서 교육을 받은 한국인이 영국식민지 시절의 홍콩에서 살았던 영국인과 중국인에 대한 소설을 쓰게 된 이유가 무엇이냐고. 그런 질문에 나는 작가가 소설의 주제를 찾아내는 것이 아니라 종종 주제가 작가를 찾아내기도 한다는 말 외에는 달리 할 말이 없다. … 나는 고등학생에 대해 글을 썼고, 대학생에 대해서도 글을 썼고, 물론 한국인에 대해서고 글을 썼다. 그 모든 대상은 바로 나 자신이었고, 나는 대상들에 늘 관심을 가졌다. … 미국의 MFA(예술분야 석사) 과정은 보통 이 년제인데, 내가 이 년차에 썼던 작품이 아시아 소녀와 영국인 피아노 교사를 주인공으로 한 단편소설이었다. 1970년대 홍콩이 배경인 그 소설은, 실제로 어린 시절 내게 영국인 피아노 교사가 있었다는 점에서는 자전적이라 할 수 있다. 하지만 유사점은 그것뿐이다. 나의 피아노 교사는 후에 클레어가 되는 캐릭터보다 훨씬 나이가 많았을 뿐 아니라 공통점이라고는 전혀 없었기 때문이다. 하지만 그러한 배경 설정 늘 그랬던 것처럼 현대적 메트로폴리스의 대표 도시로서가 아니라 역사적 장소로서의 홍콩을 그리는 것-은 여전히 나의 흥미를 자극했다. 거기에는 뭔가가 있었다… "(제니스 Y. K. 리, 『피아노교사』, 문학동네, 2009, 7-9면.)

지점과 함께 인간의 근원적인 물음인 실존의 문제와 맞물린 정체성과 타자의식, 이방인 의식, 보편성 등을 주로 다루어왔다. 하지만 이러한 연구는 이민자들이 이국땅에서 정착하는 과정에서 겪게 되는 갈등이나 문제에 대해 이야기하고 있을 뿐 그 갈등이나 문제의 원인을 찾아내어 해결하려고 하는 데까지는 나아가지 못하였다고 할 수 있다.

문학은 서사를 바탕으로 이루어지며, 개인의 삶 또한 서사를 중심으로 전개된다. 문학은 그 속에 등장하는 인물에 따라 제 각각의 서사를 이룬다. 이러한 작품의 서사는 그 작품을 읽는 독자들에게로 와서 공감과 이해의 과정을 거쳐 독자 개인의 서사와 관련을 맺는다.

정운채는 '서사(敍事)란 인간관계의 형성과 위기와 회복의 과정에 대한 서술'이라고 정의한다. 그는 또한 '작품으로 구현된 것으로부터 작품서사(作品敍事)를 분석해 내고, 삶으로 구현된 것으로부터 자기서사(自己敍事)를 분석해 낸다'[4]고 말한다. 그리고 그는 작품서사의 분석은 작품 속에 등장하는 인간관계에 대한 전과정을 재구성함으로써 드러날 수 있다고 말한다. 작품서사란 결국 인물과 인물이 맺고 있는 관계들을 따라가며 분석해내는 것이며, 인간관계 속에서 문제를 해결해 나가는 과정 중에 작품의 각 등장인물들을 위치시켜야 한다는 것이다. 그래서 작중 인물의 서사를 분석할 때는 작품 속에 등장하는 인물들은 그 사회의 환경과 긴밀하게 연관되어 있다는 것을 염두에 두어야 한다. 그리고 이를 바탕으로 작중 인물의 행동이나 변화가 당시의 사회 환경과 그 변화와는 어떤 연관이 있는가를 살펴야 한다.

---

4) 정운채, 「인간관계의 발달과정에 따른 기초서사의 네 영역과 〈구운몽〉 분석시론」, 『문학치료연구』제3호, 한국문학치료학회, 2005, 7-36면.

인간은 대부분 자신의 삶이 안정되고 행복하다고 느낄 때는 실존의 문제에 의문을 제기하지 않는다. 하지만 자신의 위치가 위태롭거나 자신이 불행하다고 느낄 때 실존의 문제와 자신을 바라보는 주위의 시선에 관심을 가진다. 그렇다면 인간을 위태롭게 만들고 인간을 불행하게 만드는 것의 기저에서 작동하는 매커니즘을 안다면 해외 이민자뿐만 아니라 해외로부터 유입되는 이민자들이 겪는 갈등과 불행을 최소화 할 수 있을 것이다

이 연구에서는 해외 이민자 문학의 작품서사 분석을 통해 인간혐오의 정동을 살피는 것을 목적으로 한다. 그동안 문학을 인간 활동의 결과로만 여겼던 관점에서 벗어나 문학치료학에서는 문학을 '인간 활동' 그 자체이며, 더 나아가 '인간' 그 자체가 문학[5]이라고 본다. 우리의 삶에서 문학이 유용성을 가지는 이유는 문학에 등장하는 인물이 현실의 우리와 다르지 않으며, 문학의 배경 또한 현재의 우리사회와 다르지 않다는 점이다. 문학의 연구가 어떤 특정한 작품이 왜 창작될 수밖에 없었으며, 또 왜 사람들이 그 작품에 탐닉하게 되었는가에 초점이 맞추어진다면 인간의 삶에서 문학의 유용성은 더욱 커질 것이다.

이 연구는 이민자문학 측면에서는 해외 이민 2세대 작가에 의해 쓰인 작품의 분석을 통해 글로벌한 이 사회에서 이민을 받아들이는 입장, 해외로 삶의 터전을 옮긴 이민자들의 입장에서 발생될 수 있는 갈등을 최소화 할 수 있는 방안을 마련할 수 있다는 것이다. 또한 문학예술치료 측면에서는 문학치료에 활용할 수 있는 적합한 텍스트를 발굴한다는 데에 그 의의가 있다.

---

5) 정운채, 「문학치료학의 서사리온」, 『문학치료연구』제9호, 문학치료학회, 2008, 248면.

2. 작품서사를 통해본 혐오의 정동

인간에 대한 혐오의 감정은 자연발생적인 현상이 아니라 정치권력이나 종교적 도그마, 일상적 관행 등에 의해 생성되고 조절되는 사회적 감정이다.[6] 특정한 사람이나 특정한 집단을 혐오하는 이들은 개인보다 우위에 있는 신념이나 가치, 혹은 집단의 이익을 위한다는 명분으로 자신에 의해 발화되는 혐오의 감정을 은폐하고 또 정당화 한다.

스튜어트 월튼(Stuart Walton)은 혐오가 '인간다움을 조건 짓는' 대표적인 정동 중 하나로 혐오를 꼽으면서 "혐오의 촉발이 침, 콧물, 가래, 귀지, 오줌, 똥, 정액, 피 같은 고약한 신체 분비물이나 썩거나 곪는 생물학적 과정의 구체적인 예에 뿌리를 둔 것처럼 보인다는 사실"[7]을 모른 척 할 수 없다고 말한다.

마사 너스바움(Martha C. nussbaum)은 혐오는 오염물의 체내화라는 관념에 초점을 둔 복잡한 인지적 내용을 지니고 있으며, 혐오에 대한 그 핵심적 정의는 "역겨운 대상의 (입을 통한) 체내화 가능성에 대한 불쾌감이다. 역겨움의 대상은 오염물이다. 즉 오염물을 우리가 먹으려 하는 음식물에 살짝 닿게 된다면, 그 음식은 먹을 수 없게 된다."[8]고 말한다. 이렇듯 혐오는 오염물로 간주되는 일군의 핵심 대상에서 시작한다. 이러한 대상은 인간의 유한성과 동물적 취약성을 연상시키는 것으로 여겨지기 때문이다. 나 아닌 것 즉, 대상에 대한 혐오

---

6) 김왕배, 「혐오 혹은 매스꺼움과 배제의 생명정치」, 『사회사상과 문화』제20권 1호, 동양사회사상학회, 2017, 113면.
7) 스튜어트 월튼, 이희재 옮김, 『인간다움의 조건』, 사이언스북스, 2012, 141면.
8) 마사 너스바움, 조계원 옮김, 『혐오와 수치심』, 민음사, 2004, 166면.

는 나와 타자를 분리시키는 감정으로 혐오감은 주체가 비체들을 솎아 냄으로써 자신을 단정한 정체성을 가진 면역주체로 상상하는 데서 비롯되는 원초적 충동이다.[9)]

혐오는 자신의 신체의 정결함과 안정을 유지하기 위해서 사회적 관습들에 스며들어 있는 정동이다. 또한 건강하고 단정한 사회를 유지하기 위한, 즉 비체를 배제한 주체들의 정갈한 사회를 유지하기 위한 핵심적인 정동이다. 우리사회에서 발견되는 혐오는 '주체'와 '공동체'의 경계를 흩어놓겠다고 위협함으로써 거부의 대상이 되는 비체(abject)적인 것들에 대한 반응이다.[10)]

혐오는 복잡한 연계망을 거쳐 다른 대상에게로 확장되는데, 너스바움은 우리가 1차적으로 느끼는 혐오의 대상 즉, 배설물, 타액, 혈액, 체취, 벌레와 같은 혐오의 1차적 대상물을 그것들과 이를 다른 물체 또는 대상에게 투사하여 느끼는 투사적 혐오를 구분하고 있다. 투사적 혐오는 혐오의 1차적 대상물과 관련이 없는 자들에 대해 혐오의 1차적 대상물의 성질을 투사함으로써 그들을 혐오하는 것을 말한다. 역사적으로 권력집단은 여성, 성소수자, 이민자, 장애인 등에 대해서 차별과 배제의 수단으로 혐오적 투사를 사용해왔다.[11)]

다음에서는 제니스 Y. K. 리의 작품 『피아노 교사』에 나타나는 작품서사를 통해 해외 이민자와 현지인들인 중국인들에 대한 혐오의 정동을 살펴볼 것이다.

---

9) 임옥희, 「혐오발언, 혐오감, 타자로서 이웃」, 『도시인문학연구』제8권 2호, 도시인문학연구소, 2016, 81면.

10) 손희정, 「혐오와 절합하고 경합하는 정동들 : 정동의 인클로저를 넘어서 혐오에 대해 사유하기」, 『여성문학연구』제36호, 한국여성문학학회, 2015, 126면.

11) 마사 너스바움, 앞의 책, 292~301면.

1) 취약한 주체의 혐오발화

주디스 버틀러(Judith Butler)는 혐오발언은 주체에게 막강한 힘을 가진 것으로 만들어 주는 마법적인 힘이 있다[12]고 말한다. 비체들에 대한 주체의 혐오발화는 자신들의 막강한 힘을 과시하는 것에 그치지 않고, 비체들을 대상화시킴으로써 자신과는 구별되는 존재로 만든다. 『피아노 교사』에서는 영국의 식민지인 홍콩에 거주하는 원거주민인 즉, 중국 상류층 사람들은 자신을 홍콩으로 이민 온 영국인들과 구별짓기를 위한 하나의 전략으로 혐오발화를 한다.

혐오감은 주체가 자신과 타인을 구별짓기 위한 하나의 수단이며, 또한 자신의 취약성을 은폐하려는 하나의 전략이다. 주체는 자신의 취약성, 무의미성을 무의식적으로 알기 때문에 거꾸로 자신의 자율성, 독립성을 주장한다. 또한 본래의 자신이 가진 취약성을 은폐하기 위해 타인이 가지지 못한 자신의 권력을 내세운다. 이럴 때 타인에 대한 혐오발화가 유용하게 사용된다.

"영어를 정말 잘하시네요." 클레어가 유리잔을 들며 말했다 "그래요." 멜로디는 무심하게 대답했다. "사 년 동안 웨슬리에서 공부하면 누구나 그렇게 될걸요."

"미국에서 대학을 다니셨군요?" 클레어가 물었다. 중국인이 미국으로 유학을 간다는 얘기는 처음 들었다.

"정말 좋은 시절이었죠." 맬로디가 말했다. "그 끔찍하고도 끔찍한 음식만 빼면요. 미국인은 그릴치즈 샌드위치를 음식이라고 생각한다

12) 주디스 버틀러, 유민석 옮김, 『혐오발언』, 알렙, 2016, 26면.

니까요! 당신도 알겠지만 우리 중국인은 음식을 매우 중요하게 생각해요."[13]

위의 인용문은 중국인 상류층의 여성(멜라니)이 영국인 여성(클레어)을 딸의 가정교사로 고용하기 위해 인터뷰하는 장면이다. 상류층의 중국인 여성은 영국인 여성이 자신의 영어실력을 칭찬하자 미국에서 자신이 명문여자 대학을 다녔다는 것을 슬쩍 이야기하며, 미국인들이 먹는 샌드위치에 대해 혐오의 감정을 드러내 보인다. 이러한 혐오발언의 기저에는 중국의 음식문화에 대한 우월성과 패스트푸드와 그 음식을 주식으로 하여 살아가는 미국인들에 대한 혐오의 감정이 담겨 있다. 이러한 혐오의 기저에는 자신이 미개하다고 생각하는 미국에서 유학을 하고 미국인들에게 영어를 배워야 했던 자신의 취약성을 은폐하기 위한 전략이 숨겨져 있다.

혐오감은 주체가 자신의 엄격한 경계를 유지하려는 정동[14]이다. 위의 예에서는 미국인들이 혐오스럽다기보다는 미국인들이 먹는 음식에 대한 혐오를 드러냄으로써 그러한 음식을 혐오하는 자신과 그러한 음식을 즐겨먹는 미국인과 즉, 서양인과의 경계를 만드는 것이다. 이러한 타인에 대한 혐오발화를 통한 경계짓기는 타인으로 하여금 또 다른 혐오발화의 가능성을 만든다. 다음은 영국인 피아노 교사가 인터뷰 도중 자신이 명문학교를 나오지 않은 것에 대한 위축된 마음은 중국인에 대한 혐오의 정동으로 나타난다. '당신네 민족은 딸을 물에 빠뜨려 죽인다면서요!', '중국인은 짐승과 다를 바 없는 인종'이라고

13) 제니스 Y. K. 리, 『피아노 교사』, 문학동네, 2009, 24-25면.
14) 임옥희, 앞의 글, 82면,

하던 어머니의 말을 떠올린다. 이것은 비체가 주체에 가하는 복수이며 또한 자신을 보호하기 위한 행위라고 할 수 있다.

혐오는 질병이나 오염으로부터 신체를 보호하고 자신의 신체를 정갈하게 유지하려는 신체적 반응 상태이기도 하다. 또한 사회적 질서나 규칙으로부터 자신을 보호하려는 방어적 기제로써 혐오가 사용되기도 한다. 이러한 방어기제로써의 혐오발화는 멜라니의 남편인 중국인 상류층 빅터 첸에게서 주로 발견된다.

> 어느 날 오후, 집으로 가려는 참에 서재에서 빅터 첸의 목소리가 들렸다. 전화기에 대고 큰 소리로 얘기하고 있었는데, 방문이 살짝 열린 채였다.
>
> "그건 빌어먹을 영국놈들 때문이야." 영어로 이렇게 말한 그는 곧 광둥어로 바꿨다. 그리고 "그렇게 할 수는 없어"라는 영어가 들리더니 곧 알아들을 수 없는 언어로 바뀌었는데, 아마도 욕을 하는 듯했다. "그들은 불안을 조성하려는 거야. 잠자코 있는 해골을 파헤쳐서 말이지. 모두 자기 목적을 위해서야. 크라운 컬렉션은 애당초 그들 소유가 아니잖아. 그들이 마음대로 가져갔을 뿐, 그건 우리 역사야, 우리 소유물이라구,…[15]

> "어느 누구보다도 이해하지 못하겠지. 자네야 홍콩에 와서 친구들 사이에 안주하고 혼혈종 암망아지도 만났으니. 이 사회에서 아무런 문제도 없었잖아 재수 없는 영국놈들은 도덕적으로 고상한 척하면서 한편으로는 자기 이익을 위해 중국의 절반을 아편쟁이로 만들었어."[16]

---

15) 제니스 Y. K. 리, 앞의 책, 38-39면.
16) 제니스 Y. K. 리, 위의 책, 403면.

> 이 여자는 내 딸의 피아노 선생이다. 로켓에게 피아노 건반 두드리는 법을 가르치라고 고용한 사람이다. 단순한 영국인일 뿐, 내가 호의를 부탁할 필요가 있는 사람은 아니다.[17)]

빅터 첸은 영국의 명문 케임브리지대학을 졸업한 중국인 사업가이다. 그는 주로 영국인들과 사업파트너로 일을 하기 때문에 그가 주로 사용하는 언어는 영어이다. 그는 위의 예문에서와 같이 영어로 영국인들을 경멸하는 말을 한다. 그의 말 속에는 '우리'와 '그들'로 두 집단에 대한 구별짓기가 이루어지고 그 구별짓기는 우리가 아닌 타인에 대한 혐오의 정동으로 나타난다. 빅터 첸은 영국인들을 욕하면서도 끊임없이 영국인들과 교류한다. 식민지 국민으로 사는 그는 개인으로서는 경제적 권력을 가진 부유층에 속하지만 또 다른 면에서는 식민지국의 국민이라는 취약성 또한 지니고 있다. 그는 이러한 자신의 취약성을 알고 있기에 그것을 은폐하기 위해 스스로가 강자임을 상상하며 혐오발화를 통해 타자보다 우월해지고자 한다.

마지막 인용문은 빅터 첸의 아내이며 자신이 상류층 사회의 인물인 것에 대해 자부심을 가진 멜라니가 영국인 피아노 교사에 대해 품고 있는 생각이다. 자신에게 닥친 문제를 피아노 교사가 해결을 해줄 수 있을 거라고 잠깐 생각하기도 하지만 '단순한 영국인일 뿐인' 그녀에게 아쉬운 소리는 하고 싶지 않은 것이다. 이러한 그녀의 행동은 혐오감의 주체가 자신의 취약성을 은폐하려는 것이며 타인과의 엄격한 경계를 유지하려는 정동에서 나오는 것임을 알 수 있다.

---

17) 제니스 Y. K. 리, 위의 책, 405면.

2) 힘을 가진 주체의 혐오발화

소설 속에는 식민지국으로 이주를 한 영국인들 또한 자신들이 중국인들보다는 인종적으로 우월하다는 점을 내세우며 중국인들과 자신들을 구별짓는다. 이들의 일상적인 발화를 통해 드러나는 식민지국 국민 즉, 중국인들에 대한 혐오는 인종차별적 요소를 지닌다. 혐오는 오염물로 간주되는 일군의 핵심 대상에서 시작한다. 이러한 대상에 대한 혐오는 개인이 지니는 개념에 의해 매개되며, 그런 면에서 사회적으로 학습된다고 할 수 있다. 영국인들이 생각하는 중국인들에 대한 인식은 민족적으로 자신들을 우월하다고 여기는 우월감의 결과이다. 이러한 차별은 어떤 이를 타자화함으로써 그것을 공유하는 집단의 결속력을 다진다.

실제 혐오의 대상은 실질적으로나 물질적으로 개인과 공동체에 해를 끼치거나 위험한 존재라기보다는 인식론적 차원에서 문화적, 사회적으로 위험한 것, 불쾌한 것, 제거되어야 할 불순물로 여겨지는 것들이다.[18] 영국인들에게 있어 식민지국의 중국인은 '훈련을 시켰'을 때 비로소 집사의 역할을 할 수 있는 사람들이고, '끔찍한 정부를 피해 동물처럼 떼를 지어 국경을 넘어온 불쌍한 사람'들이다. 특히 그들에게 경제적 권력을 가지지 못한 중국인들은 '아마'라고 불리는 가정부의 위치 밖에는 될 수 없는 존재들이다. 중국인에 대한 이러한 인식은 민족의 정체성에 대한 인식이며 이것은 사회적으로 학습된 결과이다. 하지만 중국인들을 무지하고 불결한 민족으로 보는 데에는 자신의 우

---

18) 마사 너스바움, 앞의 책, 200-214면.

월성을 이야기하고 싶은 영국인들의 인종적 우월감이 자리하고 있다. 그리고 그 우월감의 기저에는 구별짓기에서 비롯된 동양인에 대한 혐오의 정동이 자리하고 있다.

혐오를 통해 그것이 개인의 경계이건, 공동체의 경계이건 타인과의 경계를 공고히 한다. 스스로를 해체와 분열, 탈각 혹은 몰락으로부터 안전하게 하고자 하는 충동을 가진 이들은 "혐오의 속성들(점액성, 악취, 점착성, 부패, 불결함 등)을 반복적이고 변함없이" 그 정체성으로부터 배제되어야 할 대상들에게 결부시켜왔다. "특권을 가진 집단들은 이들을 통해 자신들의 보다 우월한 지위를 명백히 하려고 한 것이다. 소설에서는 영국인들에게 있어 중국인들도 혐오의 대상이지만 혼혈인들 또한 혐오의 대상"으로 취급된다.

> 여종업원이 와서 흠이 난 색 바랜 유리잔에 물을 따랐다.
>
> "유라시아 혼혈에게는 뭔가 슬픈 면이 있지?" 종업원이 물러가자 에드위나 스토치가 말했다. "어딘가 불완전한 부분, 결핍된 부분이 있단 말이야. 나는 언제나 그들이 완전해지기 위해 뭔가를 찾고 있다는 느낌을 받곤 해."
>
> "그렇게 생각하세요?" 클레어가 공손하게 말했다. "사실 저는 유라시아 혼혈이 상당히 매력적이라고 생각해요. 피부는 아름답고 머리카락과 눈동자는 황금색이죠. 처음 홍콩에 왔을 때는 이상하다고 생각했지만, 지금은 더할나위없이 근사하게 보여요."
>
> "흥." 노인은 코웃음을 쳤다. "당신은 젊고 낭만적이니까 그렇게 생각하겠지만, 어느 쪽 인종으로도 받아들여지지 못하는 혼혈아는 끔찍한 기분일 거야."

> 클레어는 인습을 무시하고 자유롭게 살아가는 미스 스토치에게 이런 편견이 있으리라고는 생각지 못했다. (중략)
> "내 생각은 달라. 저 여자는 사회에서 버림받은 사람이야. 그나마 이런 직업이라도 얻었으니 다행이지. 저 여자의 아버지가 어떻게 했을 것 같아? 어머니하고 재미만 보고 떠났을 거라고. 대부분의 경우가 그래."
> 미스 스토치는 클레어의 찻잔에 차를 따랐다.[19]

위의 인용문은 영국에서 이주해온 영국 상류층의 부인이 레스토랑에서 근무하는 유라시아혼혈인 여성을 보고 클레어와 나누는 이야기의 한 대목이다. 자신이 정통 영국혈통을 지녔다고 생각하는 노부인은 혼혈인을 완전체가 되지 못한 인간으로 취급하며 그에 대한 혐오감을 드러낸다. 노부인은 영국인이며, 거기다가 경제적인 능력까지 가진 자신에게는 상대방을 무시하거나 비하할 능력과 자격이 있다고 생각한다. 버틀러에 의하면 노부인과 같은 개인발화자에게 그런 혐오를 휘두를 수 있는 힘이 있는 것이 아니라 국가라는 거대 권력 즉, 국가법이 그런 힘을 부여해준다.[20] 법은 발화 가능한 주체와 발화 불가능한 타자들의 경계를 설정한다. 자국민들의 보호를 위해 만들어진 국가의 법이나 정책은 타민족과 타인종에 대한 배제를 통해 그들에 대한 혐오의 정동을 일으킨다.

작가는 권력[21]을 가진 이들이 권력을 가지지 못한 이들에 대한 발화의 문제점을 인지하고 그것을 자신의 작품에서 이야기하고 있다. 하

---

19) 제니스 Y. K. 리, 앞의 책, 372-373면.
20) 주디스 버틀러, 앞의 책, 229면.
21) 여기서의 권력은 경제적 권력뿐만 아니라 사회적, 국가적 권력 모두를 말한다.

지만 작가는 문제점만을 이야기하는 것이 아니라 주요등장 인물들을 통해 그에 대한 해결책 또한 제시하고 있다.

3) 비체로서의 혐오와 상생

줄리아 크리스테바(Julia Kristeva)는 비체(abject)를 '동일성이나 체계와 질서를 교란시키는 것'[22]으로 설명한다. 그리고 비체는 대상(object)이 아니기에 혐오된다고 주장한다. 즉, 비체는 특정 담론에서 규정된 방식인 대상성을 벗어난다. 비체가 공포의 대상으로 혐오되는 이유는 그것이 대상이 아니기 때문이다. 비체는 주체가 만들어놓은 경계와 정의를 벗어나기 때문에 부정되고 혐오의 대상이 된다.[23]

소설에서 주요 위치를 차지하고 있는 등장인물 중 한 사람이 유럽과 아시아의 혼혈인인 '트루디'라는 여성이다. 트루디는 포르투칼인인 어머니와 중국인인 아버지 사이에서 태어난 유라시아혼혈인이다. 그녀는 스스로를 '잡종'이라고 부르며, 자신이 '완전한 중국인으로 행동하지 않는다고 싫어하는 중국인'들과 '자신의 외모가 유럽인 같지 않다고 싫어하는 유럽인'들과도 스스럼없이 어울린다. 그녀가 중국인도, 유럽인도 아닌 혼혈의 잡종임에도 불구하고 자신들을 순수혈통이라 생각하고 있는 이들과 스스럼없이 어울릴 수 있는 데에는 그녀 아버지의 경제적 능력과 그녀의 출중한 외모가 한몫을 한다.

'정상성'을 대표하는 '보통의 사람들'은 비정상들을 혐오함으로써

---

22) 줄리아 크리스테바, 서민원 옮김, 『공포의 권력』, 동문선, 2001, 25면.
23) 이현재, 「포스트모던 도시화와 비체되기」, 『도시인문학연구』제9권 1호, 서울시립대학교 도시인문학연구소, 2017, 157면.

자신의 정상성을 인정받고 확인하는 데서 쾌감과 만족을 느낀다.[24] 유라시아혼혈인인 트루디에 대한 주위 사람들의 혐오발언 역시 같은 맥락에서 설명될 수 있을 것이다. 사회가 자신의 경계를 유지하기 위해 자신과는 다른 존재에 대해 받아들일 수 없는, 즉 삼킬 수 없는 그래서 외부로 토해내는 정동 중 하나가 혐오이다.

트루디는 자신을 보는 다른 이들의 시선이 호의적이지만은 않다는 것을 알고 있다. 하지만 그녀는 개의치 않는다. 왜냐하면 그녀 스스로가 그들과 다르다는 것을 인정하고 있기 때문이다. 하지만 그녀는 자신과 비슷한 처지에 있는 사촌 도미닉의 이야기를 통해 집단적 정체성을 유지하려는 욕망이 그들과 다르다는 이유로 사회에서 배제된 이들을 어떤 고통 속으로 몰아넣는지를 이야기하고 있다.

> "…… 아무에게도 하지 않았던 이야기가 있어. 도미닉은 예전부터 정상이 아니었어. 그는 어린 시절, 그러니까 열두 살쯤에 하녀들과 스캔들을 일으켰어. 도미닉이 하녀들에게 … 뭔가를 하라고 시키고, 그도 그녀들에게 뭔가를 했는데 발각된 거야. 누군가가 들어와서 그 장면을 본 거지. 엄청 당황한 부모는 하녀들, 중국에서 온 어린 소녀들은 돈을 줘서 내보내고, 도미닉은 영국으로 보냈어. 그 어린 나이에 말이야. 영국으로 간 도미닉은 당시엔 영어도 제대로 못했고, 이상한 복장에 억양도 우스꽝스러웠으니 당연히 눈에 띄었겠지. 게다가 어떻게인지는 모르겠지만 도미닉이 했던 일이 그 학교에 알려지게 된 거야. 그러자 나이 많은 남학생들이 도미닉에게 같은 짓을 시켰어. 그러니까 무슨 얘긴지 알지? 그런 학교가 어떤 곳인지 당신도 알잖아. 어느 날 밤, 술에 잔

24) 임옥희, 앞의 글, 94면.

뜩 취한 도미닉이 나에게 털어놓은 얘기야. 물론 나에게 털어놓았다는 사실조차 기억하지 못할지도 몰라. 늘 남매처럼 지내왔는데, 그런 고백을 들은 뒤로는 똑같이 보이지가않더라고. 어떻게 그럴 수 있겠어? 그리고 그것이 바로 도미닉이 영국인을 싫어하는 이유야. 물론 그 자신은 끔찍하게 영국적이면서도 말이지. 상당히 복잡해. 그래서 결국 내 생각에, 우리는 모두 살아남기 위해 노력하는 거야."[25)]

혐오의 대상인 비체를 사회적으로 확대한다면, 동일성, 체계, 질서, 제자리를 교란하는 어떤 것이 된다.[26)] 트루디는 자신들이 순수혈통이라 착각하고 사는 중국인들과의 동질성을 획득하지 못하고 그들 사회에서 스스로 배제된 채 살아간다. 그녀의 사촌 도미닉 또한 사회적 질서를 교란했다는 이유로 혐오의 대상이 되어 가정으로부터 방출되었다.

혐오감은 자신의 경계가 허물어지는 것에 대한 공포와 불안감에서 형성된 정동이다. 어느 것에도 속하지 못한 스스로를 '잡종'이라고 부르는 트루디는 제2차 세계대전이 발발하고 당시 홍콩을 점령한 일본군 장교에게 '살아남기' 위해 협조를 하고 심지어는 일본군 장교의 아이까지 갖게 된다. 하지만 그녀는 전쟁이 끝날 무렵 자신의 포르투칼인 어머니처럼 흔적도 없이 사라지고 자신이 낳은 딸은 자신과 비슷한 시기에 출산을 하고 아이를 잃은 친척인 멜로디에게 맡긴다. 로켓이라는 이름을 가진 트루디의 딸은 아무도 모르게 상류층 중국인 부부의 딸로 성장한다.

---

25) 제니스 Y. K. 리, 앞의 책, 285-286면.
26) 임옥희, 앞의 글, 96면.

"…… 로켓은 반은 일본인이고, 사분의 일은 중국인, 사분의 일은 포르투칼 혈통이니까요. 물론 그냥 봐서는 절대 모르죠. 절대 알 수 없어요. 당신도 몰랐을 거예요. 그렇죠? 게다가 우리는 로켓을 친자식처럼 사랑해요. 그러니 모두에게 최선의 선택이었던 거죠."[27]

위의 인용문을 살펴보면, 유라시아인과 일본인 사이에서 태어난 로켓은 그녀의 어머니와 같은 혼혈인이다. 아니 그녀의 어머니보다 더 '잡종'의 혈통으로 태어났다. 그러나 '그냥 봐서는 절대' 그녀가 혼혈인이라는 것을 알 수 없다. 왜냐하면 그녀는 아무도 알지 못하게 중국인 부부의 친딸로 키워졌으며, 그녀의 부모는 홍콩에서 최고의 부유층에 속하기 때문에 아무도 그녀의 혈통에 대해서 의심을 하거나 의문을 가질 수가 없다. 인간에 대한 혐오는 자연발생적인 것이 아니라 사회적으로 생성된 것이다. 인간은 자신들의 경계를 만들고 그 경계에 들어오지 못하는 이들을 다르다는 이유로 배제하고 소외시킨다. 마사 너스바움은 혐오가 특정집단과 사람들을 배척시키기 위한 사회적 노력의 강력한 무기로 이용되어 왔다[28]고 말한다. 결국 혐오의 정동은 특정집단을 보호하기 위한 고도의 정치적 전략이라 할 수 있다.

하지만 소설에서 작가는 트루디가 일본인과 중국인, 유럽인의 피를 가진 혼혈인을 낳음으로써 온갖 '혼합체'들이 모여 사는 세상에서 어떤 태도의 삶이 필요한가를 이야기하고 있다. 다음의 인용문은 주요 인물 중의 한 사람인 영국인 여성 클레어의 선택과 생활을 통해 타국으로의 이민이 이젠 더 이상 특별한 삶이 되지 못하는 현재에 이민을

27) 제니스 Y. K. 리, 앞의 책, 450면.
28) 마사 너스바움, 앞의 책, 201면.

가거나, 이민자들을 받아들이는 우리들이 어떻게 살아가야 하는가에 대한 해답을 제시하고 있다.

> 클레어는 알제리와 포트사이드에서 내린 이후로, 그보다 더 끔직한 사람들과 풍습을 접하느니 차라리 배에 있는 것이 낫다는 결론을 내렸다. 모두 상상조차 해본 적이 없는 광경이었다. 알제리에서는 당나귀에 입 맞추는 모습을 보았는데, 어느 쪽의 악취가 더 심한지 구별할 수 없었다.[29]

> 첸 부인은 가끔 레슨 도중에 들어와 향수 냄새를 풍기는 가는 손을 로켓의 어깨에 얹은 채 경쾌한 목소리로 음악에 대해 코멘트를 하곤 했다. 그럴 때면 클레어는 어떤 생각이 떠오르는 것을 참을 수 없어 속으로 중얼거렸다. 당신네 민족은 딸을 물에 빠뜨려 죽인다면서요! 클레어의 어머니는 중국인은 짐승과 다를 바 없는 인종으로, 아들을 선호해 딸이 태어나면 수장시켜버리곤 한다고 말해 주었다.[30]

> "볼 때마다 인력거꾼이 불쌍하다는 생각이 들어요." 그녀는 조용히 마틴에게 말했다. "이런 일은 당나귀나 말에게 시켜야 하는 거 아니에요? 정말 기이한 홍콩 풍습이에요, 그렇죠?"[31]

남편이 홍콩으로 발령이 나서 남편을 따라 홍콩에서 살게 된 클레어는 쉽게 중국인들의 문화에 적응할 수가 없다. 심지어는 자신이 살

---

29) 제니스 리, 앞의 책, 17면.
30) 제니스 리, 앞의 책, 28면.
31) 제니스 리, 위의 책, 73면.

던 영국사회에서 학습된 결과로 인해 중국인에 대한 혐오의 감정을 그대로 드러낸다. 하지만 그녀는 이후 자신과 연애를 했던 영국인 윌의 옛 애인이 트루디라는 것을 알게 되고, 혼혈인으로서 그녀가 어떤 생을 살다 갔는지를 알게 된 이후 타민족이나 타문화에 대한 혐오의 감정은 점차 사라진다.

> "로켓, 지금은 내가 하는 말을 잘 이해하지 못할 거야. 그래도 나는 말하고 싶구나. 너는 훌륭한 아이야. 너의 중심을 지키고 너의 직관을 믿어야 해. 네가 앞으로 살아가면서 최고의 행복을 찾게 되기를 바란단다."[32]

> 클레어는 자신이 '토착민화된'이라는 진부한 표현에 어울리는 여자가 되어가고 있다고 생각한다. 누군가는 기피하는 부류 말이다. (중략)
> 이 모든 것들 속에서 그녀를 지탱해주는 것은 단순한 깨달음이다. 일단 거리로 나서기만 하면 된다는 것. 그러면 그녀는 거리 풍경 안으로 녹아들고, 거리의 리듬에 흡수되어 어렵지 않게 세상의 일부가 될 것이다.[33]

위의 예문에서처럼 클레어는 그동안 자신이 홍콩에서 이방인으로 살아왔다는 것을 깨닫고, 그동안 홍콩에 살면서 현지인들을 관찰 대상으로 생각해왔던 자신의 태도를 바꾼다. 결국 그녀는 자신이 살고 있는 터전에서 그곳에서 살고 있는 사람들과 함께 살아가기 위해 이

---

32) 제니스 리, 앞의 책, 452면.
33) 제니스 리, 위의 책, 469-470면.

사회의 기득권을 가진 집단의 세력이 만들어 놓은 규칙을 거부하고 스스로의 규칙을 만들어가는 것이다. 또한 클레어는 로켓에게 스스로가 '중심을 지키고 최고의 행복을 찾기'를 바란다는 말을 남긴다. 이는 세상이 타인보다 우월한 권력을 가지고 어떤 대상을 부정하고 혐오하더라도 그것은 옳지 못한 행동이며, 이것이 옳지 못한 행동임을 인지하기 위해서는 스스로가 소중한 존재임을 알아야 한다는 것이다.

3. 마무리

이 연구에서는 작품서사를 통해 해외 이민자들과 그 주변인들 사이에 발생하는 혐오의 정동에 대해 살펴보았다. 제니스 Y. K. 리의 소설 『피아노 교사』에는 다양한 정체성을 가진 인물들이 홍콩이라는 동일 공간에서 동일한 역사적 사건들을 경험하며 살아간다. 때로는 주체의 위치에서, 때로는 비체의 위치에서 자신의 삶을 살고 있다. 하지만 소설 속에서는 주체가 영원히 주체의 자리에 있지 못하며, 비체 또한 영원히 비체의 모습으로 머물러 있지 않는다. 중국의 상류층 사람들은 자신의 영토를 뺏고 주인 행사를 하는 영국인들에게 끊임없이 혐오의 감정을 드러내고, 영국인들 역시 현지민인 중국인들에게 혐오의 감정을 드러낸다. 이러한 혐오의 감정은 타인 즉 혐오의 대상이 자신의 집단을 위협할지도 모른다는 위험에서부터 비롯된 것이며, 이는 자신과 타인을 구별짓기함으로써 자신은 혐오의 대상보다 월등한 존재라는 우월의식 또한 자리하고 있다.

어떤 사회적, 문화적 공동체에 특유의 관습과 신념이 존재한다는 사실자체는 문제가 아니다.[34] 하지만 그 관습과 신념이 나와 다른 이들을 배제시키고 소외시키는 것을 합리화한다면 그 관습과 신념은 수정되어야 할 것이다. "다름은 불평등으로, 같음은 동질성으로 변질된다."[35] 사람들 사이의 다름은 '다름' 그 자체만으로 존재하는 것이 아니라 사람과 사람, 집단과 집단 사이에 경계를 만들고 그 경계 안으로 들어오지 못하는 삶들을 구별짓는다.

제니스 Y. K. 리의 소설은 해외로 이민 간 이들의 상황을 돌아보는 것과 함께 우리나라로 들어오는 이민자들을 대하는 우리의 태도가 어떠해야 하며, 이민자들의 태도는 어떠해야 하는가를 말해주고 있는 작품이다.

---

34) 카롤린 엠케, 정지인 옮김, 『혐오사회』, 다산북스, 2017, 134면.
35) 칼롤린, 위의 책, 135면.

참/고/문/헌

〈기본자료〉

• 제니스 Y. K. 리, 『피아노교사』, 문학동네, 2009.

〈단행본〉

• 마사 너스바움, 조계원 옮김, 『혐오와 수치심』, 민음사, 2004.
• 스튜어트 월튼, 이희재 옮김, 『인간다움의 조건』, 사이언스북스, 2012.
• 우에노 치즈코, 나일등 옮김, 『여성 혐오를 혐오한다』, 은행나무, 2012.
• 주디스 버틀러, 유민석 옮김, 『혐오발언』, 알렙, 2016.
• 줄리아 크리스테바, 서민원 옮김, 『공포의 권력』, 동문선, 2001.
• 카롤린 암케, 정지인 옮김, 『혐오사회』, 다산북스, 2017.

〈연구논문〉

• 김왕배, 「혐오 혹은 매스꺼움과 배제의 생명정치」, 『사회사상과 문화』 제20권 1호, 동양사회사상학회, 2017.
• 김종회, 「재외 한민족문학연구-재외 한인문학의 범주와 작품세계」, 『비교한국학』제14권 1호, 국제비교한국학회, 2006.
• 서종택, 「재외 한인 작가와 민족의 이중적 지위」, 『한국학연구』제10호, 고려대학교 한국학연구소, 1998.
• 손희정, 「혐오와 절합하고 경합하는 정동들 : 정동의 인클로저를 넘어서 혐오에 대해 사유하기」, 『여성문학연구』제36호, 한국여성

문학학회, 2015.

- 임옥희, 「혐오발언, 혐오감, 타자로서 이웃」, 『도시인문학연구』제8권 2호, 도시인문학연구소, 2016.
- 이현재, 「포스트모던 도시화와 비체되기」, 『도시인문학연구』제9권 1호, 서울시립대학교 도시인문학연구소, 2017.
- 정운채, 「인간관계의 발달과정에 따른 기초서사의 네 영역과 〈구운몽〉 분석시론」, 『문학치료연구』제3호, 한국문학치료학회, 2005.

______, 「문학치료학의 서사리온」, 『문학치료연구』제9호, 문학치료학회, 2008.

에코페미니즘 치유 관점으로 읽는 허련순의 소설세계
—『바람꽃』을 중심으로—

김원희

1. 머리말

조선족 여성작가 허련순은 중국 조선족문단에서 꾸준히 작품 활동을 해왔으며, 한국에서도 큰 반향을 일으키는 문제작을 발표하였다.[1)] 장편소설 『바람꽃』[2)]은 한국에서도 널리 알려진 작가의 대표작이다. 이 소설은 조선족으로서의 디아스포라(diaspora)[3)] 경험을 타자성의

1) 허련순은 1980년대 중반부터 소설을 발표해왔다. 국내에서 발간된 소설집은 『바람꽃』, 『바람을 몰고 온 여자』, 『뻐꾸기는 울어도』, 『누가 나비의 집을 보았을까』 등이 있다.

2) 분석 대상 텍스트는 국내에서 발간된 허련순의 『바람꽃』(범우사, 1996)으로 삼는다. 허련순, 『바람꽃』, 범우사, 1996.

3) 디아스포라(diaspora)는 본래 "바벨론 유수 이후 팔레스타인 또는 팔레스타인 밖에서 흩어서 사는 유대인 거주지" 또는 "근대 이스라엘 밖에 거주하는 유대인"(옥스퍼드 사전)을 의미하는 협의의 개념이었지만 초국적 이주 현상이 일반화 되고 있는 최근에는 반 강제적으로 거주 지역을 떠날 수밖에 없는 현상 또는 사람들을 의미하는 용어로 확장되고 있다. 이를 더 넓히면 인류 보편의 존재론적 함의를 내포하는

구체적인 갈등으로 생생하게 보여준다. 제목에서 읽을 수 있듯이 이 소설에서 드러난 바람꽃으로 상징된 디아스포라의 생명력은 뿌리에 대한 그리움과 동시에 뿌리에 닿아 있지 않은 그리움을 넘어 자유로운 삶의 실천적 열망을 내포한다. 궁극적으로 이 작품은 인간관계의 다양한 갈등을 어머니의 넉넉한 품처럼 수용하고 인간과 자연의 조화로움으로 인간성 회복을 꾀한다는 점에서 에코페미니즘의 전망을 지닌 작품이다.

그동안 허련순 소설 연구는 조선족 정체성 내지는 디아스포라의 의미를 파악한 연구가 많았다. 오상순의 「조선족 여성작가 허련순의 소설과 당대 남성작가들의 소설에 나타난 '뿌리 찾기 의식' 연구 : 20세기 말에 발표된 소설을 중심으로」, 최병우의 「조선족 소설에 나타난 민족의 문제」, 강진구의 「모국 체험이 조선족 정체성에 미친 영향 연구」, 차성연의 「중국조선족 문학에 재현된 '한국'과 '디아스포라' 정체성 : 허련순의 작품을 중심으로」, 차성연, 「중국조선족 문학에 재현된 '한국'과 '디아스포라' 정체성 : 허련순의 작품을 중심으로」, 한홍화, 「『바람꽃』을 통해 본 조선족 정체성의 변이양상」 등[4]은 허련순의 소

것으로도 볼 수 있다. 이에 따라 본 논문에서 디아스포라 용어는 조선족 이주와 이주 후의 파편화된 삶과 소외의 문제뿐만 아니라 글로벌 시대를 살아가는 인류보편의 존재론적 의미를 내포하는 차원까지 포괄한다. 차성연, 「중국조선족 문학에 재현된 '한국'과 '디아스포라' 정체성: 허련순의 작품을 중심으로」, 『한중인문학연구』 제31집, 한중인문학회, 2010, 86면 참조.

4) 오상순, 「조선족 여성작가 허련순의 소설과 당대 남성작가들의 소설에 나타난 '뿌리 찾기 의식' 연구: 20세기 말에 발표된 소설을 중심으로」, 『여성문학연구』 제12호, 한국여성문학학회, 2004, 375~409면. 최병우, 「조선족 소설에 나타난 민족의 문제」, 『현대소설연구』 제42호, 한국현대소설학회, 2009. 강진구, 「모국 체험이 조선족 정체성에 미친 영향 연구」, 『다문화콘텐츠연구』 제2호, 중앙대 문화콘텐츠기술연구원, 2009, 101~125면. 김호웅, 김관웅, 「이중적 아이덴티티와 문학적 서사: 허련순의 장

설에 드러난 조선족 정체성의 의미를 해명하였다. 또한, 이광재의 「조선족 농촌여성의 실존적 특징: 허련순의 〈누가 나비의 집을 보았을까〉를 중심으로」, 전가흔의 「허련순 소설의 주변부 의식에 대한 연구: 《바람꽃》과 《누가 나비의 집을 보았을까》를 중심으로」 등[5]의 연구는 허련순 소설에 나타난 작중 여성의 타자성을 천착하였다.

또 다른 유형은 여성작가의 비교론적 관점을 견지한 연구로, 오경희의 「민족과 젠더의 경계에 선 여성의 이산: 강경애의 『소금』과 허련순의 『바람꽃』 비교」, 김정웅의 「일본 이양지와 중국 허련순의 소설 비교 연구」 등[6]이 눈에 띈다. 이들 작품은 허련순이 보여준 이산의 타자성을 전자에서는 일제강점기 강경애의 작품으로, 후자에서는 일본 이양지의 작품과 비교하였다. 한편으로 앞서 밝힌 한홍화의 「『바람꽃』을 통해 본 조선족 정체성의 변이양상」[7]은 『바람꽃』을 텍스트로 삼긴 하였지만, 조선족 인물의 정체성 변화를 규명하는데 초점을 맞추었다.

선행 연구들이 허련순의 소설 『바람꽃』에 드러난 조선족의 디아스

편소설 『누가 나비의 집을 보았을까』를 중심으로」, 『인문과학논총』 제47호, 건국대 인문과학연구소, 2009, 73~93면. 차성연, 「중국조선족 문학에 재현된 '한국'과 '디아스포라' 정체성: 허련순의 작품을 중심으로」, 『한중인문학연구』 제31호, 한중인문학회, 2010, 75~98면. 한홍화, 「『바람꽃』을 통해 본 조선족 정체성의 변이양상」, 『한국민족문화』 제38호, 부산대 한국민족문화연구소, 2010, 193~216면.

5) 이광재, 「조선족 농촌여성의 실존적 특징: 허련순의 〈누가 나비의 집을 보았을까〉를 중심으로」, 『한중인문학연구』 제32집, 한중인문학회, 2011, 1~19면. 전가흔, 「허련순 소설의 주변부 의식에 대한 연구: ≪바람꽃≫과 ≪누가 나비의 집을 보았을까≫를 중심으로」, 경남대 석사논문, 2012.

6) 오경희, 「민족과 젠더의 경계에 선 여성의 이산: 강경애의 『소금』과 허련순의『바람꽃』비교」, 『아시아여성연구』 제46권 1호, 숙명여대 아시아여성연구소, 2007, 183~212면. 김정웅, 「일본 이양지와 중국 허련순의 소설 비교 연구」, 『한국문학논총』 제64호, 한국문학회, 2013, 207~234면.

7) 한홍화, 앞의 글.

포라로서의 정체성, 여성인물의 타자성을 규명하는 측면에서 일정 성과를 거두었지만, 궁극적으로 디아스포라의 고통과 아픔을 치유하고자 하였던 작가의 여성주의 관점을 적극적으로 해명하지 못한 아쉬움이 있다. 텍스트 표층에 드러난 현실비판만을 부각시켜 소설세계를 논의 하는 것은 이 작품 심층에 자리한 작가의 세계관 내지는 여성주의를 온전하게 해명할 수 없는 한계가 있기 때문이다.

이러한 문제의식에서 출발하여 본 논문은 『바람꽃』에 드러난 디아스포라의 경험을 통한 에코페미니즘적 치유의 관점으로 허련순 소설세계의 독창성을 조명하고자 한다. 『바람꽃』에 드러난 디아스포라 경험을 통하여 우리의 삶을 반성하며 인간성 회복의 가치를 모색하는 방법으로 작품에 투영된 에코페미니즘의 비전으로서 치유 효과를 조명하게 될 것이다.

2. 에코페미니즘 비전과 치유

에코페미니즘 관점에서 보면, 허련순은 조선족 여성작가이지만 『바람꽃』에서는 조선족 작가인 홍지하라는 남자 주인공의 디아스포라 경험을 생생하게 그려냄으로써 조선족 디아스포라의 치유 가능성을 보여주고 있다. 남자 주인공 홍지하의 눈을 통하여 조선족 디아스포라 경험을 보여주는 작가의 여성주의는 조선족 남성의 경험을 여성주의로 포용한 측면으로 이해되거나, 가부장제 권력에 뿌리를 둔 남성의 관점을 비판하고 수용함으로써 자신의 여성주의를 실현한 측면으로 이해될 수 있다. 이 글에서는 두 가지 측면을 통합하는 입장으로 작가의 세계관과 맞닿는 에코페미니즘의 비전으로서 치유의 관점을 해명하게 될 것이다.

에코페미니즘 이론은 프랑수아즈 드본느가 주창한 이후 1970년대 말부터 본격적으로 정립되었으며 여성의 지배와 자연의 착취에만 초점을 모았던 기존의 페미니즘의 이론과는 다른 각도에서 모든 존재에게 행해지는 지배와 착취 그리고 불평등한 삶의 억압에 대하여 폭넓은 문제의식을 보여준다. 에코페미니즘의 핵심은 전통적 가부장제의 지배체제에 기반을 둔 위계적 질서의 권위에서 탈피하여 모든 생명체들이 두루 행복할 수 있는 평등과 조화를 추구하는 데 있다. 이와 같이 에코페미니즘은 여성뿐만 아니라 사회적 약자로서 억압을 받는 남성을 포함한다. 모든 인간들에게 가해지는 폭력적인 지배와 자연에 대하여 가해진 인간의 폭력적인 지배에는 연관성이 있다는 문제의식으로 폭력적인 지배에서 자유로울 수 있는 행복한 삶의 본질을 탐구하는 미래지향적 여성주의 시각으로서 통찰을 보여준 것이 에코페미니즘의 비전이다. 에코페미니즘의 치유효과가 기대되는 이유이다.[8)]

마리아 미스와 반다나 시바가 주창하는 에코페미니즘 이론의 골자는 '생물적 문화적 다양성과 상호연관성'이다. 이는 인간과 비인간, 여성과 남성, 남과 북, 서양과 동양을 모두 포괄할 뿐 아니라, 이론과 실천, 정치와 과학까지 아우른다.[9)]

이러한 맥락에서 정리하면 에코페미니즘의 비전은 남성과 여성, 인

---

8) 본 논의에 도움이 된 에코페미니즘의 주요 이론서는 다음과 같다. 마리아 미스 · 반다나 시바, 손덕수 · 이난아 역, 『에코페미니즘』, 창작과비평사, 2000. 로즈마리 통, 이소영 역, 『자연 여성 환경』, 한신문화사, 2000. 로즈마리 통, 이소영 · 정정호 역, 『21세기 페미니즘 사상』, HS MEDIA, 2010.

9) 마리아 미스 · 반다나 시바, 앞의 책, 5면.

간과 자연의 조화로움으로 우주적 생명의 다양성과 상호연관성을 추구한 점에서 인간성 회복을 긍정할 수 있는 가치를 제공하는 대안이 될 수 있다. 이처럼 에코페미니즘의 전망은 여성뿐만 아니라 권력의 피해자인 남성까지도 포용하는 점에서 기존 페미니즘과 구별되며, 우주론적 생명의 조화를 꾀하는 인간성 회복의 치유를 지향한다.

이러한 관점에서 살펴보면 『바람꽃』 텍스트에 드러난 조선족 작가 홍지하의 디아스포라 경험은 여성작가 허련순이 보여준 에코페미니즘의 비전으로서 디아스포라 치유를 환기한다. 허련순은 조선족 여성작가이지만 『바람꽃』에서 조선족 작가인 홍지하라는 남자 주인공의 디아스포라 경험을 통하여 에코페미니즘적 치유의 가능성을 모색하였다. 그러므로 남성으로서 홍지하를 통하여 보여주는 가부장제 사회의 모순은 작가의 현실비판에 뿌리를 둔 여성주의와 맞닿아 있을 뿐만 아니라 그가 경험한 조선족 디아스포라는 여성의 경험으로만 한정되지 않고 남성의 경험으로 확장되는 에코페미니즘의 비전과도 맞물려 있다.

가부장제 사회의 모순과 자본주의 폐해로 인한 인간성 상실을 고발하는 홍지하의 관점은 불평등한 삶과 비윤리적인 인간관계에 직면한 후 인간으로서의 유기적 관계성, 그리고 자연 안에서의 우주적 생명력으로 새로운 삶을 회복하고자 희원한다. 21세기 글로벌 시대의 훼손된 생명의 가치를 인간의 보편적 감성인 사랑의 실천으로 회복할 수 있는 가능성을 보여줌으로써 에코 페미니즘의 치유관점을 드러내는 것이다.

이처럼 남성의 눈을 빌려 조선족 디아스포라의 경험을 보여주는 여성작가 허련순의 여성주의는 남성의 눈으로 여성주의를 확장하여 보여주는 측면에서 에코페미니즘의 비전으로서 치유의 효과를 기존의 페미니즘보다 폭넓은 각도에서 환기한다. 소설 속에서 홍지하가 경험하는 조선족 디아스포라의 불평등한 경험은 여성이 남성으로부터 받는 핍박 내지는 자연이 인간에게 당하는 폭력과 동일선상에서 이해될 수 있기 때문이다. 또한 뿌리에 대한 관심을 갖고 아버지의 고향인 한국을 찾는 데에서 시작한 홍지하의 디아스포라의 경험은 뿌리에 고착되지 않는 삶의 자유 의지를 보여주게 된다.

디아스포라 경험이 뿌리에는 직접 닿아 있지 않지만 우주적 생명력을 품은 바람꽃의 의미로 확장되어 가는 발상이야말로 허련순이 추구한 에코페미니즘의 비전으로서 훼손된 삶의 치유가 환기되는 근거이다. 『바람꽃』에서 보여준 허련순의 에코페미니즘의 전망은 약자로서의 남성까지도 포용하는 점에서 기존 페미니즘과 구별되며, 우주론적 생명의 조화를 꾀하는 인간성 회복의 치유를 지향한 것이다. 텍스트에 드러난 홍지하의 디아스포의 경험과 연관된 에코페미니즘의 비전으로서 치유 효과는 다음과 같이 살펴진다.

우선적으로는 남성작가 홍지하의 눈을 빌려 가부장제 불평등을 고발하는 동시에 남녀 차이를 드러내는 다양한 여성과의 관계를 수용하는 측면에서 에코페미니즘적 치유 효과가 환기된다. 다음으로는, 한국에서의 삶을 통하여 자본의 이익보다는 인간 생명의 가치를 역설적으로 강조함으로써 부조리한 현실의 극복을 위한 자매애와 형제애를 확장하는 측면에서 에코페미니즘적 치유 효과가 환기된다. 마지막으로는, 바람꽃의 정체성에서 드러나듯이 가부장제 전통으로서 뿌리에만 고착되지 않는 디아스포라 경험을 통한 바람꽃으로 인간과 자연의 조화로움을 보여주는 측면에서 에코페미니즘적 치유 효과가 환기된다.

이와 같이 허련순이 추구하는 에코페미니즘의 비전은 남성과 여성, 물질과 정신, 인간과 자연의 조화로움으로 우주적 생명의 다양성과 상호연관성을 추구한 점에서 인간성 회복을 긍정할 수 있는 가치로서 에코페미니즘의 비전으로서 치유의 가능성을 보여준다. 궁극적으로 텍스트에 내포된 에코페미니즘적 치유 효과는 삶의 회복을 향한 그리움의 뿌리와 자유로운 삶의 의지로서 바람의 경계를 해체하여 실천적 삶의 가치를 우주적 생명력으로 꽃피우는 데에서 실현된다. 이를 통하여 작가는 가부장제 사회의 모순과 자본주의 폐해로 인한 인간성 상실을 고발하는 데 멈추지 않고 에코페미니즘의 관점에 기반을 둔 삶의 치유로서 우주적 생명력의 확장을 보여준 것이다.

그러므로 허련순이 보여준 디아스포라 경험의 심층적 의미는 여성과 남성의 차이를 수용하는 지점에서 물질과 감성의 괴리를 극복하는 동시에 인간과 자연의 불균형 등의 간격을 봉합함으로써 우주적 생명력의 확장을 보여주는 작가의 실천적 여성주의 가치와 맞물려 있다. 요컨대 허련순은 그의 소설에서 남성 조선족 작가의 디아스포라 경험을 생생하게 보여줌으로써 독자로 하여금 디아스포라 경험을 상대주의 관점으로 보다 폭넓게 수용하는 지점에서 인간성 회복과 생명 존중을 위한 우주적 조화를 여성주의의 실천적 사랑의 가치로 모색하게끔 하는 에코페미니즘을 실현하는 것이다. 『바람꽃』을 통하여 에코페미니즘적 치유 효과가 역설적으로 강조되는 이유이다.

3. 공존과 탈출 그리고 생명력

『바람꽃』 텍스트에 드러난 디아스포라의 구체적 경험은 조선인 남성작가가 훼손된 삶의 가치를 회복하고자 하는 열망으로서 우주적 생명력을 뿌리에서 '바람꽃'으로 확장하는 전 과정으로 함축된다. 본 장에서는 텍스트에 내포된 뿌리와 바람의 경계가 해체되는 지점에서 디아스포라의 절망을 딛고 희망을 꽃피우는 우주적 생명력의 치유 효과를 에코페미니즘의 전망으로 밝히고자 한다. 이에 따른 에코페미니즘적 치유 효과의 구체적 의미는 양성 차이의 다양성 수용, 인간성 회복의 유기적 관계, 자연성 추구를 통한 삶의 조화 등으로 파악될 것이다.

1) 양성 차이의 다양성 수용

텍스트를 관통하는 에코페미니즘의 비전으로서 치유 관점은 주인공 홍지하가 양성의 차이를 각기 다르게 바라보는 태도와 깊은 상관성을 갖는다. 조선족 남성작가 홍지하와 관련된 여성들의 다각적인 경험은 어머니 내지는 모국 또는 고향의 의미를 천착할 수 있는 의미이자 가부장제 모순을 남성의 눈으로 고발하는 효과를 함축한다. 홍지하가 자신의 아내였던 고애자, 친구의 아내인 지혜경, 단발머리 이은미, 제자 윤미연 등의 주변여성들을 바라보는 관점은 가부장적 남성권력의 불평등성을 반성하는 측면에서 남녀 차이의 다양성의 의미를 다각적으로 수용하는 실천적 삶의 가능성으로서 희망을 열어놓았기 때문이다.

소설은 늦은 밤 한국에 도착한 홍지하가 조선족 친구 최인규를 찾아 '성해장 여관'을 찾아가며 바라보는 서울 뒷골목 풍경으로 시작된다. 이후 한국에서 홍지하가 보고 경험하는 남성과 여성의 차이는 가부장제의 모순과 불평등을 반성하는 측면에서 다양성의 가치를 환기한다. 홍지하가 서울에 도착하여 묵게 된 '성해장 여관'에서 목격한 남녀관계는 가부장제 모순을 바라보는 여성작가 허련순의 가부장제 불평등한 현실인식에 뿌리를 둔 한 예다.

> "죽여라, 죽여! 날 죽이란 말야."
> 홍지하는 비몽사몽간에 여자의 악장치는 악성을 꿈결처럼 들으면서 화들짝 깨어났다. 창밖이 희붐히 밝아오고 있었다. 악성은 건넛방에서 들려왔다.
> 어떻게 된 영문일까. 간밤의 그 환열의 극치인 교성은 어디로 가고 숙적을 대하듯 아귀다툼을 할까.
> ...중략...
> "야! 미치고 환장한 놈아! 돈 벌어 제 새끼도 먹여 살리지 못하는 주제에 그 놈은 성했다구 오입질이야, 오입질?"
> 그냥 잠자고 있던 남자의 목소리가 터졌다.
> "씨팔! 오입했으면 어째? 오입하지 않는 남자 어디에 있는데?"
> 꺼버린 카세트마냥 여자의 넋두리는 다시 들려오지 않았다.[10]

인용문은 홍지하가 최인규의 거처로 알았던 '성해장 여관' 건넛방에서 들리는 부부 관계를 통하여 외도를 바라보는 남녀 간의 불평등한 차이를 보여주는 부분이다. 남자는 오입질을 한다고 추궁하는 아내에

10) 허련순, 앞의 책, 72면.

게 “오입했으면 어째? 오입하지 않는 남자 어디 있”냐는 식으로 오히려 욕하면서 외도를 너무나 당연시한다. 가부장제 오래된 전통에 뿌리를 둔 남녀의 불평등한 삶의 모순을 여성작가 허련순은 남성 주인공의 눈으로 고발한 것이다. 이는 결혼 생활의 성적 윤리를 실천하는 데 있어 양성의 역할이 평등하게 적용되어야 함을 강조하는 효과를 낳는다.

한편으로, 홍지하는 중국에서 친구를 위하여 감옥살이를 하였던 기간에 자신의 아내 고애자가 시부모를 돌보면서 아들을 홀로 키우는 힘겨운 일상과 남편이 없는 외로운 처지를 꿋꿋하게 견뎌내지 못하고 한국 남자와 바람을 피웠다는 사실을 용서하지 못하였던 과거를 떠올린다. 이후 홍지하의 태도는 각각의 여성을 바라보는 각기 다른 입장으로 변화된다. 서울에 도착한 후 홍지하는 자신의 돈을 노린 창녀의 유혹을 혐오하며 뿌리쳤던 것과는 달리 단발머리 서은미의 유혹에는 연민을 보여준다. 자신의 몸을 팔아서라도 남동생의 대학등록금을 마련하여야 한다는 서은미의 이야기를 듣고 홍지하는 서은미에게 자신이 갖고 있던 이백 달러 중에서 백 달러를 아낌없이 건네준 것이다. 이는 이성에 대한 연민뿐만 아니라 동족의 입장에서 어려운 여성의 처지를 공감하는 인간적 태도로 볼 수 있다.

단발머리와 사창가에서 만났던 간특한 여자 그리고 지혜경의 얼굴이 가지런히 떠올랐다. 여자란 왜 이렇게 살아야 하는 걸까. 혜경이가 가증스러웠다. 허무와 절망으로 누더기가 되어가는 젊음을 이런 식으로 기워나가고 있는 것은 이해되지만 어쩌면 칠면조처럼 그리도 빨리 변할 수 있을까. 움츠러졌던 삶의 껍질이 끈덕지고 단단할수록 무너지

는 것 또한 모래성이 허물어지듯 그렇게 쉬운 걸까.[11)]

홍지하는 한국에 건너와 공장에서 몸을 다쳐 병원에 입원 중인 자신의 친구 최인규의 아내인 혜경이의 외도 사실을 목격하게 된다. 그는 "단발머리와 사창가에서 만났던 간특한 여자 그리고 지혜경의 얼굴이 가지런히 떠올"리며 "여자란 왜 이렇게 살아야 하는 걸까" 하는 생각으로 남성의 입장에서 이해할 수 없는 여성의 삶을 고민한다. 홍지하에게 여성은 "칠면조처럼 그리도 빨리 변할 수 있"는 "움츠러졌던 삶의 껍질이 끈덕지고 단단할수록 무너지는 것 또한 모래성이 허물어지듯 그렇게 쉬운"(58면) 남성과는 전혀 다른 속성으로 인지된다.

이러한 인식은 남성과 다른 차이로서 여성과의 관계성을 수용하는 입장뿐만 아니라, 다른 여성과 자신의 전처를 바라보는 시각의 차이로 드러난다. 이렇듯 홍지하는 자신의 친구 부인 지혜경에게는 자신의 전처와는 다른 유연성을 보인다. 그가 감옥에 있는 동안 자신의 아내가 외도한 잘못은 결코 용납할 수 없었지만, 자신의 친구 아내가 남편 병원비를 벌기 위해서 외도하고 씨받이 역할을 자청한 것에 대하여서는 연민하는 차이를 보인 것이다. 이는 사회적 약자로서 여성을 바라보는 홍지하의 인식의 전환으로서 수용력의 확장을 엿볼 수 있는 부분이다.

홍지하는 아내의 외도에는 분노를 폭발하였지만 지혜경의 외도에는 "분노를 응축"하고 그녀가 "인정하지 않더라고 스스로 깨칠 수 있기를 바라면서 자신의 실수처럼 꾸며"(66면)대는 포용력을 보인다. "혜경의 처지를 인규하고는 털어놓고 상의할 수 없"(92면)지만 지혜

11) 허련순, 위의 책, 58면.

경의 임신 사실을 나중에 인규가 알게 되면 "그녀가 인규의 손에 맞아 죽을지도 모를 것"까지 걱정한다. "그녀를 도울 수 있는 유일한 방법은 오직 인규가 일하던 회사를 찾아가서 치료비를 받아내는 것뿐이"라며 "그녀가 궁여일책의 모험을 겪지 않"(92면)는 방안을 모색하고 적극적으로 도움을 주는 수용력을 보여준 것이다.

한편 중국에서 자신의 아내의 외도를 용납하지 못하고 이혼을 결심했던 홍지하는 한국에서 전처 고애자를 만나게 된 이후 그녀가 어려움에 빠질 때마다 "가슴속 깊은 곳에서 피눈물이 울컥 솟구치는"(297면) 아픔을 느끼는 심경의 변화를 보인다. 어쨌든 그녀가 자기 아들의 엄마이기에 "그녀의 불행이 아들의 불행이라 해도 과언이 아닌"(306면) 점 때문에 그녀가 위기에 몰릴 때 연민과 아픔을 느낀다. 그러나 고애자가 모정으로 자신의 사랑을 간구하는 상황에서는 "그녀에 대해선 역겨움만 한가슴이었"(308면)고 그 순간 자신을 아무런 부담감 없이 받아주던 서은미를 그리워하는 차이를 보인다. 홍지하는 고애자에게 아들의 어머니라는 책임감은 갖지만, 그녀에게서 성적 욕망을 전혀 느낄 수 없었기에 이별하게 된 것이다.

이에 비하여 홍지하는 한국에서 만난 단발머리 서은미와 순수한 사랑을 나눌 수 있으리라고 생각한다. 그러나 그녀와 성적 관계를 갖게 된 후에는 그녀에게서 자유롭게 벗어나려는 모순을 보인다. "선생니임, 절데려다주세요, 어디든 멀리멀리-"(113면)라는 그녀의 욕망 앞에 "난 바람꽃 같은 사람이야. 중국으로 돌아가야 해"라면서 남성 권위적 이기심을 드러낸다. 그렇지만 자신의 "치졸스러운 혈기가 자초한 실수를 뉘우치며 거듭 후회"(114면)하는 태도에서는 남녀관계에 있어 여성의 입장을 돌아보려는 반성적 변화가 엿보인다.

이와는 달리 자신의 소설 독자인 윤미연과의 관계에서는 "사랑은 소유가 아니라고 하지만 소유를 상실한 사랑이 과연 진정한 사랑일까." 고민하면서 진정한 사랑의 의미를 반문한다. "윤미연을 껴안는 순간에 사랑 먼저 소유감을 느"낀 경험은 "너는 내거라는 강렬한 생각이 온몸을 사로잡았"음을 감지하면서 "너는 내가 되고 나는 네가 되는 곳에 참사랑이 있는 거"(251면)라고 확신한다. 천진부두에서 처와 갈라질 때의 홍지하는 "언제 옴까?" 묻는 고애자에게 "모르겠어. 원래 바람꽃 같은 사람이니까."라고 응답할 때 그가 무심히 바라보던 바다 저쪽은 그의 미래로 겹쳐지면서 "곡경으로 처절했던 과거와 현재가 투영된 듯 그저 허망하게만 안겨왔다."(59면) 이와 대조적으로 소설의 끝에서는 바람이 꽃을 피울 수 있다는 희망이 예고된다.

> 그녀가 그의 손에 뭔가 쥐여 주었다.
> "뭔가 맞춰보세요."
> "배 표? 미연이도 귀국하는 거야?"
> 홍지하는 눈을 번쩍 떴다.
> "네! 이제부턴 선생님을 한시도 떨어지지 않을 거예요!"
> "사랑해!"
> 그는 보뚝이 터지면서 소쿠라쳐 흐르는 물결처럼 걷잡을 수 없이 그녀를 와락 끌어안았다.
> 어디선가 훈훈한 바람이 볼을 긋고 지나갔다. 열에 들뜬 애모의 정을 는적는적 풀어놓는 바람이었다.
> 침침하고 뿌연 겨울 속에서 봄이 바야흐로 다가오고 있었다.[12)]

12) 허련순, 위의 책, 370~371면.

소설의 끝에서는 홍지하와 윤미연의 동행이 다가오는 봄의 희망으로 예고된다. 홍지하는 자신을 부르는 윤미연을 확인하고는 정신없이 그녀에게로 줄달음쳐 가서 "꿈인지 생시인지 분간할 수 없"을 만큼 반가움을 표시한다. 미연이는 중국행 배표를 내밀면서 "네! 이제부턴 선생님을 한시도 떨어지지 않을 거예요!"라고 고백하고 홍지하는"사랑해!"라고 응답한다. "열에 들뜬 애모의 정을 눈적눈적 풀어놓는 바람"과 "침침하고 뿌연 겨울 속에서 봄이 바야흐로 다가오고 있"(371면)음을 인지하는 시각에는 봄의 생명력으로서 희망이 내포되어 있다.

이렇듯 홍지하가 가부장제 구조적 모순에 따른 양성의 차이를 반성하는 측면에서 여성을 다각적으로 바라보며 다양성의 가치를 수용하는 태도는 남성과 여성의 불완전성을 포용하는 측면에서 허련순이 보여준 에코페미니즘적 치유 효과로 조명될 수 있다. 가부장제 모순과 불평등의 지배적 가치를 에코페미니즘의 비전으로 반성한 허련순의 실천적 여성주의가 읽혀지는 이유이기도 하다. 요컨대 여성을 바라보는 홍지하의 다양한 시각의 차이는 남성의 눈으로 가부장제 불평등한 모순과 위계적 질서의 폭력성을 반성하는 궁극에서 바람이 꽃 피울 봄의 희망을 환기한 작가의 에코페미니즘적 치유 관점과 맞닿게 된다.

2) 인간성 회복을 위한 관계

다음으로 텍스트에 드러난 에코페미니즘의 비전으로서 치유 관점은 한국에서 소외된 조선족 디아스포라 경험을 통한 생명과 인권의 훼손을 비판함으로써 인간성 회복의 관계를 꾀하는 홍지하의 태도와 관련된다. 이것은 생명을 임신하고 출산하며 양육하는 여성의 역할로서 실천적 사랑을 반성하며 인간성 회복의 관계성을 체득하는 과정으로 설명된다. 홍지하가 추구하는 생명 존중의 가치는 자본의 이익을 생명의 가치보다 우선시하는 현실의 폐해에 대한 저항을 형제애와 자매애의 유기적 관계로 실천하는 에코페미니즘적 치유 관점을 보여준 것이다.

소설 시작에서부터 홍지하는 한국인에게 동족의식을 느끼며 조선족과 한국인의 유기적 관계성을 보여준다. 한국에 도착한 후 가장 먼저 한국인과 동일한 언어를 사용하는 점에서 동족의식을 갖게 된 것이다. 그는 고구마 굽는 이와 서로 말이 통한 것에 안도한다. 한국인과 같은 언어로 의사소통하는 것에서 동족의 관계성을 확인한 것이다. 이러한 동족의식은 홍지하가 한국 사회 피폐한 현실의 아픔과 수모를 당하면서도 인간성 회복을 위한 유기적 관계를 추구하는 원동력이 된다.

> "경북 달성군 다산면이 고향이었던 아버지는 44년에 강제병에 끌려 고향을 등지고 만주에 왔었습니다......"
>
> 홍지하는 애달팠던 아버지의 일생을 반추하듯 애끓는 목소리로 말하고 있었다.
>
> 그 이듬해 대동아공영권을 미친 듯 부르짖던 일본이 무조건 항복을 선포하자 중국정부에서는 전쟁 주범을 제외한 일본군인과 그에 소속된 가족들을 몽땅 본국으로 귀환시켰다.
>
> ...중략...
>
> 그런데 그때는 이미 휴전에 걸려 남행으로 통한 철길이 차단되어 있

었다. 결국 고향으로 가지 못하고 중국에 머무르게 되었다.[13)]

인용문은 홍지하가 자신의 고향인 한국으로 가지 못한 채 중국에서 머물러 살아야 했던 아버지의 일생을 반추하는 대목이다. 이승을 떠나기 전까지 "내내 고향에 두고 온 부인을 잊지 못해 눈물을 흘리곤 했"던 아버지의 슬픈 숙명이 아들의 목소리로 전달된 것이다. 아버지가 평생 동안 고향을 떠나 살아야 했던 회한을 줄곧 지켜보았던 홍지하가 한국인에게 느끼는 동질감은 각별하다. 이러한 동질감은 한국인을 대하는 홍지하의 관계성으로 드러난다. "거의 숙명처럼 가슴에 와 닿는 동질감"이 있어 중국에서와는 달리 한국 거지를 도운 것은 "천만 갈래의 뿌리가 함께 느낄 수 있는 습기나 누기 같은 것"(56면)같은 유기적 관계에 따른 동족의식으로 인지된다. 또한 한국인에게 "저 사람들은 복을 받은 행운아일 거야! 같은 혈통과 동일한 언어 그리고 자기의 역사와 문화를 자랑하며 자기의 땅에서 살아간다는 것은 얼마나 자랑스럽고 긍지가 넘치는 일일까."(76면)라며 동족의 동질감을 넘어선 이상적인 삶을 바라보는 부러움까지 보여준 것이다.

그렇지만 홍지하가 한국인에게 갖은 동질감이나 부러움은 한국의 부조리한 현실의 모순을 경험하면서 비판적으로 변화된다. 인간의 생명보다는 자본의 이윤이 우선시되는 구체적인 예는 홍지하의 친구 부부가 겪는 현실 경험으로 극화된다. 현장에서 고공작업을 하다가 떨어져 다리를 다쳤던 최인규가 비정규직이라는 이유로 차별을 받아 보상받지 못하자 지혜경은 남편의 부족한 병원비를 마련하기 위하여 강

13) 허련순, 위의 책, 46~47면.

사장의 씨받이가 되기로 한다. 지혜경은 폐결핵에도 불구하고 아이를 낳고자 하나 강사장은 아이를 지우라면서 돈을 내밀며 아이의 존재성을 부인한다. "아무도 요구하지 않는 뱃속의 아이를 어찌"(244면) 할 수 없어 아이를 데리고 죽을 수밖에 없다는 유서를 남긴 채 투신자살한 지혜경의 비참한 삶을 통하여 작가는 오히려 죽음으로 어머니의 모성을 회복할 수밖에 없었던 가부장제 비극적 현실의 각박함을 비판한 것이다.

홍지하는 "인규가 영혼을 팔고 돈을 훔친 것과 혜경이 육체를 팔고 돈을 얻은 것은 모두가 삶에 쫓긴 운명의 발악"(86면)으로 바라본다. 인간의 생명과 인권보다는 자본의 이윤을 중하게 여기는 불평등의 폐해를 비판한 것이다. 여기에는 가부장제 부조리한 모순과 인간의 생명을 돈으로 사고팔 수 있다는 물질만능의 폐해를 고발하는 작가의 비판적 현실인식이 자리한다. 지혜경에게 자매애를 보여준 윤미연의 입을 통해서 고발된 강사장의 만행과 파렴치한 행동은 가부장제 모순된 남성의 권력과 생명보다는 자본의 이익이 우선시되는 현실의 폐해를 고발하는 작가의 현실인식에 기반을 둔 비판적 여성주의가 자리한다. 여기에는 가부장제 현실 극복을 위하여 자매애의 유기적 관계성을 확장하고자 하는 작가의 연대의식이 드러난다.

> 미안하다!
>
> 나는 살아서 너의 신세를 갚지 못했다 미영이와 혜경이를 따라가는 내 마음 아쉬울 것 없지만 빚지고 가는 마음은 진짜 무겁구나. 이 돈이 비록 치욕적인 거나마 혜경이와 나의 마지막 성의이니 제발 받아 달라!
>
> 내 부탁은 너 여기에 더 머물지 말고 어서 널 키워준 고향으로 가라!

> 고향은 의복과 같은 거야. 비바람과 추위를 막아주면서 너를 보호해 주는 곳이다. 난 죽을 때 고향을 향해 머리를 놓겠다!
> 기억하라. 사람은 재물에 죽고 새는 먹이 때문에 죽는다는 것을...... 최인규.[14)]

인용문은 최인규가 죽고자 하는 결심을 하면서 홍지하에게 남긴 유서의 글이다. 홍지하가 겪는 좌절감과 절망감은 최인규 부부의 불행한 죽음으로 인하여 심화된다. 최인규가 마지막 남긴 "기억하라. 사람은 재물에 죽고 새는 먹이 때문에 죽는다는 것"의 관점에는 재물 즉 돈의 가치가 생명보다 우선시되는 한국 사회를 바라보는 작가의 현실 비판의식이 자리한다. 이와 달리 "고향은 의복과 같은 거야. 비바람과 추위를 막아주면서 너를 보호해 주는 곳이다. 난 죽을 때 고향을 향해 머리를 놓겠다!"(270면)는 고향을 바라보는 최인규의 입장은 홍지하가 고향을 새롭게 인식하는 동기로 작용한다. 여기에는 고향을 장소로만 한정하지 않는 작가의 에코페미니즘의 전망이 살펴진다.

한편으로 홍지하는 자신의 존재성이 할아버지의 유산문제로 부정되는 수모를 당하는 현실 앞에서 큰 충격을 받고 절망한다. 홍지하의 할아버지는 홍지하와의 만남을 하루 앞두고 세상을 뜨고 만다. 아버지의 전 아내와 이복형을 비롯한 아버지의 가족은 할아버지가 남긴 유산 문제 때문에 아버지와 더불어 홍지하의 존재성을 인정하지 않는다. 결국 할아버지로부터 받을 홍지하의 유산을 주지 않기 위하여 혈육 관계마저 부인한 셈이다. "솔직히 터 놓으면 이 문제는 몇억 원의

14) 허련순, 위의 책, 270~271면.

유산 상속권 문제와 관련된다구. 신중하지 않을 수 없"(342면)다는 그들의 냉정한 태도 앞에서 홍지하는 "참 돈은 무섭구만요. 사람 있고 돈이 있지 돈이 사람을 만듭니까?"(344면)라며 절규한다. 비인간적 세태를 통하여 작가는 혈육보다 돈이 중시되는 현실을 비판하면서 훼손된 삶을 위한 유기적 관계성을 역설적으로 강조한 것이다.

이처럼 홍지하는 인규의 처 지혜경과 인규가 죽음을 선택해야 하는 비정한 현실 앞에서 고향의 의미를 반성한 것처럼 아버지가 평생을 두고 날마다 그리워했던 가족들이 할아버지의 유산을 지키기 위하여 혈육을 외면하는 매정한 현실 앞에서 진정한 삶의 터전으로서 고향의 의미를 새롭게 각성하게 된다. 이는 고향을 지역이나 국가의 의미로 국한시키지 않고 삶의 회복을 위한 유기적 관계성으로 바라본 작가 허련순의 에코페미니즘의 전망과 맞닿아 있다.

다른 측면에서 인간성 회복을 위한 관계성의 확장은 조선인 홍지하와 한국인 오두석의 관계에서 살펴진다. 이들의 관계성은 한국인과 조선인이라는 서로의 삶을 이해하지 못한 적대적인 관계에서 점차 서로를 이해하는 우호적인 관계로 변화된다. 인간성 회복으로서 인간관계의 확장을 보여준 셈이다. 조선인에게 반감을 가졌던 오두석은 홍지하와의 갈등을 풀고 화해한 이후에 조선족 여성에게 장가를 들고 싶어 할 정도로 조선족에게 호감을 갖는 관계의 변화를 보여준다. 이는 조선족과 한국인의 관계가 형제애의 연대성으로 확장되는 디아스포라 경험의 긍정성을 함축한다. 앞서 윤미연이 지혜경에게 같은 조선족으로서 자매애를 보여주었던 것과는 다른 방향에서 디아스포라 관계성으로 형제애의 확장을 지향한 것이다. 그들의 유기적 관계성에는 국경을 해체하는 디아스포라의 인간성 회복으로서 형제애가 확장된 의미가 읽혀지기 때문이다.

중국으로 귀국을 앞둔 홍지하는 한국에 대한 그리움과 회한을 느끼면서도 아버지 그리고 할아버지와의 유기적 관계성으로 한국을 바라본다. 중국으로 가기 위하여 도착한 부두에는 중국동포들이 북적대고 있었다. "망돌짝 만한 짐을 대여섯 개씩 메고 지고 끌고 오글거리는 광경"을 "돈을 향한 욕망으로 난무하는 어지러운 바다"같은 속성으로 인지하는 홍지하의 얼굴에는 "방금 걸어온 허허사막을 다시 헤쳐가야 하는 아득함과 허탈감에 찌들려 메마른 긴장감이"(370면) 감돌았다. 조선족으로서 그의 아버지는 평생 동안 한국을 그리워했고 한국은 아버지의 그리움이 뿌리내린 조국이었다. 이에 비하여 자신은 중국에서 나고 자랐으며 앞으로도 자신이 살아가며 뿌리내려야 할 삶의 터전이라는 확신에도 불구하고 한국에 대한 그리움은 할아버지와 아버지의 고향을 그리워하며 삶을 살아가는 생명력의 근원인 바람으로 투영된 것이다.

한국을 향한 그리움을 간직한 채 중국으로의 귀국을 앞둔 홍지하는 인규가 살아남아 있기를 고대하면서 마음을 전한다. "잘 있거라, 인규! 함께 고향으로 가자던 널 두고 나 혼자만 간다! 네가 있던 그 방에 가스렌인지, 그릇, 이불 그리고 입던 옷들 너의 모든 소지품들을 그대로 두었으니 아무 때든 고달프면 돌아와 쉬었다 가려무나!....."라고 호소한 것이다. 참담한 기분으로 택시에 탄 홍지하는 "뿌리 없는 나무처럼 몸을 좌우로 흔들거"(370면)리는 자신이 건잡을 수 없이 서글펐다. 아버지 고향에 대한 그리움으로 조국을 찾았지만 다시금 삶의 터전을 찾아 중국으로 떠나는 홍지하의 새로운 삶을 향한 자유 의지에는 형제애의 유기적 관계성의 확장을 통하여 인간성 회복을 바라보는 작가의 에코페미니즘적 치유 효과가 환기된다.

이와 같이 홍지하와 최인규가 보여준 형제애와 지혜경과 윤미연의 자매애로 살펴지는 유기적 관계성은 같은 '나'와 '타자'의 대립적 관계의 갈등을 해소할 뿐만 아니라 디아스포라의 소외된 타자성을 극복할 수 있는 연대의식을 보여준 다. 이에 비하여 홍지하와 오두석의 갈등 관계가 형제애로 확장된 유기적 관계성은 한국인과 조선족의 적대적인 감정이 유대적인 감정으로 전환된 측면에서 디아스포라 삶의 회복을 바라볼 수 있는 의미를 제공한다. 이처럼 인간성 회복을 위한 유기적 관계성이 자매애와 형제애로 확장되는 과정은 생명 존중과 인권회복의 권리를 향한 인간의 자유의지를 역설적으로 강조하는 효과를 낳는다. 이러한 유기적 관계의 확장으로 드러난 에코페미니즘적 치유효과는 홍지하와 오두석의 갈등 관계가 우호적인 관계로 변화된 측면에서 독자로 하여금 국경을 초월한 인간성 회복의 가치로서 미래지향적 디아스포라의 비전을 새롭게 바라보게끔 한다.

3) 자연성 추구와 삶의 조화

마지막으로 텍스트에서 살펴지는 자연성의 추구를 통한 치유의 관점은 생태적 감수성에 기반을 둔 작가의 에코페미니즘의 비전과 닮아있다. '바람꽃' 제목에 내포되었듯이, 자유를 억압하는 폭력에 저항하는 작가의 비판적 시간이 바람의 무게로 떠돌면서도 진정한 삶의 행복을 찾아 그곳을 열망하는 그리움의 존재성으로 투영된 것이다. 이는 뿌리의 고착에 안주하지 않고 그리움의 생명력으로 바람의 꽃을 피움으로써 인간과 자연의 우주적 조화를 꾀하는 에코페미니즘적 치유 효과를 내포한다.

이처럼 자연성 추구의 생명력을 지향하는 작가의 전망은 소설의 제목인 '바람꽃'에 오롯이 반영되어 있다. 텍스트에서 '바람꽃'의 자연성을 추구하는 에코페미니즘적 치유 관점은 우주적 삶의 조화로서 여성성의 그리움을 자연적인 삶과 맞닿는 디아스포라 생명력의 근원으로 바라본 것이다. 가부장제 권력에서 남성 폭력이 여성을 지배하였듯이 인간의 폭력성이 자연을 훼손하였다는 것이 에코페미니즘의 시각이다. 이렇듯 자연성 추구의 우주론적 생명력과 모성에 기반을 둔 여성성의 생명력을 동일하게 바라보는 에코페미니즘의 전망에 비춰보면 자연성의 치유 효과는 여성성을 통한 자연적 생명력의 회복과 닮아있다. 텍스트에 드러난 자연 친화력을 보여주는 우주적 조화로서 생명력의 회복이 에코페미니즘적 치유 효과로 읽혀질 수 있는 이유다.

> 나는 귀추없이 떠돌아다니는 바람꽃. 바람이 불어왔던 곳과 바람이 자는 그 곳, 두 세계 중의 어느 한 곳에 머무르거나 또 어느 한 곳에 머무르지도 못한 채 두 곳을 끊임없이 우왕좌왕하였다. 언제나 한 곳에 오래 머무르지 못하고 다른 한 곳에 대한 끊임없는 추억과 망각, 그리움과 원망의 갈등을 수없이 겪으며 이곳에서 저곳으로 수없이 날아갔었다. 언제나 두 세계에서 함께 공존했던 셈이고 두 세계에서 함께 탈출하기도 했었다.
>
> ...중략...
>
> 바람의 거치른 숨결에 나뭇가지가 불러지고 꽃잎이 부서져 내리고 애기풀이 눕기도 한다. 그렇게 거칠고 의뭉스럽고 변덕도 많아 바람이라 불렀을까. 그래도 바람을 잠재울 수 없었던 것은 무엇 때문일까?
>
> 과연 바람을 잠재울 수 있을까?[15)]

---

15) 허련순, 「서문」, 위의 책, 7~8면.

작가의 〈서문〉은 소설 제목과 같은 시각에서 디아스포라의 에코페미니적 자연 추구의 전망을 보여준다. "뿌연 그리움을 안고 안으로 안으로만 한이 되어 은밀히 잠적해야 했던 외로운 바람"으로서 조선족 여성작가 허련순의 디아스포라 정체성은 소설 텍스트에서 조선족 남성작가 홍지하가 추구하는 우주적 생명력의 조화로움으로 투영된다. 아버지의 골회함을 모시고 고국 땅인 한국을 찾은 홍지하의 관점으로 삶과 죽음의 경계를 지우고 자연성을 추구하는 우주적 조화를 보여준 것이다. 중국에서 홍지하는 〈뿌리〉라는 중편소설을 발표한 바 있다. 이처럼 홍지하가 자신의 소설 제목을 뿌리라고 정한 것은 인간 생명력의 근원을 자연에서 찾고자 하는 작가의 여성주의와 깊은 관련이 있다. 자신의 존재성을 뿌리의 식물성으로 반추한 뿌리에 대한 관심에서 더 나아가 바람꽃으로 확장한 홍지하의 자연을 향한 생명력은 고향을 어머니의 품 내지는 모국으로 바라보는 허련순의 에코페미니즘의 비전과 깊은 상관성을 보여준다.

이렇듯 허련순이 보여준 디아스포라 삶의 회복에는 뿌리에서 바람꽃으로 확장된 우주적 생명력의 조화가 엿보인다. 우선, 소설 텍스트에서 주인공 홍지하는 자신을 여러 번 '바람꽃'으로 인지하고 있음을 살필 수 있다. 그의 전처 고애자와 중국에서 헤어질 때도 그녀가 "언제 올까?"하고 묻는 질문에 "모르겠어. 원래 바람꽃 같은 사람이니까."(59면)로 자신의 정체성을 드러낸다. 자기 정체성을 '바람꽃'으로 드러낸 홍지하는 아버지가 유명을 달리하자 아버지의 유골을 모시고 아버지의 뿌리인 한국에 할아버지를 찾게 된 것이다.

홍지하는 한국에 도착하여 할아버지를 찾아가는 길의 자연 속에서 "할아버지의 혼이 새가 되어 저렇게 떠돌고 있는 것은 아닐까, 아니면 연기가 되고 먼지가 되고 바람이 되어 내 옷깃에 내려앉아 나와 함께 숨을 쉬고 있는 것은 아닐까."(74-75면)하고 할아버지의 존재성을 자연적 생명력으로 교감한다. 홍지하에게 있어 한국은 아버지의 오랜 그리움이 살아 숨쉬는 '어머니 품'과 같이 인식되었다. 아버지의 그리움과 할아버지의 뿌리가 묻힌 고국의 자연은 평화롭고 아름다운 생명의 보금자리였다. "나뭇잎은 떨어져도 뿌리에 속한다"(36면)는 소신은 홍지하가 한국인의 후손으로서 한국을 그리워하며 한국을 찾게 된 계기가 되었다. 이렇듯 홍지하가 한국을 고국으로 인지하는 디아스포라 정체성에는 우주적 조화로서 자연성을 추구하는 작가의 세계관 내지는 에코페미니즘적 치유 관점이 반영된 것이다.

> "전 원래 전신이 마비되었더랬어요. 아번진 저의 병을 고쳐볼려고 땅팔구 집까지 팔았지요. 장리돈두 많이 꿨구요. 그래도 저의 병은 고쳐지지 않았어요. 저 때문에 알거지가 되었는데도 아버진 마음이 죽지 않으시구 산 속에 가서 며칠 날, 며칠 밤을 지새우면서 마대들이로 솔잎을 뜯어왔답니다......"
>
> 그녀의 목소리는 설한풍에 치떠는 문풍지 소리처럼 울고 있었다.
>
> '아번진 솔잎을 큰 가마에 넣고 쪘어요. 쪄낸 솔잎을 다시 돗자리에 펴고 그 위에 절 누우라고 했지요. 얼마나 뜨겁던지... 제가 눕자 아버진 얼굴만 내놓고 제 전신에 뜨거운 솔잎을 이불처럼 덮어주었어요. 찜통에 들어간 듯 숨이 헉헉 막혀 죽을 것 같았지만 전 이를 악물고 참았지요. 저를 위해서라기보담 너무너무 애쓰시는 아버지가 불쌍해서 참았던 거예요......"
>
> 손수건으로 눈물을 찍어내며 단발머리는 후-탄식을 몰아쉰다.

"저의 몸은 결국 아버지 사랑에 받들려 재생한 것예요."[16)]

인용문은 단발머리 이은미가 죽다가 살아난 사연을 홍지하에게 들려주는 장면이다. 이은미의 죽어가던 생명이 아버지의 헌신적 사랑으로 다시 살아났던 경험에서는 자연성을 추구하는 에코페미니즘적 치유 효과가 드러난다. 전신마비가 되었지만 아버지의 지극한 보살핌으로 병을 치유했던 경험에서 자연적 생명력으로서 사랑의 힘이 강조된 것이다. 그녀의 아버지는 그녀의 병을 고치려고 전재산을 날렸지만 딸을 살리겠다는 간절한 마음으로 산 속에 들어가서 솔잎을 마대들이로 뜯어왔다. 그녀는 아버지가 쪄낸 솔잎 위에 누워 전신에 뜨거운 솔잎을 이불처럼 덮어야 했다. 숨이 막혀 죽을 것 같았지만 아버지의 헌신적 사랑에 감동하면서 고통을 참아낸 것이다. "너무너무 애쓰시는 아버지가 불쌍해서 참았던 거"라는 그녀의 경험에는 그녀의 병이 낫기까지 애썼던 아버지의 절대적 사랑이 작용한다. 아버지의 사랑이 딸을 위하여 마지막으로 선택한 솔잎의 자연적 치유 효과가 더해져 그녀의 병이 낫게 된 것이다.

같은 맥락에서 홍지하가 찾은 속리산의 가을 풍경은 도시와는 다른 자연성의 추구로 우주적 조화로움을 보여준다. "서울에서의 그 코답지근하고 답답했던 기억을 잠시나마 잊을 수 있었고 생의 리듬을 잃고 방황할 때 사람들은 왜 산을 찾는지"(74)를 알 수 있겠다는 시각에서도 자연성을 통한 치유 관점이 드러난다. 가을 속리산 풍경을 보면서 홍지하는 서울에서의 답답했던 기억을 잊을 수 있었다. "언제나 변

16) 허련순, 위의 책, 23면.

함없는 자세로 인간들의 빈 곳을 넉넉히 채워주는 자연"은 "따뜻한 정과 사랑으로 어진 모성도 극성스러운 효도도 알게 하고 무진장한 힘으로 미래에 대한 희망과 삶의 의미를 가져다주는"(74면) 생명력의 근원이다.

이와 대조적으로 그려진 도시 공간에는 고통과 아픔이 난무하다. 서울의 밤은 "인규의 죽음과는 상관없는 듯 각종 승용차가 활개쳐 질주하고 아츨한 빌딩에서 쏟아져나오는 불빛은 요지경 속같이 미묘한데 심야 영업을 하는 유흥업체에서 흘러나오는 웃음소리와 노랫소리는 끝이 없(271면)"이 분주하기만 하다. 자연적 생명력과 동떨어진 도시의 부산함은 홍지하가 뿌리를 내리기에는 각박하고 피폐한 장소성으로 환기된다. 같은 맥락에서 홍지하는 "물속에 용해될 수 없는 한 방울의 기름"과도 같이 소외된 조선족 디아스포라의 삶을 반성한다. "전신이 풍뎅이 촉각처럼 예민해질수록 망각의 끝에 서서 잃어버린 자신을 되찾고 싶"어하는 의식은 "애벌레가 침침한 동굴 같은 고치 속에 들어가 날개를 빗고 나방이로 되지 않았던들 불모지에 뛰어드는 것과 같은 어리석은 짓은 하지 않을 거"(369면)라는 반성으로 훼손된 삶의 회복으로서 자연성의 치유를 환기한 것이다.

한편 홍지하가 중국으로 귀국하기 전에 아버지의 고향 산골을 찾아가 한 노송 밑에 아버지의 골회를 뿌리고 난 후에 먼 훗날 자신을 포함한 대대손손이 이 노송 밑에 와서 술을 붓고 절을 올리며 생명력의 뿌리를 확인하리라고 약속하는 장면에서는 삶과 죽음의 경계가 해체됨으로써 자연적 생명력의 가치가 강조된다. 노송의 허리를 감싸 안고 "노송이 마치 할아버지인 양 소곤소곤 속삭"였던 홍지하는 "노송 앞에 무릎을 꿇고 웅크리고 앉아" 아버지의 골회를 꺼내어 노송을 중심으로 골고루 뿌렸다. “아버지, 부디 외로워하지 마세요. 아버지께서 그토록 잊지 못해 그리워했던 고향산입니다. 먼 훗날 저도 재영이도 대대손손이 이 노송밑에 와서 술을 붓고 절을 올릴 겁니다.”(345면)라고 아버지께 다짐한 홍지하는 골회를 뿌린 땅을 웅크린 채 움직이지 않고 오래오래 살폈다. “거처 없이 삭막한 사막 그 어디든 무턱대고 방황했던 아버지의 영혼이 안식 속으로 가라앉는 듯 주위는 조용”했고 “날새들도 숨을 죽이고 있”는 시간 속에서 그는 어머니 품과 같은 우주의 생명력을 느낀다. 그것은 “원초의 세계가 모든 욕망과는 상관없이 만유의 알을 품고 있는 듯 아늑하고 포근한”(345면) 거였다. “배금에 대한 둔갑과 만악의 근원인 사악과 사욕이 없고 정죄(定罪)와 사망, 미래의 부심과 탐닉한 점욕이 없는 황홀한 낙원의 요람 속으로 즐겁게 걸어가시는 아버지를 보는 듯싶”은 홍지하의 마음을 통하여 작가 허련순은 자연성을 통한 우주적 삶의 조화로서 에코페미니즘적 치유를 전망한 것이다.

문득 어릴 때 아버지에게서 들었던 거북이 옛말이 떠올랐다.

자바섬 해안에는 거북이들이 알을 낳기 위해 모래불에 올라오곤 했다. 그전에 벌써 은밀히 숨어 기다리고 있던 들개나 여우가 거북이 등을 희딱 뒤집어놓고 하나하나 잡아먹었다. 그랬어도 거북이들은 자기의 분신(分身)을 맡기려고 잡혀먹힐 줄을 번연히 알면서도 결사적으로 뭍으로 기어나왔다. 애오라지 종속번식을 위해 끈끈하고 굽힘없는 거동이 어찌 보면 어리석지만 그 어떤 역경 속에서도 디팀없는 의지와 지향으로 살아가야 한다는 계시를 안겨주는 이야기였다.

홍지하는 다리가 저리고 뻣뻣해져서야 자리에서 일어났다. 투명하

고 찬란한 햇살이 눈썹 끝에서 거미줄처럼 흩어지고 있었다.[17)]

홍지하는 아버지에게 들었던 거북이의 옛말을 떠올리면서 종속번식을 향한 거북이의 강인한 생명력을 환기한다. 자바 섬 거북이들은 그들의 분신들을 낳고 잡혀 먹혀 죽을 줄을 뻔히 알면서도 결사적으로 물에서 기어 나와서 종속번식을 위하여 헌신한다. 죽음 앞에서도 사랑을 위한 헌신에 굽힘이 없는 거북이들의 의연한 모습은 자연적 생명력을 강조하는 효과를 낳는다. 그리고 아버지의 고향은 뿌리로서 영원히 끊어지지 않을 우주의 조화임을 강조하는 효과가 더해진다. 이렇듯 현재성의 삶으로서 바람의 생명력은 뿌리에 국한되지 않는 분신들의 생명력으로서 꽃을 피워야한다. 뿌리를 향한 그리움의 생명력을 간직한 한국을 통하여 뿌리에는 직접 닿아 있지 않지만 중국에서의 삶도 그리움을 간직한 우주적 생명력으로 살아갈 것을 확인한 것이다.

아버지의 골회를 산골짜기에 눈물을 흘려가며 뿌리면서 홍지하는 고백한다. "아버지가 고향을 못 잊듯이 저도 제가 나서 자란 고향을 잊을 수 없습니다. 그만치 고향은 정이 깊고 미련도 크답니다......"(346면) 그는 아버지가 고향을 그리워한 만큼 자신도 자신의 고향인 중국으로 돌아가겠다는 다짐을 덧붙이면서 우주적 조화를 추구하는 자연성의 생명력으로서 존재의식을 드러낸다. "이제 떠나면 언제 또다시 올지 모를 이 고장을 기억 속에서 인각 시켜 두려는 듯"(347면) 오래오래 서 있는 행동은 아버지에 대한 그리움뿐만 아니라 아버지의 뿌

17) 허련순, 위의 책, 346면.

리인 조국에 대한 그리움까지 각인하고자 하는 삶의 자유 의지를 자연성 추구의 생명력으로 보여준 것이다.

이와 같이 자연성을 통하여 우주적 삶의 조화로움을 추구한 생명력은 디아스포라의 복합적 갈등을 삶과 죽음, 한국과 중국, 인간과 자연, 뿌리와 바람 등의 경계를 해체하여 바람의 꽃을 피우는 여성적 생명력으로 봉합하는 우주의 조화를 실현할 수 있는 원동력이 된다. 이는 에코페미니즘의 비전으로서 치유 효과를 통한 디아스포라의 자연성의 조화로서 생명력을 내포한다. 요컨대 자연성을 추구한 바람꽃의 디아스포라 경험을 통하여 허련순은 우주론적 조화를 꾀하는 자연적 생명력의 존재론적 의미를 에코페미니즘적 치유 효과로 환기한 것이다.

4. 맺음말

본 논문은 조선족 여성작가 허련순의 장편소설 『바람꽃』에 드러난 조선족 디아스포라 경험을 통하여 현실을 반성하며, 인간성 회복의 가치를 모색하고자 하였다. 이를 위해 텍스트에 투영된 허련순의 에코페미니즘의 치유 관점을 조명하였다. 『바람꽃』에서 환기되는 에코페미니즘 치유 관점은 주인공인 조선족 남성작가 홍지하의 디아스포라 경험을 통하여 양성 차이의 다양성을 수용하는 태도 및 현실의 비판적 시각 그리고 인간과 자연의 조화로움을 추구하는 입장에서 가부장제 구조적 모순에 상응하는 모든 권력에 저항하는 작가의 여성주의에 뿌리를 두었다. 조선족 디아스포라 경험의 반성을 통한 에코페미미니즘 전망으로서의 치유 관점을 보여주는 것이다. 텍스트에서 나타난 디아스포라 경험을 통한 에코페미니즘 비전으로서 치유 관점은 다음과 같이 해명될 수 있다.

첫째, 조선족 작가 남성의 홍지하의 시각으로 전통적 가부장제 불평등을 반성하고 양성의 다양한 차이를 수용한 치유 관점이다. 가부장제 부조리함을 반성하며 양성의 다양한 차이를 수용하는 홍지하의 경험을 통하여 작가는 상호 보완과 수용의 입장에서 에코페미니즘적 치유가 가능함을 환기한다. 둘째, 끊임없는 이윤과 성장을 추구하는 과정에서 파생한 인권 유린과 생명 훼손에 대한 비판으로써 인간성 회복을 위한 유기적 관계성의 치유 관점이다. 생명과 인권 훼손의 고통과 차별을 극복할 수 있는 유기적 연대의식은 조선족 디아스포라의 형제애와 자매애뿐만 아니라 한국인과 조선과의 유대관계 확장됨으로써 인간성 회복을 위한 에코페미니즘적 치유 효과가 강조된다. 셋째, 인간중심의 계발 논리에 의해 파괴된 생태계 훼손에 대한 반성으로써 자연성을 추구하는 삶의 조화로서 치유 관점이다. 반복되는 자연성의 추구는 자바섬 거북이들의 죽음을 두려워하지 않은 종속번식의 생명력과 생명력의 뿌리를 그리워하는 바람으로 꽃을 피우는 우주적 조화로서 에코페미니즘의 비전으로서 치유 효과를 환기한다.

이와 같이 허련순은 조선족 여성작가이지만 조선족 작가인 홍지하라는 남자 주인공의 조선족 디아스포라 경험을 생생하게 보여주었다. 조선족 남성의 디아스포라 경험을 보여주는 작가의 에코페미니즘의 관점은 자연을 지배하는 인간의 권리가 여성을 지배하는 남성의 폭력과 일맥상통한다는 비판의식에서 출발하여 양성의 차이로서의 다양성, 인간성 회복을 위한 유기적 관계성, 우주적 조화를 꾀하는 자연성

등의 치유 효과를 내포하고 있음을 밝힐 수 있었다. 결론적으로 허련순이 보여준 에코페미니즘적 치유 관점은 작가의 독창적 세계관에 뿌리를 둔 여성주의 뿐만 아니라 21세기 디아스포라의 미래지향적 방향과 세계로 소통할 수 있는 한국문학의 세계적 보편성의 가치를 조명할 수 있는 단초가 될 수 있을 것이다.

참/고/문/헌

〈기본자료〉

- 허련순, 『바람꽃』, 범우사, 1996.

〈연구논문〉

- 오경희, 「민족과 젠더의 경계에 선 여성의 이산: 강경애의 『소금』과 허련순의『바람꽃』비교」, 『아시아여성연구』 제46권 1호, 숙명여대 아시아여성연구소, 2007.
- 오상순, 「조선족 여성작가 허련순의 소설과 당대 남성작가들의 소설에 나타난 '뿌리 찾기 의식' 연구: 20세기 말에 발표된 소설을 중심으로」, 『여성문학연구』 제12호, 한국여성문학학회, 2004.
- 엄찬호, 「인문학의 치유적 의미에 대하여」, 『인문과학연구』 제1호, 강원대 인문과학연구소, 2010.
- 전가흔, 「허련순 소설의 주변부 의식에 대한 연구: 『바람꽃』과 『누가 나비의 집을 보았을까』를 중심으로」, 경남대 석사논문, 2012.
- 차성연, 「중국조선족 문학에 재현된 '한국'과 '디아스포라' 정체성: 허련순의 작품을 중심으로」, 『한중인문학연구』 제31호, 한중인문학회, 2010.
- 최병우, 「조선족 소설에 나타난 민족의 문제」, 『현대소설연구』 제42호, 한국현대소설학회, 2009.
- 한홍화, 「『바람꽃』을 통해 본 조선족 정체성의 변이양상」, 『한국민족문화』 제38호, 부산대 한국민족문화연구소, 2010.

〈단행본〉

- 김보희, 『버지니아 울프 문학과 페미니즘』, 현대미학사, 2003.
- 송명희, 『페미니즘 비평』, 한국문화사, 2012.
- 윤대선, 『레비나스의 타자철학: 소통과 초월의 윤리를 찾아서』, 문예출판사, 2009.
- 로즈마리 통, 이소영 역, 『자연 여성 환경』, 한신문화사, 2000.

  ______, 이소영 · 정정호 역, 『21세기 페미니즘 사상』, HS MEDIA, 2010.
- 마리아 미스 · 반다나 시바, 손덕수 · 이난아 역, 『에코페미니즘』, 창작과비평사, 2000.

재일 한인의 상처 치유 과정
-이양지의 「나비타령」을 중심으로-

조민경

1. 서론

재일 한인사회는 일제 식민지 시기에 조선 농민층의 몰락으로 그들이 일본의 노동시장에 자율적으로 유입되면서 시작된다. 1939년 이후 노동자 · 농민들 강제 연행으로 규모가 확대되고, 일본의 패전 후, 귀환하지 않고 잔류한 사람들에 의해 형성된다. 재일 문학은 재일 사회 현상과 인과 관계에 있다.

재일 한인문학[1]이 일본어 문학의 독자적 장으로서 자리 잡기 시작한 것은 1960년대 중반이다. 1965년 한일조약과 일본 사회의 고도 경제성장 · 대중 사회화의 영향을 받아 재일 한인 사회의 실태와 가치

1) 아소가이 지로, 「식민 제국과 제일 조선인 문학의 조망」, 『재일 디아스포라 개관』, 새미, 2006, 49~50면.(재일 조선인이라고 칭하지만, 본고에서는 전체 맥락을 위해서 재일 한인이라 칭한다.)

관은 변화하기 시작한다. 시대적 현실인식과 민족적 위기감이 합쳐져 '재일'의 정체성이 활발히 탐구되면서 '정주화 의식'의 싹도 보인다. 여전히 재일 한인에게 일본의 국가와 사회는 법 제도나 정신풍토 상에서 전전 · 전후적인 차별과 억압의 양상을 계승하고 있다 하겠지만 민족운동은 총체적으로 후퇴기로 접어들고 있었다. 이 시기에 일본 문학상을 수상하는 작가가 늘어나면서 재일 문학이 주목 받게 된다. 2세대 작가들의 문학은 재일 한인의 불우한 역사성과 현재를 입각점으로 해서 민족적 자아의 갈등과 주체의 탐구를 주제화 한다.

재일 조선 사회는 80년대 들어서 분명한 변화를 보인다. 일본의 국적법이 부모 양계주의로 개정되면서 그 영향을 받은 세대들은 민족의식이 희박해지면서 일본 사회와 동질화 현상이 짙어지게 된다. 95년 '재일'의 일본 국적 취득자는 약 40만 명에 이른다. 그 중 귀화자는 약 18만 명이나 된다. 남 · 북 이데올로기의 첨예한 대립으로 인해 분리 된 재일 한국 · 조선인의 자녀들도 90%가 일본 학교에 다니고, 고등학교 입학 시 민족학교에서 일본 학교로 전학하는 학생도 적지 않다. 일본인으로 자라난 이들은 조부모 · 부모 세대로부터 민족적 정체성을 직접적으로 계승받지 못하면서 조국과의 정서적 거리는 멀어지고, 소위 '정주 의식'이 기정사실화되면서 일본 사회와 동질화 되어 간다. 그럼에도 일본에서 살아가는 한국인으로서의 민족적 정체성에 대한 갈등은 완전하게 해결되지 못한 채 '재일'인이라는 경계인으로 살아가게 된다. 재일인들의 경계인 의식은 여전히 그들을 불우한 존재로 자리하게 한다. 첨예한 존재론적 갈등을 경험한 재일 3세대 작가들은 '재일 문학'으로 불릴 수 밖에 없는 문화적 보편성을 획득한다.

량(Ryang)은 재일 한인 정체성의 상태를 홈리스(homeless)로 기술한다. 과거 1세대 정체성이 통일된 조국으로 돌아간다는 강한 귀속의식과 민족주의에 기초하여 일관되고 통일된 모습을 보인다면 젊은 세대의 정체성은 돌아갈 조국도 없고 자신을 기꺼이 반기는 모국도 없는 '림보'상태라는 것이다.[2] 서경석은 재일 한인을 유목민 삶의 실천자가 아니라 여러 경계선에 포위되고, 고립되어 정신분열적 삶을 강제 당하고 있는 존재[3]라고 한다.

여기에 이양지[4]가 자리한다. 이양지는 1983년 일본으로부터 탈출, 한국에 유학 와서 자신의 존재를 확인한다는「나비타령」[5]으로 일본문단에 등장한다. 이 작품은 아쿠다가와 상 후보가 되면서 주목 받는다. 이양지는 모국 유학 생활을 하면서「나비타령」을 완성한다. 글을 쓰는 행위를 통해서 지나간 세월을 정리하면서 자기 자신을 객관화하며 다시 살아가는 힘을 얻기 위한 시도였다[6]고 고백한다. 다시 살아나고 싶은 욕구와 소생에 대한 원망이「나비타령」의 근본적인 동기이다. 유서

---

2) 윤인진,『코리안 디아스포라』, 고려대학교 출판부, 2004, 185면. 재인용.

3) 서경석은 재일 조선인이라 했으나, 이 글의 흐름을 고려하여 재일 한인으로 인용, '아이덴테티'를 본고의 주제가 드러나도록 '정체성'이라 표기 함. (서경석,「폭력의 증인 '재일조선인'이 여기 있소」,『한겨레신문』, 2009. 9. 25.)

4) 1975년 와세다대학 입학한 후 재일 한인 학생 서클 '한국문화연구회'에 가입하여 활동하면서 가야금을 배웠고, 가야금을 본격으로 배우기 위해 1980년 한국에 유학, 1981년 서울대 국문학과에 입학한다. 서울 대학 졸업 후, 이화여자 대학원 무용과에 입학하여 한국무용을 배우는 등 한국인으로서의 자신의 정체성을 온몸으로 익히는데 열정을 쏟는다. 데뷔작「나비타령」(1982)은 발표되자마자 아쿠타가와상 후보로 올랐으며,『유희』(1989)로 제100회 아쿠타가와상을 수상한다. 1992년「돌의 소리」(미완 유고작) 집필을 마치고 일본에 일시 귀국하였다가 생애를 마친다. 이양지의『나비타령』,『해녀』(1983),『각』(1984),『유희』(1985)모두 아쿠다가와 상 후보에 올랐다. (이한창,『재일 동포문학의 연구 입문』, 제이앤씨, 20011, 207면)

5) 이양지, 신동한 역,「나비타령」,『이양지 소설집 해녀』, 모음사, 1984.

6) 이양지,『돌의 소리』, 삼신각, 1992, 237면.

를 쓰는 것과 같은 긴박감과 절박감 속에 써낸 이 작품은 재일 2세대의 두 가지의 갈등 축이 잘 드러난다. 정주국에서 일본인으로 강요되는 삶과 잔존하는 민족 정체성 사이의 갈등, 가족 해체로 인한 정신적 분열을 경험하는 인물을 통해 재일 한인의 존재론적 갈등을 핍진하게 그려낸다.

지금까지 이양지에 대한 연구 중 재일 한인이 경험하는 심리적 상처와 그 치유적 관점에서 논의 되는 부분[7]이 있다. 이는 그의 작품 속 인물들의 민족 정체성의 혼란, 가족 분열로 인한 트라우마와 상처가 있음을 전제하는 것이다. 게슈탈트 심리학은 개체를 여러 개의 심리적인 요소로 분할하여 분석하는 대신에 전체 장(field)의 관점에서 통합적으로 이해한다. 개체가 자리하고 있는 주변의 환경과 관계 속에서 자신의 욕구나 감정을 하나의 의미 있는 행동 동기로 조직화하여 지각한 것을 뜻한다. 이양지 「나비타령」의 인물이 경험한 상처 치유 과정을 게슈탈트 치료적 과점에서 살펴보고자 한다. 재일 한인의 정신 병리적 현상을 치유해 가는 과정을 게슈탈트 치료적 방법으로 살펴보는 것은 재일 한인 문학에서 드러난 상처 피력의 한계를 넘어서 재일 한인의 심리적 상처를 이해하고, 상처 치유 가능성의 길을 제시하는 의미가 있다고 본다.

---

7) 가와무라 미나토(川村湊), 김효자 역, 「작가론-거울 속의 거울, 이양지」, 『來意』, 삼신각, 1986. 송명희 · 정덕준, 「재일(在日) 한인 소설 연구-김학영과 이양지의 소설을 중심으로」, 『한국언어문학』제62호, 한국언어문학회, 2007. 윤정화, 「재일한인작가 이양지 소설에 나타난 모국 이해와 치유의 서사적 재현」, 『한중인문학연구』 제40호, 한중인문학회, 2013. 김환기, 「이양지문학론-현세대의 '무의식'과 '자아' 찾기」, 『일어일문학연구』 제43호, 한국일어일문학회, 2002. 윤명현, 「이양지 문학에 나타난 집단적 폭력」, 『동일어문연구』제19호, 동일어문학회, 2004. 차정은, 「이양지 문학에 나타난 트라우마 고찰」, 『한국일본어문학회』, 한국일본어문학회, 2011.

2. 본론

1) 게슈탈트[8] 이론[9]

1960년대에 정신분석이 퇴조하기 시작할 무렵, 유럽으로부터 실존주의 정신의학 사조와 함께 게슈탈트 치료도 인정받기 시작한다. 소위 제3세력 운동이라 불리는 인본주의 심리학을 주도하게 된다. 펄스(F.Perls)에 의해서 창안 된 게슈탈트(Gestalt) 치료 기법은 기존의 게슈탈트 심리학을 바탕으로, 정신분석 · 인격분석 · 유기체 이론 · 현상학 등 여러 사조들을 비롯해 동양의 도가道家 사상과 선불교의 영향을 강하게 받으면서 탄생했다.

게슈탈트 심리학은 개체를 여러 개의 심리적인 요소로 분할하여 분석하는 대신에 전체 장(field)의 관점에서 통합적으로 이해한다. '게슈탈트 Gestalt'란 모양·패턴·전체 형태·배열·개별적 부분을 완성하는 조직화 방식 등 다양한 개념을 내포한다. 게슈탈트는 단순히 부분의 합과는 다르며 그 이상의 의미를 지닌다. 게슈탈트 치료는 개체의 사고, 감정 욕구, 신체감각, 행동 등 모든 유기체 영역으로 확장시켰다.

게슈탈트 치료이론은 "전체는 부분의 합과 다르다", "인간은 '통합'의 본성을 선험적으로 지니고 태어난다"라는 사실을 전제로 한다. 정신적 질병이란 자기를 조절하려는 유기체의 본질적 경향에 장애가 생

---

8) 게슈탈트 심리학(Gestalt psychology), 형태주의적 접근(Gestalt approach) 처럼 다른 말 앞에 붙어 쓰인다. 이때 형태주의라고 번역하거나 그냥 게슈탈트라고 한다. (『실험심리학용어사전』, 시그마프레스㈜, 2008)

9) 김정규, 『게슈탈트 심리치료』, 학지사, 2014, 전권에서 요약 제시.

긴 것으로 간주한다. 치료란 인격에서 분리된 부분을 통합해 '전체 자기'를 다시 만들어 가는 과정이다. 펄스는 인간이 본래 건강하고 자기 조절력이 있는 존재라고 본다. 그러므로 게슈탈트 형성 과정은 남에 의해서가 아닌 내 스스로에 의한 '나 자신의 보살핌'의 과정이다. 인간은 오직 자신의 진실한 본성으로서만 성장할 수 있다는 것이다.

게슈탈트 치료이론은 게슈탈트 심리학 이론을 바탕으로 한다. 개체는 장을 전경과 배경으로 구조화하여 지각하고, 현재 욕구를 바탕으로 게슈탈트를 형성하여 지각하며, 미해결된 상황을 완결지으려는 경향을 지닌다. 이러한 개체의 행동은 개체가 처한 상황의 전체 맥락을 통하여 이해된다. 골드슈타인의 유기체 이론과 레윈의 장 이론이 영향을 미쳤다. 골드슈타인은 유기체는 자기조정 원리에 따라 장을 전경과 배경으로 나누어 지각한다는 것이다. 또한 개체의 내면세계가 상전과 하인의 양극으로 분열되는 현상에 대한 카린 호나이의 '당위(should)'개념도 있다. 빌헬름 라이히는 우리의 감각운동이나 신체활동은 심리작용과 밀접하게 관련되어 있다고 하여 신체언어의 중요성을 주장한다. 모든 신경증은 신체적 고착으로 나타난다고 하여, 추상적 억압개념 대신 '신체적 방어'라는 개념을 제시한다.

게슈탈트란 '개체에 의해 지각된 자신의 행동 동기'를 뜻한다. 개체가 자신의 유기체 욕구나 감정을 하나의 의미 있는 행동동기로 조직화하여 지각한 것을 뜻한다. 인간의 욕구나 감정을 하나의 유의미한 행동으로 만들어서 실행하고 완결짓기 위함이고, 환경과 접촉을 통해서 개체들이 가진 심리적 장애를 해소하기 위함이다. 프로이드의 리비도 개념처럼 환경과 분리되어 단순히 그 자체로 존재하는 생물학적 물질이 아니라 환경과 관계 속에서 형성되고 해소되는 개체의 행동

동기라 할 수 있다.

개체는 자신의 모든 활동을 게슈탈트를 형성함으로써 조정하고 해결한다. 만일 개체가 게슈탈트 형성에 실패하면 심리적 · 신체적 장애를 겪게 된다. 건강한 유기체는 자신에게 가장 필요한 것은 스스로 알아서 지각하고 해결해 나갈 수 있다고 전제했듯이 접촉경계 혼란을 경험하더라도 다시 반복 순환 가능하다.

이러한 게슈탈트 형성 과정은 전경과 배경으로 설명 가능하다. 이 순환과정을 '게슈탈트 형성과 해소' 혹은 '전경과 배경의 교체'라고 한다. 개체가 관심을 갖게 되는 부분은 전경, 그 밖으로 놓여진 상태를 배경이라 한다. 개체가 자신의 감정과 욕구를 알아차리고 게슈탈트를 형성하여 지각하는 것은 전경이라 한다. 그렇지 못한 경우 배경으로 물러나게 된다. 이때 개체는 자신의 행동에 혼란을 경험하게 되지만 새로운 환경, 감정과 접촉하게 되면 또다른 게슈탈트는 생길 수 있다. 만약 해결되지 않은 문제는 다시 배경으로 물러나게 되며 반복을 하게 되는 것이다. 펄스는 미해결 과제를 찾기 위해서 프로이드처럼 무의식의 창고 깊숙이 있는 과거사를 파헤칠 필요가 없다고 한다. 미해결 과제[10]는 끊임없이 전경으로 떠오르려고 노력하기 때문에 항상 지금-여기에 그 모습을 드러내고 있으며, 따라서 개체는 그것을 회피하지 않고 알아차리기만 하면 된다고 한다. 펄스는 이때 느끼는 감정을 이러한 '텅 빈 충만함'을 '무아지경'과 같은 것이라고 말한다.

게슈탈트 심리학에서 문제해결을 위한 가장 중요한 부분이 '알아차

10) 미해결 과제는 한국적인 개념으로 한(恨)과 같은 의미로 보인다. 이양지, 「나비타령」의 결말 부분에 주인공 애자는 살풀이 춤을 추는데 이는 문제의 해결과정, 한의 풀이로 볼 수 있겠다.

림'과 '접촉'의 경험이다. 과거나 미래가 아닌 현재에서의 '실존'을 강조한다. 알아차림(awareness)[11]은 개체가 자신의 유기체 욕구나 감정을 지각한 다음 게슈탈트를 형성하여 전경으로 떠올리는 행위를 말한다. 접촉경계 혼란이 생기면 자신의 알아차림을 인위적으로 차단하고 그 결과 게슈탈트 형성에 실패하게 된다. 알아차림은 유기체-환경의 상호교류에서 생기는 현상들에 그때그때 자연스럽게 집중하는 행위이다. 접촉은 전경으로 떠오른 게슈탈트를 해소하기 위해 환경과 상호작용하는 행위를 뜻한다. 에너지를 동원하여 실제로 환경과 만나는 행동이다. 게슈탈트가 형성되어 전경으로 떠올라도 이를 환경과 접촉을 통해 완결 짓지 못하면 미해결 문제로 다시 남게 된다.

게슈탈트를 형성해 완결시키게 되면 자연스럽게 그 문제로부터 벗어나게 되므로 어느 한 상태에 빠져 집착해 머물러 있지 않기 때문에 알아차림 또한 연속적이다. 지금-여기에서 자신과 환경에 일어나는 모든 것을 일어나는 그대로 연속해서 알아차리는 것 이다. 즉, 알아차림 연속이란 자신의 감정과 욕구의 흐름, 그리고 환경적 변화들을 놓치지 않고 자연스럽게 따라가는 것이다. 삶을 더욱 실존적으로 만들고 풍성하게 만들기 위해서는 알아차림의 연속이 필요하다. 결국 게슈탈트 치료 과정은 인간의 실존적 삶을 살아가는 여정으로 볼 수 있다.

2) 갈등하는 경계인

「나비타령」(1982)은 작가의 자전적 소설이다. 작가가 체험한 재일

11) 김정규, 『게슈탈트 심리치료』, 학지사, 2014, 134면. "알아차림(awareness)"은 생리, 감각, 인지, 지각 그리고 행동 차원들을 모두 포함하는 다차원적인 지각을 뜻함.

한인으로서의 갈등은 주인공을 통해 아주 생생하게 전해진다. 이양지의 소설에 나타나는 정신 병리는 그들이 일본에서 출생하여 자라고 교육받았음에도 불구하고 일본인이 아니라 일본사회의 차별받는 타자라는 존재감, 즉 재일 한인에 대한 경멸적 표현인 '조센징(조선인)'이라는 민족콤플렉스에서 비롯되고 있다. 일본사회의 일원으로 살아가는 데 있어 '조센징'이라는 존재 자체가 정상이 아니라 비정상으로 취급되는 준거이며, 근원 외상(trauma)이기 때문이다.[12]

세계-내-존재[13]는 타자와의 관계에서 자신의 존재 가치를 찾을 수밖에 없다. 존재라는 개념은 그것에 속하는 다양한 존재자들의 차이까지 포괄하는 것이다.[14] 그러나 일본에서 '조센징'이라는 존재는 일본인들에게는 차별의 대상이자 부정적 카섹시스[15]를 느끼는 존재로 자각하게 한다. 세계로부터 단절되는 존재들은 심리적 교착상태에 빠지게 되는 것이다. 재일 2세대는 일본 내에 정주하면서 일본인 교육을 받고 일본인의 냄새를 갖고 있지만 인간이 하나의 개체로서 세계와 관계 맺도록 운명 지워진 '공동 현존재[16]'가 되지 못한다. 그들은 자신의 욕구가 무엇인지 모르는 혼란 상태에 머무르게 된다.

「나비타령」의 주인공 아이꼬는 '재일', '조센징'이라는 자신의 정체성에 혼란을 느낀다. 자신의 갈등이 더욱 깊어지자 가출을 하여 교토의 어느 여관 종업원으로 취업한다. 그녀는 그곳에서 자신이 일본인

12) 송명희 · 정덕준, 앞의 글, 429면.
13) 박찬국, 『하이데거의 「존재와 시간」 강독』, 그린비, 2015, 101면.
14) 박찬국, 위의 책, 21면. 게슈탈트 심리학은 하이데거의 실존주의 철학을 바탕으로 한다.
15) 카섹시스는 본능 또는 욕구를 해결하기 위해 투입되는 정신적 에너지이다.
16) 박찬국, 앞의 책, 171~175면.

으로 보여 지기를 원한다. 일본인으로 보여 지는 것이 유일하게 자신의 자존심을 지키는 방안이라고 생각하기 때문이다. 자신이 재일한인이라는 사실을 말하지 않으면 여관 주인과 함께 일하는 종업원들도 모를 거라고 생각하지만, 비밀이 들킬까봐 불안한 마음을 지닌 채 생활한다. 여관 사람들의 대화를 들으면서 여관에서 세탁하는 일을 맡은 오지카가 조센징이라는 사실을 알게 된다. 일본인들은 조센징을 오지카와 동일시하여 '저급하고, 더럽고 형편없는 인간'으로 치부한다는 사실을 알게 된다. 그 후, 아이꼬는 자신이 두려워한다. 그러나 주변인들이 아이꼬가 조센징이라는 사실을 알고 있었다는 사실을 알아차리자 두려움은 공포가 되고, 여관을 그만둔다.

> 조센징은 원래 은혜도 모르고 수치도 모르는 거야.
>
> (「나비타령」, 104면)

아이꼬는 삼자인 일본인이 보는 시각의 척도에 의해서 '한국인'인 자기 자신을 발견하게 된다. 다시 말하면 재일 한국인에 있어 자기의 민족적 아이덴티티를 보증하는 것은 역설적으로 말해 일본인 측으로부터 '차별'이나 '편견'에 가득 찬 차가운 눈초리 그것밖에 없는 것이다. 재일 한국인이라는 존재는 일본 또는 한국인이라는 '두 개의 거울의 세계' 그 중간에 위치하여 때로는 일본 쪽에 때로는 한국 쪽에 자기의 '진짜 얼굴'을 찾아서 갈팡질팡[17] 한다. 인간은 타자와 관계 속에서 자신을 정의할 수 있다. 자신과 타자가 서로에게 영향을 주고받는 상

---

17) 가와무라 미나토(川村湊), 김효자 역, 「작가론-거울 속의 거울, 이양지」, 『來意』, 삼신각, 1986, 224면.

호관계로 파악할 때 참다운 자신의 존재를 회복[18]할 수 있다. 그러나 한 곳에 정주하지 못하고 부유하는 아이꼬는 참다운 인간관계를 맺지 못하고 고군분투하는 과정에 놓인다.

여관 종업원으로 일하는 2년 동안 재일 한인이라는 사실을 숨기기 위해 가슴 졸였지만, 본인은 때때로 조센징에 지나지 않음을 알고 그 곳을 떠나게 된 것이다. 자신을 숨기지 않고 드러냄으로써 타자와 상호 관계에 놓인 자신의 존재를 만나게 되는데, 아이꼬는 자신을 스스로 소외시킨다. 자신을 은닉시키면서 세계와의 관계 속에서 자신의 새로운 삶의 가능성을 실현하지 못한 아이꼬는 다시 집으로 돌아온다. 그 후, 우울증에 시달리고 자살 충동을 느끼는 것은 물론, 일본인으로부터 살해당하는 피해망상, 일본인을 죽이고 싶은 살해 충동에 빠지는 등 정신 분열은 깊어진다.

> 니혼징(日本人)에게 피살당한다. 그런 환각이 시작된 것은 그날부터다. 만원 차를 탔을 때는 한 역씩 폼에 내려 상처가 없음을 확인하고 다시 차를 탔다. 홍수 같은 사람의 무리에 밀리며 역 층계를 내려갔다. 여기서 피살되어 나는 피투성이가 된 채 객사하는 것이다. 겨우 무사히 내려갈 수 있다고 해도 다시 층계를 올라가지 않으면 안 된다. 뒤에서 달려 올라오는 인. 내가 층계를 하나 오르는 순간, 아래 있던 군가가 내 아킬레스건을 끊는다. 나는 니혼징들에게 깔려 질식당한다. 어두운 화도 공포다. 좌석에서 불쑥 나온 후두부가 날붙이에 찔려 머리가 잘린다고 느껴져 제로 화도 보지 못한 채 밖으로 뛰어나온다.
>
> (「나비타령」, 114면)

18) 김정규, 앞의 책, 108면.

이처럼 민족 정체성으로 인해 혼란을 겪는 아이꼬는 보살핌을 받을 수 없는 가족의 문제로 인해 더 깊은 상처를 받는다. 부모의 오랜 불화는 두 오빠와 아이꼬의 삶을 흔들어 놓는다. 아이꼬는 엄마와, 두 오빠는 아빠와 함께 거주한다. 형제들은 부모의 이혼 소송 재판에 증인이 되어야 한다. 어머니가 요구하는 위자료를 지급하지 않으려는 아버지의 긴 전쟁은 아이꼬와 두 오빠를 좌절감에 빠뜨린다. 귀화한 아버지 덕분에 일본에 국적을 두고 살지만, 그 가족의 내면에 존재하는 불안감은 사라지지 않는다. 그녀는 술을 먹으면서 현실의 문제를 잊으려고 하고, 여러 차례 자살을 시도하기도 한다.

부모의 오랜 이혼 소송으로 인한 가정의 불화는 자식들의 존재를 분열시켰다. 아버지는 '제주도 여자는 교양이 없어. 남자를 남자로 생각하지 않아. 너희들도 엄마처럼 되고 말 테야'라며 가정의 불화는 아내 때문이라고 하면서 자신의 선택에 정당성을 부여한다. 끝없이 일본 여자를 찾느라 엄마를 괴롭히지만 이혼 위자료를 지급하지 않기 위해 오랜 전쟁을 치른다. 습관처럼 행하던 아버지의 불륜을 지켜보았던 아이꼬는 자신의 가출 경험이 어머니에게 불리한 증언이 될지 몰라 사실관계를 밝히지도 못한다. 큰 오빠 뎃짱은 자신은 남에게 명령하는 것이 싫다며 소극적인 삶을 선택한다. 다른 이들과 소통을 거부하는 뎃짱은 몸무게 100킬로그램이 넘고 성인병을 앓는다. 둘째 오빠 가즈오는 자폐를 앓다 원인은 모른다는 뇌척수막염에 걸려 식물인간이 되어 병원에 장기 입원 중이다. 엄마는 아버지와 길고 긴 이혼 소송으로 인해서 안면신경통을 앓고 있다. 얼굴이 일그러져 대화조차 쉽지 않다. 가족 모두 세상과 단절되고 가족 내 관계도 단절된다. 그들의 심리적 상처는 신체를 통해 증상을 드러내지만 누구도 서로를 보살피지 못한다. 서로 상대편을 대상화하면서 고통을 외면하고 있을 뿐이다.

부모의 불화로 인해 법정이라는 해부실에 가족 전원이 발가벗겨지는 동안 각자의 존재는 철저하게 부정된다. 정신 분열증의 유발과 관련된 환경적 요인으로 가족관계는 중요하다. 가족 구성원 사이의 의사소통, 부모와 자녀의 의사소통 방식, 부모의 부부 관계 등이 중요한 영향을 미친다. 부모 관계의 오랜 갈등 상태에서 서로의 요구를 무시하고 자녀를 자기편으로 만들기 위해 치열하게 다투는 경우 특히 여자 정신분열의 증상을 드러낸다[19]고 한다. 부모 이혼 소송 증인으로 출두한 법정에서, 그녀는 모든 것을 피하고 싶은 충동에 사로잡힌다.

어머니에게 패소판결을 내리고 아버지가 원하는 위자료를 지불하고 이혼이 결정되기까지 5년이나 걸렸다. 그 시간 동안 그녀는 "배우처럼 증인석에서 주어진 배역을 연기할 뿐" 할 수 있는 일이 없는 무기력한 존재였다. 애정이 있는 가정의 보살핌을 받지 못한 오빠들, 아이꼬는 자기 정체성도 자각하지 못한 채 세계와 단절되어 폐쇄적인 삶을 산다. 민족 정체성으로 인한 갈등에 더해 분열하는 가족은 아이꼬에게 이중의 트라우마다. 어느 날, 아침부터 술을 마시고는 쓰러진 아이꼬를 안아 일으키려는 어머니의 손을 뿌리치고, 어머니의 목을 죄는 자기를 발견하는 순간 살아 있기에 자식의 역할을 그만두지 못하는 자신의 상황을 알게 된다. 진심으로 어머니의 삶에 연민을 갖지만, 자식이라는 도덕적 당위의 그늘에 갇혀 자신의 상처를 치유해 줄 이가 아무도 없다는 사실을 알게 되자 그녀의 공포는 깊어진다. 상처

19) 권석만, 『현대이상심리학』, 학지사, 2012, 286~287면.

받은 아이를 지지하고 보살펴 줄 가족의 부재는 아이꼬가 존재의 결핍을 경험하게 한다.

아이꼬는 길을 걸으면서 만나는 일본의 주변 환경 속에서 숨 막힐 듯한 구역질을 느낀다. 그녀는 지하철에서 마주 앉은 일본인들을 보면서 속으로 '죽여라, 죽여. 죽이고 싶으면 나를 죽여라.'라며 중얼거린다. 정신을 차리고 나면 눈물이 고이고 허둥대는 자신을 발견한다. 그 시간이 지나면 왼쪽 유방 아래 통증을 느낀다. 자신이 무슨 일을 하고 있는지도 모를 만큼 혼란은 연속 된다. 그녀는 진바지 포켓에 언제나 돌멩이 몇 개를 들고 다닌다. 파출소 앞을 지날 때, 순경과 마주칠 때, 포켓 속의 돌멩이를 만지는 손이 땀으로 젖을 만큼 긴장을 한다. 그녀는 '일본에 대한 싸움의 뒤처리'라는 한 마디를 되뇌인다. 피살될지 모른다는 환각은 자신이 일본인을 죽인다는 살의를 느끼기에 이른다. 아이꼬는 현저히 왜곡되고 비현실적인 지각을 한다.

자신의 주변 세계와 건강한 관계를 형성하면서 긍정적 카섹시스를 느낄 수 없는 아이꼬는 일본에서 비정상으로 취급되는 재일 한인 2세의 모습을 대변한다. 주변인들의 지지의 결핍과 자기 존재의 결핍은 자신을 왜곡하여 정신적 갈등을 더욱 심화 시킨다. 개체가 가진 문제에 대한 해결책은 그들이 건강하게 환경과 만나는 과정에서 찾을 수 있다. 그러한 환경과 만나지 못하는 이들은 자신의 갈등과 해결되지 못한 과제들로 자신이 파편화된 것처럼 느끼게 된다.

3) 반복되는 상처

일본인이 '조센징'이라 호명하는 것과 한국인이 '재일 동포'라 하는 것은 비슷한 맥락으로 보인다. 일본인은 조센징을 그들의 하위 주체로 인식한다. 또한 한국인들이 '재일동포'라 하는 것은 단지 공허한 호명일 뿐이었다. 한국인들은 일본 거주 동포들을 '재일 동포'라고 호명하면서도 일본 근대 국가적 폭력을 온전히 잊지 못하고 재일 한인에게서 그 기억을 더듬는다. 민족 공동체라는 관념 속의 재일 동포는 연대 의식을 갖기 충분하지만, 그들과 정주하는 곳이 다르고, 그들이 사용하는 언어가 다르기에 그들 사이에는 벽이 존재할 수 밖에 없다. 경계에서 위태로운 삶을 사는 그들의 정신적 고립은 심화될 수밖에 없다.

개체는 환경과 접촉하면서 새로운 것을 받아들여 성장 변화해 가는데, 접촉경계 혼란 때문에 유기체 에너지를 환경과의 효과적인 접촉에 쓰지 못하면 접촉이 단절되고 성장이 멈춘 상태가 된다. 치료란 개체가 자신의 접촉경계 혼란을 알아차려 제거하고, 불안으로 변형되어 표출되는 흥분 에너지를 다시 환경과의 접촉에 사용함으로써 성장 변화 하도록 해주는 것이라 할 수 있다.[20] 두려움도 오직 현실과의 접촉을 통해서만 극복할 수 있다.

집을 떠나 동경의 여인숙에서 새로운 장을 만나는 아이꼬, 그러나 자신은 조센징일 수 밖에 없다는 사실을 한번 더 알게 된다. 재일한인은 '어딜 가도 비거주자-일그러진 알몸을 드러내고 부유하는 생물로밖에 있을 수 없'는 존재라는 것을 자각하지만 거기서 물러서서 다시 일본에 정주하는 조센징의 자리로 뒷걸음친다. 자신의 욕구를 해소하지 못하고 새로운 환경에 적응하는 데 실패하게 된다.

인간의 감정은 신체감각과 연결되어 있다. 극단적인 트라우마의 기

---

20) 김정규, 앞의 책, 140면.

억은 괴로움과 파편화를 몸에 입히게 된다. 상처는 몸의 이미지로 표출되며 이러한 증상은 반복하여 출현[21]하는데 아이꼬의 가족에게도 신체적 이상 증상으로 나타난다. 큰 오빠 뎃짱은 아버지가 귀화를 결정할 당시 반대를 했었지만 받아들여지지 않았다. 자신은 남에게 명령하는 것이 싫다며 소극적인 삶을 선택하고 소통을 거부한다. 자살을 시도하기도 하지만 어린 동생들에 대한 연민 때문에 포기 한다. 그 후 뎃짱은 무기력한 삶을 살다 서른한 살에 지주막하출혈로 지하철 화장실에서 죽음을 맞이한다. 둘째 오빠 가즈오는 죽어버린 것처럼 살아 있는 장기 입원 환자다. 가즈오의 눈동자는 빛이 없다. 엄마는 아버지와 길고 긴 이혼 소송으로 인해서 안면신경통을 앓고 있다. 건강한 애착과 수용의 관계가 원만하게 이루어지지 못한 아이꼬의 가족은 심리적 외상[22]을 겪는다. 서로에 대한 분노와 적개심은 적절하게 해소되지 못하고 상처로 남는다. 아이꼬의 가족들은 현실을 철저히 외면하고 상처 받은 자신으로부터 소외를 감행한 결과 몸으로 증상이 출현하는 것조차도 알지 못한다.

아이꼬는 "귀화해도 조센징은 조센징"일 수밖에 없고, 일본인과 결혼해서 일본인으로 사고하고 살아간다고 "간단하게 니혼징 (日本人)이 될 순 없"는 것을 안다. 그렇다면 계속해서 일본에서 머무를 것인가? 엄마에 대한 살의를 느끼고, 일본인들이 자신을 죽일 것이라는 환각 상태에서 일본에 정주하는 것이 옳은가에 대한 깊은 고민을 한다. 교토 여관으로 가출을 하여 새로운 장으로 이주했고, 실패했지만 그

21) Bice Benovenuto · Roger Kennedy, 김종주 역, 『자끄 라캉의 작품들, 라깡의 정신분석 입문』, 하나의학사, 1999, 66면.

22) 변학수, 『문학치료』, 학지사, 2013, 18면.

대로 고착화 하지 않는다.

그녀는 다시 새로운 삶을 희망한다. 그녀가 선택한 것은 모국이다. 성인이 된 주인공은 어느 부모의 딸이기에 부여된 당위로부터 벗어나 자신의 의지로 이주를 결심한다. 가족의 해체, 정신적으로 의지하던 뎃짱의 죽음 이후, 피해의식과 정신 착란이 심화되어 그 심각성을 알았을 때 자기 내면의 목소리를 듣기로 결심한다. 관찰자의 자리에서 자신이 놓인 환경과 자신의 진정한 욕구를 바라볼 때 비로소 자신의 진정한 자신을 찾을 수 있다. 라깡에 의하면 자아의 형성은 그 자신의 이미지에 대한 소외로부터 시작한다. 일본 사회 속에서 감각하는 자신은 두려움에 떨고 있는 약한 아이다. 아이꼬는 그러한 자신의 모습을 자각하게 되고 내면의 거울을 바라본다. 체념하고 살아가는 오빠들과 달리 자기를 발견하기 위한 의식적 행위는 새로운 접촉을 시도하게 된다.

> 박선생이 제자 중의 한 사람과 판소리를 부르기 시작했다. 〈심청전〉이다. 가야금이 소리를 싸고 하나의 커다란 기류가 되어 문 밖에 있는 내 몸을 흔들기 시작한다. 어제도 그제도 3년 전에도 10년 전에도, 아니 태어날 때부터 지금까지 줄곧 이렇게 나는 소리를 듣고 있는 것 같은 기분이다.
>
> (「나비타령」, 146면)

> 한국에 안 가면 죽어버릴 것 같아요. 일본에서 도망치는 거예요. 이젠 모두가 넌더리가 나 싫어요, 일본은…….
>
> (「나비타령」, 139면)

어느 날, 무릎에서 가야금 선율이 살아나는 환청을 듣게 되면서, 그녀의 눈앞에 하얀 나비가 비친다. 그렇게 그녀는 자신의 상처의 근원으로 생각하는 모국을 찾아간다. 그녀에게 모국은 새로운 에너지를 찾고자 하는 의지이다. 펄스에 의하면 '환상' 속에서 문제를 '미리 생각해 보는 것'은 에너지를 효과적으로 쓰도록 도와준다.[23] 아직 가보지 않은 모국은 그녀에게 긍정적 카섹시스이며 자신의 잠재적 존재를 만나려는 환상이다.

> 무사히 세관을 통과할 수 있을까 하는 불안은 귀울림에 빼앗긴 듯 어느새 사라졌지만 호텔에 도착하여 겨우 귀가 이전대로 들리게 되어도 기대했던 감정의 흥분은 없었다. (중략)역시 이렇다 할 흥분도 위화감도 없이 나는 단지 입으로는 말할 수 없는 감정을 느낄 뿐이었다. 공항을 나와 택시에 타자, 그 양쪽 창을 통해 눈에 날아든 경치는 모두가 우리나라 것이었다. 몸을 뒤로 젖히며 우리나라의 세례를 받은 것 같이 느껴져 나는 기분 좋게 돌풍 속을 걸었다.
>
> (「나비타령」, 141-142면)

한국에 도착하여 공항에서 목적지로 가는 택시에서 바라 본 경치는 그녀에게 세례를 내릴 듯 신성하게 느껴진다. 일본을 떠나 온 것은 온전히 자신의 선택이다. 귀화한 아버지로부터 시작 된 민족 정체성 혼란, 일본에서의 무언의 차별과 압력 속에서 견뎌야 했던 상처는 타자들에 의한 것이다. 새로운 환경과 만나기 위한 자기 의지의 발현은 분명 말할 수 없는 긍정적 에너지를 부여할 것으로 기대된다. 그러나 희

---

23) Fritz Perls, 최한나 외 역, 『펄스의 게슈탈트 심리치료』, 학지사, 2013, 33~34면.

망은 얼마가지 않는다. 모국에서도 그녀는 '한국인'이 아니라 '재일동포'라 타자화 된다. 그녀는 다시 자신의 존재를 찾지 못하고 물러서게 된다.

> 일본에도 겁내고 우리나라에도 겁나서 당혹하고 있는 나는 도대체 어디로 가면 마음 편하게 가야금을 타고 노래를 부를 수 있을까. 한편으로는 우리나라에 다가가고 싶다. 우리말을 훌륭하게 사용하고 싶다는 생각이 드는가하면, 재일동포라는 기묘한 자존심이 머리를 들고 흉내낸다, 가까워진다, 잘한다는 것이 강제로 막다른 골목으로 밀려든 것 같아 이쪽은 언제나 불리하다. 처음부터 아무 곳도 없다는 입장이 화가 난다.
>
> (「나비타령」, 147면)

재일한인에게 모국은 또 하나의 상처다. 정주국 일본에서는 재일한인이라 자신을 드러낼 수 없다. 자신의 모국을 밝히는 순간, 정주국에서 배제되기 때문이다. 또한 모국에서도 재일 동포는 우스운 억양으로 말하는 안쓰러운 존재이자 근대 역사적 트라우마를 재생시키는 역설적 존재이다. 정주국 '조센징'에서 달아나 모국에서 그 열등의식을 보상 받고 싶었지만, 막상 모국에서 벽을 만나자 모국에서는 '일본인'이고자 하는 자신의 양면성을 발견하게 된다. 모국에서 자신이 '한국인'이 아니라 '재일 동포'라는 것을 느끼는 순간 '일본 선진국의 일원'이라는 기묘한 자존심이 고개를 쳐든다. 자신은 "어디로 가나 비(非)거주자-일그러진 몸을 이끌고 부유하는 생물"이라는 사실을 또 다시 알게 되자 애자[24]는 당황한다.

---

24) 한국행을 결심하면서, 아이꼬는 유부남 애인 마쓰모또에게 자신은 '아이꼬'가 아

> 한달 전, 내가 박선생으로부터 〈백발가〉를 배우고 있을 때 뒤에서 내 연습을 보고 있던 제자들이 웃었다. 알고 보니 마주선 박선생도 난처한 표정으로 웃음을 참고 있었다. ……「애자, 다끼는 우리말로 폭포. 당신은 봇보, 완전히 틀리죠?」……억지로 참고 있던 웃음은 폭소가 되어 내 등을 짓눌렀다.
>
> (「나비타령」, 147면)

재일 동포인 그녀가 "마음 편하게 가야금을 타고 노래를 부를 수" 있는 곳은 어디에도 없다는 사실을 깨닫는다. 분명 그녀는 '우리나라'에 다가가고 싶고, '우리말'을 훌륭하게 사용하고 싶다. 그녀가 가진 뿌리 의식은 무의식적으로 자리하게 되었고, 일본인들이 던져 준 '조센징'이라는 호명은 그녀의 무의식적 모국을 갈망하게 하는 기폭제였을 것이다. 새로운 환경을 찾아 삶에 의지를 갖고 모국을 찾은 것이다. 그러나 체험하지 못한 관념 속의 모국은 상상의 공동체일 뿐이다. 재일 동포라고 하면서 그들의 경계 속으로 포용하는 듯한 모습을 보이던 이들도 애자의 일본식 억양과 발음은 포용하지 않고, 비웃음의 대상으로 삼는다. 차이는 인정되지 않고, 웃음을 가장한 폭력적 차별을 가한다. 처음부터 그녀가 머무를 수 있는 곳이 어디에도 없다는 사실이 화가 난다. 애자는 삶의 전경으로 드러나지 못하고 또 다시 배경으로 뒷걸음치는 자신의 경계인으로서의 삶에 화가 나는 것이다.

민족 공동체 속에 거주하는 타자들의 횡포와 폭력적 시선을 경험한 애자는 자신이 그들과 다르다는 것을 깨닫는다. 애자는 일본에도 겁

니라 '애자'라고 하며 그렇게 불러 달라고 요구한다.

내고 도망치듯 모국을 찾지만 모국도 겁나고 당혹스럽긴 마찬가지다. 게슈탈트에서 접촉은 개체가 자신과 다른 새로운 그 무엇에 진지하게 다가가서 그것과 만나면서 변화하고 성장하는 것이다. 진정한 접촉은 독립된 개체이면서 동시에 환경과의 관계를 유기적으로 유지하고 있는 개체에서만이 가능하기 때문이다. 새로운 장과 만남은 '새로운 나'로 태어나는 지점이다. 자아는 환경과의 접촉이 일어나는 경계선이라 할 수 있는데, 건강한 유기적 관계가 형성되지 못하면 다시금 해결되지 못한 자신의 문제로 물러서게 된다. 모국에서 자신의 심리적 상처의 근원을 찾고, 그로부터 벗어날 수 있을 것이라 기대했던 애자는 주변 세계와 건강한 관계를 맺지 못하고 머뭇거린다.

애자는 하숙집 딸 미숙에게 일본이 싫으냐고 묻는다. 미숙이 싫다고 하자 애자는 일본 정부와 일본인 한 사람 한 사람은 같은 거냐고 재차 묻는다. 애자는 자신이 '재일동포'인지 '일본인'인지 묻는다. 그러자 미숙은 답을 회피하면서 '언니의 방에는 냄새가 있어. 화장품 냄새, 향수 같은'이라고 한다. 결국 한국인들의 '재일동포'라는 우호적 호칭은 단지 공허한 호명일 뿐이다. 한국인들은 일본 거주 동포들을 '재일동포'라고 호명하면서도 일본에 대한 근대 국가적 폭력을 온전히 잊지 못하고 있다. 민족 공동체라는 관념 속의 재일 동포는 연대 의식을 갖기 충분하지만, 그들과 정주하는 곳이 다르고 그들이 사용하는 언어가 다르다. 모국을 찾아 모국의 소리를 배우려던 애자의 노력에도 불구하고 모국에서의 차별은 애자를 지속적으로 좌절시킨다.

그러나 미숙이가 애자의 방에는 '다른' 냄새가 난다는 말을 하자 그 '다름'에 대해서 생각하는 계기가 된다. 일본에서는 조센징, 모국에서는 어색한 억양을 구사하는 재일동포라는 이질적인 자신의 삶을 부정해 오던 자신을 발견한다. 그러나 미숙이 던진 '다름'이라는 말은 민족적 정체성의 문제를 넘어서 자신의 존재 가치에 대해 생각하는 기회가 된다. 자신이 놓인 현재의 상황을 그대로 받아들이고 타자의 시선으로 자신의 현재 모습을 관찰하는 것은 그녀의 존재를 드러내는 과정이다. 펄스에 의하면 '유기체의 장場'은 변증법적으로 변화하는 하나의 단위이며 '음陰'과 '양陽'의 전환 과정이다. 존재가 환경과 접촉하고 물러나는 것은 항상 현재에서 활성화되며, 환경과 접촉할 때 게슈탈트가 생겨난다.[25] 모국의 주변인들의 부정적 반응을 통해서 애자 자신의 결핍을 객관화시키게 된다. 주변에 물러서 있던 자신을 전경화하면서 자신의 게슈탈트를 형성할 기회를 만나게 된다. 이 과정은 끊임없이 반복되면서 자아는 성장한다.

4) 알아차림, 실존적 삶

애자의 모국행은 더 깊이 있는 체험을 위한 것이다. 애자가 모국을 선택한 것은 경계인으로 살면서 갈등하는 자신의 문제 해결 방안을 찾고자 함이요, 분열된 가족으로부터 떨어져서 자신의 내면의 욕구를 찾고자 하는 긍정적 카섹시스를 위한 시도이다. 상처 받은 존재는 나-경계를 넘어서는 범위의 행동이나 욕구, 감정, 가치관 등에 대해서는 접촉하기가 힘들다. 성장변화란 상처 받은 존재가 자신의 결핍된 부분을 알고, 그 문제를 해결할 수 있는 방안을 찾는 과정[26]에서 경험할

25) Fritz Perls, 앞의 책, 44~46면.
26) 김정규, 앞의 책, 171면.

수 있다. 나아가 타인과의 건강한 만남을 통하여 새로움을 체험함으로써 자기에게 접근할 수 있다.

그러나 자연스럽게 성장하지 못하고 주변으로부터 차단되면 심리장애를 일으킨다. 애자는 모국에서 민족 정체성 혼란으로 인한 상처의 뿌리를 치유하고자 한다. 하지만 한국인들이 재일한인에게 갖고 있는 양가적 감정을 모국에서 발견함으로써 모국에 대한 막연한 기대가 허상임을 깨닫는다. 민족이라는 상상의 공동체는 존재자를 소외시키고 현실로부터 도피하게 하는 공상적인 삶의 장이다.

정주국 일본에서 일본인으로부터 배재와 모국 한국에서 동포라는 공동체로부터의 배재는 오히려 그녀가 실존적 자기를 들여다보게 되는 마음의 지팡이[27]가 된다. 치유는 자신의 상처를 직시하고 이해하는 것으로 시작된다. 그녀는 언어를 초월한 가야금과 살풀이춤을 통해서 소리와 몸짓으로 모국을 체화하고자 한다. 우리가 과거에 경험한 부정적 일들은 언어나 몸으로 흔적을 남긴다. 그 흔적은 우리의 기억 공간에 남는데 치유는 바로 이 기억들을 재구조화하고 꿰매는 맥락[28] 속에서 길을 찾을 수 있다. 재일 한인의 이중 언어의 혼란, 경계인으로서의 내적 갈등은 모국의 소리 가야금과 몸의 언어 살풀이춤을 통해 재구조가 가능해진다. 이는 모국의 문화 체험을 통한 민족적 정체성을 획득하고, 조금 더 나아가 자신의 실존적 자아를 알아차린 것으로 볼 수 있다.

---

27) 『유희』에서 언급하는 '말의 지팡이'를 변형 인용함. (이양지, 『유희』, 삼신각, 1988, 87면)

28) 변학수, 「기억회상의 치료적 효과를 활용한 문학치료」, 『정서학습장애연구』 제23권 3호, 한국정서행동장애아교육학회, 2007, 23면.

펄스에 의하면 인간은 오직 자신의 진실한 본성으로서만 성장 가능하다. 알아차림(awareness)은 "개체가 개체-환경의 장에서 일어나는 중요한 내적 · 외적 사건들을 지각하고 체험하는 것[29]"이라고 정의한다. 즉, 알아차림은 현재 순간에 중요한 자신의 욕구나 감각, 감정, 생각, 행동, 환경 그리고 자신이 처한 상황 등을 자각하는 것이다. 또한 자기 행동의 주체가 자기 자신이라는 것을 깨닫는 것, 특정 상황에서 자신이 선택할 수 있는 행동반응을 아는 것 등도 알아차림에 해당한다.

만일 개체가 개체-환경 장에서 일어나는 중요한 현상들을 잘 알아차린다면 미해결 과제가 쌓이지 않게 되고, 정신 병리현상도 생기지 않는다는 것이다. 개체는 차단행동 때문에 자신의 유기체 에너지를 제대로 접촉하지 못하고 있을 뿐이다. 알아차림은 단순히 지금 여기에 일어나고 있는 신체감각을 체험하는 작업이다. 지금 여기에서 일어나고 있지만 자각하지 못했던 무의식적 현상들을 자각하고 직면하는 것이다.[30] 애자는 가야금 선율을 따라 살풀이춤을 춘다. 가야금 소리에 자신의 몸을 실어 날아오르는 나비는 바로 자신이 된다. 자신의 몸 주위를 윤무하는 가야금 소리를 느끼는 순간 득음을 하게 된다.

> 가야금이 선율을 연주하기 시작했다. 하얀 나비가 날기 시작한다. 나비를 으로 따르면서 나는 살풀이춤을 추었다. 끊임없이 가야금은 율동하고 불어는 바람 속에 수건이 날아올랐다.
>
> (「나비타령」, 159면)

---

29) 김정규, 앞의 책, 133면.
30) 김정규, 위의 책, 142면.

> 소리가 윤무(輪舞)를 추고 있다 …… 소리가 장단을 타고 몸 주위를 윤무하고 있었다. 그렇게 느낀 순간 목구멍이 열리고 아랫배에 힘을 넣자 도저히 나지 않는다고 생각했던 높은 소리가 수월하게 나왔다. …… 단순한 반주가 아니라 소리를 감싸는 가야금의 음색도 윤무하고 있었다.
>
> (「나비타령」, 158면)

살풀이춤을 추는 지금-여기에 깨어 있는 자신만 존재한다. 나=개인[31]이라는 것을 알게 된다. 나를 대신 호명하는 것은 '민족'도 아니오, '가족'도 아니다. 춤을 추고 있는 그곳에 놓여진 환경과 조화를 이루면서 완전한 자기 내면에 집중 할 수 있는 자유를 획득한다. 지금-여기에서 자신과 환경에 일어나는 모든 것을 일어나는 그대로 연속해서 알아차린다. 존재자로서의 '나'를 인정하는 것이다.

애자는 한국의 소리, 한국의 몸짓을 가교 삼아 온전한 자신의 존재를 알아차리고 반응한다. 춤을 추는 그 공간에는 가야금 장단과 자신의 몸짓만 있을 뿐이다. 주변을 의식하지 않고 자신의 목소리, 자신의 춤사위에 집중한다. 아무런 대상이 없는 상태에서도 인위적으로 무엇을 찾아 나서지 않고, 그 상태에 머물면서 아무 것도 존재하지 않는 것, 아무 것도 체험할 수 없는 것마저 받아들인다. 그녀는 자신에게 깊이 몰입하여 마침내 정신과 신체의 총체적인 통합을 경험한다. 자기

---

31) 이양지는 미정고 『돌의 소리』약 230매를 남긴다. 한국에 유학 중인 재일 청년 '나'를 화자로 '나라', '재일', '집', '자아'를 둘러싸고 전개된다. 사고(思考) 실험 또는 내적 실존탐구 이야기다. 존재의 근원성을 찾으려는 작가 자신의 실험과 같은 취지이다. 재일의 아이덴티티를 구하는 여행을 거쳐 '민족'과 '나=개인'을 가교하는 지점에 서 있음을 문학적으로 표현한 것이다. (이소가이 지로, 「신세대 재일 작가의 지형도」, 『재일디아스포라 문학』, 새미, 2005, 471면)

자신의 잠재적인 에너지와 만나는 그 지점에서 억압되었던 감정을 표출한다.

한국의 예술을 통해 한국인임을 인정하는 것이 치유의 길이 아니다. 〈백발가〉를 부르면서 일본식 발음 때문에 웃음거리가 되었던 애자는 배운지 얼마 안 된 〈사랑가〉를 부른다. 일본에서 자신을 사랑할 수 없어 선택한 가학적 사랑의 대상이었던 유부남 마쓰모또에게 이별의 편지를 쓰고 돌아오는 길에 '사랑, 사랑'하고 노래를 하니까 지나가는 낯선 사람들이 바보라고 한 마디씩 내뱉는다. 그녀를 바라보던 이들은 그녀가 혼자 길을 걸으면서 즐겁게 흥얼거리니까 고개를 갸웃거리면서, 어쩌면 울부짖고 있다고 생각하는지도 모른다. 하지만 애자는 도무지 신경 쓰이지 않는다. 오히려 신경 쓰지 않는 자신을 기쁘게 생각한다.

한국 고유의 살풀이 춤은 한의 정서를 내포한다. 한을 표현할 때 한의 부정적인 속성을 살풀이 춤동작을 통한 '삭임'이라는 긍정적인 발향으로 질적인 변화를 이룩해나감으로써 살풀이춤 속에서의 '한'은 마침내 다른 곳에서는 찾아보기 힘든 고유한 속성으로 진취성과 미래지향성을 갖는 긍정의 의미를 지니[32]게 된다. 춤은 직접적이고 몸으로 움직이는 육체적 언어로서, 이러한 예술은 언어와 연결되어 있다.[33] 인생은 자신의 기억과 내면에 억압되고 은폐된 조국과 그 문화를 찾아나서는 집요한 도정[34]이라 한다면, 애자는 한국의 문화를 체득함으

32) 백현순, 「살풀이춤과 한(恨)의 철학적 해석」, 『한국무용연구』 제27권 1호, 한국무용연구회, 2009, 43면.

33) 이양지, 「正義具顯도 춤을 통해서」, 『춤』, 1989, 65면.

34) 권성우, 「재일 디아스포라 여성소설에 나타난 우울증의 양상」, 『한민족문화연구』 제30호, 한민족문화학회, 2009, 102면.

로써 온전한 자신의 언어를 찾아내게 된다.

결국 애자는 타자들의 시선으로부터 자유로워진 것이다. 일본에 있는 가족으로부터, 자신이 재일한인이라는 사실을 숨기고 싶었던 기억으로부터, 모국의 사람들이 쏟아내는 차별적 언어로부터 놓여난다. 민족 정체성을 찾아야 한다는 당위, 부모의 딸이기에 이혼 소송에서 정당한 증언을 해야 한다는 그 당위에서 벗어난 애자는 살풀이 춤을 추는 동안 한 마리의 나비가 되어 자신이 놓여 있는 공간과 진실된 자신의 실체를 온 몸으로 느낀다. 인간의 삶에 실존적으로 만나는 전체 장(field)을 거부하지 않고 받아들인다. 진정한 개인이 된 애자는 재일동포라는 특수성에서 벗어나 자신의 실존적 가치를 인정하기 이른다.

실존적인 삶은 미래의 당위로서가 아니라 현재에 존재하는 것이다. 현재에 살아 숨 쉬고 움직이는 나와 너, 나와 세계의 실존적 상황에서 체험하고 있는 현실에서 애자는 주체적 삶에서 온전한 전경이 된다. 애자는 가야금 소리에 윤무하는 자신이 '있음(sein)'[35]을 느낀다. 예술을 통해 자신의 에너지를 통합하고 자유를 획득하는 경험을 한다. 창조적인 삶이란 체험에 있어서 막힌 데가 없는 삶이다. 춤을 추고 있는 애자는 자기 자신을 있는 그대로 바라본다. 실존적 상황에 열려있음으로 상처는 치유된다. 창조적 체험을 통해 현재 새롭게 일어나는 자신의 감정을 알아차리는 과정에서 게슈탈트를 형성한 것이다.

35) 에마뉘엘 레비나스, 서동욱 역, 『존재에서 존재자로』, 민음사, 2016, 139면.

3. 결론

이양지는 '이렇게 살고 있는 나', 또한 '저렇게 되어야 하는 나'의 실체와 희망 사이에서 정신적 정체성의 중심선이 언제나 동요하는 가운데, 모국과의 만남에 있어서의 하나의 단계적 마무리로서 또한 새로운 중심선의 설정을 원하고 그것을 추구해 나가는 과정에서 글쓰기를 한다고 밝혔다. 자아를 찾아가는 실존적 글쓰기 과정이 바로 재일 한인 이양지의 자기 치유 방법이라는 것을 알 수 있다.

본고에서는 이양지의 초기 대표 작 「나비타령」에 나타난 재일 한인의 실존적 게슈탈트를 찾아가는 여정을 분석해보았다. 주인공인 재일 한인의 정신 병리적 현상을 치유해 가는 과정을 게슈탈트의 형태치료적 방법으로 살펴봄으로써 재일 한인 문학에서 드러난 상처 피력의 한계를 넘어서 재일 한인의 내 · 외적 상처 치유 길을 제시하는 의미가 있지 않을까하는 의문에서 시작된 연구였다.

「나비타령」의 아이꼬는 재일 한인 2세, 일본인으로 살아간다. 그러나 일본인들이 한일을 하위 주체로 취급하는 행동 · 언어 폭력을 경험하면서 한인이라는 사실을 숨기고 싶어 한다. 새로운 환경과 접촉을 통해 자신의 내적 갈등을 해결하고자 하지만, 그곳에서 자신이 어쩔 수 없는 '조센징'이라는 것을 명확하게 알게 된다. 심리적 갈등은 더 심화되고 타인을 살해 하는 환각 증상까지 보인다. 외부를 향하던 결핍은 다시 자신의 내부로 향해 자기 학대와 자살을 시도 하면서 정신분열은 심화 된다. 자신이 놓인 장에서 자신의 심리적 고통에 대한 해결 방안을 찾을 수 없어 다시금 배경으로 뒷걸음치게 된다.

그러나 그녀는 자신의 내면의 소리를 모른 체 하지 않는다. 모국의 가야금 소리에 끌려 모국이라는 새로운 장으로 이동하여 새로운 환경과 접촉을 시도한다. 그러나 동포들이 재일 한인을 바라보는 시선에 좌절감을 느낀다. 분명 아이꼬가 아니라 애자로 살게 된다면 깊숙이 박혀 있는 자신의 상처를 치유할 수 있을 것이라 생각했지만 모국은 또 하나의 상처가 된다. 한국의 스승을 통해 만나게 된 살풀이춤을 추면 아무런 위화감을 느끼지 않고, 몸 안에 있던 살풀이 장단이 자연히 끌려 나온다는 것을 알아차리는 순간 그녀는 한 마리 하얀 나비가 되어 자유를 획득하게 된다.

게슈탈트 형성은 끊임없이 반복하는 것이다. 개체가 자신의 모습을 관찰하고, 자신에게 일어나는 다양한 현상을 자각하는 것이다. 환경 주변 세계와 접촉을 하면서 자신의 문제를 바라볼 수 있게 된다. 실존적인 삶은 미래의 당위로서가 아니라 현재에 존재하는 것이 중심이다. 현재에 살아 숨 쉬고 움직이는 나와 너, 나와 세계의 실존적 상황에서 체험하고 있는 현실이 전경을 차지한다. 애자는 가야금 소리에 윤무하는 자신이 '있음(sein)'을 느낀다. 자신의 에너지를 통합하여 스스로 자유를 획득하는 경험을 한다. 춤을 추고 있는 자신을 있는 그대로 직시하는 실존적 상황에 열려있음으로 상처는 치유된다.

자신의 잠재적인 에너지와 만나는 체험은 신체적 · 정서적으로 자각을 일으키면서 새로운 접촉을 가능하게 한다. 미해결 문제를 전경으로 떠올려 문제 해소를 위한 전환점이 된다. 전경화 된 자아는 유기체와 관계 속에서 자기 자신의 내면으로 깊이 몰입한다. 자신의 삶에서 현재 일어나는 현상들을 피하지 않고 있는 그대로 자각하고 체험하는 알아차림을 경험함으로써 자기 삶의 주체가 자기 자신이라는 것을 깨닫게 된다. 즉 게슈탈트 형성은 자기 지지를 획득해 건강한 실존적 주체가 되도록 한다. 간과하지 말아야 하는 것은 이 과정은 한번으로 머무르는 것이 아니라 반복한다는 것이다. 인간의 삶의 연속성과 닮은 점이다.

재일 한인 작가 이양지의 자전적 소설 「나비타령」의 주인공이 게슈탈트를 형성하면서 자신의 실존을 획득하는 과정을 살펴보았다. 이양지의 「나비타령」 한 작품으로 재일 한인들의 경계인으로의 상처를 모두 말할 수는 없다. 그러나 재일 한인의 정신 병리적 현상을 치유해 가는 과정을 게슈탈트 치료적 방법으로 살펴봄으로써 재일 한인 문학에서 드러난 상처 피력의 한계를 넘어서 재일 한인의 심리적 상처를 이해하고, 상처 치유 가능성의 길을 제시하는 의미가 있다고 본다.

참/고/문/헌

〈기본자료〉

- 이양지, 신동한 역, 「나비타령」, 『이양지 소설집 해녀』, 모음사, 1984.

〈연구논문〉

- 김환기, 「이양지문학론-현세대의 '무의식'과 '자아' 찾기」, 『일어일문학연구』제43호, 한국일어일문학회, 2002.
- 변학수, 「기억회상의 치료적 효과를 활용한 문학치료」,띄어쓰기『정서학습장애연구』제23권 3호, 한국정서행동장애아교육학회, 2007.
- 백현순, 「살풀이춤과 한(恨)의 철학적 해석」, 『한국무용연구』제27권 1호, 한국무용연구회, 2009.
- 송명희 · 정덕준, 「재일(在日) 한인 소설 연구-김학영과 이양지의 소설을 중심으로」, 『한국언어문학』제62호, 한국언어문학회, 2007.
- 윤명현, 「이양지 문학에 나타난 집단적 폭력」, 『동일어문연구』제19호, 동일어문학회, 2004.
- 윤정화, 「재일한인작가 이양지 소설에 나타난 모국 이해와 치유의 서사적 재현」, 『한중인문학연구』 제40호, 한중인문학연구학회, 2013.
- 차정은, 「이양지 문학에 나타난 트라우마 고찰」, 『한국일본어문학회』, 한국일본어문학회, 2011.

〈단행본〉

- 권석만, 『현대이상심리학』, 학지사, 2012.
- 김정규, 『게슈탈트 심리치료』, 학지사, 2014.
- 박찬국, 『하이데거의「존재와 시간」강독』, 그린비, 2015.
- 윤인진, 『코리안 디아스포라』, 고려대학교 출판부, 2004.
- 이양지, 『유희』, 삼신각, 1988.
- 이소가이 지로, 「신세대 재일 작가의 지형도」, 『재일디아스포라 문학』, 새미, 2005.
- 이소가이 지로, 「식민 제국과 제일 조선인 문학의 조망」, 『재일 디아스포라 개관』, 새미, 2006.

〈번역서〉

- 가와무라 미나토(川村湊), 김효자 역, 「작가론-거울 속의 거울, 이양지」, 『來意』, 삼신각, 1986.
- 에마뉘엘 레비나스, 서동욱 역, 『존재에서 존재자로』, 민음사, 2106.
- Bice Benovenuto · Roger Kennedy, 김종주 역, 『자끄 라캉의 작품들, 라깡의 정신분석 입문』, 하나의학사, 1999.
- Fritz Perls, 최한나 외 역, 『펄스의 게슈탈트 심리치료』, 학지사, 2013.
- Petrūska Clarkson, 김정규 외 역, 『게슈탈트 상담의 이론과 실제』, 학지사, 2012.

김달수 소설 「박달의 재판」의 민족적 각성과 치유

우남희

1. 서론

디아스포라 대한 논의는 1990년대 이후부터 활발해졌으며, 국제이주, 망명, 난민, 이주노동자, 민족 공동체, 문화적 차이, 정체성 등을 아우르는 포괄적 개념으로 사용하고 있다. 디아스포라문학은 해방 이후 고향으로 돌아오지 못한 재외한인작가들에 의해 창작되고 있다. 재외한인작가들은 조국뿐만 아니라 거주지에서조차 모두 배제된 소수자의 삶을 살아온 사람들이다. 그렇기 때문에 디아스포라 문학의 중심서사는 주류사회와 이주민 사회의 갈등과 문제를 재현하고 한국 사회의 불관용과 배타적 민족의식의 결과로서 우리 사회의 모순을 드러내는 데 초점이 맞춰져 있다. 이러한 디아스포라문학은 기존의 국문학이 작가의 국적, 발표장소, 모어를 기준으로 정의되던 것에서 벗어나 다문화사회를 수용해 국문학의 경계를 확장시켰다는 데 의의가 있다.

디아스포라문학 중 재일한인 문학작품을 일컬어 재일문학, 재일조선인 문학, 재일코리언 문학, 재일동포문학, 재일교포문학, 재일한국인문학 등으로 불릴 만큼 재일동포 문학에 대한 그 명칭은 제대로 정립되지 않고 있다.[1] 그럼에도 불구하고 '한민족 공동체'라는 동질성을 기반으로 재일조선인문학에 대한 디아스포라 연구가 활발히 진행 중이다.[2] 재일조선인문학에 대한 연구가 주로 김사량, 김달수, 이양지 등 일부 작가에 대한 연구 혹은 그들의 개별 작품에 대한 연구로 나누어서 진행되고 있다.[3] 이와 같은 연구는 재일한인문학가와 그들의 작

---

1) 윤인진(『코리안 디아스포라』, 고려대학교출판부, 2004, 21면)은 국외한인에 대해 '재외한인'이는 용어를 주로 사용했다. 김환기(『재일디아스포라문학』, 새미, 2005, 19면)는 재일코리언이 일본인 독자들을 대상으로 일본어로 창작한 작품을 '재일코리언 문학'이라 일컬었다. 황봉모(『재일한국인문학연구』, 어문학사, 2011, 5면)는 2004년 한국연구재단의 '재일한국인문학의 인프라 구축'이라는 프로젝트를 통해 재일한국인문학을 접했기에 '재일한국인문학'이란 용어를 사용하고 있다. 이처럼 일본에 거주하는 한국인 문학을 지칭하는 용어가 제대로 정립되지 않고 있다. 따라서 본고는 김달수의 문학작품에 대한 연구이기에 문학작품이 당대 사회가 반영되었다는 관점에서 '재일조선인문학'으로 용어를 사용하겠다.

2) 지충남, 『재일한인 디아스포라: 재일본대한민국민단과 재일본한국인연합회의 단체 활동과 글로벌 네트워크』, 마인드맵, 2015. 임채완, 『재일코리안 디아스포라 문학』, 북코리아, 2012. 이한창, 『재일 동포문학의 연구 입문』, 제이앤씨, 2011. 황봉모, 앞의 책. 김학동, 『재일조선인 문학과 민족: 김사량·김달수·김석범의 작품세계』, 국학자료원, 2009. 전북대학교 재일동포연구소, 『재일 동포문학과 디아스포라』, 제이앤씨, 2008. 김환기, 앞의 책. 유숙자, 『재일 한국인 문학연구』, 월인, 2002. 나카무라 후쿠지, 『김석범 『화산도』읽기: 제주 4.3 항쟁과 재일한국인 문학』, 삼인, 2001.

3) 대표적인 연구로 강윤신, 「이양지 소설 연구: 『나비타령』·『유희』를 중심으로」, 동국대 석사논문, 2002. 윤명현, 「이양지 문학 속의 '재일적 자아' 연구」, 동덕여대 박사논문, 2006. 한지연, 「디아스포라문학 연구: 첨부 작품을 중심으로」, 중앙대 석사논문, 2009. 김혜연, 「김사량 작품 연구: 일제 말기 이중 언어를 중심으로」, 중앙대 박사논문, 2011. 정재훈, 「이회성 초기 소설에 나타난 탈식민성 고찰」, 경희대 석사논문, 2011. 김홍, 「재일 조선인 문학과 중국 조선족 문학의 비교 연구: 김달수의 『박달의 재판』과 김창결의 『청공』을 중심으로」, 건국대 석사논문, 2013. 등이 있다.

품에 대한 역사적 혹은 문헌적 연구 및 작품분석으로 디아스포라문학의 연구의 중심점이 되고 있다. 그러나 한민족 디아스포라문학은 역사적 혹은 문헌적 연구에서 그칠 것이 아니라 치유와 극복의 관점에서도 연구되어야 한다. 왜냐하면 조국이 해방되었음에도 불구하고 조국으로 귀국하지 못한 채 거주국에서 주류사회에 편입되지 못하고 소수자의 삶을 살며 고난을 극복한 재외한인들의 삶이 문학작품에 담겨 있기 때문이다. 이에 본고는 재외한인문학가 중 주로 민족문학 혹은 민족의식을 중심으로 논의되고 있는 김달수 문학작품 『박달의 재판』을 치유적 관점에서 연구할 것이다.

김달수는 1917년 경상남도에서 태어나 어린 나이에 부모와 생이별을 당하고 10세까지 할머니의 품에서 자랐다. 일본으로 건너간 후 아버지가 사망하자 폐품 수집, 낫토 팔기 등의 일을 하면서 집안의 생계를 책임졌으며 11세 되던 해에 처음으로 일본어 학습을 시작했다. 12세가 되어 조선인들만 다니던 오이 심상야간학교(大井尋常夜學敎)를 다녔다. 이후 일본인들이 다니는 겐지마에 심상소학교(源氏前尋常小學校)에 3학년생으로 편입하였다. 4학년생이 되던 해에는 고단샤(講談社)의 『소년 구락부(少年俱樂部)』와 『다티카와문고(立川文庫)』를 접하게 된다. 이때쯤 김달수는 비로소 자신의 신분이 조선인이라는 것을 깨닫게 되었으며 1943년 서울에서《경성일보》기자로 지내다 해방을 맞았다. 그 뒤 재일조선인연맹결성에 참여했으며 1949년《후예의 집》을 발표해 문단에 데뷔하고 1975~1987년에는 계간지《삼천리》의 편집위원을 지냈다.

김달수[4]는 해방 전후 재일조선인의 전형을 문학으로 형상화한 작가로 재일 한국인 문학을 본격화 시킨 인물이다.[5] 그는 재일조선인문학의 1세대에 속하는 인물이며 일본문단에서는 생전에 "살아있는 재일 조선 문학사"[6]라고 불렸다.[7] 도일과 저항 그리고 해방과 분단의 시대를 문학과 더불어 살아온 김달수의 작품에는 민중들의 비참한 삶을 묘사하고 폭로하는 것에 그치지 않고 그러한 현실을 극복하려는 민중들의 현실개혁의지가 담겨있다. 뿐만 아니라 그가 지닌 현실주의적 자세와 낙관주의적 시야는 우리 민중문학 진영에서 하나의 전범으로 삼아도 손색없을 정도라는 평가를 받고 있다.[8]

김달수에 대한 연구는 그의 소설과 다른 작가의 작품을 비교한 연구가 대표적이다. 먼저 김학동이 김달수의 『태백사맥』과 김사량과 조정래의 『태백산맥』을 연계해 분석했다. 이 연구는 두 작품에 반영된 『태백산맥』이 모두 '민족의 회복'이라는 대명제 아래 서로 상관관계를 맺고 있음을 밝혔다는 점에서 의의가 있다[9] 김홍은 김달수의 「박달의

---

4) 김달수(1919~1997.5.24.) 주요작품으로 『현해탄』, 『박달의 재판』, 『후예의 거리』 등 소설과 고대 한일관계를 조명한 『일본 속의 조선문화』(12권) 등이 있다. 그는 1946년 비록 좌익적 성향이 강했지만 『민주조선』의 창간을 주도하고 편집하여 재일동포 문학의 지주적인 역할을 담당하며 제1세대 재일한인문학가로 문학활동을 시작했다(이한창, 앞의 책, 11면).

5) 김환기, 「김달수 문학의 민족적 글쓰기」, 『재일 동포 문학과 디아스포라』, 제이앤씨, 2008, 51면.

6) 가와무라 미나토(川村湊), 『태어나면 그곳이 고향(生まれたらそこがふるさと)』, 헤이본샤(平凡社), 1999, 112면(김홍, 앞의 글, 2면에서 재인용).

7) 이한창은 김달수를 도일과 저항 그리고 해방과 분단의 시대를 문학과 더불어 살아왔기 때문에 재일교문학사의 기념비라 일컬었다(이한창, 「재일한국인 문학의 역사와 그 현황」, 『일본연구』, 중앙대학교 일본연구소, 1990, 139면).

8) 김달수, 임규찬 역, 「역자 후기」, 『박달의 재판』, 연구사, 1989, 221면.

9) 김학동, 앞의 책.

재판」과 김창걸의 「청공」을 비교 연구했다.[10] 연구결과 두 작품이 창작환경과 창작동기가 제각각 다르지만 재일조선인 문학과 중국조선족 문학을 이해하는 중요한 자료로서 긍정적 가치를 가진다고 보았다.

김양수는 「박달의 재판」의 중심인물 '박달'을 노신의 '阿Q'와 비교 · 분석했다.[11] 그 결과 1920년대 군벌정권하의 중국에서 생겨난 노신의 阿Q가 1950년대 재일조선인 작가 김달수의 박달로 환생한 것으로 보았다. 이 연구는 박달과 阿Q라는 인물을 이해하는 데 도움이 되지만 「박달의 재판」에 담긴 민중성을 살피는 데는 한계가 있다. 이와 달리 김옥경은 김달수 작품의 흐름을 민족주의, 사회주의, 고대사 연구로 갈래를 나눠 전체적으로 조망했다는 점에서 의의가 있다. 그러나 논자는 「박달의 재판」을 사회주의 문학의 입장에서 논의해 이 작품이 지닌 민중성을 제대로 논의하지 못한 아쉬움이 보였다.[12]

앞서 밝혔듯이 본고는 김달수의 「박달의 재판」과 관련된 기존 논의들과 달리 민중의 한과 저항의식을 치유적 관점에서 연구할 것이다. 따라서 본 연구는 재일조선인문학가인 김달수의 소설이 한 개인의 각성과정을 먼저 살피고 그것이 집단적 각성과 치유로 어떻게 이어지는가를 살피는 것으로 나아갈 것이다. 본고는 연구 대상인 「박달의 재판」을 임규찬이 번역한 텍스트로 정하여 연구를 진행할 것이다. 그 이유는 원작이 1958년 일본의 『신일본문학』에 발표되었지만 당시에는 좌파성향의 재일조선인문학가의 작품을 출간할 수 없었으나 1988년

---

10) 김홍, 앞의 글.

11) 김양수, 「재일 디아스포라 작가 시선 속의 阿Q : 「박달의 재판」을 중심으로」, 『중국현대문학』제63호, 한국중국현대문학학회, 2012.

12) 김옥경, 「김달수 문학연구: 작품의 흐름을 중심으로」, 신라대 석사논문, 2007.

해방전 문학작품에 대한 '해금조치'로 임규찬에 의해서 번역되어 출간되었기 때문이다.[13)]

2. 최하층민 박달의 자아 정체성 찾기

1945년 8월 15일의 민족 해방으로 민족 해방과 나라의 독립을 위해 싸우던 애국지사들이 감옥에서 풀려나 서울을 비롯한 전국 각지에서는 해방의 기쁨이 한창이었다. 그러나 해방의 기쁨도 잠시, 우리나라는 곧 미소 양국에 의해 분할되었다. 이후 남한과 북한의 좌우 대립의 골은 더욱 깊어졌다. 미군은 일제라는 수탈자들로부터 조선을 해방시키기 위해 찾아온 해방군이 아니었다. 그들은 소련과 함께 조선을 분할 통치하기 위해 들어온 점령군이 되어 일제의 통치 체제를 그대로 물려받아 우리나라를 교묘하게 통치했다.

『박달의 재판』은 해방 후 좌우 이념 대립으로 혼란에 빠져 있는 남한의 어느 소도시(K)를 배경으로 박달(朴達)과 당대 최하층 민중이 남한 정부와 미군정에 항거하는 모습을 생생하게 묘사하고 있다. 김달수는 이 작품에 인텔리 청년[14)]을 내세우지 않고 하층민인 농노를 내

13) 『박달의 재판』에는 「박달의 재판」외 6편의 작품이 더 실려 있다. 「사간동 57번지」, 「참외와 황제」, 「대한민국에서 온 남자」, 「부산」, 「박달의 재판」, 「서울의 해후」로 시대 순으로 정리할 수 있다(김달수, 앞의 글, 221면).

14) 김달수는 주로 인텔리 청년을 내세워 일본제국에 의한 식민지 지배하의 실정이 얼마나 처참한가를 작품에 담았다. 예를 들면 『후예의 도시』(1946년), 『현해탄』(1952년), 『태백산맥』(1964년) 등의 장편을 들 수 있다. 이들 작품에는 민족적 사명에 눈떠가는 인텔리 청년을 내세워 비참한 정황 속에서 조선의 지식인 청년들이 얼마나 고뇌하고 절망하며 살아왔는지를 보여주었다.

세워 시대의 아픔과 민중의 투쟁정신을 담았다. 뿐만 아니라 이 작품은 시대에 대한 저항, 비판, 풍자, 재치가 교차하는 김달수 소설의 백미가 농노 박달의 해학적 기질로 잘 표현되었다.[15] 이 장에서는 최하층 농노인 박달이 해방 후 좌우 이념 대립의 혼란한 시기에 민족주의자로서의 정체성을 어떠한 방식으로 획득했는지에 대해 살펴볼 것이다.

1) 억압된 종의 삶 · 상실된 자아의 정체성

작가 김달수는 이 작품에 '박달'이라는 한갓 하인, 즉 농노와 다를 바 없는 사내를 주인공으로 내세우고 있다. 박달은 자신이 어디에서 태어났는지 어디 박씨인지 조차 모르는 인물이다. 그의 출생은 작품에서 분명하게 제시되고 있지 않다. 그저 유씨 집안의 소작농 집에서 태어나 소작료 대신 보내온 아이이다. 박달의 원래 이름은 박달삼(朴達三) 이지만 그의 이름을 제대로 아는 사람은 그의 지주뿐이다. 지주에게 박달은 사고팔 수 있는 물건으로 사물화 된 비자립적 존재이기 때문에 박달을 부를 때 박달의 본명인 '달삼'으로 불린다. 그러나 지주를 제외한 다른 주변인은 모두 그를 박달이라 부른다. 그래서 어느 틈엔지 박달 스스로도 자신의 이름을 박달이라고 여길 만큼 그는 '박달삼'으로서의 정체성을 상실하게 되었다.

박달이 자신의 계보조차 알지 못하고 유씨집안의 종으로 지내면서 지속된 폭력의 영향으로 트라우마를 지닌 인격체로 성장할 수밖에 없었다는 것은 작품을 통해 짐작할 수 있다. 유년기 부모로부터 보호받

15) 김충식, 「열도의 한국 혼」, 『신동아』 제552호, 동아일보사, 2005, 424~437면.

으며 안정적으로 성장을 할 수 없었던 박달은 지주와 지주의 아들로부터 '온갖 매질과 불(火)벼락과 물벼락'등의 고역을 통해 트라우마를 갖게 되었을 것이다. 트라우마는 외부의 강렬한 자극으로 인체의 피부가 찢기는 외상을 의미한다. 하지만 프로이드(Sigmund Freud)가 트라우마의 관점을 육체적 관점에서 정신적 관점으로 바꾸어 놓음으로써 근래에는 정신적 외상을 의미하게 되었다. 따라서 트라우마는 외부의 강렬한 자극으로 '보호방패'에 구멍이 뚫려 주체가 감당할 수 없는 자극물이 무방비상태로 내부에 유입되는 사건, 즉 정신적 외상을 의미한다.[16] 박달은 주인과 주인집 아들로부터 받은 일상적 폭력으로 인해 폭력에 대해 거부감을 느끼지 못하게 되었다.

건강한 아이는 성장해 감에 따라 능력과 주도성의 역량을 키우면서 이를 긍정적인 자기상에 보태어 성장한다. 그러나 아이가 자신의 능력과 주도성을 키우기 위해 건강한 발달적 갈등이 성공적으로 해결되지 않는다면, 아이는 쉽게 죄책감과 열등감에 빠지게 된다. 즉 외상 사건은 주도성에 훼방을 놓고, 개인의 능력을 제압한다.[17] 따라서 박달이 1945년 8 · 15 당시 비록 스무 살의 청년으로 성장했지만 그는 잦은 폭력으로 입은 정신적 외상으로 인해 세상의 그 어떤 것도 알지 못하는 일자무식한 인간으로 성장할 수밖에 없었던 것이다. 트라우마는 의식적으로 기억하고 싶지 않은 과거의 사건과 사고를 반복적으로 경험하게 하며, 강박 상태에서 헤어나지 못하게 되면서 결국은 노이로제가 된다. 한 번 형성된 트라우마는 현실에 영향력을 행사하면서 현

16) 박찬부, 『에로스와 죽음』, 서울대학교출판부, 2013, 205면.
17) 주디스 허먼, 최현정 역, 『트라우마』, 플래닛, 2007, 101면.

실과의 관계를 원활하게 형성할 수 없게 한다. 박달이 현실과 동떨어진 채 일자무식한 인물로 성장할 수밖에 없었던 것은 평소 폭력에 과잉 노출되었기 때문이다.

2) 유치장의 삶-정체성 획득과 민족주의자로서의 성장

여러 연구자들이 외상의 회복을 각각 다른 단계로 구분하고 있지만 대개 세 단계의 일관성을 보인다. 첫 단계는 자신의 안전을 확립하고, 다음으로 기억과 애도의 단계를 거쳐 마지막 단계인 자기의 발달과 추동의 통합을 통해 트라우마가 극복된다는 것이다.[18] 그러나 이때 모든 추상적인 개념이 그러하듯이 이러한 과정은 단지 편리한 구분을 위한 것이지 순차적으로 이뤄지는 것은 아니다. 때문에 이 장에서는 박달이 자신의 트라우마를 어떻게 극복하고 잃어버린 정체성을 획득해 민족주의자로 나아갈 수 있었는지에 대해 살펴보겠다. 이때 박달의 트라우마가 치유되는 과정은 안정화, 기억의 통합, 자기의 발달 · 추동의 통합으로 이어지는 브라운 & 프롬의 치유단계를 적용하여 살필 것이다.

---

18) 자네는 히스테리가 1단계-안정화, 증상 중심 치료, 2단계-외상 기억의 탐색, 3단계-성격 재통합, 복귀 / 스커필드는 전투외상이 1단계-신뢰, 스트레스 관리 교육, 2단계-외상의 재체험, 3단계-외상의 통합 / 브라운 & 프롬은 복합성 외상후 스트레스 장애가 1단계-안정화, 2단계-기억의 통합, 3단계-자기의 발달, 추동의 통합 / 퍼트넘은 다중 인격 장애가 1단계-진단 · 안정화 · 소통 · 협력, 2단계-외상의 대사(代謝), 3단계-완결 · 통합 · 완결이후 대처 기술의 숙달 / 허먼은 외상성 장애가 1단계-안전, 2단계-기억과 애도, 3단계-연결의 복구의 단계를 거쳐 치유된다고 보았다(주디스 허먼, 위의 책, 261면).

(1) 치유 1단계 – 안정화

첫 번째 단계는 안정화이다. 안정화는 위협으로부터 자신의 안전이 보장될 때 이뤄진다. 안전을 확립하는 일은 신체를 조절하는 능력에서부터 시작하여 점진적으로 환경을 통제하는 능력을 키우는 영역으로 나아간다. 신체 조절이란 기본적으로 건강에 주의를 기울이고, 수면, 섭식, 운동 등 신체기능을 조절하며, 외상 후 증상을 다루고, 자기 파괴적 행동을 통제하는 것을 말한다. 이때 환경 통제란 안전한 생활환경, 경제적 안정, 이동 능력 등 일상의 전 범위를 아울러 자기를 보호하는 계획을 마련하는 것이다.[19]

이 작품 속에서 가장 비중 있게 다루고 있는 공간인 유치장은 박달에게 생애 첫 사회를 경험한 공간으로 박달의 잃어버린 정체성을 회복하는 장소로 나타난다. 일반적으로 형무소는 수형자에 대한 구금과 교정처우 외에 부수적인 기능으로 미결수용자를 수용하는 곳이다. 때로는 형사피의자 · 피고인으로 수사 또는 재판의 대상이 된 자를 수용하고 처우하는 경우도 있고, 사형집행을 하는 교정시설이다. 작품 속 K시의 형무소는 일제강점기 전국 각지에서 일어난 항일 의병전쟁을 탄압하고 식민지 지배기구를 확립하기 위한 목적으로 건설된 간선도로[20]의 시작점에 위치한 가장 큰 건물로 묘사되고 있다. 지리적 위치와 건물의 크기로 가늠했을 때 K시의 형무소가 민중에게 주는 위압감은 상당했을 것이다.

---

19) 주디스 허먼, 위의 책, 268면.
20) 강만길, 『고쳐 쓴 한국현대사』, 창작과비평사, 2003, 171면.

그러나 형무소 뒷문으로 내팽개쳐지듯이 밀려나온 박달은 형무소에서 나온 사람치고는 별로 마르지도 않고 그렇다고 해서 살이 쪘다고도 할 수 없는 몸집에 키가 육척이나 됨직한 멋진 남자로 등장한다. 또 박달은 형무소를 출소하자마자 엄지손가락을 얼굴에 갖다 대고는 팽 - 소리를 내며 형무소를 향해 코를 풀어 "엣헤헤……" 하면서 콧구멍을 벌름거리며 웃음을 짓는다. 이처럼 박달은 갓 형무소를 출소한 사람치고는 건장한 체구로 위축되거나 움츠려들지 않고 당당한 태도를 보인다.

왜냐하면 박달에게 유치장은 위협의 대상이 아니라 오히려 그에게 안정을 가져다주는 공간으로 작용했기 때문이다. 유치장이 박달에게 안정을 보장해준다는 근거는 3가지로 정리할 수 있다. 첫째 박달에게 유치장은 지주와 지주의 아들로부터 받은 갖은 멸시와 폭력으로 살아온 삶에서 벗어날 수 있는 유일한 공간이었기 때문이다. 그렇기 때문에 박달에게 형무소가 비록 자유는 구속되지만 고통의 공간이 되지는 못했다. 형무소에서 받은 구타와 고문 그리고 병조차도 그에게는 두려움이 되지 못했다. 둘째 '새빠지게 일해도' 열흘에 한 번 정도 개장국을 먹는 것이 전부였던 시절이었지만 비록 냄새나는 밥이라도 꼬박꼬박 먹을 수 있었기 때문이다. 배부를 만큼의 식사량이 제공되지 않았지만 그는 아무 일도 하지 않고 앉아 있거나 잠만 자는 생활을 누릴 수 있어 오히려 살이 포동포동 올랐을 정도였으니 그에게 형무소가 형무소 밖의 생활보다 더 안전한 삶을 보장해 주는 곳이었음을 가늠할 수 있다. 셋째 형무소가 평소 사회경험을 체험하지 못했던 박달에게 사회경험을 체험할 수 있는 공간이었기 때문이다. 그렇기 때문에 박달은 형무소를 학교로 인식하게 된다.

이처럼 공포와 위협의 대상인 형무소가 박달에게는 오히려 그의 신변을 보호해주고 건강을 회복할 수 있는 공간 그리고 배움의 공간으로 작용하는 것을 확인할 수 있다. 박달은 유치장에 수감되면서부터 수면, 섭식, 운동 등을 규칙적으로 취해 유치장에 수감되기 전에 겪었던 온갖 상처받은 신체 기능을 회복할 수 있게 되었다. 이후 박달은 자신의 의지를 바탕으로 형무소를 드나들게 되는데[21] 이는 그가 자신의 환경을 스스로 통제하는 능력을 획득하게 되었다는 증거로 볼 수 있다. 첫 형무소에 수감된 이후 박달은 누구의 지시도 아닌 자기 자신의 의지로 유치장을 드나들었다. 즉 스스로의 의지로 삶을 살게 된 것이다. 니체는 '긍정으로의 새로운 길'을 자기 성찰 철학의 목표로 제시하면서 '힘에의 의지'를 논했다. 힘에의 의지는 삶에의 의지와 무에의 의지라는 이중성을 소유한다. 무에의 의지가 지배하면 염세주의, 퇴폐주의가 등장하지만 삶에의 의지가 지배하면 미래의 인간상과 새로운 가치가 정립된다고 보았다.[22] 일반적으로 위협과 공포의 장소였던 유치장에서 박달은 오히려 삶의 의지로 과거의 상처를 치유해 안전을 보장받았음을 알 수 있다.

(2) 치유 2단계 – 기억의 통합

두 번째 단계는 기억의 통합 단계이다. 이 단계는 외상을 지닌 자가 과거의 아픔을 깊이 있고 완전하게, 구체적인 외상 이야기를 통해 외

---

21) 김달수, 앞의 글, 30면.

22) 강영계, 『니체와 정신분석학』, 서광사, 2003, 69~71면.

상 기억을 전환시켜 이를 자기 삶의 이야기에 통합시키는 단계이다.[23] 이 단계는 외상을 재구성하기 위해 피해자는 과거의 시간 속으로 애도로 침잠하면서 끝없는 눈물에 에워싸여야 한다. 이 과정이 피해자에게는 언제 끝날지 알 수 없는 고통의 시간이지만 이 과정이 끝나야 자신의 외상에 대해 스스럼없이 이야기하면서 강렬한 감정이 올라오지 않는 단계로 접어들게 된다. 그래서 자신의 외상에 대한 이야기가 다른 모든 기억과 같은 기억이 되고, 다른 모든 기억이 그러하듯이 희미해진다. 그래서 외상은 그리 중요하지도 않고 그리 특별하지도 않은 이야기가 된다. 이때부터 피해자는 외상으로부터 벗어나 이제 새로운 희망과 힘을 느끼게 된다.[24]

박달이 자신의 상처를 재구성하는 장면이나 애도하는 장면이 작품에 직접적으로 드러나지는 않는다. 그러나 취조하는 경찰들로부터 극심한 고문을 당하는 순간에 박달이 과거의 상처를 회상하는 장면에서 간접적으로나마 그가 자신의 상처를 재구성하고 애도하며 상처를 치유해 나가고 있음을 짐작할 수 있다.

> 극심한 육체적 고통이 가해지면, 몸집이 커다란 그였지만 소처럼 눈물을 뚝뚝 흘렸다. 하지만 그는 그때마다 다섯 살 때 유부자네로 끌려온 이래 몸에 배어버린 주인나리의 온갖 매질과 정신병으로 죽은 유씨의 장남처럼 당한 불벼락, 물벼락의 고역을 떠올리며 그 고통을 견뎌냈다.[25]

---

23) 주디스 허먼, 앞의 책, 292면.
24) 주디스 허먼, 위의 책, 324~235면.
25) 김달수, 앞의 글, 29면.

정신적 외상을 지닌 대부분의 사람들은 의식을 변형시키지 않고 이야기를 구성할 수 있다. 지속적으로 반복된 학대의 기억을 되살리는 것은 쉬운 일이 아님에 틀림없다. 왜냐하면 환자는 기억의 재구성 단계에서 고통스러웠던 순간을 떠올리며 그것을 직접 대면하고 그 경험을 완전한 삶의 이야기로 통합시켜야하기 때문이다.[26] 아이러니하게도 박달은 경찰의 취조과정에서 현재 경험하고 있는 고문 너머의 더 큰 상처 즉 과거의 상처와 대면하고 눈물을 흘리며 현재의 아픔을 견딘다. 그리고 이때부터 박달은 변화하기 시작한다.[27] 이후 박달은 외상을 극복하고 함께 수감된 다른 사람들에게 자신에 대한 이야기를 스스럼없이 말하게 되었다.

> 큰 소리로 자유롭게 말할 수 없는 유치장 안인 탓도 있었지만, 강춘민은 모든 것을 그런 투로 박달에게 말하고 가르쳤다. 그도 처음에는, 일부러 경찰에 붙잡혀온 박달을 이해하기 어려워서 한동안은 박달의 얼굴을 찬찬히 뜯어보았다. 그러다가 드디어 그것은 박달에 대한 강한 흥미로 바뀌었다. 그 점은 박달도 마찬가지였다.

강춘민은 박달이 일부러 경찰에게 붙잡혀와 수감되었다는 것을 알게 된 뒤로 박달에게 관심을 가지게 되었다. 강춘민이 박달에 대한 저보를 얻게 된 것은 박달이 스스로 자신의 이야기를 타인에게 전하게 되었다는 것을 보여준다. 이야기는 치유 단계에서 하나의 매개역할을 한다. 즉 이야기는 인간이 자신의 경험을 구축하고 설명하고 이해하

26) 주디스 허먼, 앞의 책, 307면.
27) 김달수, 앞의 글, 29면.

는 근본적인 방식 중의 하나로 인간의 심리적인 압박이나 고통을 극복할 수 있도록 도와준다.[28] 이야기는 상대방과 소통하는 인간 생존의 필수적인 요소이다. 인간은 느끼는 감정을 언어를 통해 소통하는 '호모 로쿠엔스(homo loquens 말하는 인간)'이다. 그리고 언어를 이야기로 엮어서 소통하는 존재인 '호모 나랜스(homo narrans 이야기하는 인간)'이기도 하다. 즉 이야기(내러티브)는 인물과 사건, 시간과 공간 등을 구성요소로 치유의 힘을 발휘한다. 인간은 이야기를 통해 마음의 문제를 해결하고 고통을 완화시키기도 한다.[29]

박달과 강춘민은 동년배로 서로에게 관심을 가지고 자신들의 이야기를 주고받는 사이로 발전하게 된다.[30] 그래서 박달은 강춘민이 도회지 출신 중에서도, 부르주아의 자식이었으며 대학생임을 알게 되고 강춘민은 박달이 생사조차 모르는 부모를 둔 가난하나 농가의 아들로 일자무식한 머슴이라는 것을 깨닫게 된다. 이후 강춘민은 자신의 사형집행일까지도 박달에게 글자를 비롯해 자신이 알고 있는 모든 것을 밤을 새워가며 가르쳐준다.

형무소에 수감되기 전에 일자무식이었던 박달이 형무소 수감으로 폭력으로부터의 위협에서 벗어나 안정을 되찾고 자신의 외상을 극복한 뒤 이제 학습의 단계로 접어들게 되었다. 학습은 인간의 성향(disposition)이나 능력(capability)의 변화가 일정 기간 지속적으로 유지되는 상태를 말하며, 단순히 성장의 과정에 따른 행동 변화는 포

28) 김은정, 「내러티브의 치유적 방법론」, 『인문학논총』 제36호, 건국대학교인문과학연구소, 2014, 5~6면.
29) 이민용, 「서사학의 소통 이론과 내러티브의 치유적 활용S. 채트먼과 R. 야콥슨의 서사학을 중심으로」, 『괴테연구』 제26호, 한국괴테학회, 2013, 207~208면.
30) 김달수, 앞의 글, 32면.

함되지 않는다. 즉 학습의 변화란 행동의 변화를 지칭하는 것을 말한다.[31] 박달이 유치장에서 만난 사상범 혹은 정치범으로부터 조선이 38도선을 경계로 분단되었다는 사실의 의미, 빨치산의 의미, 지주의 의미를 깨닫게 되었다는 것은 박달이 형무소에서 과거의 외상을 극복하고 새롭게 변화하고 있다는 것을 뒷받침해준다.

(3) 치유 3단계 – 자기의 발달, 추동의 통합

이 단계는 과거를 마무리하고 새로운 미래를 발달시켜나가는 단계이다. 그렇기 때문에 피해자는 외상으로 상처받은 과거의 자신과 결별하고 새로운 자기를 발달시켜야 한다.[32] 이제 힘과 통제력을 증진해 앞으로 일어날지도 모를 위험으로부터 자신을 보호하며, 믿음직한 사람들과 동맹을 맺기 위한 구체적인 발걸음을 내딛을 준비를 해야 한다. 그리고 이 단계에서 자신의 신체를 보호하기 위해 싸울 방법을 배우게 된다. 즉 자기 방어 훈련을 통해 두려움에 맞서는 방법을 익히게 된다.[33]

프로이드는 다섯 가지 리비도 발달단계가 인간의 성격에 결정적 영향을 끼친다고 말했다. 인간은 심리성욕발달단계를 거치면서 삶의 긴장과 이완을 겪는다. 말하자면 "구강기(0~18개월), 항문기(18개월~3년), 잠복기(6~사춘기), 생식기(사춘기~)를 거치는 동안 인간은 생리적 성장과정, 갈등, 욕구와 좌절, 위협 등을 학습하면서 동시에 해소를

31) 변영계, 『교수 · 학습 이론의 이해』, 학지사, 2009, 101면.
32) 주디스 허먼, 앞의 책, 326면.
33) 주디스 허먼, 위의 책, 328~329면.

경험하게 된다.[34] 이러한 과정에서 학습방법을 모색하게 되는데, 이때 '동일시'와 '전이'가 동원된다. 동일시와 전이는 자기방어기제로 자신이 겪은 좌절, 갈등, 불안감을 해결하거나 해소하는 학습방법으로서 가족 또는 적절한 인물에게 동화된다." 동일시는 사람이 타인의 특성을 받아들여 자기 자신의 것으로 만드는 기제다. 이때 인간은 주위 사람들의 행동을 모방하며 긴장을 해소하는 방법을 학습하게 된다.[35]

박달의 경우 사회경험이 전혀 없었던 박달이 폭력으로 상처받은 아픔을 어떤 인물을 통해 동일시를 성취했는지는 알 수 없지만 작품에서 그는 "엣헤헤……"하면서 콧구멍을 벌름거리며 웃음을 취하는 방식으로 자기 방어 기재를 취한다. 출감 후 형무소 앞에서, 관청도로가 끝나는 지점에 이르렀을 때, 자신이 뿌린 삐라로 죄 없는 민중이 끌려가 고문을 당하는 것을 보고 자신이 직접 만든 삐라를 들고 자수하러 갔을 때, 의용군에 지원했을 때, 남부의 국방군에 지원했을 때 등의 심리적 긴장상태에서 박달은 "엣헤헤헤……"라고 말하며 웃음을 지었다. 그러나 이러한 자기방어기제 행동은 오히려 상대방으로부터 의아함을 자아냈다.

「박달의 재판」이 처음 발표된 것은 『신일본문학』1958년 11월호였는데, 그 후 『문예춘추』1959년 4월호에 수록 요청을 받고 이 작품에 대해 이렇게 몇 줄 쓴 적이 있다. "스스로는 그렇게 인정하고 싶지 않았지만, 나는 막다른 골목에 직면해 있었던 것 같다. 나는 이 작품을 일년 가까이나 주물럭거리고서야 겨우 완성했다. 난 이 작품에서 종래의 내 문

---

34) 최순남, 『인간행동과 사회환경』, 한신대학교 출판부, 1993, 222면.
35) 홍문표, 『현대문학비평이론』, 창조문학사, 2003, 372~373면.

체를 부숴 버리고 오랫동안 고심했던 새로운 문체를 이루어냈다고 생각했다. 동시에 사람은 슬픔이 극도에 달하게 되면 도리어 웃음이 나올 수 있다는 사실도 알게 되었다."(1966년 5월 동경)[36]

위의 글은 한국판『박달의 재판』에 실린 서문의 내용이다. 작가가 '사람은 슬픔이 극도에 달하게 되면 도리어 웃음이 나올 수 있다'는 사실을 알게 되었다고 밝혔듯이 작품 속 박달은 가혹한 고문과 시련에도 그저 '헤헤헤……' 웃으며 고난의 삶을 웃음으로 대처해나가고 있음을 알 수 있다. 그는 태생부터 시작해서 지금까지 굶주리고 고통 받는 일상에 익숙해진 나머지 일제하 지배관료들의 강압적인 취조까지 '헤헤헤……' 웃으며 풍자적으로 대처하는 모습을 보인다. 융은 주위 상황이 정신없이 변하거나 가치 판단 기준이 불안정할 때에 우리 마음속에 확고한 불변성 및 안정감을 얻으려는 욕구가 생겨나는 것을 '질서 원형'이라 이름 지었다. 박달은 건전한 상태 · 질서 · 안정을 원하는 마음을 바탕으로 자신의 상처를 치유해 나가고 있음을 알 수 있다.

대부분의 외상을 지닌 자는 개인적인 삶의 틀 안에서 외상 경험을 완결지은 후에는 더 넓은 세계에 참여하도록 부름 받은 것처럼 느낀다. 이때 그들은 불운에 놓인 정치적 · 종교적 차원을 인식하고 이것을 사회적인 활동의 근간으로 삼으면서 개인적인 비극에 담긴 의미를 전환시킬 수 있음을 발견한다. 외상은 외상을 지닌 자의 임무의 원천이 되고 나서야 구원된다. 즉 사회적 활동은 외상을 지닌 자의 주도

36) 김달수, 앞의 글, 9면. (* 밑줄은 필자)

성, 활력, 자원에 힘을 실어 주고, 개인의 능력을 능가할 만큼 그 힘을 증폭시킨다. 노력을 요하는 사회적 분투에 참여하는 일은 생존자에게 가장 성숙하고 적응적인 대처 기제를 발휘할 것을 요청한다. 참을성, 예기, 이타심, 유머가 바로 그것이다.[37]

박달이 형무소에 수감되었을 때 배운 것들은 국가란, 민족이란, 사회주의와 공산주의란 무엇인가, 자본주의와 제국주의란 무엇인가로 발전해 종국에는 전쟁이란 무엇인가로까지 이어졌다. 그는 세계의 역사, 조선의 역사, 김일성, 이승만 등에 대해서도 알게 되었다. 뿐만 아니라 박달은 강춘민으로부터 한글뿐만 아니라 민족이나 독립에 대해서도 배웠다. 박달이 추동의 대상으로 누구를 선택했는지 불분명하지만 그가 최선의 힘을 다해 투쟁할 수 있는 자기 힘의 의지를 갖추게 되었다는 것은 분명하다.

강춘민을 비롯해 박달에게 많은 것을 가르쳐 준 스승들의 노력으로 일자무식했던 박달은 지속적이고 반복적인 지식을 감탄해하며 학습했다. 박달이 강춘민으로부터 한글을 배우고 민족과 독립에 대해서도 배우는 동안 박달의 내면에서는 민족의식이 싹트게 되었을 것이다. 이제 박달은 자신도 모르게 삶에의 의지를 지니게 되었으며 미래의 인간상과 새로운 가치관이 형성되었다. 과거의 박달은 자아의 정체성을 망각한 채 지주의 폭력에 억압된 채 삶을 살았으나 현재의 박달은 유치장 안에서 얻은 다양한 경험을 바탕으로 인식의 전환을 이뤄 민족주의자로 성장하게 되었다.

박달은 자신의 존재에 대한 응시와 자각을 통해 마음의 상흔을 치

37) 주디스 허먼, 앞의 책, 344면.

유하게 된 것이다. 일자무식이었던 박달이 이제 조선의 현재 상황을 인식하게 되고 민족과 독립에 대해 생각하게 된 것이다. 민족의식을 바탕으로 새롭게 태어난 박달은 지금까지의 방식으로 유치장행을 지원하지 않게 되었다. 니체의 자기성찰의 관점에서 힘에의 의지를 실현하는 초인의 가치를 창조하려고한 근거는 삶에의 의지 때문이다. 박달도 힘에의 의지를 갖고 창조적 의지를 바탕으로 자신의 삶을 새롭게 만들어가게 된다.

3. 집단의식을 통한 민족적 각성과 치유

박달은 자신의 출생과 관련해 아무것도 알지 못한 채 지주의 종으로 전락한 박달은 유년기부터 갖은 폭력을 견디며 살아왔다. 그러던 어느 날 유치장을 드나들면서 처음으로 사회를 경험하게 되면서 그곳에서 만난 많은 사람들로부터 교육을 받게 되면서 점차 사회의 한 인격체로 자아정체성을 획득하게 되었다. 뿐만 아니라 한 인텔리 청년으로부터 민족과 국가에 대해 독립에 대해 배움으로써 민족주의자로 성장하게 되었다. 한 때 유치장에 갇혀 배불리 먹고 배울 수 있다는 이유로 다소의 대가(고문 같은 것)를 치르고서라도 그곳에 안주하려 했었다. 그러나 이제 그는 더 이상 유치장에 오래 머물지 않았다. 보통 박달이 유치장에서 만났던 인물은 인텔리 즉 지식인들로 그들은 자신의 뜻을 꺾고 전향선언을 하면 처형당하지 않고 풀려날 수 있었다. 그러나 그들은 석방의 기회를 거부하고 유치장에서 죽기만을 기다렸다.

반면 민족적 각성을 성취한 박달은 민족주의자로서 유치장에서 갇혀있을 수만은 없었다. 그는 전향과 변절을 거듭했다. 박달은 경찰에 붙잡히기만 하면 어김없이 "예이! 나쁜 일이라고 생각하고 있읍죠. 예! 앞으로 다시는 그러지 않겠습니다. 헤헤헤헤…….."하고 붙잡히자마자 고분고분히 전향했다. 하루라도 유치장에 갇혀 있으면 그만큼 '과업을 수행하지 못한다'는 점에서 유치장 안에 갇혀 있는 것을 무의미한 행동이라 생각했다. 물론 유치장 안의 다른 사람들은 그런 박달의 행위를 비난했다. 그렇지만 박달은 "이 안에 앉아 있으면 손발이 없는거나 마찬가지 아니요. 빤히 알고 있으면서 이렇게 시간을 보내는 건 손해예요. 그리고 나는 본래 상놈이요. 원래부터 그런 놈이었지만 앞으로도 역시 그럴거요."라고 태연히 대꾸하곤 유치장을 벗어나 유치장 밖의 사회 현실을 변화시키려 노력했다. 이 장에서는 민족주의자로 성장한 박달이 민중의 민족의식을 어떻게 각성시키고 그들이 지닌 아픔을 어떻게 치유해 나가는지를 살펴볼 것이다.

1) 민중의 한과 저항의식 – 박달의 불요불굴 투쟁

다수의 민중은 해방이 되면 오랜 전쟁이 종식되어 조선이 일본의 지배에서 벗어나 독립하게 될 것이라 믿었다. 더불어 동네에서 일본 사람들이 모두 사라지고 대지주의 땅을 소작인이나 머슴들에게 나누어줄 것이라는 소문에 기대감을 안고 있었다. 그러나 실제 해방은 그렇지 못했다. 미소 양국에 의해 분단된 조국은 '늑대'같은 일제 침략자의 지배에서 '호랑이'같은 미 점령군에 의해 지배받기 시작했다. 1949년 말부터 50년에 걸친 기간은 남부조선의 빨치산에게는 가혹한 시기였다. 미군의 지휘를 받는 국방군의 '토벌'이 잇달았고, 빨치산은 붙잡히기만 하면 남김없이 그 자리에서 사살 당했다. 해방 후 조선은 일제를 대신해 미군정기로 접어들면서 살림이 더욱 빈곤해졌다.

> 게다가 이번 전쟁이 있은 다음부터는 어느 것 할 것 없이 엉망 진창이 되어버렸다. 늘어나는 것은 군대와 세금뿐이었다. 이 동네에도 예전에는 조그만 비료공장과 방직공장 같은 것이 있었지만 지금은 그것조차도 국방군의 병영으로 변해버렸다. 그러니 매년 근처의 농촌에서 흘러 들어온 사람들이 할 만한 일이라고는 병영에 들어가 졸병이 되거나 아니면 미군기지 레이버(노동자)라고 불리는 잡역부가 되는 일뿐이다. 그런데 임금이라는 것이 도대체 어디서 어떻게 계산되는지는 모르지만 터무니없는 저임금이었다. 물가가 워낙 빨리 올라가서 어떤 때는 일을 해도 전혀 일하지 않는 것과 마찬가지인 경우도 있다.[38]

당시 경제적 상황은 저임금 고물가 시대로 함축할 수 있다. 미군정 초기 남한의 식량부족을 핑계로 쌀, 보리, 밀 등의 농산물을 쏟아 부었다. 이에 농산물 가격은 하락하게 되었으며 농민은 농촌을 버리고 도시로 이동하게 되었다. 그러나 도시의 상황이라고 해서 농촌보다 더 나을 것은 없었다. 미군정은 전략적으로 원조공세의 양을 줄여서 남한의 제품생산에 필요한 각종 원료와 부품의 조달은 극도로 어려워졌다. 결국 전반적인 구매력의 감소와 원료 부품의 부족은 공장 조업률을 떨어뜨리고 실업자가 늘어나게 되었다.[39] 따라서 사회 전반적 분위기는 대량해고로 인한 실업자가 증가하고 실업자의 증가는 임금의 하

---

38) 김달수, 앞의 글, 22면.

39) 박세길, 『다시 쓰는 한국현대사』, 돌베개, 2001, 73면.

락을 부추겼으며 물가는 점점 상승했다.

> 노동자들은 아무리 '새 빠지게 일한다' 한들 실제로 쌀 반말도 살 수 없는 것이다. 그 사람들의 혀 한 두 개가 빠진다 해도 신문가십거리도 되지 못한다. (중략) 요즘에 와서 사람들은 그런 말은 아예 쓰지도 않는다. 아직도 습관적으로 그런 말을 하는 사람이 더러 있기는 하지만, 요즘엔 그 대신 "아휴!"하고 한숨만 쉰다. 그들은 허기진 배를 움켜쥐고 "아휴!"하고 말할 뿐이다. 서로 만나더라도 '새가 빠지게 일해도' 따위의 허무한 말은 더 이상 늘어놓지 않는다. "아휴!"하는 한마디로도 전부 통하는 것이다.[40)]

민중은 먹고살기 힘든 상황에 놓여 "아휴!"만 연신 내뱉는 처지에 놓이게 되었다. 반면 지배층인 관료계급 순사들의 급료는 삼천 환쯤 되었다. 쌀 한 말에 사천 환이 조금 넘는 데 비해 그들의 급료는 낮았으나 일반 민중에 비하면 그 격차가 어마어마하다. 삼 천환의 급료가 적다고 여긴 순사들은 당시 유행한 말을 빌어 '사바사바'를 해서 먹고 살았다. 사바사바를 할 수 없는 노동자들은 열흘에 한 번 정도 개장국을 끓여 허기진 배를 채웠다. 제대로 된 먹을거리가 없어서 먹기 시작한 개장국은 비록 싼 것은 아니지만 동네의 개를 찾아 볼 수 없게 만들었다.

"사회적 고통은 정치적, 경제적, 제도적 권력이 인간에게 미치는 영향력에서 비롯[41)]"된다. 개인적 고통과 사회적 고통을 분리하는 것은

---

40) 김달수, 앞의 글, 21면.
41) 아서 클라인만 · 비나 다스 외, 안종설 역, 『사회적 고통』, 그린비, 2002, 9면.

쉬운 일이 아니다. 사회적 고통은 개인적 고통으로 고스란히 이어졌다. 뿐만 아니라 국내 상황은 당장 남북간의 동족전쟁이 일어날 것만 같은 시기에 "북진통일", "백두산으로! 압록강으로!"라는 삐라가 뿌려졌으며 사람들은 연일 그런 연설회에 강제로 끌려갔다. 이를 불응할 시에는 식량배급을 중단하는 사태가 벌어졌다.

이 작품에 등장하는 민중은 외세에 억압된 삶을 살아온 사람들이다. 이들은 일제의 핍박에서 벗어나면 행복하게 잘 살 것이라 믿었는데 미군정기에 접어들어 저임금 고물가로 인한 생활고를 겪게 되었다. 그리고 6 · 25를 겪고 1953년 7월 마침내 정전협정이 이뤘지만 나아진 것이 하나도 없는 삶을 민중은 겪고 있었다. K시의 변두리 아스팔트로 정비된 포장도로의 끝 지점에 위치한 낮고 허술한 초가집에서 살아가는 가난한 민중은 습관적으로 "아휴!"하는 한숨을 쉬며 살아왔다. 누구도 현실을 타파하기 위해 투쟁해야 한다고 생각지 못했다. 늘어나는 세금이 어떻게 계산되는지 알 수 없는 저임금으로 흥겨운 일이라고는 찾아볼 수 없는 삶을 살아가고 있었다. 박달이 '모든 것은 다 미군 때문이다'라고 느낀 것처럼 당대 민중의 마음속에도 남한정부와 미군정에 대한 불만은 가득했을 것이다.

그러던 어느 날 시내에 기존의 삐라와 성격이 다른 삐라가 뿌려졌다. "북도 남도 똑같은 조선사람이다. 전쟁을 하지 말아라!", "정치범을 모두 석방하라!", "일본아메리카가 말하는 것은 듣지 마라!"라는 내용을 한자가 섞이지 않은 한글만으로 어설프게 쓴 삐라가 여기저기 벽이나 전신주에 붙여졌다. 경찰과 헌병대가 범인을 수색하기 위해 쫓아다녔지만 정작 박달은 용의선상에 올리지 않았다. 이에 박달은 그것에 대한 불만으로 자수를 했다.

박달의 해학적 불요불굴의 투쟁은 유치장의 관료에 대한 대응방식에서 엿볼 수 있다. 박달은 이제 붙잡히면 하루라도 빨리 유치장을 빠져나온다. 그는 붙잡히자마자 바로 '전향'을 했다. 박달은 유치장에서 이제 배울 것을 다 배웠기에 그것을 실천하는 일이 시급하다고 생각했다. 민족적 각성을 이룬 박달의 실천은 지식인으로 불리는 인텔리의 저항과는 사뭇 다르다. 정치사상범으로 끌려온 사람들은 전향만 하면 석방될 것을 잘 알지만 절대 전향하지 않고 사형을 당하고 말았다.

정신분석심리학에서 자기실현이란 완전해지는 것이 아니고 원만해지는 것을 실현하는 것이다. 각 개인은 중년 이후에는 밖의 모범상이 아니라 자기 자신에 맞추어 사는 법을 배워야 한다.[42] 박달은 민족주의자들로부터 감동을 받지만 자기 나름의 방어 기재 방식인 "에헤헤……" 웃으며 넘어가기 식으로 전향과 변절을 밥 먹듯이 하면서 투쟁했다. 박달은 자신이 직접 손으로 삐라를 만들어 경찰도 모르게 그들의 몸속에 삐라를 몰래 넣어서 그들이 파면되도록 만들었다. 이후 경찰은 박달을 경원시하게 되었고 민중은 박달의 그러한 면모를 찬양하게 된다. 박달은 이제 유명해져서 경찰이 함부로 처벌할 수 없을 지경에 이르게 되었다. 박달은 경찰이나 검찰청 내부까지 인기가 있었다. 붙잡혀 온 그를 심문하는 경찰이나 검사는 "또야"하며 몹시 지긋지긋해 했다.

지금까지 해방 후 민중이 얼마나 경제적으로 정치적으로 어려운 상황에 놓였는지 살펴보았다. 그들은 가난에 굶주렸고 현 상황이 끝나지 않고 계속되는 것을 미군의 탓으로 여기며 그들에게 저항하려는

42) 이부영, 『노자와 융』, 한길사, 2012, 117면.

의지는 있으나 두려움으로 그 뜻을 펼치지 못한다는 것을 살폈다. 그러나 박달은 비록 민족주의자들처럼 곧은 지조는 지키지 못하지만 지배계급에 해학적 불요불굴의 의지로 저항해나갔음을 살펴보았다.

2) 집단의식을 통한 민족적 각성과 치유

박달은 유치장에 갇혀 죽음을 맞는 지조 있는 인텔리와 달리 잦은 전향을 해서라도 목숨을 부지하고 비굴한 웃음으로 지배계층에 맞서 대응하는 적극적 투쟁의식을 벌였음을 살펴보았다. 먹고 살기 힘든 민중은 이제 스트라이크를 준비한다. 이 스트라이크는 경찰 및 검찰까지 유명해진 박달을 중심으로 여러 사람이 힘을 합쳐 벌이는 대규모 시위이다. 농노라는 최하층민인 박달이 주동이 될 수 있었던 까닭은 무엇일까? 그의 반복적인 유치장 출입과 경찰 및 검찰 관료계급에 풍자적으로 대응하는 방식이 민중의 마음을 변화시켰기 때문일 것이다.

여기서 이 작품의 말하기 방식에 대해 잠깐 살펴보겠다. 이 작품 전체에 드러난 말하기 방식은 전지적 서술자의 편재성과 주제 명료화의 서술전략을 따르고 있다. 이러한 양상은 재일조선인 소설문학에서 특히 잘 나타난다. 이와 같은 현상의 원인은 자율적 개인의 존재를 부정하고 집단에 귀속될 때 비로소 개인이 진정한 주체가 될 수 있다고 믿는 작가의 세계관에서 비롯된다. 작가가 서사의 내적상황과 의미 형성에 적극 개입하는 서술방식은 교화와 선동이라는 사회주의 문학관의 관철을 용이하게 해준다.[43]

43) 이정석, 『재일조선인 문학의 존재양상』, 인터북스, 2009, 56면.

이 작품의 원작은 일본어로 창작되었다. 김달수는 '인간적 진실'에 의탁해 조선인들의 민족주의적 시각의 각성을 촉구하고자 했다. 작가는 작품을 읽는 독자에게 자신이 생각하는 민족의식이 사회적 각성으로 치환되길 바란 것이다. 즉 작가가 작품에 등장시킨 문학적 캐릭터는 조선인의 본질과 특성을 살린 민중이요 지식인이다.[44] 이 작품에서 민중은 박달이 지배계층에게 불요불굴의 의지를 가지고 저항하는 모습을 보며 민족적 각성을 깨닫게 된다. 그래서 그들은 이제 힘을 모아 노동조합을 결성하게 된다.

(1) 조합의 결성 – 집단의식 형성

박달과 민중들은 스트라이크에 들어가기까지 오랜 기간에 걸쳐 여러 가지로 생각해 노동조합을 먼저 만들었다. 비밀리에 진행된 그 일은 생각만큼 어렵지 않았다. 전에 국방군 병사였으며 현재 자신이 맡은 일을 매일같이 묵묵히 해내는 전상택이 중심이 되자 노동자들은 대부분 다른 사람이 가입하면 나도 가입하겠다는 태도로 노동조합에 가입했다. 그것은 모두 죽는다면 나 역시 죽어도 좋다는 연대심에서 우러나온 것이었다. 그들은 전상택을 위원장으로 뽑고, 인토리 이정주를 부위원장으로 뽑았다. 서기장에는 최동길이 선출되었고, 박달도 의원들 중 한 사람으로 뽑혔다. 삼역(三役)이 결정되고 위원도 정해져 조합이 만들었지만 조합결성 사실을 기지당국과 경찰에 어떻게 알릴 것인가 하는 문제가 생겼다. 박달이 이 일을 맡기를 원했으나 무시당하고 결국 스트라이크

44) 전북대학교재일동포연구소, 『재일동포문학과 디아스포라』, 제이앤씨, 2008, 51면.

를 맨 처음 제안한 전만석이 이 일을 맡게 되었다.[45]

> 그들의 요구는 수없이 많았다. 우선 첫째로 하루하루 뛰어오르는 물가에 비해 '새가 빠지도록'일해도 아무 것도 할 수 없는 가혹한 저임금 문제(그래서 그들은 소박하게 스트라이크를 하면서 쉴 수 있는 것이다), 더 나아가서는 그런 결과를 초래한 반독립 상태인 자신들의 나라 문제……. 그것은 통일과 독립이라는 민족적 · 정치적 문제였는데...[46]

박달과 민중은 위의 요구사항을 실현하기 위해 조합을 결성했다. 그들은 열정으로 하나가 되었다. 열정은 광기의 가능성의 토대를 형성한다. 열정은 습관적으로 분비되는 체액에 의해 사람들을 똑같은 열정에로 기울게 만든다. 또 자신을 흥분시키는 대상에 몰입하게 하는 성향을 지닌다.[47] 다수의 사람들이 공동의 지향목표를 대상으로 그것을 성취하기 위한 열정으로 하나가 되었을 때 집단의식은 힘을 지닌다. 그것은 개인의 소망을 뛰어넘어 집단의 광기를 불러일으킬 수 있는 열정으로 무장된다. 이러한 과정으로 형성된 열정은 집단의 행동에 동기를 부여하고 개인을 집단의 활동에 동참하게 만든다.

(2) 스트라이크 – 집단의식의 실천

8 · 15 해방기념일을 며칠 앞둔 한여름에 K시의 노동자들은 드디어

---

45) 김달수, 앞의 글, 49면,
46) 김달수, 위의 글, 50면.
47) 미셸 푸코, 김부용 역, 『광기의 역사』, 인간사랑, 1999, 120면.

그동안 억압받던 생활에서 벗어나기 위해 스트라이크를 준비한다. 노동자라고는 해도 미군기지에서 일하는 노동자밖에 없었지만 K기지의 조선인 노동자는 이백칠, 팔십 명 정도에 불과했지만 그 중 이백 명 이상이 스트라이크에 참가하게 되면서 기지는 곧 마비가 되고 말았다. 대낮에 벌어진 '조직적인 결근'의 낌새를 알아차린 기지당국은 허둥대며 노무조달관리처와 경찰서에까지 전화를 걸어 호통을 치며 민중의 집단행동에 대응했다.[48]

그러나 노무자들은 계획대로 스트라이크를 벌였다. 스트라이크를 일으키고 관리에게 끌려나온 것처럼 위장해서 12시까지 광장에 모였다. 광장에는 스트라이크에 참가하지 않은 사람까지 전부 무슨 일이 벌어지는 게 아닌가 싶어서 자연히 거기에 합세했다. 의도한 바와 의도하지 않은 바가 합을 이뤄 커다란 시위대가 형성되었다. 단체교섭에 임할 수 있게 된 것이다. 그러나 그들은 카빈총을 든 채 트럭에 실려 차례차례 달려온 경찰과 미군병사들에게 순식간에 포위되고 말았다. 노동자들은 그들이 계획한 시위가 적에게 유리한 상황으로 바뀌자 망설였다. 이때 박달이 술렁이는 노무자들 사이에서 빠져나와 사령관 커크 중령 앞으로 나아가 평소와 다를 바 없이 빙글빙글 웃으면서 "에헤헤……."하며 민중을 대신해 조합결성을 알렸다.

"예, 조합말입니다."
"네 놈은……"
"도대체 네놈 정체가 뭐야!"

48) 김달수, 앞의 글, 53면.

"책임자라서……"

"책임자? 네가 조합의 책임자라고!"

(중략)

"제가 조합의 책임자라, 그럼 조합 위원장은 누구야!"

"부위원장은 누구고, 서기장은 누구야!"

"접니다."

"서기장은 누구야!"

"접니다."

"서기장을 말하는 거다!"

"접니다."

"그럼 다른 간부는!"

"접니다. 에헤헤……. 서장님, 모두가 접니다요."[49]

박달은 자신이 조합의 책임자, 조합위원장, 부위원장, 서기장이라며 모든 책임이 자신에게 있음을 내세웠다. 그의 행동은 이미 각오한 것이기에 조금도 주저함이 없었다. 집단의식은 공동의 목표성취를 목적으로 한다. 때문에 한 번 형성된 집단은 그들의 목표를 성취하기 위해 쉽게 해체되지 않는다. 그러나 미군 병사에게 포위된 민중이 흔들리며 망설이자 박달은 집단을 대표해 자신을 희생하고 있다. 그는 집단을 보호하기 위해 스트라이크의 모든 책임을 자기 탓으로 돌렸다. 박달이 모든 책임을 자기가 지려고 한 이유는 무엇일까? 이는 트라우마를 극복하고 민족의식이 발현된 박달이 장래 누군가에게 발생할 피해를 예방하기 위해 교육적, 법적, 정치적 노력을 기울일 수 있는 외상을

49) 김달수, 위의 글, 56면.

지닌 자의 임무를 수행하기 위함일 것이다. 박달의 이러한 노력은 대중적인 자각을 향상시키기 위해 헌신한다는 점에서 의미 있는 행위라고 할 수 있다.[50)]

(3) 고통의 항변과 언어적 호소(삐라)

집단의식을 가지고 노동조합을 결성했던 모든 사람들이 검거된 다음날 다시 한 번 K시는 삐라 사건으로 대혼란을 겪는다. 누군가가 전시가지에 몰래 붙인 삐라가 침체된 도시를 술렁이게 만들었다. 비록 삐라의 문구가 세련된 문구라고 할 수 없지만 지난 밤 노동자들의 대검거 사건으로 잠잠했던 거리는 다시 활기를 되찾게 되었다. 여기저기 벽이나 전신주에 일정한 간격으로 붙어 잇는 삐라는 인쇄된 것이 아니라 정성들여 한 장씩 연필로 쓴 것이었지만 "K勞動組合"이라는 글자만 유난히 한자로 커다랗게 쓰여 있어서 사람들의 눈길을 끌었다. 결코 이 조합을 무너뜨릴 수 없을 것이라는 뜻을 담은 것처럼 보인다는 서술자의 논평을 통해 삐라의 의미가 더욱 부각된다.

"이제 식민지는 싫다! 아메리카는 가난한 조선에서 떠나라! K勞動組合"
"공산주의든 뭐든 좋다. 미국 놈과 그 앞잡이 밑에서 사는 건 싫다! K勞動組合"
"조선을 조선 사람에게 돌려 달라! 아메리카는 꺼져라! K勞動組合"

---

50) 주디스 허먼, 앞의 책, 345~346면.

언어는 사람들이 서로 교통하고 사상을 교환하며 상호간의 이해를 달성하는 수단이자 도구이다. 사유와 직접적으로 연결되어 있는 언어는 문장 내의 단어와 단어 결합을 통해 사유 활동의 결과들과 인간 인식 활동의 성과들을 기록 · 공고화하며, 그럼으로써 인간 사회에서 사상을 교환할 수 있도록 해준다. 사상을 교환하는 것은 항시적이며 사활적인 필수조건이다. 왜냐하면 사상 교환 없이는 물질적 부를 생산하는 투쟁에서 사람들의 행위를 조정할 수 없고, 사회의 생산 활동에서 성과를 달성할 수 없으며, 결국 사회적 생산의 존재 자체가 불가능하기 때문이다. 그러므로 사회에서 이해되고 그 사회의 성원들에게 공통적인 언어가 없으면, 사회는 생산을 중지하고 붕괴되며, 사회로서 존재하기를 그만둔다. 이러한 의미에서 언어는 교통의 도구인 동시에 투쟁과 사회 발전의 도구이다.[51)]

K시에 뿌려진 삐라는 박달이 민중의 억눌린 사고를 일깨우고 그들에게 민중의 의식이 각성되도록 하는 효과를 거둘 수 있는 매개체이다. 하룻밤 사이에 홀연히 나붙은 삐라였지만 박달이 의도한대로 K시를 술렁이게 하는 데 어느 정도 성공했다고 할 수 있다.

(4) 집단의 민족적 각성과 치유

노동조합 결성에서 집단 스트라이크로 이어진 민중의 분노가 경찰과 미군병사에 의해 제압되는 듯 했다. 그러나 노동조합 집단을 대표

---

51) 요제프 스탈린, 정성균 역, 『사적 유물론과 변증법적 유물론 마르크스주의와 언어학』, 두레, 1989, 109면.

해 고문을 받는 박달의 고함소리와 K시에 나붙은 각종 삐라들로 민중은 조금씩 술렁이게 되었으며 그들의 내면에 잠자고 있던 민족의식이 조금씩 눈뜨게 되었다. 민중은 비록 일자무식한 종으로 어리숙했던 박달을 잊고 미군에 맞서 투쟁하는 불요불굴의 의지를 지닌 박달을 보며 민족적 각성을 이루게 되었다.

유치장에 수감된 사람들 중 혹자는 자신이 벌써 이렇게 수감되었어야 한다고 자조하기도 하고 어떤 이는 심약해져 다른 사람으로부터 위로를 받기도 하는 등 각자의 방식대로 유치장 생활을 해 나갔다. 반면 박달은 형무소에서 박달 나름대로 끝없는 투쟁을 이어나가고 있었다. 박달은 자신을 취조하는 김남철에게 굽실굽실거리면서도 굴하지 않고 끝까지 엉뚱한 대답을 하면서 매를 맞았다. 그가 내지르는 비명소리가 경찰서 밖까지 울려 퍼져 길가는 사람들이 놀랄 정도였다.

간질병 환자였던 김남철 검사가 정치 · 사상범으로 끌려온 박달을 취조하는 과정이 작품의 후반부를 차지하고 있다. 김남철이 박달을 취조하는 과정에서 박달의 투쟁은 길게 이어진다. 예의 그 투쟁이란 박달의 “에헤헤…”로 시작된 어리숙한 태도로 김남철이 폭력을 행사하면 박달이 그 자리에서 큰 대자로 쓰려지는 것이다. 김남철은 수없이 진행된 박달의 취조과정에 지쳐서 결국 지병인 간질병이 발작해 그 자리에서 쓰려졌다. 박달의 취조를 담당했던 검사가 박달의 불요불굴의 투쟁에 지쳐 쓰러지고 박달은 피투성이가 되어 유치장으로 돌아왔다.

드디어 겨울이 다가온 어느 날, 법원에서 박달의 공판이 열렸다. 박달에 대한 공판소식은 사람들의 입에서 입으로 전달되어 온 도시에 알려졌다. 먼저 석방된 윤태형과 조석우를 비롯한 마을사람들은, 한꺼

번에 너무 몰려 공판장에 들어서면 모두 탄압받거나 재판이 연기되면 오히려 불리해질 것을 예견했다. 그들은 협의 끝에 눈빛이 날카로운 사람을 중심으로 쉰 명의 방청객을 뽑아 공판당일에 모이게 했다. 박달과 함께 공동의 목표를 지향했던 집단의 구성원들은 자신들을 대표해 무거운 짐을 지게 된 박달을 버리지 않았다. 박달의 공판이 있는 날 방청석은 한 개의 좌석도 남김없이 모두 꽉 채워졌다. 그들은 이러쿵저러쿵 말하지 않았다. 또 손가락 하나 움직이지 않았다.[52] 피고들 옆이 있는 간수들이 방청객의 눈빛에 기가 질려 안절부절 못했다. 피고들은 그 무언의 절제된 집단의 행동이 말보다 강한 힘을 지니고 내면의 의지가 상대방에게 전달된다는 그 눈빛의 의미를 깨달았다.

묵언(默言) 시위. 인도의 정치적 지도자로 독립 운동가였던 간디가 내세웠던 비폭력 불복종[53] 운동의 일환으로 염세(鹽稅) 저항운동을 펼친바 있다. 박달에 의해 민족의식을 각성한 민중은 간디가 비폭력으로 투쟁했듯이 침묵함으로써 투쟁을 펼쳤다. 재일조선인 문학은 투쟁하는 민중의 삶을 그린다는 특징을 보여준다. 이 민중은 비록 가진 것 없는 피지배계층이지만 그들은 분단극복의 주체요 통일의 방법적 기반이기도하다. '재일' 상황에 입각해 말한다면 '민중'은 '민족적인 것'과 같은 공통점을 가지면서 일본국가, 사회와 날카롭게 대치한다.[54] 즉 민중은 타민족과의 민족적 동화를 거부하는 아이덴티티를

52) 김달수, 앞의 글, 81면.

53) 간디주의란 불복종(不服從), 비협력(非協力), 비폭력(非暴力)의 무저항주의를 가리키는 것으로 인도의 독립투쟁 과정 중에 생긴 사회정치적 · 종교철학적 독트린이다(라윤도, 「간디 저널리즘 연구」, 『인도연구』 제14권 2호, 한국인도학회, 2009, 5면).

54) 김환기, 앞의 글, 74면.

'민족적 자각'을 통해 확립하게 된다.

> '그렇다! 이것이다. 바로 이것이다!'하고 박달은 생각했다. 상당히 먼 길을 헤메다가 겨우 목적지에 도착한 느낌이 들었다. 그래서 순간적으로 전처럼 "에헤헤……"하고 마음껏 웃고 싶은 충동에 사로잡혔지만, 꽉 다문 입술에 더욱 힘을 주며. 참고 견디었다. 말하자면 그는 비로소 집단이라는 의식에 눈을 뜬 것이다.[55)]

판사까지 움찔하게 만든 방청객 쉰 명은 박달에 의해 민족적 자각을 깨우쳤으며 공동목표 실현을 위해 집단의식을 표출했다. 방청객의 무언부동의 눈빛은 판사를 주눅 들게 만들었다. 이때 박달이 '그렇다! 이것이다.'고 깨달은 집단의식은 한 개인의 깨달음으로 끝나지 않았다. 침묵하는 민중의 눈빛에 주눅이 든 판검사의 모습에서 박달이 '뱃속에서부터 터져 나오려는 웃음'을 견디며 느낀 바는 바로 그 동안의 힘겨움에 대한 기쁨과 환희라 할 수 있다. 불요불굴의 의지로 우스꽝스럽게 "헤헤헤…"로 일관하며 투쟁했던 박달을 따라 민중이 변화하였고 그들은 박달의 곁에 서서 무언부동의 투쟁을 통해 집권세력을 제압했다. 박달이 웃음을 간신히 참았던 것처럼 민중의 마음속에서도 웃음꽃이 피었을 것임을 짐작할 수 있다.

치유의 사전적 의미는 '치료하여 병을 낫게 함'을 의미하며 치료의 대상을 특정 짓지 않는다. 즉 치유는 겉으로 드러나는 질병 · 상처뿐만 아니라 정신적인 문제까지 포함하여 치료하는 것으로 의미가 확대

55) 김달수, 앞의 글, 82면.

된다. 오랜 폭력으로 외상을 입고 일자무식했던 박달이 우연한 사건으로 유치장에 들어가 잃어버린 정체성을 획득하고 민족주의자로 성장할 수 있게 되었다. 그리고 박달은 미군정기를 힘겹게 살아가는 민중의 삶을 바꾸기 위해 자신만의 불요불굴의 투지로 지배계층에 투쟁해 나가는 생활을 끊임없이 계속한다. 이에 결국 민중은 박달을 통해 민족의식을 회복하고 박달의 재판에 모두 참석해 그들의 결의를 보여주었다. 「박달의 재판」의 마지막 부분은 열린 결말로 끝맺음한다. 그러나 민중의 무언부동의 눈빛 때문에 주눅 든 판사가 어리석은 판결을 내릴 것이라는 서술자의 말대로라면 민중의 승리로 결말이 예측된다. 고통과 상처가 깊은 민중이 집단의식을 통해 민족의식을 각성하고 집권세력을 향해 묵언시위로 투쟁함으로써 마음속으로 웃을 수 있다는 것은 어느 정도 그들의 상처가 치유되고 있다는 것으로 볼 수 있다. 한 개인의 민족적 각성과 불요불굴의 투쟁이 결국 민중의 민족의식을 일깨웠다. 그리고 그들은 공동으로 묵언시위를 통해 집권층에 투쟁해 희열을 느끼며 자신들의 상처를 스스로 치유해 민중적 민족주의를 실현했음을 살펴보았다.

4. 결론

1990년 이후 디아스포라문학에 대한 연구는 국문학의 경계를 한반도를 넘어 전 세계로 확장시켰다. 이는 탈국경, 다문화사회를 배경으로 하는 문학적 상상력의 수용에 의한 결과이다. 디아스포라문학은 각 세계에 널리 퍼져있는 재외한국인들의 삶을 담고 있다. 그들은 이방인으로서의 삶, 타자와의 투쟁, 핍박의 역사로 상징되는 '한'의 정서를 작품에 표현한다.

재외한국인의 개성 있는 창작활동은 코리언디아스포라 문학의 위치를 특성화시켜 국문학의 한 주류를 이루게 되었다. 디아스포라문학 중 재일조선인문학의 경우는 조선민족의 정체성을 부각시키기 위해 창작되는 경우가 많다. 특히 김달수의 경우는 재일조선인의 민족의식을 일깨우는 것을 목적으로 창작활동을 펼쳤다. 그의 문학 활동을 관통하는 하나의 관념은 '민족의 정체성 찾기'이다. 본고는 김달수 소설 「박달의 재판」과 관련된 기존의 논의들과 달리 민중의 한과 저항의식을 치유적 관점에서 살펴보았다.

먼저 2장에서는 최하층민인 박달이 해방 후 좌우 이념 대립의 혼란한 시기에 민족주의자로서의 정체성을 어떠한 방식으로 획득했는지를 살펴보았다. 박달은 자신의 계보조차 알지 못하는 인물로 유년기 부모로부터 격리되어 지주의 종으로 온갖 폭력을 다 견디며 성장했다. 박달은 폭력의 피해자로 트라우마가 형성되었으나 그 외상을 자신만의 불요불굴의 해학적 태도로 견뎌냈음을 유추할 수 있었다. 박달이 지배계급에 맞서 끝까지 투쟁하는 모습에서 조선인의 질긴 생명력을 엿볼 수 있었다.

뿐만 아니라 박달은 우여곡절 끝에 유치장에 구속되는 처지에 이르게 되었으나 그는 그곳에서 좌절하거나 고통을 겪지 않았다. 오히려 그는 유치장을 학교로 인식하고 배움의 장으로 활용했다. 이전의 억압된 삶에서 얻지 못했던 자기 정체성을 박달은 유치장에서 획득하게 된다. 그는 민족적 각성을 통해 민족주의자로 거듭나 유치장 밖으로 자유와 창조적의지에 근거한 힘에 의지로 움직이는 인물이 되었음을 알 수 있었다.

3장에서는 해방 후의 사회적 · 정치적 혼란기에 민중의 생활상을 살펴봄으로써 그들의 궁핍한 삶과 그들의 저항의식을 살펴보았다. 민중은 그들의 불행한 삶이 외세의 탓임을 알았지만 그들에게 맞설 용기가 없었다. 이에 박달은 집단의식을 통한 민족적 각성으로 현실의 고난을 타파해 극복하고자 스트라이크를 주도한다. 손으로 직접 만든 삐라를 경찰에게 몰래 숨겨 어려움을 겪게 하거나 취조과정에서도 그들을 일깨우기 위해 애쓴다. 경찰과 검찰에 대응하는 풍자적 대응방식은 민중의 의식을 일깨운다. 결국 박달은 전상택, 이정주, 최동길을 위원장으로 하여 집단 스트라이크를 추진하게 된다.

한마음 한 뜻으로 모인 민중은 스트라이크 당일 모두 체포되었으나 박달은 그들을 대신해 모든 행동의 주체가 자신이라고 주장한다. 이로 인해 공동의 목표를 위해 결성된 조합원들이 박달의 행동을 통해 민족적 자각을 경험하게 된다. 박달의 공판이 예정된 날. 윤택영과 조석우를 중심으로 눈빛이 날카로운 쉰 명의 집단조합원은 방청객으로 법원에 등장해 무언의 시위를 벌인다. 한 민족으로서의 민족적 자각을 경험한 조합원의 집단의식은 박달의 공판이 있던 날 지배계층인 관료들을 눈빛하나로 제압하는데 무리가 없었다. 무언의 절제된 집단의 행동은 말보다 강한 힘을 표출했다.

결과적으로 「박달의 재판」에는 당대 민중의 한과 저항의식을 주인공 박달의 해학적 불요불굴의 투쟁정신을 통해 극복하려는 작가의 의도가 담겨있음을 알 수 있었다. 또 개인의 민족적 자각이 집단의 민족적 자각을 불러일으켜 집단의식을 공유하고 행동으로 억압된 현실을 저항해 그것을 극복하고자 함이 드러났다. 본 연구를 통해 김달수의 작품세계를 관통하는 '민중적 민족주의'가 「박달의 재판」에도 잘 담겨져 있으며 당대 민중의 억압된 한이 박달의 불요불굴의 저항의식을 시작으로 집단의식을 형성해 민족적 각성에 이르러 치유되어 나감을 알 수 있었다.

참/고/문/헌

〈기본자료〉

• 김달수, 임규찬 역, 『박달의 재판』, 연구사, 1989.

〈연구논문〉

• 강윤신, 「이양지 소설 연구-『나비타령』·『유희』를 중심으로」, 동국대 석사논문, 2002.
• 김양수, 「재일 디아스포라 작가 시선 속의 阿Q : 「박달의 재판」을 중심으로」, 『중국현대문학』 제63호, 한국중국현대문학학회, 2012.
• 김옥경, 「김달수 문학연구-작품의 흐름을 중심으로」, 신라대 석사논문, 2007.
• 김은정, 「내러티브의 치유적 방법론」, 『인문학논총』 제36호, 건국대 인문과학연구소, 2014.
• 김 홍, 「재일 조선인 문학과 중국 조선족 문학의 비교 연구-김달수의 『박달의 재판』과 김창걸의 『청공』을 중심으로」, 건국대 석사논문, 2013.
• 김학동, 『재일조선인 문학과 민족: 김사량 · 김달수 · 김석범의 작품세계』, 국학자료원, 2009.
• 김혜연, 「김사량 작품 연구-일제 말기 이중 언어를 중심으로」, 중앙대 박사논문, 2011.
• 김환기, 「김달수 문학의 민족적 글쓰기」, 『재일 동포 문학과 디아스포라』, 제이앤씨, 2008.

• 라윤도, 「간디 저널리즘 연구」, 『인도연구』 제14권 2호, 한국인도학회, 2009.
• 윤명현, 「이양지 문학 속의 '재일적 자아' 연구」, 동덕여대 박사논문, 2006.
• 정재훈, 「이회성 초기 소설에 나타난 탈식민성 고찰」, 경희대 석사논문, 2011.
• 지충남, 『재일한인 디아스포라: 재일본대한민국민단과 재일본한국인연합회의 단체활동과 글로벌 네트워크』, 마인드맵, 2015.
• 이민용, 「서사학의 소통 이론과 내러티브의 치유적 활용-S. 채트먼과 R. 야콥슨의 서사학을 중심으로」, 『괴테연구』 제26호, 한국괴테학회, 2013.
• 이한창, 「재일한국인 문학의 역사와 그 현황」, 『일본연구』, 중앙대학교 일본연구소, 1990.
• 한지연, 「디아스포라문학 연구: 첨부 작품을 중심으로」, 중앙대 석사논문, 2009.

〈단행본〉

• 강만길, 『고쳐 쓴 한국현대사』, 창작과비평사, 2003.
• 강영계, 『니체와 정신분석학』, 서광사, 2003.
• 김환기, 『재일디아스포라문학』, 새미, 2005.
• 박세길, 『다시 쓰는 한국현대사』, 돌베개, 2001.
• 박찬부, 『에로스와 죽음』, 서울대학교출판부, 2013.
• 변영계, 『교수 · 학습 이론의 이해』, 학지사, 2009.
• 유숙자, 『재일 한국인 문학연구』, 월인, 2002.

- 윤인진, 『코리안 디아스포라』, 고려대학교출판부, 2004.
- 이부영, 『노자와 융』, 한길사, 2012.
- 이정석, 『재일조선인 문학의 존재양상』, 인터북스, 2009.
- 이한창, 『재일 동포문학의 연구 입문』, 제이앤씨, 2011.
- 임채완, 『재일코리안 디아스포라 문학』, 북코리아, 2012.
- 전북대학교 재일동포연구소, 『재일 동포문학과 디아스포라』, 제이앤씨, 2008.
- 최순남, 『인간행동과 사회환경』, 한신대학교출판부, 1993.
- 홍문표, 『현대문학비평이론』, 창조문학사, 2003.
- 황봉모, 『재일한국인문학연구』, 어문학사, 2011.
- 나카무라 후쿠지, 『김석범 『화산도』읽기: 제주 4.3 항쟁과 재일한국인 문학』, 삼인, 2001.

〈번역서〉

- 미셸 푸코, 김부용 역, 『광기의 역사』, 인간사랑, 1999.
- 아서 클라인만 · 비나 다스 외, 안종설 역, 『사회적 고통』, 그린비, 2002.
- 요제프 스탈린, 정성균 역, 『사적 유물론과 변증법적 유물론 마르크스주의와 언어학』, 두레, 1989.
- 주디스 허먼, 최현정 역, 『트라우마』, 플래닛, 2007.

〈기타〉

- 『한국민족문화대백과』, 한국학중앙연구원.
- 김충식, 「열도의 한국혼」, 『신동아』제552호, 동아일보사, 2005.

3부

치유의 관점에서 본 러시아 한인들의 한국 전통춤의 특징과 의미에 대한 연구
-한국 전통무용단 "소운(小雲)"을 중심으로-

양민아

1. 들어가며

러시아의 한인들은 150년 전 한반도를 떠나 러시아 연해주로 이주하여, 현재까지 5-6세대로 약 50만 명이 러시아 및 CIS 지역 곳곳에 거주하고 있다. 그들은 1937년 일본 스파이라는 누명을 쓰고 중앙아시아로 강제이주를 당한 이후, 철저히 소비에트 연방의 사회주의 체제하에 동화되어 살아가야만 했다. 따라서 언어를 비롯한 민족문화를 이어갈 수 없었다. 이례적으로 카자흐스탄에 존립하고 있는 국립고려극장(Государственный Республиканский Корейский Театр Музыкальной Комедии)이 러시아 및 중앙아시아 한인들의 문화를 대표하고 있지만, 그들의 문화는 현지의 문화와 환경에 의해 변형된 러시아 한인들의 문화이다.

이러한 상황에서 1991년 4월 26일 "탄압받은 민족에 대한 명예회복

(О реабилитации репрессированных народов)"법안이 통과되며, 러시아의 한인들은 그들의 문화를 되살릴 수 있는 기회를 맞았다. 그러나 그들에게는 언어를 비롯하여 남아있는 것이 거의 없었다. 이미 1990년 9월 대한민국과 러시아가 국교를 정상화하며 러시아에 대한민국문화가 유입되기 시작하였고, 러시아의 한인들은 대한민국의 문화를 조상의 문화라고 여기고 적극적으로 받아들이기 시작한다. 1990년대 중반부터 러시아 지역에는 한국문화센터가 등장하기 시작한다. 상트페테르부르크에도 여러 개 조직되었는데 그 중 하나가 한국청소년교육문화센터 "난(蘭)"(이하 센터 "난")이다. "소운"은 센터 "난"에서 한글을 배우던 한인들이 조상들의 문화를 깊이 알고자 하는 이들이 모여 2003년 창단하였다.

창단 이후, 현재까지 13년간 전통춤을 추면서 대한민국의 전통춤은 러시아 상트페테르부르크의 한인들에게 어떠한 의미로 다가오는가?

무용치료는 1958년 미국의 무용수이자 안무가인 Blanche Evan에 의해 시작되었으며, 1966년 미국무용치료협회(The American Dance Therapy Association)의 설립과 함께 본격적으로 연구영역으로 자리 잡기 시작하였다. 우리나라도 1993년 류분순 교수에 의해 한국무용치료연구회의 발족을 계기로 미국식 무용치료의 연구가 시작 되어 꾸준히 발전하고 있다. 2000년대 초반까지는 연구대상이 정신지체, 장애인 등의 환자들을 대상으로 연구가 진행되었으나, 2000년대 후반 이후부터는 중년여성, 노인, 다문화가정 아동 등으로 그 연구 대상이 확대되고 있는 추세이다.[1] 이러한 연구들은 무용치료가 의료행위는 아니지만 연구대상자

1) 임영랑, 「무용심리치료 프로그램이 중증 우울증 중년여성의 우울증세와 삶의 질에

들의 심리에 긍정적인 영향을 미치고 있음을 증명하고 있다. 그러나 일각에서는 우리나라의 굿에서 등장하는 춤의 치유적 효과가 있음을 밝히는 연구들이 있다.[2] 특히 차수정[3]은 한국인을 위한 심리치료로서의 전통무용인 살풀이춤의 가능성을 보여주고 있다. 이처럼 무용치료에 대한 연구의 주제와 대상이 다양화되고 증가하고 있지만 아직까지 재외한인들을 대상으로 한 연구는 이루어지지 못했다.

따라서 본 연구는 치유의 관점에서 전통춤을 추는 러시아 한인들이 전통춤을 습득하고 공연하는 과정에서 한국 전통춤을 어떻게 인식하고, 어떠한 의미를 갖는지를 살펴보는 경험적인 연구이다. 이는 전통춤의 한인들의 심리적 치유의 가능성을 가늠해 볼 수 있는 중요한 단서가 되는 연구라고 볼 수 있다. 본 연구자는 7년간(2006-2012) 한국전통무용단 “소운”의 예술 감독으로 재직하며 참여관찰과 무용단원들과의 심층면담[4]을 통하여 그들의 한국 전통춤의 특징과 성격 그리고 그에 대한 인식의 변화를 심도 깊이 관찰할 수 있었다.

미치는 영향」, 성신여자대학교 대학원 박사학위논문, 2013; 진선경, 「비언어적 의사소통을 활용한 무용/동작 심리치료가 다문화 가정 아동의 또래 상호작용에 미치는 연구: 예비연구」, 서울여자대학교 특수치료전문대학원 석사학위논문, 2012; 최윤정, 「리듬운동을 통한 무용치료가 여성 치매노인의 인지기능과 기억수행 및 우울에 미치는 효과」, 강원대학교 박사학위논문, 2011.

2) 김미란, 「샤머니즘적 수행에서 무용의 치료적 요소에 관한 연구」,경성대학교 교육대학원 석사논문, 2004; 선미경, 「병굿의 무용치료적 기능에 관한 연구: 두린굿을 중심으로」,이화여자대학교 대학원 석사학위논문, 1989.

3) 차수정, 「한국인을 위한 심리치료로서의 전통 무용의 가치 살풀이춤을 중심으로-」, 『韓國思想과 文化』제41호, 한국사상문화학회, 2008, 333~358면.

4) 심층면담은 연구자의 석사, 박사 논문 집필을 위하여 2008년 (11명 : 여9명, 남2명)과 2011년 (여성9명 : 한인7명, 러시아인 2명) 두 차례에 걸쳐 진행되었다. 본 논문에서는 심층면담의 내용 중 심리적인 변화의 부분에 초점을 맞추어 결과를 제시한다. 자세한 내용은 부록 I 참조.

2. 치유의 관점에서 본 한국 전통무용단 "소운(小雲)"의 활동과 한국 전통춤의 특징

본 장에서는 먼저 한국 전통무용단 "소운(小雲)"에 대하여 소개하고 한국 전통춤 수업과 공연 활동을 통하여 단원들이 실제로 느끼는 한국 전통춤의 특징과 성격과 대해 알아보고자 한다.

1) 한국 전통무용단 "소운(小雲)"[5)]

한국 전통무용단 "소운(小雲)"은 2003년 한국 유학생과 7명의 러시아 한인(중앙아시아 출신 6명, 상트페테르부르크 출신1명), 러시아인 1인 총 9명이 모여 창단했다.[6)] 그러나 2004년 유학생의 영구 귀국으로 소운은 독자적인 길을 걷기 시작한다.

2006년부터 본 연구자가 소운에 부임하면서 공연 작품의 다양화, 상시 연습 및 정기공연을 통하여 무용단으로서의 체제를 갖추기 위해 노력한다.[7)]

---

5) 본 내용은 양민아, 「소련 해체 이후, 한국 전통춤을 통한 러시아 한인들의 한국문화에 대한 태도 변화 연구-러시아 상트페테르부르크 소재 한국청소년문화교육센터 〈난(蘭)〉의 사례를 중심으로-」, 『한국문화연구』제27호, 한국문화연구원, 2014, 199~203면의 내용을 수정 · 보완 · 재구성 하였다.

6) 당시 한국 유학생 천현영은 이동안류 재인청 춤을 추는 정주미 선생의 제자로 초창기 소운단원들은 이동안류 화성 재인청 기본무, 진쇠춤, 소고춤, 아라리춤을 전수했다. 2004년 8월 5명의 단원이 한국을 방문하여 한 달 동안 정주미 선생에게 신칼대신무를 비롯한 재인청 춤연수를 받았다.

7) 부채춤, 진도북춤, 살풀이춤(이매방류), 부채산조, 한량무, 삼고무, 장구춤, 강선영류 태평무, 검무 등 다양한 전통춤 작품을 비롯하여 전통창작 작품들을 레퍼토리로 갖고 있다.

소운은 2007년 모스크바에서 개최된 전국 러시아 한인문화축제에서 1등을 차지하며 러시아 한인사회에서 그 인지도가 급상승 한다. 같은 해, 상트페테르부르크시의 공식 문화예술단체로 등록되었고, 시 행사에 공식 초청단체로 활동하였다. 그리고 2007년에는 러시아 상트페테르부르크에 대한민국총영사관이 개관하여, 총영사관 주최 한국문화행사에서 중요한 역할을 한다. 소운의 다양한 활동을 보고 어린이들의 무용수업에 대한 러시아 한인들의 요구가 있었다. 2009년 어린이 무용 수업을 시작하여 어린이 소운무용단이 창단한다. 그러나 2012년 본 연구자의 영구 귀국으로 어린이 무용단의 활동은 계속되지 못한다. 대신 2013년부터 매해 진도에 위치한 국립남도국악원의 '모국체험' 프로그램에 참가하여 2주 동안 한국 전통춤과 전통 음악 그리고 진도문화체험을 하게 되었다. 2015년부터 현대자동차공장 주재원 가족들의 수가 급증하자 주재원 자녀들의 전통예술교육을 시작하였다.

소운은 매해 정기적인 자체 공연을 비롯하여 상트페테르부르크 시와 대한민국총영사관 주최의 다양한 문화 행사에 참여하며 러시아 한인들과 재외국민들이 화합할 수 있는 기회를 제공한다. 그리고 동시에 러시아 사회에 한국문화를 알리는 민간문화사절로서의 역할도 하고 있다. 그리고 자라나는 러시아 한인 어린이들에게 조상들의 문화를 전수하며 러시아 한인과 러시아 아이들이 한국 전통춤을 통해 또 다른 공통의 관심사를 형성할 수 있는 중간자 역할도 맡고 있다. 그러나 이주가 잦은 대도시라는 상트페테르부르크의 공간적 특성이 반영되어 소운의 구성원도 유학 후, 구직, 이직, 결혼의 이유로 자주 교체되는 어려움에 직면해 있다.

2) 치유의 관점에서 본 "소운(小雲)"이 느끼는 한국 전통춤의 특징

한국 전통춤은 반만년의 한민족 역사와 함께 형성되었다. 한국 전통춤에는 민간신앙과 유교, 불교, 도교 등의 동양의 철학적 · 종교적 이념이 융화되어 다양한 형태로 표현되며 서로를 더욱 돋보이게 하고 춤을 풍요롭게 한다. 이와 함께 중용의 미, 자연스러움의 미 그리고 조화의 미를 중시하는 한국전통미학의 특징은 한국 전통춤에서 잘 나타나고 있다.[8)]

러시아의 민족무용학자 부르나예프 A.G.(Бурнаев А.Г)는 민족전통춤은 민족의 정신적인 삶을 형성하는 예술 형식이라고 주장한다. 그리고 세대를 거듭하여 형성된 전통춤에는 민족의 역사, 철학 그리고 삶이 반영되어 있다. 민족 무용은 민족의 생활 문화 환경 특히 사회 환경을 결정짓고, 개인 또는 집단의 정체성을 확립할 수 있게 해준다.[9)]

무용사학자 이병옥(2013)은 성읍국가시기 제천의식에서 단체로 음주가무(飮酒歌舞)를 즐겼으며, 이는 춤과 노래가 주술적 의미도 있었지만 군무를 통해 부족을 대동단결시키는 역할도 하였다고 말한다. 이와 함께, 춤은 자연의 힘을 불러일으키기도 하고 쫓아내기도 하며, 아픈 사람을 치료하기도 하고, 죽은 사람을 그의 후손과 연결시키기도 한다.[10)]

---

8) 양민아, 「코리안 디아스포라 문화속의 한국 전통춤의 사회적 역할-러시아 상트페테르부르크 지역을 중심으로」, 『한국무용기록학』제15호, 2008, 4면.

9) Бурнаев, А.Г., *Культура этноса, воплощенная в танце*, Изд-во Мордов. ун-та:Саранск, 2002, 3~5면.

10) 이병옥, 『한국무용통사』, 민속원, 2013, 13면.

특히 러시아 한인 역사학자 페트로프 A.I.(Петров А.И.)의 연구를 보면, 19세기말-20세기 초의 연해주 한인들에게 전통춤과 노래 공연이 매우 활발하였고, 전통춤과 노래는 낯선 땅에서 나라를 잃은 설움을 달래고, 민족을 하나로 모아주는 구심점 역할을 했음을 알 수 있다. 특히 가무에 능한 한민족은 흥과 한 그리고 안녕을 기원하는 마음을 춤과 노래로 풀어내었다.[11] 1세기가 흐른 지금 상트페테르부르크 3-4세대 한인들에게 전통춤은 그들에게 무엇일까?

한국무용학자 정병호는 그의 저서 『한국 무용의 미학』(2004)에서 한국 무용의 정신과 성격을 제시하고 있다. 본 논문에서는 그가 규정한 전통춤의 정신과 성격 중 심층면담과 참여관찰을 통해 러시아 한인들이 한국전통춤 활동에서 그들이 실제로 느끼는 한국 전통춤의 성격을 알아보려고 한다.

2008년 1차 면담은 1년 이상 한국 전통춤을 배우고 있는 2-30대 러시아 한인 11명(여9명, 남3명), 2011년에는 2차 면담은 1년 이상 한국 전통춤을 배우고 있는 2-30대 러시아 한인 3-4세대 여성 7명. 즉 정기적으로 한국 전통춤 수업과 공연활동에 참여하는 단원들을 대상으로 실시했다.[12] 면담 내용은 한국춤을 배운 기간 및 동기, 한인으로서의 정체성, 한국춤 습득에 있어서의 어려움, 한국춤의 특징, 한국춤

---

11) Петров А.И., *Корейская диаспора в России*, 1897-1917гг., ДВО РАН, 2001, 263~264면.

12) 설문조사에서는 2008년과 2011년 3년 사이에 사회 문화적 환경의 변화에 따라 한국문화를 향유하는 방식과 대상이 크게 변한데 비해, 한국 전통춤을 배우는 이들 은 그렇게 큰 변화를 보이지 않았다. 면담 대상도 여자 단원 5명은 2008년과 2011년 중복되는데 이들을 통해서 한국 전통춤을 추는 기간이 길어지고 시간이 흐르면서 춤을 대하는 마음이 진지해지고 깊어지는 것을 확인할 수 있었다.

이 생활에 미치는 영향 등 면담자의 특성을 고려하여 다양한 주제로 이루어졌다. 한국 전통춤활동을 통해 단원들은 다음과 같은 한국춤의 특징들을 실제로 겪었다.

(1) 자연친화적이며 마음의 평화가 찾아오는 춤

정병호는 한국춤은 자연성을 중요시하는 춤이라고 말한다. 따라서 한국춤은 한국인의 심성에 담겨있는 자연친화적인 정신과 생활 습관에서 나온 것으로 볼 수 있다. 한국춤은 자연스러운 것에서 아름다움을 느끼는 단순하면서도 공간미가 있는 여백의 미나 불균형과 균형이 조화를 이룬 자연과 우주의 운행 질서를 재현하는 자연스러움의 미를 중요시한다. 자연 친화적인 성격에서 나오는 자연미는 한국 춤의 대표적인 특징이라 할 수 있다.[13)]

이에 소운 단원들은 한국춤의 특징을 다음과 같이 정의하였다. 한국춤은 명상적이고 정신적인 춤이며, 내면의 조화를 추구한다. 그리고 여성적이고, 내적인 유연함을 필요로 하며, 간접적으로 표현하는 춤으로 느낀다. 이와 함께 한국 전통춤은 한국문화의 한 부분이기는 하지만 한국 사람들의 성격을 반영하고 있는 것 같다.

이들은 서양의 음악교육을 받았기에 처음 접한 한국음악은 생소한 박자와 음율 구성으로 전혀 이해할 수 없는 것이다. 그리고 정중동(靜中動), 동중정(動中靜)으로 대표되는 한국 전통춤의 특징은 끊임없이 흘러가거나 움직이다가도 멈춰있고, 멈춰있는 듯하다가 움직이는 동

13) 정병호, 앞의 책, 120~121면.

작을 초보단원들은 전혀 이해할 수 없었다고 한다. 그러나 초기(최소 6개월에서 최대 1년간)의 어려운 고비를 넘기고 익숙해지고 나면, 춤을 출 때, 마음의 평정심과 고요함을 찾게 되는데 이는 단지 춤출 때뿐만 아니라 일상생활에서도 성격이 보다 느긋해지고 너그러워짐을 느낀다고 한다. 때때로 명상적인 느린 한국춤을 춘 날은 마음의 평화가 찾아오고 편하게 잠자리에 들 수 있다고 한다.

이렇듯 초기에는 어렵지만 시간이 흐를수록 러시아 한인들의 마음에 평정심과 편안함을 가져온다. 춤이라는 것은 동작들이 몸으로 체득되어 사람의 심리에까지 영향을 미칠 수 있다.

(2) 제2의 가족이라는 공동체를 형성하는 춤

한민족은 가무(歌舞)를 통해 한사람의 슬픔을 모두의 슬픔으로 돌리고, 한사람의 즐거움을 모두의 즐거움으로 돌리는 방식으로 공동체의식을 형성하였다. 공동체적 춤은 제물들을 가족이나 이웃들과 함께 나누거나, 집집마다 돌며 마을 사람들의 안녕을 확인하거나 또는 오락과 친목을 나누며 공동체임을 확인하고 공동체 의식을 공고히 하는 역할을 한다.[14] 이러한 한민족의 공동체적 춤문화가 러시아 한인들도 전통춤활동을 통하여 형성되고, 이를 느끼고 있다.

한국 전통춤은 전 단원의 일상생활과 불가분의 관계에 있다. 비록 각기 자신들의 직업이 있지만, 많은 시간 함께 땀을 흘리며 연습하고, 공연을 준비하는 과정에서 끈끈한 연대감이 형성되어 있다. 단원들은

14) 정병호, 앞의 책, 125~134면.

군무를 추면서 함께 호흡을 맞추는 작업을 통하여 머리가 아닌 마음으로 서로를 깊이 이해하게 된다. 그들은 서로를 진심으로 아끼고 춤 연습 뿐만 아니라 생일, 명절, 휴가, 집안의 대소사 등에서 많은 시간을 함께 보낸다. 그들에게 소운은 '제2의 가족'이다. 가족 같은 사람들이 이직, 결혼을 이유로 소운을 떠날 때에는 마음이 아프다고 한다.

(3) 예악(禮樂)의 체득을 통해 조상의 문화를 깨닫게 된 춤

우리나라의 전통예술이나 춤에는 예도가 있다. 전통춤을 볼 때는 춤에 나타난 기교를 보기 보다는 그 춤에 담겨 있는 정신을 보아야 한다. 전통춤 예인들은 예를 온몸으로 실천하는 춤인 만큼 인격을 갖추어야 좋은 춤이 나올 수 있다고 믿으며, 인격도야를 전통춤 교육의 가장 중요한 덕목으로 삼고 있다.[15]

단원들은 한국 전통춤의 특수한 동작체계(수족상응(手足相應))[16]와 머리를 숙여 인사하는 것, 절하는 것 그리고 버선과 한복을 입었을 때 한국문화의 특수성이 한국춤에 녹아있는 것 같아서 머리로 이해하는 한국문화보다 직접 몸으로 익히는 한국 전통춤을 통해서 조상들의 문화가 더 가깝게 느껴진다고 증언한다.

"나는 항상 스스로를 러시아인이라고 생각하고 살아왔다. 그러던 어

15) 정병호, 앞의 책, 147면.

16) 수족상응(手足相應): 대개 오른발이 움직일 때에는 왼팔이 움직이게 된다. 그러나 한국전통춤에서는 같은 발에 같은 손을 움직인다. 그러나 이것이 전혀 어색하지 않고 아름답게 조화된 것이 한국춤의 미(美)라 할 수 있다.

느날 문득 내가 어디에서 왔으며, 내 조상들이 누구인지?에 대해 궁금해졌다. 그에 대한 답을 찾기 위해 한국어를 배우기 시작하면서 나의 조상들의 나라인 한국이라는 나라의 규범, 풍습, 문화들을 알게되었다. 나에게는 모두 새로운 것이었지만 흥미로운 것이었다. 그러나 그것으로는 무언가 부족함을 느끼던 차에 춤을 배우기 시작했다. 몸으로 직접 한국의 리듬을 느끼고 표현하면서 한국의 문화가 더 가깝게 느껴진다.

(최 사샤(31), 경력 3년)

한국 전통춤을 접하기 이전에 단원들은 스스로를 러시아인이라고 생각했다. 그러나 현재 무용단에서 짧게는 1년 길게는 8년간 활동하고 있는 단원들은 자신을 러시아에 살고 있는 한인이라고 생각한다. 공연 후나 민속춤 페스티벌에 참가하여 자신을 소개할 때, 다시 한 번 "자신이 누구인가?"라는 질문을 하게 된다. 자신이 한복을 입고, 전통머리모양과 화장을 했을 때, 한국음악을 듣고 있는 자신의 마음이 편안해질 때, 북을 칠 때 피가 끌어당기는 느낌이 들 때 자신들이 한인이라는 생각이 든다고 한다.

"내가 비록 한인이기는 하지만, 앞으로 내가 살아야 할 곳은 러시아이고, 러시아 국민으로 살아가야 한다는 사실은 변함이 없을 것이다. 그러나 한국 춤을 추면 출수록 그리고 러시아인과 한인들에게 춤을 가르치면서, 그들을 지켜보니 내 몸속 어딘가에 한인의 유전자가 있는 것만은 분명하다는 생각이 든다."

(김 사샤(30), 경력 8년)

(4) 흥과 멋이 있는 신명(神明)의 춤

한국 전통춤에서는 기쁨, 멋, 흥, 신명, 높은 자존감등 한국인들의 철학과 감성을 느낄 수 있다. 이러한 한국 전통춤의 특징이 있기 때문에 춤을 통해서 내 자신이 스스로 춤 속의 멋과 흥을 느낄 수 있고 이것이 보는 사람에게도 전해지는 것이 아닐까한다. 한국춤은 매우 활기차고 역동적인 춤이더라도 동시에 부드럽고 조화로운 동작 안에서 고요함을 찾을 수 있다. 역동성 속의 고요함 반대로 고요함 속의 역동성이 한국춤의 멋과 흥이 아닐까 한다. 흔히 한국문화를 한의 문화로 보는 경우가 있다. 그러나 한국문화는 한의 문화가 아니라 그 한을 신명과 신바람으로 풀어내고 기쁨의 세계로 전환하는 신명의 문화이다.[17)]

> "한국 전통춤은 단순히 한국전통음악에 맞춘 아름다운 동작의 집합체가 아니라, 한국문화에서 의미를 가진 각 요소들이 체계적으로 형성되어 생겨 난 자연스러운 언어라고 생각한다. 이것이 한국춤의 만이 느껴지는 멋이 아닐까한다."
>
> (이 이리나(33), 경력 8년)

(5) 감정을 정화하여 슬픔을 풀어내는 춤

우리민족은 예로부터 고인 것을 푸는 풍속이 있었다. 한과 슬픔을

17) 정병호, 앞의 책, 155면.

춤으로 푸는 통과의례로서의 풀이문화가 존재한다. 이러한 풍습으로는 씻김굿에서 망자의 혼을 씻기는 진혼춤, 망자의 한을 풀어주는 고풀이춤, 장례의식에서 유가족의 슬픔을 풀어주는 춤, 승무의 북놀이에서 북을 두들김으로써 한을 풀거나 인간의 고뇌를 풀기도 한다. 그러나 우리민족은 슬픔을 즐기면서 이를 기쁨으로 전환하는 특징을 가지고 있다. 살풀이춤이나 승무의 정신은 원한을 푼다든가, 슬픔의 춤이라는 개념이 아니라 슬픔에서 환희로 전환하기 위한 삶의 춤이라 할 수 있다.[18)]

소운 단원들도 그 개개인의 성향이나 그날의 기분에 따라 각기 다른 성향의 춤에서 감정의 정화를 느낀다. 〈진도북춤〉 같은 북을 치며 추는 빠른 춤에서 몸과 마음에 쌓인 일상의 스트레스가 풀리는 것을 느끼는 경우도 있고, 반대로 매우 우울한 날이나 흐린 날이 오래 지속되는 겨울에는 오히려 〈살풀이〉나 〈산조〉같은 느린 춤에서 감정의 정화를 느끼는 경우가 있다.

> "흐리고 구름이 낮게 깔리는 날이 오래 지속되는 겨울의 끝 무렵은 정말 견디기 힘들다. 몸도 무거워지고 가슴도 답답해지며 기분도 우울해지고 만사가 귀찮아진다. 그런 날은 이상하게도 빠른 춤보다는 아무 생각 없이 〈살풀이〉를 추다보면 끝에는 나도 모르게 내 몸도 마음도 가벼워진 것을 느낄 수 있다."
>
> (박 따냐(28), 경력 5년)

18) 정병호, 앞의 책, 135-137면.

3. 나가며

러시아 한인들로 구성된 소운단원들은 한국 전통춤 활동을 통해서 한국문화의 특징들을 몸소 체험할 수 있었다. 이러한 과정을 통해서 그들은 마음의 평화와 감정의 정화를 느꼈을 뿐만 아니라 동시에 제2의 가족과도 같은 단원들 사이에 깊은 친밀감과 유대감이 형성될 수 있었다. 이와 더불어 자신들이 한인임을 자각하고, 조상의 문화를 더욱 가깝게 느낄 수 있었다. 그리고 한국 전통춤 공연은 춤을 추는 이들 뿐만 아니라 보는 이들에게도 그 감정이 전해질 수 있다. 한국 전통춤은 언어와 다르게 몸으로 직접 체험하고 그 느낌이 전해지는 것으로 심리적으로 미치는 영향이 더욱 크다. 그리고 이 속에는 러시아 한인들을 포함한 전세계의 한인들이 모두 공통적으로 느낄 수 있는 감정이 있을 것이다. 이것이 바로 춤의 강점이다. 그러나 안타깝게도 러시아에서 춤은 특별한 재능을 가진 사람들이 추는 것이라는 선입견이 있어 춤을 직접 추려는 사람들이 매우 적다.

최근 인도의 몸의 훈련을 통한 수련법인 요가나 중국의 태극권 등 아시아의 몸 수련법들이 전 세계적으로 인기를 끌고 있다. 이처럼 한국의 전통춤도 그 동작들을 잘 정리하여 체계화 시킨다면 러시아 한인들을 넘어서서 마음의 평화를 찾고 감정을 정화하는 수련법으로써 그 모습을 달리하여 전 세계 사람들에게 다가갈 수 있을 것이다. 보다 많은 사람들이 한국 전통춤을 향유하며 마음의 평화를 찾아 이를 치유할 수 있고 한국문화를 보다 가깝게 느낄 수 있기를 바란다.

참/고/문/헌

〈연구논문〉

• 김미란, 「샤머니즘적 수행에서 무용의 치료적 요소에 관한 연구」, 경성대학교 교육대학원 석사논문, 2004.

• 선미경, 「병굿의 무용치료적 기능에 관한 연구: 두린굿을 중심으로」, 이화여자대학교 대학원 석사학위논문, 1989.

• 양민아, 「코리안 디아스포라 문화속의 한국전통춤의 사회적 역할-러시아 상트페테르부르크 지역을 중심으로」, 『한국무용기록학』제15호, 무용역사기록학회, 2008.

______, 「소련 해체 이후, 한국 전통춤을 통한 러시아 한인들의 한국문화에 대한 태도 변화 연구-러시아 상트페테르부르크 소재 한국청소년 문화교육센터 〈난(蘭)〉의 사례를 중심으로-」, 『한국문화연구』제27호, 한국문화연구원, 2014.

• 임영랑, 「무용심리치료 프로그램이 중증 우울증 중년여성의 우울증세와 삶의 질에 미치는 영향」, 성신여자대학교 대학원 박사학위논문, 2013.

• 최윤정, 「리듬운동을 통한 무용치료가 여성 치매노인의 인지기능과 기억수행 및 우울에 미치는 효과」, 강원대학교 박사학위논문, 2011.

• 차수정, 「한국인을 위한 심리치료로서의 전통 무용의 가치 살풀이춤을 중심으로-」, 『韓國思想과 文化』제41호, 한국사상문화학회, 2008.

• 진선경, 「비언어적 의사소통을 활용한 무용/동작 심리치료가 다

문화 가정 아동의 또래 상호작용에 미치는 연구: 예비연구」, 서울여자대학교 특수치료전문대학원 석사학위논문, 2012.

〈단행본〉

- 이병옥,『한국무용통사』, 민속원, 2013.
- 정병호,『한국무용의 미학』, 집문당, 2004.

〈외국논저〉

- Бурнаев. А.Г., *Культура этноса, воплощенная в танце*. Изд-во Мордов. ун-та:Саранск. 2002.
- Петров А.И., *Корейская диаспора в России*, 1897-1917гг. ДВО РАН:Влад ивосток. 2001.

부록 I. 심층 면담 요약(1차 2008[19], 2차 2011)[20]

2008년 1차 심층면담은 1년 이상 한국 전통춤을 배운 러시아 한인(여 9명, 남3명), 2011년에는 2차 반구조화된 면담 1년 이상 한국 전통춤을 배운 러시아 한인 (여7명), 러시아인 (2명) 즉 정기적으로 한국 전통춤 수업과 공연활동에 참여하는 단원들을 대상으로 실시되었다. 면담결과는 2008년과 2011년의 결과를 함께 기술한다.

단, 2011년도에는 2명의 러시아 단원이 면담에 참여하면서 그들에게는 한인으로서의 정체성에 대한 항목에 대해서는 질문하지 않았다. 그리고 설문조사에서는 2008년과 2011년 3년 사이에 한국문화를 향유하는 방식과 대상이 크게 변한데 비해, 한국 전통춤을 배우는 이들에게는 그렇게 큰 변화를 보이지 않았다. 면담 대상도 여자 단원 5명은 2008년과 2011년 중복되며, 2011년도에 러시아 한인 2명과 러시아 인 2명이 새로운 면담 대상자가 되었다.

면담 내용 : ① 한국춤을 배운 기간 및 동기
② 한인으로서의 정체성
③ 한국춤 습득에 있어서의 어려움

19) 양민아, 「코리안 디아스포라 문화속의 한국전통춤의 사회적 역할-러시아 상트페테르부르크 지역을 중심으로」. 『한국무용기록학』, 제15호, 2008. 무용역사기록학회, 2008, 22면 참조.

20) 심층면담의 내용에 대한 이해를 위하여 양민아, 「소련 해체 이후, 한국 전통춤을 통한 러시아 한인들의 한국문화에 대한 태도 변화 연구-러시아 상트페테르부르크 소재 한국청소년문화교육센터 〈난(蘭)〉의 사례를 중심으로-」. 『한국문화연구』제27호. 2014. 한국문화연구원. 200~204에 개재된 내용을 일부 발췌하여 수록한다.

④ 한국춤의 특징
⑤ 한국춤이 생활에 미치는 영향
⑥ 상트페테르부르크에서 한국문화의 위상과 전망

① 한국 춤을 배운 기간 및 동기

소운 단원들의 춤을 배운 기간은 짧게는 1년부터 길게는 8년까지 다양한 기간 동안 춤을 배우고 있다. 그러나 주목할 만 한 점은 2008년 이전에는 어릴 적, 민속무용단이나 발레를 배웠던 러시아 한인들 중에서 한국 전통춤을 배우고 싶어 춤을 배우기 시작한데 반해 2011년에 들어서는 전에는 춤에 관심이 없었으나, 한국문화에 대한 관심으로 배우기 시작한 러시아 한인과 다른 나라의 무용에 관심이 있는 러시아 인들이 생기고 있다.

② 한인으로서의 정체성

한국 전통춤을 접하기 이전에 단원들은 스스로를 러시아인이라고 생각했다. 무용단에서 짧게는 1년 길게는 8년간 활동하고 있는 단원들은 현재는 자신을 러시아에 살고 있는 한인이라고 생각한다. 공연 후나 민속춤 페스티벌에 참가하여 자신을 소개할 때, 자신이 누구인가라는 생각을 다시 한 번 하게 된다. 자신이 한복을 입고, 한국식 머리모양과 화장을 했을 때, 한국음악을 듣고 있는 자신의 마음이 편안해 질 때, 북을 칠 때 피가 끌어당기는 느낌이 들 때 자신들이 한인이라는 생각이 든다고 한다.

③ 한국춤 습득에 있어서의 어려움

단원들 모두 한국 전통춤을 배울 때 가장 어려운 것은 음악이라고 입을 모은다. 서양의 음악교육을 받은 이들에게 생소한 박자와 음율 구성은 전혀 이해할 수 없는 것이다. 그리고 정중동, 동중정으로 대표되는 한국 전통춤의 특징이 러시아인들 뿐 아니라 러시아 한인들에게도 끊임없이 흘러가는 동작 또는 움직이다가도 멈춰있고, 멈춰있는 듯하다가 움직이는 동작은 처음에는 전혀 이해할 수 없었다고 한다. 그러나 초기(최소 6개월에서 최대 1년간)의 어려운 고비를 넘기고 익숙해지고 나면, 춤을 추는 순간만은 자신이 한인이라는 생각이 든다고 한다. 반면에 러시아인 단원들은 한국 전통춤에서 나오는 특유의 동작체계(수족상응)와 머리를 숙여 인사하는 것, 절하는 것 그리고 버선과 한복을 입었을 때 한국문화의 특수성이 한국춤에 녹아있는 것 같아서 머리로 이해하는 한국문화보다 직접 몸으로 익히는 한국 전통춤을 통해서 한국문화가 더 가깝게 느껴진다고 답했다.

④ 한국춤의 특징

소운 무용단원 전체는 한국 전통춤은 물론 한국문화의 한 부분이기는 하지만 한국 사람의 성격을 반영하고 있는 것 같다고 말한다. 소운 단원들은 한국춤의 특징을"명상, 내면의 조화, 여성성, 내적인 유연함, 간접적 표현, 정신적인 춤, 기쁨, 흥, 신명, 높은 자존감 등"으로 특징짓고 있다. 그리고 한국 전통춤에서 한국인들의 철학, 감성이 나타나는 듯하다. 이러한 한국 전통춤의 특징이 있기 때문에 춤을 통해서 내 자신이 한인임을 느낄 수 있고 이것이 보는 사람에게도 전해지는 것이 아닐까 한다.

⑤ 한국 전통춤이 생활에 미치는 영향

한국 전통춤은 전 단원의 일상생활과 불가분의 관계에 있다. 비록 각기 자신들의 직업이 있지만, 많은 시간 함께 땀을 흘리며 연습하고, 공연을 준비하는 과정에서 끈끈한 연대감이 형성되어 있다. 무용단원들은 서로서로를 진심으로 아끼고 춤 연습뿐만이 아니라 생일, 명절, 휴가 등 많은 시간을 함께 보낸다. 그들에게 소운은 '제2의 가족'이다. 가족 같은 사람들이 이직, 결혼의 이유로 소운을 떠날 때에는 마음이 아프다고 한다.

⑥ 상트페테르부르크에서 한국 문화의 위상과 전망

단원들은 한국문화는 상트페테르부르크에서 인지도가 그다지 높지 않다고 얘기한다. 한국문화는 러시아 사회에서 소수 민족들의 문화중 하나로 인식되고 있는 것이 현실이다. 그러나 불행 중 다행인 것은 해마다 소운의 공연을 찾는 관객, 또 한국문화를 배우려는 러시아인들이 증가하고 있다는 것이다. 단, 2008년 단원들은 2007년 개관한 상트페테르부르크 대한민국 총영사관이 한국문화 전파를 위한 적극적인 활동을 절실히 기대하고 있었다.

그러나 2011년에는 2007년 총영사관개관, 2008년 상트페테르부르크에 공장을 준공한 현대자동차, 그리고 한류열풍에 의해 상트페테르부르크에서 한국문화에 대한 관심이 높아지고 있지만 그러한 외부적인 요구에 이러한 기관들이 효과적인 대응을 하고 못하고 있다는 의견이 지배적이다. 따라서 단원들은 자생의 길을 선택했다. 다행히 공연 스케줄을 다 소화하지 못할 만큼 소운 무용단을 찾는 사람들이 늘었다. 그리고 총영사관, 현대자동차, 기아자동차에서 주관하는 한국문화행사에 소운무용단의 초청공연은 고무적인 일이지만, 단순한 초청이 아니라 무용단 발전을 위해 지속적인 지원까지 이어졌으면 하는 것이 단원들의 바램이다.

「남은 여생의 시련」을 통해 본 사할린 한인의 역사적 상처와 치유로서의 희곡 쓰기

김남석

1. 한 사할린 한인의 희곡 쓰기와 그 여파

2016년 3월 부산극단 이그라는 이례적인 작품을 무대에 올리는 파격을 단행했다. 극단 이그라가 해당 작품을 무대에 올린 이 시점은 '부산연극제'가 개최되는 기간이었다. 통상적으로 부산연극제가 경쟁 연극제라는 점을 감안한다면, 부산의 관심과 정서에서 다소 동떨어진 이 작품이 선발 대상으로 선정되기에 유리한 작품이라고 말하기 힘들 것이다. 실제로 부산연극제는 한 해를 시작하는 부산 연극(계)의 시작이며 동시에, 전국연극제에 참가할 부산 대표작(극단)을 선발하는 경쟁 선발 행사의 성격을 지닌다. 게다가 부산연극제는 창작 초연작을 경쟁 참가 조건으로 삼고 있었기 때문에, 이왕이면 당대 부산(인)의 관심을 끌 수 있는 동시대의 작품을 선호한다고 해야 한다. 하지만 이 작품은 부산의 관심사와는 거리가 있고, 한국인들 중에서는 이 작품의 배경에 관심을 두는 경우도 드물다고 해야 한다. 그러한 측면에서 이그라의 선택은 다소 의외라고 할 수밖에 없다.

이러한 한계에도 불구하고, 이 작품의 전체 성향이나 다루고자 하는 극적 내용은 국내 초연으로 보기 어려울 정도로 심도 있는 문제의식을 내장하고 있었다. 내용상 한번쯤 러시아에서 공연되었을 법한 사건을 다루고 있었고, 작가의 국적 또한 이러한 추정을 어느 정도는 뒷받침했다고 할 수 있다. 하지만 이 작품은 놀랍게도 초연(국내외에서)이었고, 또 작가 역시 한국인 국적을 지니고 있는 것으로 판명되었다. 그 결과 이 작품은 국내 창작으로 인정되었고, 부산연극제에서 공연될 수 있었다.

일단 작품을 둘러싼 이러한 정황은 대회 참가 규정상 아무런 문제가 없는 실제 상황이었지만, 참가 자격을 논하는 규정의 합치 여부와 관련 없이 이 작품이 지니는 내적 특질에 대해서는 별도로 논구할 필요가 있다고 해야 한다. 그러니까 이 작품이 부산연극제의 관례나 기존 공연 작품과 상치될 법한 성향을 지녔던 이유를 상세하게 살펴 볼 필요가 있다고 하겠다.

일단 작가의 이력에서 그 이유를 찾을 수 있겠다. 다음 장에서 상세하게 논의하겠지만, 작가는 러시아 사할린 출신 '인무학'이었다. 작가의 러시아 이름은 '인 알렉산더(In Alexander)'로 사할린에서 출생한 한국인 1세대에 해당한다. 1945년 8월 15일 이전 출생자를 '1세대'로 간주하는 한국 정부의 관련 규정에 의거하면, 그러하다는 뜻이다. 실제로 그는 사할린으로 이주하여 정착한 부모 슬하에서 탄생하였고 그 이후 사할린에서 성장한 이주 2세대로 보는 편이 더욱 온당하다.

그러다 보니 인무학의 최초 국적은 러시아이고, 2009년 영주귀국하면서 한국 국적을 취득한 상태이다. 그는 애초부터 자신을 한국인으로 생각하고 있었고, 물론 현재 한국인 국적을 지니고 있기는 하지만, 문화나 관습적인 측면에서는 러시아의 그것들을 동시에 지니고 있었으며, 또 국적 상의 일부에서는 러시아인이기도 했다. 과거 그는 모스크바 국립 광산대학에서 교수로 재직했는데, 이러한 국립대학 재직은 기본적으로 해당 국가 시민권자여야 하므로, 그 역시 러시아 국민의 자격을 증빙한다고 하겠다.

그의 모든 조건은 한국인과 러시아인 사이에 그가 위치하며, 이른바 '낀 존재(in-between)'의 조건을 견지하는 인물임을 증명한다. 이른바 그는 사할린 한인이며, 넓은 의미에서 '재외한인'에 해당한다. 따라서 그가 쓴 작품이 국내 작가의 작품이냐는 질문이 당연히 행해질 수 있으며, 현실적으로 국내 작가의 작품을 공연해야 하는 부산연극제의 기준에 대한 논란이 벌어질 수밖에 없었다.

다만 이러한 질문과 논란은 현실적인 차원의 문제이므로, 본질적인 문제로 치부할 수는 없을 것이다. 더 궁극적인 논점은 그의 국적이 아니라, 그가 이러한 작품을 집필한 궁극적인 의도에 맞추어져야 하기 때문이다. 그의 작품은 사할린 한인의 '영주귀국' 문제를 다루고 있는데, 이러한 문제 제기가 궁극적으로 한국인이 자신들의 작품을 통해 검토해야 할 사안이나 주제인가에 대한 고민이 필요하다고 보아야 한다. 설령 인무학이 한국 국적을 가지고 있지 않다고 해도, 주제의식의 진정성이 인정된다면 외국 국적을 가진 경우라도 한국문학(연극)의 연구 범주에서 다루어질 수 있다고 판단해야 한다.

다음으로 논의될 수 있는 점은, 이 작품의 내용에 관한 논점이다. 이 작품은 사할린 한인이 겪어야 할 영주귀국의 불편과 부당함을 폭로하고자 했다. 그러한 측면에서 2000년 이후 본격화된 한국 정부의 사할린 한인 귀국 정책에 대한 직간접적인 비판으로 볼 여지도 상당하다. 실제로 작가는 이 작품을 쓰는 과정에서 '한국 정부의 움직임이 없'는 상황에 대한 비판의 목소리를 높이고 싶었다고 술회한 바 있다. 인무학의 주장에 의하면, 한국 정부가 사할린 한인의 귀국과 처우에 대해 소극적으로 대응하고 있다는 것이다.[1)]

하지만 더욱 주목되는 점은 이러한 한인 귀국 정책의 이면에 가려져 있는 사할린 한인의 수난사일 것이다. 디아스포라 문학은 흔히 한국 바깥으로 이주한 재외한인의 고통과 역경을 다루고 있어, 해당 사회(거주국)로의 진입을 추진하는 과정에서 겪은 한인들의 애환과 상처 그리고 그 해결 방안이나 실패 이유를 추적하는 결론을 일구어내기 일쑤이다. 그러니 국내 관객들에게는 흥미로운 소재이지만 절실한 문제가 될 수 없어서, 공연으로 직접 연계되는 사례를 발견하기란 그리 쉽지 않다.

더구나 재외한인의 이주 과정에는 해당 국가의 복잡한 사회문화적 정황과 정치 이데올로기가 깊숙하게 관련되기 마련이어서, 해당 시기 거주 국가(통치 체제와 주류 민족)와 이주민의 상호 관계(세밀한 역사)를 속속들이 이해하지 않고는 텍스트에 대한 접근이 불가능한 경우도 상당하다. 이러한 각종 제약들로 인해 디아스포라 문학(희곡)은 특수한 위치의 독자들 혹은 전문 연구자의 영역으로 제한되기 일쑤였다.

이러한 문학적/문화적 창작/수용 사례에서, 이그라 공연은 예외적

---

1) 인무학, 연구자와의 서면 인터뷰(1차), 2016년 8월 5일.

일 수밖에 없었다. 심지어는 이러한 공연을 바라보는 관객들의 성향도 다른 공연들과 차이를 보였다. 사할린 한인들이 대거 관객으로 등장하면서, 오랫동안 몸에 배였던 관람 문화를 선보여 그와 다른 관람 문화를 가진 한국(부산)의 관객들과 문화적 차이를 빚곤 했다.[2)]

이 모든 정황을 감안할 때 이 작품의 공연은 신선한 충격이 아닐 수 없었고, 또한 기존 공연 관습에서 한걸음 진전된 결과를 낳을 원동력을 발견할 수 있었다. 그 이유 중 하나는 해당 공연에서 한국 관객들에게 수용될 수 있는 여지를 확보하려고 노력했기 때문이다. 또한 〈남은 여생의 시련〉이 사할린 한인의 문제를 다루되 해당 지역(러시아)의 문화사회적 정황을 배경으로 해당 문제를 다루기보다는, 한국 사회로의 이주 과정과 한국 정착 공간에서 발생하는 갈등과 경계인의 양상을 집중적으로 고찰하였기 때문이다. 그래서 관극을 통해 한국 관객들이 '그들-사할린 한인'의 삶과 처지를 이해할 여지를 찾을 수 있었고, 그들의 삶과 역사를 보편적인 차원의 기율과 문제로 환원할 수 있는 단서도 확보할 수 있었다. 요약하면 사할린 한인이라는 구체적이고 예외적인 상황에서, 고통 받는 이산자 혹은 경계인 문학(희곡)으로의 관심 이전이 가능했다고 보아야 한다.

---

2) 이 공연을 취재한 『국제신문』 기사에는 러시아 관람 방식을 소개하는 사할린 한인의 인터뷰가 실려 있다. 이 인터뷰에는 "러시아에서는 연극을 보면서 '좋다, 훌륭하다'는 의미로 박수를 쳐요. 수십 년 동안 그렇게 살아온 습관이 남아 다들 그랬"다라는 한 관객의 박수 치는 이유가 소개되고 있다(「부산연극제 관객이 준 별점(4) 이그라 〈남은 여생의 시련〉」, 『국제신문』, 2016년 4월 11일). 하지만 각 장면마다 일어나는 국내 거주 사할린 한인들의 박수소리로 인해 관극의 불편함을 느꼈다는 국내 관객의 불만의 목소리도 만만치 않았다. 이러한 문화적 차이 역시 〈남은 여생의 시련〉이 두 국가의 문화적 인접성과 경계에서 탄생한 작품임을 우회적으로 증명한다고 하겠다.

부산연극제뿐만 아니라 대한민국의 많은 극단들이 구체적이고 예외적인 소재와 사건을 갈구하면서도, 이를 일반적인 관객이 '자신의 이야기'로 수용할 수 있는 보편적 주제와 작가 의식을 확보하는 데에는 상대적으로 둔감했다고 볼 수 있다. 그러한 측면에서 재외한인들의 문학(희곡)은 하나의 대안이 될 수 있겠다. 다만 이러한 재외한인들의 문학(희곡)이 지나치게 해당 국가나 재외한인의 문제로만 수렴된 경우에는, 이러한 특수와 보편의 경계를 통합하는 데에 제약이 따를 위험이 커지는데, 인무학의 이 작품은 이러한 성향을 넘어설 수 있는 새로운 가능성을 보여준 사례라 할 수 있다. 극단 이그라와 작품 〈남은 여생의 시련〉은 그러한 사례로 기억될 수 있을 것이며, 현재로서는 사할린-한인의 문제를 다룬 희곡으로 유일하다는 이유도 참조될 수 있을 것이다.[3)]

2. '인무학', '印茂學', '인 알렉산더', 'In Alexander', 사할린에서 돌아온 귀환자

인무학은 1942년 6월 20일 사할린(주)에서 출생했다. 1945년 8월 15일 이전 출생자이기 때문에, 그는 대한민국 정부가 분류하는 사할린 한인 1세대에 속하는 인물이며 그래서 영주귀국자의 대상이 된다. 해당 조건에 따라, 그는 2009년 12월 3일 영주귀국을 신청했고, 2016

3) 인무학은 필자와의 서면 인터뷰에서 사할린 한인의 이주와 역사에 관한 희곡은 없는 것으로 알고 있다고 답했으며, 필자 역시 다른 희곡을 발견하지 못하고 있다.

년 현재 고양시의 정착촌에서 거주하고 있다.

인무학의 현재 상황에 대해 파악하기 위해서 그의 내력에 대해 먼저 살펴 볼 필요가 있다. 우선 한국에서 그의 내력에 대해 살펴보도록 하자. 그는 교동(喬桐) 인(印) 씨의 후예인데, 이 성 씨의 본관이기도 한 교동은 강화군 교동면을 가리킨다. 일반적으로 진나라 풍익대부(馮翊大夫) 인서(印瑞)가 300년 경 신라에 사신으로 왔다가 생겨난 성 씨로 알려져 있다.[4)]

인무학의 부친은 인해영(印海英)으로 1939년 11월 강제 징용을 통해 사할린으로 이주해야 했고, 사할린 탄광에서 노동을 했으며, 해방 이후 한국으로 귀국하지 못하고 사할린에서 살아가다가 1981년 7월 9일 그곳에서 사망한 인물이었다. 인해영은 소련 공산당 당원이었고, 소련기자동맹 맹원으로 『레닌의 길로』의 사원(신문 편집)으로 활동한 경력도 지니고 있다.[5)]

교동 인 씨의 후예이자 인해영의 장자로 태어난 인무학은 탄광촌에서 성장하여 사할린에서 학교를 졸업했다. 그의 술회에 따르면, 사회에 적응하고 살아가기 위해서는 직업이 필요했고 이러한 최초 계획에 따라 인무학은 대학을 졸업하고 회사에 입사할 계획을 세웠다. 그러다가 우연히 1960년 모스크바 광산대학에 입학하게 되었다고 한다(광산대학은 여러 도시에 있었다). 광산대학에서는 주요 전공으로 광간기술을 가르쳤지만, 인무학은 전기 기술을 선택하여 1965년에는 대학원생 자격을 획득할 수 있었다(지도교수의 추천). 1969년에는 첫

4) 교동 인 씨, 위키백과 참조, https://ko.wikipedia.org/wiki/
5) 「인해영」, 『레닌의 길로』, 1981년 7월 11일 참조.

박사학위에 해당하는 'candidate of science(미래 박사가 될 수 있다는 자격)'을 취득했는데, 박사 논문은 전기기술에 관한 것이었다. 그리고 곧 관심을 컴퓨터로 전환하여 관련 공부를 수행한 이후에는 컴퓨터 관련 강의를 하게 되었다. 그가 컴퓨터에 관심을 가질 무렵에는 사범대학 내에서 컴퓨터의 존재나 사용에 대한 정보나 깨달음에 대해 무지한 시절이었기 때문에, 지인의 초청에 의해 사범대학 컴퓨터 강의를 시작할 수 있었다. 이후 이 사범대학이 인문대학으로 변모하면서 그는 전기기술이나 교육학 정보화 등을 가리키는 인문대학 교수로 편입된다.[6] 이러한 사회 진입 과정과 직업의 수준을 감안할 때, 그는 러시아 사회에서 높은 학력을 가진 지식인 계층에 속한다고 할 수 있다.

그의 학력을 요약하면 1965년 모스크바 국립 광산대를 졸업했고, 1969년 공학박사 학위를 취득했으며, 2006년에는 교육학 박사학위까지 취득했다. 이러한 그의 경력은 작품 〈남은 여생의 시련〉의 원상모의 경력으로 일부 변형되어 작품 내에 투영되기에 이르렀다. 작품 내에서 주인공 원상모와 친구 한종희(비록 퇴학당하여 학교를 졸업하지는 못했지만)는 이루쿠츠크 광산 대학에서 함께 수학한 것으로 설정되어 있고, 정상적으로 졸업한 원상모는 지질학자로 활동했다는 과거 경력을 부여받고 있다.

한종희 원상모는 돈도 있는 사람이 여사님을 혼자 마트로 보내 이 무거운 걸 들고 오게 만듭니까?

김용희 돈이 있다니 무슨 말인지…

---

6) 인무학, 연구자와의 서면 인터뷰(1차), 2016년 8월 5일.

한종희 옛날 소련시대 그 분은 지질학자로 일했고, 황금을 찾으려 몇 년 동안 지질탐사대에서 근무했어요. 그동안 돈을 좀 모았을 것이요.

김용희 원상모씨를 오랫동안 알고 계셨어요?

한종희 우리는 이르쿠스크 광산 대학에서 같이 공부했어요. 그리고 그 사람 때문에 저는 퇴학당했구요.

김용희 그게 무슨?

한종희 원상모는 우리의 우정을 배신했어요. 우리 사할린 동포들은 서로서로 도와야 하잖아요, 안 그래요?

김용희 그럼요, 그건 당연한 것이지요.

한종희 한 마디로 내 편을 들던가 아니면 침묵을 지켰으면 되는 건데 원상모는 러시아 사람 편을 들었어요. 그래서 나는 퇴학당한 거구요. 그 사람은 대학교육을 받았고 나는 받지 못했습니다. 김용희여사는 어떻게 이런 사람하고 사는지 …[7]

주목할 점은 위 대화에서 한종희나 김용희 모두 대학을 다닌 원상모(김용희의 남편)의 이력에 대해 예외적인 사례로 간주하고 있다는 점이다. 즉 대학을 다닌다는 것은 당시 사할린 한인들에게 일반적인 일은 아니었고, 한종희의 경우에는 자신이 대학을 끝내 졸업할 수 없었다는 사실에 대해 일종의 반감을 감추지 못할 정도로 원통해 하고 있다. 그 만큼 대학을 다니는 일이 선망의 대상이 될 수밖에 없던 시절이었다.

---

7) 인무학, 〈남은 인생의 시련〉, 2016년 부산연극제 극단 이그라 공연대본, 19면.

희곡 내 이러한 설정은 인무학이 느끼는 내적인 자부심이나 사할린 한인 사회에서의 경외감을 함축하고 있다. 당시 러시아 국적을 지닌 사람들의 자식은 사할린 섬을 벗어나 대륙에 있는 소련으로 유학을 갈 수 있었기 때문에 자식들을 위해 러시아 국적을 취득하려는 이주자들도 있었다.

인무학의 부모는 인무학에게 러시아 사회로의 진입 기회를 열어주었고, 인무학은 열정과 행운이 결합하여 모스크바에서 공부할 수 있었다. 인무학은 "사할린 한인들 중에서 doctor of science를 취득 한 사람은 3-4명밖에 없었"고 그중에서도 자신이 "candidate of science 학위를 제일 젊은 27살에 취득했"던 사실은 당시에 예외적인 일('기록')이었다며 해당 사실에 대해 자부심을 숨기지 않고 있다.[8] 그 만큼 인무학은 러시아 주류사회로의 진입에 성공한 사례였다. 따라서 그-인무학의 사례를 문화적 정체성을 유지한 채 러시아 거주국에서 해당 사회로의 진입(참여)을 원만하게 이루어낸 통합형 이주자의 모델로 상정할 수 있다.[9]

이러한 인무학의 대표성은 그의 직장 경력에서도 드러난다. 그는 1969년부터 1979년까지 중앙 도로 건설 연구소에서 근무하다가, 1979년부터 모스크바 국립 광산대학 교수로 전직하여 재직한다. 그가 졸업한 모교의 교수로 부임한 것인데, 흥미로운 것은 1985년 모스크바 국립 인문대학 교수로 이직한다는 점이다(전술한 대로 사범대학이 인문대학으로 전환되면서). 그는 2009년까지 무려 14년이라는 기간

8) 인무학, 연구자와의 서면 인터뷰(1차), 2016년 8월 5일.
9) 김두섭, 「중국인과 한국인 이민자들의 소수민족사회 형성과 사회문화적 적응 : 캐나다 밴쿠버의 사례 연구」, 『한국인구학』 제21권 2호, 1998, 161~163면 참조.

동안 이공학과 인문학을 결합한 첨단 학문을 학생들에게 가르치는 일에 매진한다. 이 시기 그는 한국 근대 단편과 현대 단편을 러시아어로 번역하는 일을 하게 된다.

문제는 이러한 이직을 계기로 그가 이공계열 학문을 전공하지 않고 인문학에 관심을 가지게 되었다는 점이다. 이러한 변화로 인해 그의 삶도 변화하지만, 그가 가르치는 분야에서의 변화도 함께 일어난다. 길게 보면 그 결과가 그의 희곡 〈남은 여생의 시련〉이 탄생했다고도 할 수 있겠다.

3. 사할린 한인의 당면 문제와 그 상처들(trauma)

1) 사할린 이주민들의 이중정체성

현재 사할린은 러시아 영토로 귀속되어 있지만, 역사적으로는 러일 간의 영토 분쟁이 끊이지 않는 지역이며, 이러한 논란은 현재에도 진행 중이다. 이러한 지역에 1893년 조선인 유형수가 유입되면서, 조선인 이주의 역사가 시작되었다. 특히 러일 전쟁 이후 '북사할린'만 러시아 영토로 남았고, 북사할린 지역에 이주민에 대한 특혜가 시행되면서 연해주 조선인들이 이주하기 시작하여 1910년대 한인 25가구, 1920년대 1400 여명, 1930년대에는 3200 명 정도로 증가하기 시작했다. 그 사이에 인구의 변동은 다소 존재했지만, 전반적으로 증가 추세였던 것만은 분명한데, 1937년을 기점으로 스탈린에 의해 조선인들이

강제 이주당하면서 일시적 공백 상태에 빠지기도 했다.[10)]

한편 남사할린(사할린 남부 50도 미만, 남위 45도 54분 북위 54도 24분)은 1905년 러일전쟁 이후 일본에 귀속되었는데, 귀속 직후 일본은 관련 관청〔樺太廳〕을 설치하고 곧바로 정기항로를 개설하는 등 이 지역의 점령과 통치에 주력하였다.[11)] 애초에는 일본 정부도 남사할린으로의 자유이민 방식을 도입하여 인구 증가를 도모했으나, 1930년대 전쟁이 발발하고 전쟁 물자가 필요해지자 조선인 강제 징집이 본격적으로 시행되었다.

'가라후토'(樺太, 남사할린)로 불리는 일본인 소유 사할린 지역에서의 조선인 인구 분포 역시 꾸준한 증가 추세를 보였다. 1906년에 24명이던 조선인 인구가 1923년 1,398명으로 늘어났고 1930년에는 5,359명에 달했으며 1941년에는 19,768명으로 거의 2만 명에 육박하였다. 1930년대를 거치면서 다소의 증감이 나타나기는 했지만, 남사할린(가라후토)의 인구 상황 역시 증가 추세였던 것만은 분명하다.[12)]

이러한 증가 추세에는 틀림없이 강제 징용도 중요한 원인으로 작용했다. 당시 강제 징용된 인원은 6~15만 명으로 추산되고 있다. 일본의 참전 못지않게 패전도 남사할린에 영향을 끼쳤고, 상당수 조선인이 해방 이후 귀국하지 못하고 사할린 유민(무국적자)으로 남는 참사가

10) 조재순, 「사할린 영주귀국 동포의 주거생활사 : 안산시 고향마을 거주 강제이주 동포를 중심으로」, 『한국주거학회논문집』 제20권 4호, 한국주거학회, 2009, 105면 참조.

11) 전경수, 「한인동포 사회의 이주역사와 배경: 모든 것이 강제된 삶의 현장」, 『러시아 사할린 · 연해주한인동포의 생활문화』, 국립민족박물관, 2001, 42~45면 참조.

12) 정하미, 「일제 강점기 조선의 가라후토 이주」, 『일본학보』 제95호, 한국일본학회, 2013, 274면 참조.

발생했다. 특히 1946년 종전 협상에서도 조선인은 일본인이 아니라는 이유로 사할린에 버려지는데(일본인은 귀국 약속을 지키지 않았다), 이러한 경로로 인해 사할린의 한민족은 조국이나 일본 혹은 러시아로부터 유리된 '인종의 섬'으로 남게 된다('그들-사할린 한인'은 무국적자로 남겨졌다).[13)]

인무학의 작품 〈남겨진 여생의 시련〉에서는 이렇게 남겨진 사할린 한인이 어떠한 정체성을 갖게 되었는지를 보여주고 있다. 이 작품에서 원상모는 '러시아식' 음주 습관과 남성 위주의 가족 체계 그리고 남성다운 문화적 관습을 숭앙하는 인물로 그려진다. 그러면서도 러시아 남성의 성적(性的) 관념이나 여성관과는 다른 가치관을 지닌, 그러니까 여성에 대한 배려의 측면에서 상대적으로 세심하지 못한 조선인의 사고방식을 소유하고 있다. 결국 러시아 식 식사/주거 습관을 지니지만, 여성관은 조선인의 그것을 따르는 경계인의 양상을 보여주는 것이다.

실제로 원상모는 한국에서의 영주귀국이 조작된 생년월일로 인해 무산될 수 있다는 통보를 받자, 한국에서의 여생을 포기하고 러시아 사할린으로 돌아갈 궁리를 한다. 실제로 그의 의식 속에서 한국(남한)은 선조의 국가이고, 그가 살아왔던 사할린은 조국으로 인식되고 있기 때문에, 한국에서 살 수 없다면 러시아(사할린)에서 사는 것도 나쁘지 않다는 사고가 작동하고 있는 것이다. 이러한 사할린 한인들의

13) 사할린에 남겨진 한인들은 다양한 방식의 국적을 취득하고 그곳에서의 생활을 영위하지만 기본적으로 인종은 한국인, 최종 국적은 일본인, 한동안은 한국인도 일본인도 아닌 무국적인 신세를 면하지 못했다(「박해도 못 꺾는 '망향' 20년」, 『동아일보』, 1966년 1월 27일, 6면 참조).

사고는 한국을 모국으로, 러시아를 거주국으로 인식하는 '이중 정체성'에서 기인한다.[14]

이러한 이중 정체성은 원상모의 계약 동거자 김용희에게서도 발견되는데, 그녀 역시 원상모가 한국에서 죽자(작품의 결말) 사할린으로 돌아가 거주하는 선택을 한다. 그녀 역시 사랑하는 사람이 부재하는 상태에서 한국에서 거주하는 것이, 그나마 아들이 살고 있고 자신의 청춘을 보낸 러시아에서 사는 것보다 반드시 낫다는 생각을 하지는 않고 있다. 실제적인 거주 환경의 측면에서 한국이 우월하다고 하지만, 평생 동안 살아온 사할린에서의 삶 또한 무시 못 할 영향력을 지니고 있음을 보여주는 사례이다.

원상모의 이중 정체성은 〈남은 여생의 시련〉 도입부 음주 장면에서 단적으로 드러난다. 영주 귀국하여 한국에 입국한 원상모는 한국 정착을 도운 적십자지사협회장 '안학구'와 술자리를 갖는데, 두 사람은 석 잔의 술을 연거푸 마시면서 우정을 다지는 러시아 식 음주 문화를 상찬하며 주거니 받거니 음주에 빠져든다. 러시아인들의 음주 관습을 살펴보면, 손님은 주인이 차려 준 술과 음식을 거부해서는 안 되며, 보드카를 마실 때에는 한 번에 모두 마시는 것을 주도의 미덕으로 여기고 있다. 설령 술을 못 마시는 사람이라고 해도 술 취한 척이라고 해야 하는데, 이러한 문화는 전반적으로 술은 취하기 위해서 마신다는 생각에서 연원하고 있다.[15]

---

14) 박민철 · 정진아, 「재러 고려인의 민족정체성과 민족적 자긍심」, 『코리언의 민족정체성』, 선인, 2012, 234~237면 참조.
15) 김근식, 「음식문화를 통해서 본 러시아 정체성의 이해」, 『e-Eurasia』, 한양대학교 아태지역연구센터, 2009, 9면 참조.

원상모는 이러한 음주 문화와 습관을 체화하고 있고 자랑스럽게 상찬하고 있는데, 이러한 모습은 원상모가 문화적 그리고 관습적으로 지켜오는 문화의 바탕이 러시아 문화라는 점을 증빙한다. 그러니 도입부의 음주 습관은 원상모가 살아온 지난날의 삶을 단적으로 보여주기 위해 특별히 선택된 문화적 행위에 해당한다고 하겠다.

원상모의 이중성은 실은 인무학의 이중적 정체성과 연관되어 있다. 인무학은 어려서 사할린 탄광촌에서 성장했으며 중학교도 탄광촌에서 졸업했다고 술회한 바 있다. 이때까지는 한국어를 모어로 활용하면서 생활했고, 또한 러시아어에 지금처럼 능숙하지 않았던 상태였던 것으로 보인다. 하지만 모스크바로 유학을 떠나야 했고, 그곳에서 비로소 "젊은 나이에 낯선 모스크바까지 와서 러시아 말도 제대로 할 줄 모르고 공부하면서 고생"을 해야 했던 것이다. 그 과정에서 한국어는 자신의 언어에서 사라지고 거의 50년 동안 러시아어를 사용할 수밖에 없었다고 한다. 그의 인생 대부분은 러시아어로 사고하고 또 작업과 연구를 했다고 할 수 있다. 심지어는 이 작품 〈남은 여생의 시련〉도 러시아어로 먼저 집필된 이후에 한국어로 번역하면서 현재의 판본으로 정리되었다고 한다.[16)]

이러한 그의 이력이 다시 주목되는 까닭은, 그의 언어와 문화 속에 남아 있는 이중성을 주목하기 위해서이다. 그는 재외 사할린 한인으로 태어났지만, 젊은 날의 대부분은 한국어를 사용하지 않는 러시아인으로 살아야 했고, 나이가 들어서는 한국어를 되찾아 한국으로의 영주귀국을 수행한 한국인으로 돌아와야 했다. 족보를 중시 여기고

16) 인무학, 연구자와의 서면 인터뷰(1차), 2016년 8월 5일.

아버지의 기록을 소중히 간직하지만, 러시아 식 극작술과 극장 문화에 더욱 친숙함을 느끼고 한국인과의 문화와 종교적 차이를 절감하는 인물이다.

이러한 국가관, 언어관, 문화관, 종교관 그리고 생활에서의 차이는 실제로는 두 개의 자아를 가진 정체성을 상징한다고 하겠다. 원상모의 사고방식에는 이러한 인무학의 입장이 강력하게 투영되어 있다. 더 정확하게 말하면 오랫동안 사할린에서 한국인이지만 동시에 러시아인이고, 러사아인이면서도 결국에는 한국으로 돌아올 수밖에 없었던 처지의 동시대 인물들을 대변한다고 하겠다.

2) 민족 간 결혼(intermarriage)과 주체 사회(host society)로 동화(assimilation) 현상

이러한 러시아의 주류 문화 혹은 주체 사회로의 동화 과정은 작품 내에서 원상모가 털어놓는 결혼과 이혼의 내력에서도 그 흔적을 드러내고 있다.

원상모 전에 러시아 여자하고 결혼을 했었어요. 등록 접수원이었는데 젊고 예뻤지요.
김용희 몇 년 살았어요?
원상모 18년.
김용희 그런데 왜 헤어졌어요?
원상모 우리 딸이 갈라놓았어요.
김용희 딸이 갈라 놓았다구요?

원상모 　난 일 년에 6개월 정도 지질탐사대로 다른 지역에서 일했고 딸은 아내와 함께 살았습니다. 그런데 딸이 커가면서 자신의 외모, 심지어 우리 성까지 부끄러워했다더군요. 제 성이 원가잖아요. 러시아 말로는 원(вон, go out) 하면은 '나가라'라는 의미가 되지요. 어렸을 때부터 친구들한테서 '왕따'당하고 마음 고생도 많았데요. 한 번은 자기 엄마에게 왜 한국 사람하고 결혼했냐고 화내는 걸 봤어요.

김용희 　그래서요?

원상모 　얼마 후 딸이 톰스크로 대학을 갔는데 아내가 딸이 혼자 고생을 한다 해서 학업 핑계로 톰스크로 가더군요. 오랫동안 떨어져 일하던 나로썬 크게 부담되지 않았고 돈만 보내주면 됐지요. 그 후에 알게 된 사실이지만 딸이 러시아 사람하고 결혼을 했 는데 결혼식을 비밀로 했더라구요. 정말 한국 아빠가 싫었던 모양입니다.[17](밑줄:인용자)

1945년 해방 이후 귀국하지 못한 사할린 거주 조선인들은 그곳에 남아 귀국을 막연히 기다려야 하는 입장에 처했다. 하지만 러시아(당시 소련)는 일본인들과의 송환 조건에 기본적으로 동의했지만, 조선인은 송환 대상에서 제외했다. 직후 러시아와 일본의 국교가 단절되면서 조선인은 무국적자가 되어야 했고, 한동안 조선인들은 러시아 주변 사회를 떠도는 처지로 전락해야 했다. 이러한 상황에서 결혼은

17) 인무학, 〈남은 인생의 시련〉, 2016년 부산연극제 극단 이그라 공연대본, 27~28면.

중요한 관심사가 아닐 수 없었는데, 사할린 한인은 대부분 동포끼리의 결혼을 희망하지만, 경우에 따라서는 러시아인 혹은 중앙아시아의 고려인 내지는 북조선(북한)인이 주요한 결혼 상대가 되곤 했다.

〈남은 여생의 시련〉에서는 러시아 여자와 결혼한 남성 원상모의 전사(前史)가 대사를 통해 소개되고 있다. 원상모와 결혼했다는 '등록 접수원'은 사할린과 러시아의 주류 민족에 해당하는 러시아 여성이었다. 원상모의 과거를 전해 듣고 있는 김용희 역시 북한 남성과 결혼한 경험이 있었는데, 이들(김용희-북한 남자 부부)은 사할린 거주 조선인 중에서도 더욱 복잡한 결혼 과정을 거친 사례로 남게 된다. 물론 원상모와 김용희는 모두 초혼에 실패하는데, 실패 원인은 문화적 다양성에서 연원하는 정체성의 현격한 차이에서 비롯된다.

원상모의 이력을 참조하면, 사할린 한인과 러시아인의 결혼은 2세대의 문제를 생산하고 만다. 러시아인으로 살기를 원하는 2세대 자녀들은 자신들의 피 속에 조선인의 피가 흐르는 현실을 외면하고 싶어 한다. 그들은 자신들의 외모로 인해 주류 민족의 차별과 외면에 수시로 직면한 경험을 가지고 있기 때문이다.[18] 원상모의 딸은 아버지를 배제한 채로(아버지의 민족과 신분을 숨기고) 러시아 남자와 결혼하여 러시아 사회의 주류로 편입되고 싶어 하는 욕망을 실현했다. 이러한 딸의 욕망에 따라, 원상모는 가족 내부에서조차 '주변인'의 자리로 전락할 수밖에 없는 자신의 입장을 재확인해야 했다.

---

18) 각종 조사와 인터뷰를 통해, 한국인(동양인)의 외모로 인해 성장 과정에서 상처를 입은 경험을 토로하는 러시아 재외한인들의 진술이 채록되어 보고되었다(정진아, 「국내 거주 고려인 사할린 한인의 생활문화와 한국인과의 문화갈등」, 『인문과학논총』제58호, 건국대학교인문과학연구소, 2014, 46~47면 참조).

문제는 원상모의 딸이 비단 특수한 사례라고만 할 수 없다는 점이다. 인무학 역시 이러한 2세대의 문제를 비단 일개 개인의 경험으로 치부하고자 한 것은 아니었다. 문화적 다양성에 대한 몰이해와 주류 인종에 대한 편견이 결국에는 사할린 한인의 문제를 자식 세대로 연장하고 있는 현상을 지적하고 싶었던 것이다. 결국 원상모는 딸의 바람대로 아버지의 자리에서 물러나 러시아 여성과 이혼을 해야 했고, 결국에는 홀로 남아 귀국 길에 올라야 했다. 불법을 자행하면서까지 귀국하고자 했던 사연의 이면에는 가족의 붕괴와 한인 사회의 균열이 도사리고 있었던 것이다.

원상모의 이야기를 듣고 있는 김용희 역시 비슷한 사연을 지니고 있었다. 김용희는 젊은 날 북한 청년을 만나게 되고, 러시아 국적의 여성과 결혼을 하지 않으면 강제 귀국해야 하는 청년의 위기를 타개하기 위해 일종의 위장 결혼을 선택하며 첫 번째 결혼 생활을 시작한다.

하지만 김용희는 이러한 속사정에도 불구하고 북한에서의 결혼 생활도 영위해야 했다. 문제는 이 결혼이 상대 남성과의 사랑이 결핍된 상태에서 이루어진 결혼이었기 때문에, 결혼 생활 내내 끊임없이 회의에 시달려야 했다는 점이다. 결국에는 남성과 헤어지고 북한에서의 결혼 생활마저 청산하고 러시아(사할린)로 돌아왔지만, 이러한 파경 과정에서 마음의 상처를 입은 아들이 그만 마약 중독에 빠지는 불행을 겪어야 했다. 이후 그녀는 마약중독자 아들을 치료하기 위해서 전 재산을 소모해야 했을 뿐만 아니라, 그 투약 행위를 근절하기 위해서 갖은 노력을 쏟았지만 결국 실패하고, 급기야는 극단적인 자살 위험에 내몰리기까지 한다. 김용희의 귀국에도 가정의 붕괴와 자식과의 불화가 내재되어 있었다.

인무학은 〈남은 여생의 시련〉을 통해 순탄하지 않았던 사할린 한인들이 결혼이 결국 실패로 끝나고 가정마저 파괴된 채 귀국의 길을 택하지 않을 수 없는 사연을 서사의 중심으로 올려놓았다. 그 만큼 사할린 한인 문제가 당대의 문제가 아니라 세대를 이어서 전해지는 문제로 연계되고 있으며, 가족의 붕괴와 민족적 격차 그리고 사회적 분란으로 확산되고 있다는 사실에 주목하기를 바랐다. 결국 인무학은 자신의 문제뿐만 아니라 자식 세대의 문제까지 앓고 있는 두 남녀를 등장시켜, 사할린 한인의 문제를 주의 깊게 살펴 볼 것을 권고하고 있는 셈이다.

이러한 문제(들)의 시발점인 두 사람의 결혼에서 주목되는 점은 문화적 차이가 인종의 차이 혹은 민족적 격차에서 발생한다는 점이다. 러시아 주류 인종인 러시아인과의 결혼은 원상모에게도 적지 않은 문제를 일으켰지만, 러시아 여성(인종) 측에게도 적지 않는 수고와 분란을 파급시켰다. 자신의 딸이 러시아 주류 민족이 되지 못하는 참담함을 목격하도록 했고, 그렇게 태어난 러시아 여성(원상모의 딸)은 주변 민족의 피를 받았다는 이유로 사회적 차별을 경험해야 하는 입장에 내몰렸다. 다인종다문화 국가에서 열세에 놓인 민족의 처지를 상징적으로 보여주는 사례이다.

김용희의 사례에서 나타나듯, 사할린 한인의 모국(중 하나)이라고 할 수 있는 북한(넓은 의미에서 남한도 포함) 역시 그들의 보호자나 충실한 고향이 되기에는 역부족이었다.[19] 북한의 청년이 어떠한 심정

19) 서경식은 '모어'를 개인이 무의식적으로 익혀 사고의 기반으로 삼은 언어라고 규정하고, '모국어'를 자신이 국민으로 속해 있는 국가의 언어라고 설명하고 있다(서경식, 김혜신 옮김, 『디아스포라 기행』, 돌베개, 2006, 15~17면 참조). 이러한 규정

으로 김용희와 결혼을 추진했는지는 텍스트에서 구체적으로 설명되고 있지 않지만, 이 청년이 자신의 난감함을 해결하기 위해 김용희를 이용한 점은 분명해 보인다. 김용희 역시 모국(북한)이라는 조건을 감안하여 자신의 애정을 도외시하며 결혼을 선택한 것으로 보이는데, 그 과정에서 민족과 핏줄에 대한 강력한 유대감을 읽어낼 수 있다.

하지만 사할린 한인을 데리러 오지 않았던 귀국선처럼 그러한 선택은 결국 사할린 한인의 처지를 더욱 위태롭게 조장할 뿐이었다. 인종의 섬으로서, 주류 민족의 주변인으로서, 그리고 '역사의 조난자'[20]로서 살아야 했던 사할린 한인의 지난 역사와 신산함이 묻어나오는 삶의 내력이 아닐 수 없다.

국경 바깥에 남겨진 조난자들—디아스포라 유민들—에게 모국은 상상의 형태로라도 남아 있어야 하는 존재이다.[21] 결국 김용희는 결혼이라는 방식으로 이러한 모국의 체제 내로 편입하고자 했는데, 이때 결혼은 중요한 귀환 수단이 될 수밖에 없었다. 넓은 의미에서 김용희의 두 번째 결혼, 즉 김용희와 원상모의 위장결혼도 모국으로의 편입 수단으로 선택된 방안이었다.

을 사할린 한인 1세대에게 적용하면 모어와 모국어를 한국어로 생각하는 성향이 높게 나타난다. 하지만 세대가 내려갈수록 이러한 일치 빈도는 급격하게 낮아지며 경우에 따라서는 모어와 모국어를 모두 러시아로 생각하는 세대가 탄생하기도 한다. 실질적으로 이주 3세대 정도에 이르면 모어는 러시아어에 가깝고 모국어는 예외적으로 한국어로 간주하는 성향이 높은 빈도로 나타난다.

20) 박선영, 「사회통합을 위한 국민범위 재설정」, 『저스티스』제134권 2호, 한국법학원, 2013, 404~405면 참조.

21) Robin Cohen, Global diasporas: An introduction, London:UCL Press, 1997, 58~80면.

일찍부터 사할린 한인의 결혼과 정체성의 관계를 연구한 최길성[22]은 '민족 간 결혼(intermarriage)'을 회피하는 일반적인 경향에도 불구하고 사할린 한인 1세대들은 일본인과의 통혼(특히 단신으로 이주한 남성의 경우가 가장 빈번함)을 자연스럽게 추진하는 경우가 많았다고 전제하고 있다. 특히 이러한 한인 1세대들의 민족 간 결혼 양태에는 이미 조선에 기혼자를 두고 있는 인물들이 다수 포함되면서 '이중 결혼(dual marriage)'의 형태로 나타나기도 했다는 것이다.

이후 세대에는 다양한 민족 간 결혼이 나타나는데, 러시아인과의 민족 간 결혼도 여기에 포함된다. 최초에는 한인 1세대들이 한국의 문화를 강하게 고수하며 모국으로 상정했으나, 이후 러시아 문화를 수용하면서 '러시아 며느리'를 실질적으로 인정하는 추세가 가중되었다고 한다. 그러면서 동시에 모국의 개념이 바뀌기 시작했다. 한인 1세대의 모국이 한국이었다면, 그 이후 세대의 모국은 한국이 아니거나 러시아로 변모해 간 것이다.

의식 개편에서 결혼은 이러한 풍조를 가중시키는 가장 중용한 요인이었고, 동시에 이러한 민족관이나 국가관의 변동이 실질적으로 표출되는 지점이기도 했다. 러시아어를 모어로 하는 세대가 태어나면서 그들의 실질적인 국가관은 거주국 러시아로 귀착되었고 결국에는 결혼 역시 민족 간 결혼의 양태로 나아갈 수밖에 없었다.

이러한 변화는 최길성이 지적한 대로, 한인 세대들의 주류 문화 혹은 주체 사회로의 동화를 보여주는 가시적인 지표이다.[23] 〈남은 여생

---

22) 최길성, 「사할린 동포의 민족 간 결혼과 정체성」, 『비교민속학』제19호, 비교민속학회, 2000, 113~119면 참조.

23) 최길성, 「사할린 동포의 민족 간 결혼과 정체성」, 『비교민속학』제19호, 비교민속

의 시련〉에서 원상모의 딸이 러시아 남성을 택하고 그 결혼을 통해 주변인의 입장에서 벗어나고자 했던 모색도 이러한 민족 간 결혼을 통한 주체 사회로의 안정적 진입을 삶의 목표로 삼았기 때문이다. 반대로 김용희는 동족결혼을 시행했음에도 불구하고 그 결혼이 실질적으로는 주체 사회로의 진입에는 장애가 되는 결혼이었기 때문에, 그 여파로 아들의 주체성 상실이라는 문제를 피해갈 수 없었다.

통혼권의 확대는 때로는 민족의 정체성을 뒤흔드는 요인이 되며, 민족 간 결혼은 문화적 동화를 동반하는 경우가 많다고 해야 한다. 따라서 그러한 측면에서 보면, 원상모는 자신의 문화적 동화를 결정적으로 저지하기 위해서 영주 귀국과 함께 뒤늦은 결혼(김용희에게 실제 청혼)을 감행했다고 말할 수도 있겠다.

4. 가족사적 근원으로의 회귀, 심리적 의미에서의 치유

인무학은 영주 귀국을 통해 한국에서의 정착을 선택했다. 물론 그 과정에서 동생들과의 이별을 경험해야 했지만, 그는 한국으로 돌아가는 길을 중시했다. 그리고 귀국 후에는 사할린 한인들의 영주귀국에 관련된 문제를 해결하려는 운동에 동참하였고, 그러한 운동의 일환으로 희곡 쓰기를 진행했다. 그런데 더욱 주목되는 일은 이러한 희곡 쓰기가 사할린 한인의 실상을 알리고 교정하는 역할도 수행했지만, 동

학회, 2000, 105~107면 참조

시에 한국어라는 모어를 사용하는 하나의 계기이자 수련장 역할을 했다는 점이다. 그렇다면 인무학에게 한국어 습득은 한국인이 되는 중요한 과정이었다고 해도 좋을 것이며, 이러한 한국어 습득의 절정이 〈남은 여생의 시련〉이라고 해도 좋을 것이다.

이러한 한국어의 중요성을 이해하기 위해서 인무학과 한국어의 관련성을 세심하게 살펴 볼 필요가 있다. 인무학은 모스크바로 유학을 떠나기 전까지 사할린 탄광촌에서 성장했다고 술회했는데, 그때 한국어를 배웠다. 그 과정을 인무학의 술회를 통해 확인해 보자.

> 해방 후 사할린에 '조선학교'라고 있었습니다. 역시 소련 교육부에서 관리했고 교사들은 강제 징용으로 끌려온 분 중에서 한국말을 아는 사람들이었습니다. 교사 대다수는 중앙아시아에서 사범대학 졸(극동에서 1937년 강제 이주 당한 조선 사람들의 후손) 선생님들이었습니다. 조선학교 7학년(한국 중학교 3-4학년 비슷함)을 마치고 러시아 학교에서 공부를 계속했습니다. 앞으로 대학입학을 위하여. 어렸을 때는 사할린 한인 속으로 들어갔고 서투른 한국말을(주로 경상도 사투리) 한 것이지요. 러시아어와 한국말 어감 차이가 너무 심해서 공부가 어려웠습니다. 그래서 근 50년 후에 한국말이 입에서 안 나왔어요. 그런데 한-러 경제 협력이 시작하면서 기술 통역이 필요했어요. 기술 번역은 아직도 부족한 것으로 알고 있습니다. 기술을 모르면 통역이 불가능합니다. 그래도 기술은 상호 이해가 잘 돼서, 그 후 부탁이 들어왔어요. 한국 사람들과 접촉을 하면서 말도 좀 회복하고 늘기 시작했어요. 심지어 우리 한국에 살아있는 친척들도 찾았습니다.[24)]

---

24) 인무학, 연구자와의 서면 인터뷰(2차), 2016년 8월 6일.

인무학의 술회에 따르면, 그는 조선학교 7학년까지는 조선어를 사용하는 학교에서 학습을 했지만, 그 이후에는 러시아 학교에 들어갔으며, 결국에는 모스크바로 대학을 다니면서 한국어를 잊었다고 해야 한다. 한국어는 그가 모어로 배운 말임에 틀림없었지만, 거주국의 언어인 러시아어가 모국어로서의 위치를 차지하게 된다.[25)]

인무학은 법률적으로 사할린 한인 1세대에 속할 수는 있지만, 실질적으로는 2세대—이주한 부모 밑에서 탄생—에 해당하므로, 모어로서의 한국어를 상정하기는 하지만 오히려 거주국의 언어를 더욱 자연스럽게 사용하는 세대로 변모해 간 것이다. 이러한 특징은 한인 디아스포라의 세대 변천에서 공통적으로 나타나는 현상이라는 점에서 사할린 한인만의 예외적인 사례는 아니다.

그러다가 한국의 경제적 발전과 러시아(소련)의 수료로 인해 한국어의 사용 빈도와 그 혜택이 증가했다. 이에 따라 인무학은 희귀한 한국어 사용자로서 사회적 유용성을 인정받고 잃었던 모어로서의 한국어를 되찾기 시작했다. 그 과정은 단순하지 않았으며, 이로 인해 적지 않은 노력을 해야 했다.

하지만 인무학의 언어 찾기는 근원적인 치료 방안의 일단을 제시하는 역할을 했다. 인무학은 자신의 잃어버린 언어를 되찾는 방법에서

25) 서경식은 '모어'를 개인이 무의식적으로 익혀 사고의 기반으로 삼은 언어라고 규정하고, '모국어'를 자신이 국민으로 속해 있는 국가의 언어라고 설명하고 있다(서경식 · 김혜신 옮김, 『디아스포라 기행』, 돌베개, 2006, 15~17면 참조). 이러한 규정을 사할린 한인 1세대에게 적용하면 모어와 모국어를 한국어로 생각하는 성향이 높게 나타난다. 하지만 세대가 내려갈수록 이러한 일치 빈도는 급격하게 낮아지며 경우에 따라서는 모어와 모국어를 모두 러시아로 생각하는 세대가 탄생하기도 한다.

타국에서의 고립감을 극복할 수 있는 단초를 마련했기 때문이다. 더구나 그것은 동일한 언어를 사용하는 사람들을 넓은 의미에서의 이웃으로 만들 수 있는 기회이기도 했다. 위의 술회에서 나타나듯, '언어'와 '친척', 즉 '한국어'와 '한국어를 사용하는 민족들'의 관계는 인무학이 지녔던 경계인으로서의 수난과 고통을 위무할 수 있는 기회를 제공했다.

> 아버님께서는 서울에서 학교를 다닌 것으로 알고 있는데, 지금까지도 그 흔적을 못 찾았습니다. 아버님께서는 한국어, 일어 그리고 러시아어도 배웠습니다. 탄광에서 일하시다가 러시아에서 단 하나인 한국말로 나오는 신문사(현재 '새고려신문')에 입사하셨습니다. 신문사 동료들은 거의 다들 돌아 가셨고, 현재 안산 고향마을에 성점모 선생님이 영주 귀국하셔서 계시는데 그 분이 우리 아버님을 잘 알고 있습니다.[26] (밑줄:인용자)

> 저가 집에서 맏이고, 조상을 알려면 족보 있어야 합니다. 타국에서 외롭게 친척이 있는지도 모르고 살았습니다. 친척이 한국에 있다는 소식을 듣고 전 일 년 내에 잠이 없었습니다(잠들 수 없었습니다). 그건 다른 스토리지만. "이산가족은 이산가족이 안다는 말이 있다"는데… 원상모 아픔을 알 수 있습니다.[27] (밑줄:인용자)

위의 두 가지 술회에서도 뿌리와 근원 그리고 동료와 이웃에 대한 강한 열망을 읽을 수 있다. 인무학은 러시아 사회로 성공적으로 편입

---

26) 인무학, 연구자와의 서면 인터뷰(2차), 2016년 8월 6일.
27) 인무학, 연구자와의 서면 인터뷰(2차), 2016년 8월 6일.

한 인물임에도 불구하고, 모국과 모어 그리고 조상과 이웃에 대한 강렬한 탐색 의식을 표출하고 만다. 이러한 작가로서의 심정은 원상모의 출생 일자를 확정 받는 과정에서 족보의 도움을 받는 설정으로도 작품 내에 수용되었다.

러시아 고문서 기록실에 잘못된 기록으로 남아 있던 원상모의 생년월일이 원 씨 가문의 족보에는 올바른 기록으로 기재되어 있었다.[28] 이러한 작품 속의 설정은 작가 인무학이 가진 뿌리의식에 대한 숭앙에서 비롯되었다. 인무학은 자신이 집안의 맏아들이고, 족보에 오른 인물임을 강조하면서, 친척을 만나고 가족사의 내력을 이해하기 위해서는 족보를 이해해야 한다고 믿었다.

이러한 인무학의 믿음과 작품상의 설정(족보로 인해 출생 문제 해결)을 종합하면, 가족사의 뿌리를 향한 열망이 인무학(극중 인물 원상모 포함)으로 대표되는 사할린 한인의 질곡의 역사를 바로잡고 내면의 상처를 치료할 수 있는 근원적 대책이라고 설파하고 있다고 할 수 있다. 희곡 쓰기는 넓은 의미에서 자신의 근원을 향해 나아가는 과정이었고, 그 필요성을 역설하는 자기 다짐이었다.

거꾸로 말하면 사할린 한인 중에서 가족사적 문제를 해결하지 못하는 경우에는 영주 귀국이라는 근원으로의 회귀 또한 불가능하다는 결론에 도달할 수 있다. 인무학이 증언하는 바에 의하면, "사할린에도 아직도 영주 귀국 자격이 있는 사람들이 있"는데, 많은 자격자들이 "자식, 손자들 두고 한국으로 못 가겠다"고 생각하고 있으며, 그 중에서는 아직도 "독신이고 원상모처럼 위조 결혼을 원하지 않은 분들도 있"다.

28) 인무학, 〈남은 인생의 시련〉, 2016년 부산연극제 극단 이그라 공연대본, 33면.

이러한 사할린 한인에게 현재의 영주 귀국 조건(1945년 이전 출생자, 법적 배우자를 지닌 부부)은 내면의 상처를 치유할 수 있는 기회를 박탈하는 문제적인 법안인 셈이다. 민족적인 차원에서도 이러한 법안은 교정되어야 하지만, 한 인간의 진실과 인도적 입장이라는 측면에서도 수정되어야 할 문제가 아닌가 한다.

〈남은 여생의 시련〉의 또 다른 제목은 '뒤늦은 사랑'이다. 그것은 여생이 얼마 남지 않은 사할린 한인 1~2세대들에게 남은 인생에서의 사랑이 필요하며, 또한 이를 통해 행복한 마감이 절실하다는 뜻으로 이해된다. 원상모가 김용희와의 새로운 결혼을 시작한다는 작품의 결말은 그러한 절실함을 의미한다고 하겠다. 다만 이러한 행복에의 추구는 치유의 일환이고, 나아가서는 지나간 고통에 대한 보상이라고 할 수 있다는 점에서 다분히 암시적인 결말이기도 하다.

5. 사할린 한인의 역사적 상처를 치유하기 위한 희곡 쓰기

작가 인무학의 개인 이력을 살펴보면, 1942년 6월 20일 사할린 주에서 태어났고 이후 1965년 모스크바 국립 광산대를 졸업했으며 이후 공학박사학위를 취득하여 1979년부터 1985년 모스크바 국립 광산대학의 교수로, 1985년부터 2009년까지는 모스크바 국립 인문대학 교수로 재직한 사실을 확인할 수 있다.[29)]

---

29) 인무학은 자신의 작품 〈남은 여생의 시련〉에 대한 연구에 동의하면서 자신의 개인

이러한 이력을 참조하면, 인무학이 러시아 사회에서 지식인 계층으로 편입하여 적어도 사회적인 시각으로 볼 때는 원만하게 적응하였음을 확인할 수 있다. 물론 이것은 어디까지나 사회적이고 대외적인 시각에 의존한 판단으로 내부 실상(내면)은 이와 다를 수 있겠다. 다만 인무학이 성공적인 적응을 수행했음에도 불구하고, 그의 작품 〈남은 여생의 시련〉에서는 이러한 대외적 성공보다는, 내면의 상처와 역사적 고통에 대한 기술과 기억이 더욱 크다는 점을 주목할 필요가 있겠다.

일단 인무학의 개인적인 이력과 비교하면, 〈남은 여생의 시련〉의 원상모는 작가의 이력을 적지 않은 이력을 이어받은 인물이라고 하겠다. 원상모는 대학을 정상적으로 졸업했고, 그래서 지질학자로 안정된 삶을 구가할 수 있있던 인물로 설정된다(비록 인무학은 지질학자는 아니었지만 안정된 직장을 가지고 있었다는 점에서 유사하다).

하지만 원상모의 가계와 내면 그리고 귀환의 역사에서, 그는 정상적이고 안락한 삶을 한껏 누리지는 못한다. 인무학은 러시아 사회에 정상적으로 진입한 것처럼 보였던 원상모의 내면을 파헤치고 그 내면을 들여다보기 위해서, 원상모라는 캐릭터에 역사적 고통과 내면의 번민을 투여하고 있다. 그 양상을 정리해 보면 다음과 같다(자세한 분석은 이 연구의 본문에서 수행한 바 있다).

첫째, 원상모의 가계이다. 아버지는 강제 노역으로 어머니는 투자 이주의 형태로 사할린으로 이주했다. 두 경우는 모두 일제 강점기라는 시대적 정황과 관련이 깊으며, 그 과정에서 시행된 일본 정부의 강

이력을 본 연구자에게 보내왔다. 인무학의 이력에 대한 사항은 이때 동봉된 자료에 의거한다(「인무학 개인 경력 자료」 참조).

제 혹은 반강제적 이주의 흔적으로 볼 수 있다. 따라서 개인의 의지를 넘어서는 역사적 질곡이 작용한 경우이며, 이로 인해 원상모는 사할린이라는 타지에서 출생한 이주 2세대 조선인이 된다.

둘째, 원상모의 결혼이다. 원상모는 대학교육을 받으면서 지식인 계층으로 성장했고, 이에 따라 러시아의 주류 민족인 여성을 만나 원만하게 결혼에 돌입한다. 이 과정까지는 큰 문제가 없었으며, 오히려 소수민족으로서의 약점과 한계를 지울 수 있는 기회를 맞이하는 것처럼 보였다. 하지만 딸이 태어나고, 그 딸이 정체성 문제로 고민하면서, 결국에는 원상모의 가계와 민족을 거부하는 결과를 낳고 만다. 딸의 문제는 이주 3세대의 문화적/역사적/민족적 갈등을 뜻하며, 이로 인해 성공적이었다고 생각한 원상모의 러시아 적응 과정은 결과적으로 문제를 해결하지 못한 미봉책이었음을 확인하게 된다.

셋째, 원상모를 비롯한 대부분이 사할린 한인이 가지고 있었던 귀국에의 실패이다. 원상모는 젊은 시절에는 모국으로의 귀환을 염두에 두지 않는 삶을 선택했다. 그는 안정된 직장이 있고, 단란한 가정이 있다고 믿었다. 한국어를 모어로 사용하면서도, 거주국의 언어였던 러시아 언어에도 능통했으며, 문화적 이중성도 함께 수용하여 어느 정도 극복하는 듯 했다. 하지만 딸의 분리와 가정의 와해 이후에 그는 다른 한인들이 염두에 두고 있던 귀환의 문제에 대해 심각하게 고민하기 시작했다.

사실 〈남은 여생의 시련〉에서는 사할린 한인들이 어떠한 고통을 겪고 어떠한 문제로 혼란스러워 했는지에 대해서는 상세하게 다루고 있지 않다. 아마 그 이유는 인무학의 삶에서 이러한 고통과 애환이 강도 높게 나타나지는 않았기 때문으로 풀이된다. 러시아 주류 사회로 진입하는 인무학의 개인 행로만을 놓고 본다면 사회 참여 정도가 강한 '통합'(문화정체성도 강함)이나 혹은 '동화'(문화정체성은 상대적으로 약함)의 단계로 판단된다.[30] 사회 참여 정도 낮은 상태에서 나타나는 '고립'이나 '주변화' 현상은 찾기 어려워 보인다.

극중 인물 원상모도 적어도 젊은 시절이나 결혼 수행기에서는 '고립'이나 '주변화'의 경향을 드러내지 않았다. 하지만 딸과의 불화 이후 원상모는 '통합'이나 '동화'의 단계에서 밀려난 인물로 제시되며, 원상모로 대표되는 다수의 사할린 한인 문제를 대변하는 대표 단수로서의 역할을 수행한다. 그것은 주변 민족으로 전락하여 고립된 상태에 빠져들었다고 스스로를 판단하고 있는 동포들의 문제와 직결된다. 즉 원상모는 자신의 문화정체성을 지키는 방안으로 한국행을 결심한다.

이러한 원상모의 선택은 그 이전까지 사할린 한인이 겪지 못했던 문제에 그 자신을 봉착시키는 결과를 낳았다. 그 대표적인 문제가 귀환 조건의 불합리성이었다. 1945년 해방 직후부터 제기된 귀환의 문제는 1966년 동아일보 투서를 계기로 본격화되는 듯 했지만, 결국에는 1988년 수교 이전까지는 미답의 영역으로 남아 있었다. 아무리 원상모가 그 시점에서 러시아 사회로의 진입에 박차를 가하고 있었다고 할지라도, 동포로서 이 문제에 대해 무관심했다는 증거는 여러 형태로 남아 있다. 가령 박노학에 대한 설명을 한국 귀환 이후에 접한다는 점이다. 1966년 박노학으로 인해 일어난 일본에서의 귀환 촉구 운동은 결국 한국의 언론을 자극할 정도였지만, 정작 원상모 본인은 이에

30) 김두섭, 「중국인과 한국인 이민자들의 소수민족사회 형성과 사회문화적 적응 : 캐나다 밴쿠버의 사례 연구」, 『한국인구학』 제21권 2호, 1998, 161~163면 참조..

대한 알지 못하고 있다는 아이러니한 결과를 보여주고 있다.

원상모가 2000년대 들어서면서 본격적으로 추진된 영주귀국 문제를 다루면서야 박노학과 귀환 문제를 인지한다는 점은 이러한 역사적 귀환 과정에서 빗겨나 있던 인물이었음을 보여준다. 그런 그가 귀환의 조선에 봉착하여 사할린 한인이 겪어야 했던 차별의 실상을 찾아가는 과정은, 한국 관객들이 인무학의 작품을 통해 사할린 한인의 고통을 들여다보는 과정과 동일할 것이다.

〈남은 여생의 시련〉은 한국 정부의 차별적인 귀환 조건에 불법으로 응수하면서까지 모국으로 돌아오고자 하는 원상모의 처지와 의지를 보여주는 작품이라고 할 수 있다. 만일 원상모가 겪어야 했던 러시아에서의 삶이 그러한 민족적/역사적 고통을 뜻한다면, 귀환의 문제는 이러한 고통으로부터의 해방 혹은 일시적이고 부분적일지라도 이러한 상처로부터의 치료를 뜻한다고 하겠다.

문제는 이러한 원상모의 치료를 방해하는 일련의 요소들이다. 이 작품에서 원상모의 적대자로 등장하는 한종회는 부분적인 방해 요인이다. 한종회는 과거(대학시절)의 원한을 핑계로 원상모의 정착을 방해하는 인물이지만 지나치게 악한으로서의 성향으로 인해 사할린 한인의 보편적인 문제의식을 드러내는 장치로 기능하지는 못한다.

오히려 위장 결혼을 통해 아내가 된 김용희가 사할린 한인의 절박한 처지를 드러내는 문제의식으로 작용할 수 있다. 김용희 역시 피해자였고 치료를 요하는 상처받은 자였지만, 동시에 그녀는 원상모의 상처를 확대하고 치료로서의 그의 정착을 방해하는 인물이었다. 그녀로 인해 원상모의 한국 정착은 시련을 맞게 되고, 급기야 원상모는 러시아(사할린)로 돌아가려는 결심까지 하게 된다.

원상모의 치료는 한국에서의 죽음으로 귀결되는데, 죽음에 앞서 김용희와의 화해 그리고 진정한 과거(인연)의 회복은 중요한 치료 효과를 창출한다. 부모의 강제 이주로 인한 의도하지 못했던 출생과 가족 구성의 실패로 인한 사회 부적응 과정, 이러한 부적응으로 인해 러시아 사회에서의 축출 그리고 대한민국 정부의 폭력적인 정책으로 인한 고통 등이 무화되는 계기가 마련된 것이다. 인무학은 이러한 원상모의 심적 정황을 강조하기 위해서, 편안한 여생의 끝을 희곡적으로 마련하고 있다.

인무학이 이 작품을 쓴 이유는 두 가지로 요약될 수 있다. 부모의 이주부터 시작하여 자신의 귀한으로 이어지는 역사적 행보의 재구성이다. 인무학은 원상모뿐만 아니라 김용희의 삶도 파란만장하게 창조함으로써 이주의 역사를 두 사람을 통해 압축하고자 하는 의도를 표면화하였다.

물론 이러한 역사적 행보는 그 자체로 희곡쓰기의 목적이 될 수 있다. 왜냐하면 사회 현상을 인지하고 기록하고 나아가서 고발하는 역할은 지식인 혹은 문인이 갈망하는 본연의 의지와 맞닿아 있기 때문이다. 하지만 그 내면에는 은밀한 또 하나의 욕망도 담겨 있다. 자신의 삶과 선택을 돌아보고, 내면의 상처를 치유하고자 하는 욕망이다.

원상모는 귀환을 통해 러시아 사회에서 자신이 겪어야 했던 고통을 해결하고자 했다. 젊은 날에는 크게 의식하지 못했지만 결과적으로 자신의 삶을 침해했던 이주의 고통으로부터 벗어나고자 한 것이다. 물론 대한민국으로의 귀환은 또 다른 고통을 가져왔다. 가장 대표적인 경우가 가족과의 이별이다. 딸과의 이별이 실질적으로 그 이전에 이루어졌다고는 하지만, 원상모의 귀환은 이중 이산을 가져올 것이 분명하며 이로 인해 원상모의 내면에 또 다른 트라우마로 남을 것은 자명한 이치이다. 그럼에도 원상모는 모국에의 정착을 통해, 인생의 반려자를 새롭게 만난다. 과거의 인연을 잇는다는 설정은 다소 황당한 것이기는 하지만, 그 만큼 절실할 수 있는 한 이주의 내밀한 소망을 보여준다는 점에서는 기억할만하다. 그리고 무엇보다 편안할 수 있는 죽음을 맞이할 수 있게 된다. 그 역시 최선은 아닐지라도 세상에 살아있는 이의 중요한 소망 중 하나일 것이기 때문이다.

참/고/문/헌

〈기본자료〉

- 「박해도 못 꺾는 '망향' 20년」, 『동아일보』, 1966년 1월 27일.
- 「부산연극제 관객이 준 별점(4) 이그라 〈남은 여생의 시련〉」, 『국제신문』, 2016년 4월 11일
- 「인해영」, 『레닌의 길로』, 1981년 7월 11일 참조.
- 교동 인 씨, 위키백과 참조, https://ko.wikipedia.org/wiki/
- 인무학, 〈남은 인생의 시련〉, 2016년 부산연극제 극단 이그라 공연대본
- 인무학, 연구자와의 서면 인터뷰(1차), 2016년 8월 5일.
- 인무학, 연구자와의 서면 인터뷰(2차), 2016년 8월 6일.

〈연구논문〉

- 김근식, 「음식문화를 통해서 본 러시아 정체성의 이해」, 『e-Eurasia』, 한양대학교 아태지역연구센터, 2009.
- 김두섭, 「중국인과 한국인 이민자들의 소수민족사회 형성과 사회문화적 적응 : 캐나다 밴쿠버의 사례 연구」, 『한국인구학』 제21권 2호, 1998.
- 박민철 · 정진아, 「재러 고려인의 민족정체성과 민족적 자긍심」, 『코리언의 민족정체성』, 선인, 2012.
- 박선영, 「사회통합을 위한 국민범위 재설정」, 『저스티스』제134권 2호, 한국법학원, 2013.
- 전경수, 「한인동포 사회의 이주역사와 배경 : 모든 것이 강제된

삶의 현장」,『러시아 사할린 · 연해주한인동포의 생활문화』, 국립민족박물관, 2001.
- 정진아,「국내 거주 고려인 사할린 한인의 생활문화와 한국인과의 문화갈등」,『인문과학논총』제58호, 건국대학교인문과학연구소, 2014.
- 정하미,「일제 강점기 조선의 가라후토 이주」,『일본학보』제95호, 한국일본학회, 2013.
- 조재순,「사할린 영주귀국 동포의 주거생활사 : 안산시 고향마을 거주 강제이주 동포를 중심으로」,『한국주거학회논문집』제20권 4호, 한국주거학회, 2009.
- 최길성,「사할린 동포의 민족 간 결혼과 정체성」,『비교민속학』제19호, 비교민속학회, 2000.

〈단행본〉
- 서경식 · 김혜신 옮김,『디아스포라 기행』, 돌베개, 2006.

〈외국 논저〉
- Robin Cohen, Global diasporas: An introduction, London:UCL Press, 1997.

영이록의 장애 화소와 그 의미

권대광

1. 서론

장애는 치료나 치유의 대상이 될 수 있다는 면에서 문학 치료와 연관이 있다. 장애인 문학은 장애인들의 삶의 문제를 형상화하는 문학이라고 할 수 있다. 장애인 문학에 관한 관심은 최근 장애인 인권에 대한 새로운 시각으로 구체화하였다. 장애인 인권을 소수자의 권리 측면에서 보는 사회적 시각은 다양성에 대한 현대사회의 요구에서 비롯한다. 문학에서 장애를 보는 시각 역시 이러한 사회적 요구와 밀접한 연관이 있다. 조선 시대에도 현대와 마찬가지로 많은 장애인이 살았으며, 사회 속의 한 구성원으로 자리하고 있었다.[1] 하지만 고소설에서 장애인들에 대한 다양성의 시선을 확인하는 것은 흔한 일은 아니

---

1) 정창권 · 윤종선 · 방귀희 · 김언지, 『한국장애인사』, 솟대, 2014, 10면 참조.

다. 물론 〈심청가〉에서와 같이 장애인에 대한 '비차별적 인도주의적 시선'[2]을 담고 있는 작품도 있지만, 대개는 장애인에 대한 폄하된 시선을 담고 있는 경우가 많다.[3] 이러한 경향은 판소리, 민속극, 고소설 등 조선 후기 문학 현상의 거의 모든 부분에서 공통으로 찾아볼 수 있다. 더불어 장애 자체가 문면화되는 경우도 드물며, 장애가 있는 인물을 작품에 전경화한 사례는 거의 찾아볼 수 없다. 더불어 작품에 드러난 장애의 심층적인 의미를 밝힌 연구는 많지 않다.

이 글에서 주된 대상으로 삼고자 하는 〈영이록〉[4]은 장애가 있는 인물을 중심으로 서사가 전개된다는 점에서 조선 후기 고소설사에서 특이한 위치를 점하고 있다. 신성소설의 대표적인 작품으로 지적된 만큼, 그동안의 〈영이록〉 연구에서는 서사의 신성적 요소나 천상계의 개입 화소에 착안한 것들이 많았다.[5] 작품 내 인물의 변화 계기로 작용하는 배경과 인물이 지니게 되는 신분적 특성이 신성적 공간의 속

---

2) 박희병, 「'병신'에의 시선(視線)」, 『고전문학연구』 24, 한국고전문학회, 2003, 327면.

3) 박희병은 윗글에서 '신체적 장애가 있는 인간을 죄악시하거나 폄시'하는 용어로 '병신(病身)'의 어원적 개념을 다루면서, 장애인들에 대한 가학적 사회병리가 민중 문학에 개입되어 있다고 밝히고 있다. 한편 〈영이록〉의 성립에서 민중의식의 반영이라는 관점의 연구도 있다. 손찬식의 연구(「〈영이록〉의 민담수용양상」, 『국어교육』 49, 한국국어교육연구회, 1984.)가 대표적이다.

4) 〈영이록〉은 한문연본 이외의 이본(연대본 2본 2책, 박순호본 1책)에서 〈손텬수영(녕)이록〉 등의 표제로도 필사되었다. 이 글에서는 〈영이록〉이라는 명칭이 학계에서 일반적으로 표제명으로 쓰이고 있는 점, 〈영이록〉은 한중연본 〈영이록〉을 중심으로 논지를 전개한 점을 바탕으로 〈영이록〉을 작품명으로 표기하였다. (표제명에 대한 논란은 '최윤희, 「〈손천사영이록〉의 이본 특징과 존재 의미, 『한국학연구』 32, 고려대 한국학연구소, 2010, 188-189면' 참조). 이 글의 본문 인용은 한중연본(3권 3책)을 현대어역한 '임치균 이래호 역, 영이록(현대어본), 한국학중앙연구원 출판부, 2010.'에서 발췌하여 제시하였다.

5) 〈영이록〉을 신성소설로 보는 관점 중에 가장 대표적인 것은 이상택의 연구(「고대소설의 세속화 과정 시론」, 『고전문학연구』 1, 한국고전문학회, 1971.)가 있다.

성과 일치하기 때문이다.[6] 특히 주인공이 도교의 이상적 인물로 그려지고 있다는 점에서 도교적 모티프에 초점을 두고 작품을 해석하는 경우가 많았다.[7]

최근 〈영이록〉에 드러난 장애인의 모습을 문학 치료의 관점에서 본 연구들이 있다. 특히 〈영이록〉을 장애인의 모습이 가정 내에서 구체화한 서사로 보고, 작품 내에 개입된 욕망을 '자기 인식'[8]이나 '불안'[9]의 관점에서 읽어 내거나, 자아실현을 위한 서사[10]로 파악하기도 했다.

이 글 역시 선행 연구들의 연속 상에서 작품에 드러난 장애의 의미를 심리학적 시각으로 밝혀보고자 한다. 특히 이 글에서 개념적 도구를 빌린 분석심리학은 '치유의 심리학'이라는 별명이 있다. 〈영이록〉의 전체 서사가 장애가 있는 인물의 신체적 정신적 변화를 다루고 있

6) 이에 관한 최근의 연구로 허순우(「현실적 문제 제기와 낭만적 해결법의 모색」, 『한국고전연구』 25, 한국고전연구학회, 2012.)와 허원기(「〈손천사 영이록〉의 도교적 상상력」, 『고소설 연구』 29, 한국고소설학회, 2010.)의 연구가 있다. 이들은 모두 〈영이록〉에 드러난 도교적 요소의 서사적 기능에 대해 논하고 있다. 허원기가 〈영이록〉에 드러난 도교적 표지에 집중하고 있다면, 허순우는 이것이 주제적인 차원이 아닌 소재적인 차원의 것으로 기능하고 있음을 주장한다.

7) 〈영이록〉 연구의 축적은 진행 중이다. 손찬식(〈영이록〉의 무속적 고찰」, 『어문논집』 26, 안암어문학회, 1986.), 임치균(〈영이록〉 연구」, 『고전문학연구』 8, 한국고전문학회, 1993.) 초기 연구 이후로 불과 수종의 연구가 진행되어왔다. 〈영이록〉이 그 대중성만큼 연구자들의 눈길을 끌지 못하는 이유는 작품을 문학적인 시야보다는 장애 그 자체와 관련지어 사회학적 시선으로 고찰하기 때문으로 보인다. 또 〈영이록〉의 표제가 〈손천사 녕이록〉으로 드러나는 등 그 도교적 성격이 강하게 각인되었기 때문으로 보인다.

8) 임치균, 「"좌절? 바보! 극복? 영웅"의 방정식과 문학치료적 함의, 그리고 문학치료를 위한 창작의 실제」, 『문학치료연구』 10, 한국문학치료학회, 2009.

9) 구선정, 「〈한후룡전〉 · 〈유화기연〉 · 〈영이록〉에 나타난 '장애인'의 양상과 그 소설사적 의미」, 『고소설연구』 42, 한국고소설학회, 2016.

10) 김서윤, 「〈영이록〉의 자아실현 서사와 그 교육적 활용」, 『우리말교육현장연구』 10, 우리말교육현장학회, 2016.

다는 점에서 분석심리학적 방법을 빌려 작품을 해석하고자 했다. 작품에 등장하는 장애 표지가 결함이 있는 신체와 각 공간의 상징성이 〈영이록〉이 분석심리학적 방법으로 읽힐 가능성을 보여준다.[11)]

2. 장애와 여성성의 인물형

가. 장애인 삶의 현실적 문제들

〈영이록〉은 손기가 가진 정신적 신체적 결함을 중심으로 서사가 전개된다. 장애의 극복 과정은 세부적으로 그려져 있지 않다. 작품 속에는 손기가 가진 장애가 무엇인지와, 그로부터 발생하는 사회적 난관과 극복 이후의 모습이 작품의 주요 서사를 이룬다. 〈영이록〉에서 이른바 '바보 공자'로 불리는 손기는 정신적·육체적 결함을 갖고 있었다.

> 아기는 태어나면서부터 용모가 고귀하고 생김새가 보통과 달랐다. 다만 병이 많아 자주 위태롭더니, 일곱 살이 되어도 말을 못 하고 열 살에도 걷지를 못하였다. 또한, 성품이 침착하고 속이 밝았으나 겉으로 드러내지 않아 어리석은 사람 같이 보였으니 일가친척들이 다 바보 공

11) 분석심리학은 칼 융에 의해 주창되었다. 융은 무의식이 개인 무의식과 집단 무의식으로 나뉘는데, 집단 무의식은 남성적 원형과 여성적 원형이 있다고 주장하였다. 누구에게나 양성적인 면모가 공존하고 있으며, 남성이 가진 여성성을 아니마(Anima)라고 하고, 여성이 가진 남성성을 아니무스(Animus)라고 하였다. 융은 아니마와 아니무스 등 원형들의 조화로부터 전인적 발달을 이룰 수 있으며, 이를 개성화(Individuation)로 설명하였다.(Steven F. Walker, 장미경 외 역, 『융의 분석심리학과 신화』, 시그마프레스, 2012, 54-56면 참조.

자라고 불렀다. (19-20면)

고귀한 용모와 침착한 성품은 인물이 가진 잠재적 특성을 말해줄 뿐이다. 정작 손기는 외형적으로 장애 아동의 모습으로 그려지고 있다. 손기가 가진 장애는 발달 지체로 보이는데, 서사에서 장애의 양상이 사뭇 구체적이다. 장애의 원인은 병으로부터 시작된 것으로 개연성 있게 제시되어 있다. 손기의 경우 언어 발달 자체가 성장 과정에 있어서 신체 발달 지체의 모습과 함께 나타나고 있다. 특히 7세 아동의 경우 어휘의 문제 외에 기본적인 모국어 구사 능력이 완성되는 시기임에도 불구하고, 손기는 언어 구사에서 정상적인 발달이 이뤄지지 않은 인물로 그려진다. 한편, 잘 걷지도 못한다고 한 부분에서는 소아마비 등 척수성 질환을 연상하게 한다.

장애에 대한 세부적 묘사는 손기에 투사된 장애의 모습이 단순하게 모자란 인물형을 부각하기 위해서 외형적 장애를 부각했다기보다 작가의 섬세한 취재나 경험으로 비롯된 것임을 알 수 있다.[12] 이 점은 손기의 인물 구성은 수사적 차원에서 기술된 것이 아니라, 인물에 대한 작가의 치밀한 설정과 이후 전개될 인물의 운명에 대해 작가의 욕망이 투사되어 있다는 점을 말한다.

서사에서 손기는 부모의 기대와는 관계없이 발달 지체를 지닌 인물로 나타나고 있으며, 이러한 탓에 '바보 공자'라는 말을 듣는다. 손기

12) 판소리의 경우 장애 인물들의 모습은 상황을 희화화하기 위한 수단으로 우스꽝스러운 모습으로 나열된 경우가 많다. 판소리와 마찬가지로 민속극에서 보이는 장애인의 모습 또한 인물의 풍자적인 면모를 부각하기 위한 장치로 사용된 흔적이 많다. (박희병, 앞의 글, 324-337면 참조.)

에 대한 이러한 평가는 부모나 아내, 장인 이외의 모든 사람에게서 공통으로 보인다. 장애에 대한 학문적인 구분이나 의식이 없던 당대에도 장애는 폐질(廢疾)로 통칭하였다. 조선 사회에서 폐질에 대한 의식은 현재와 크게 다르지 않아서, 시각 장애, 청각장애, 언어 장애 등 모든 지체 장애와 정신장애 등을 포괄하는 개념이었다.[13] 특히 모든 지체 장애가 있는 손기는 조선 후기인들의 관점에서는 '폐질인'의 전형이었다. 손기는 성장 과정에서 겪었던 이러한 장애에 대한 시각을 성장 후에도 그대로 마주하게 된다.

> "형씨 가문에서 사위 고르는 것은 말도 하지 말게 천금보다 귀한 딸로 겨우 귀먹고 벙어리인 멍청이를 골랐으니, 이보다 더 기이한 일은 없을 것이야."
>
> 이 말이 일시에 사람들에게 전해져 웃음거리가 되었다. (37면)

이 부분은 가정 내에서 일가친척들에게 무시당하는 장애인과 그 가족들의 모습이 여실히 보여준다.[14] 손기는 내재적인 비범성에도 불구하고 혼인 후 가정 내 적응에서 어려움을 겪는다. 이는 당대 장애인들의 혼인문제가 가정 내에서 예민한 문제였음을 보여주는 서사다.[15] 손

---

13) 정창권, 『역사 속 장애인은 어떻게 살았을까』, 글항아리, 2011. 32면 참조.

14) 장애인들에게 혼인문제는 큰 난관이었다. 당대 장애인과의 혼인문제는 〈영이록〉 속에서 '기이한 일'로 치부되어 있다. 이러한 모습은 〈노처녀가"를 통해 확인할 수 있다. 〈노처녀가〉는 장애 여성의 혼인문제를 다루고 있다. 특히 〈노처녀가〉의 화자 역시 손기와 마찬가지로 복합적인 지체 장애가 있는 인물이며, 혼인에 대한 간절함과 그 장애를 소재로 하고 있다.

15) 장애인과의 혼사 장애 화소는 〈박씨전〉에서도 여실히 드러난다. 이시백은 박 씨의 추함을 빌어 합방을 거부하고 있는데, 박 씨의 형용 묘사는 지체 장애로 표현되고

기의 모습은 당시 장애인과 그 가족들이 마주해야 했던 삶의 장면들을 문제시하고 있다.[16] 한편 손기가 겪는 가정 내에서의 불화는 당대 장애인들이 장애인이기 때문에 겪을 수밖에 없던 무시와 수모를 잘 보여준다고 할 수 있다.

하지만 서사에서 보이는 장애인 서술에 대한 구체성만으로 〈영이록〉을 장애인들에 대한 새로운 관심의 산물로 보기는 어렵다. 장애가 있는 인물인 손기를 서사의 중앙에 내세웠다는 의의가 있지만, 인물의 장애가 인물의 현실적인 노력으로 극복되고 있지는 못하다. 손기가 가진 장애의 발생과 해결이 모두 하늘의 운명에 의한 숙명론적 입장에서 기술되었다는 점에서, 〈영이록〉을 소수자에 대한 적극적인 관심이나 공감으로 보기에는 다소 무리가 있다. 따라서 〈영이록〉을 장애인의 삶과 인권에 대한 문제적 서사로 읽어내기보다, 서사 내에서 장애 인물에게 투영된 의식과 심리를 분석하는 일이 더욱 유의미한 일로 여겨진다.

나. 인물에 투사된 아니마

소운성은 남성적 영웅이자 유교적 영웅이라고 할 수 있다. 손기의 서사는 소운성과의 대비를 통해 장애인에 대한 현실적 문제를 문제화한다. 소운성의 모습은 손기의 모습과 대조적이며, 소운성과 손기의

있다. 하지만 장애인인 중심인물 본유의 신이성이 절제되어 있으며, 장애인을 둘러싼 현실적 안목을 드러내고 있다는 점에서 〈영이록〉은 〈박씨전〉과의 차별점이 있다.

16) 〈영이록〉이 일상적 가족관계의 회복 문제를 다루고 있다(허순우, 앞의 글, 278-284면 참조.)는 점에서 작가는 주인공이 가진 장애인의 현실적 문제를 관찰하고, 공감할 수 있는 본인 혹은 가족 등 주변 인물이었을 가능성이 있다.

행위 역시 서사 내에서 쌍을 이루고 있다. 각 인물이 가진 서사는 인물 비범함-혼인-시화에서의 수난으로 대응되고 있으며, 소운성과 손기 서사의 대립 쌍으로 〈영이록〉 서사가 구성되어 있다.

> 손기를 보니, 낯이 검고 키가 작고 생김새가 추하고 더러웠다. (중략) 온 집안사람들이 '어리석은 신랑'이라고 부르니 집안의 노복들도 공경하지 않았다. 손기도 또한 흐트러진 머리에 맨발로 있으면서 의관을 바르게 하지 않고 다만 방에 깊이 박혀 소리도 내지 않고 지냈다. 그 모습에 계아의 자매들이 손기를 사람 취급하지 않자, 손기는 더욱 귀먹은 사람, 어리석은 사람을 자처하였다. 가끔 형옥이 방에 들어와 무엇을 물어도 보았지만, 손기는 모르겠다는 듯 대답하지 않았다. (33-34면)

> 신랑 소운성이 잘 생기고 씩씩하다고 기리는 소문은 예식 전부터 이미 형씨 집안에 가득하였다. 혼인을 위한 기구가 화려하게 갖추어진 가운데, 집안의 부인네들이 신랑 소운성을 아낌없이 칭찬하자 이로 인해 어리석고 흐리멍덩한 손기는 더욱 곤욕을 치렀다. 혼례일이 가까워질수록 집안은 더욱 떠들썩하였다. (41면)

형옥의 일곱째인 경아와 소운성의 결혼 서사에서 보이는 홍성함은 계아와 손기의 결혼 서사와는 사뭇 다르다. 무엇보다 신랑에 대한 집안사람들의 평가에서 큰 대조를 보인다. 작품 내에서 축소되어 서술되어 있지만, 소운성은 몇 번의 전쟁에서 큰 공을 세워 여러 해 동안 병부상서에 올랐고, 처남인 형옥의 아들 역시 한림학사의 벼슬에 이르렀다. 이들은 손기가 다다를 수 없는 출장입상을 한 인물들로, 유교 사회에서의 입신양명을 실현한 인물들로 그려지고 있다. 그에 반해 손기는 손아랫동서에게 살던 거처를 내주었어야 했으며 별다른 행위 없이 지낼 수밖에 없었다. 손기는 가정 내에서의 철저한 무시 속에서 병증이 더욱 깊어진다. 가정 내에서 이뤄지고 있는 사회적 배제는 손기를 더욱 자폐적인 인물로 만든다.

손기가 아내인 계아와의 별다른 연정이 그려지고 있지 않다는 점 역시 주목된다. 부부관계에서 역시 손기는 정상적인 남성의 역할을 하고 있지 못하며, 당대 남성이 이상적으로 성취할 수 있었던 모든 욕망으로부터 소외되어 있다.[17] 〈영이록〉 서사 전반부에서 손기의 비범성은 장인인 형옥의 관상가에게 들은 바를 통해 얻은 막연한 믿음 속에만 존재하고 있다.

한편, 소운성의 존재는 가정 내에서 손기의 위치를 더욱 협소하게 만들고, 또 일곱이나 되는 형제들 사이에서 양분된 권력 구조를 만들어 내고 있다. 소운성은 남성적 영웅의 조건을 두루 갖춘 인물이다. 또 현실적 권력과 무력을 갖추고 있다는 점에서 〈소현성록〉에서 그려지는 것과 같은 유교적 이상성을 갖추었다고 할 수 있다.[18] 이런 유교적 이상이 남성 중심의 이데올로기와 관련이 깊다는 점에서 소운성을 남성 영웅의 전범으로 볼 수 있다.

이와 대비되는 손기는 사회로부터 격리되어 자신을 스스로 유폐시

---

17) 이후 황학정에 머무르는 동안 두 아이를 돌본 것으로 되어 있지만, 자녀들의 출생이나 육아의 구체적 서술은 없다. 이는 계아와의 에로스적 서사들이 축소되어 서술되어 있기 때문이다. (김연숙, 「레비나스: 주체의 시간과 타자의 시간들」, 『시간과 철학』, 철학과 현실사, 2009, 354면 참조) 계아와의 에로스는 입선(入禪) 이후 후반부에만 제시되어 있다는 점이 특징적이다. 이는 〈박씨전〉에서 보이는 탈갑(脫甲) 전후의 화소와 일치한다. 즉, 인물의 개성화가 배우자와의 관계를 특징짓는 중요한 화소로 등장하고 있다.

18) 임치균, 〈영이록〉 연구」, 『고전문학연구』 8, 한국고전문학회, 1993, 347-348면 참조.

키고 있다. 손기의 행위는 본가에서 처가로 옮겨갈 뿐, '집안'에 국한된 공간성을 지닌다. 계아와의 혼인담에서 손기와 관련된 서사 중 손기의 능동성이 있는 서사는 전혀 없으며, 형옥의 부인이나 손기의 처, 계아의 입장에서만 서술되고 있다. 또 서사의 주된 무대가 남성의 집이 아닌 처가(妻家)를 중심으로 이뤄지고 있다는 점 역시 주목할 만하다. 이를 통해 볼 때 〈영이록〉 전반에서 드러나는 손기의 모습이 여성적 시각에서 그려지고 있음을 알 수 있다. 또, 소운성으로 대표되는 남성성과는 대비되는 인물형으로 그려지고 있다. 이는 남성 인물인 손기에 서사 내적으로 여성성이 부여된 지점을 보여준다. 손기에 부여된 이러한 여성성은 '황학정'이라는 공간으로 구체화한다.

> (형옥은, 필자) 후원에 있는 황학정을 수리하게 하여 손기를 그곳에서 지내게 하였다. 황학정은 형옥이 공무를 마치고 돌아와 향을 피우고 차를 달이며 가까운 친구와 함께 흥취를 즐기던 곳이다. 주위에는 대숲과 솔 그늘이 펼쳐져 있었다. 황학정은 고즈넉한 섬돌에 모란이 그려진 난간과 태호석으로 만든 난간이 아름다웠다. 그 앞에 금붕어를 기르는 맑고 깨끗한 연못이 있었으니, 이곳은 실로 재상 집안에 숨겨져 있는 은거할 만한 장소였다. 손 서방이 새로운 처소를 얻은 후에는 매일 그 늘에 의지하여 큰 나무를 베고 누워 두 아들과 함께 놀 뿐, 한 번도 문밖을 나가지 않았다. 그러므로 소운성이 형씨 집안으로 들어온 후, 두 사위가 한집에 있었으나 서로 얼굴을 본 적이 없었다. (42-43면)

손기의 공간으로 제시된 황학정은 소운성의 입가(入家) 이후에 손기에 부여된 공간이다. 황학정은 공무와는 거리가 있는 공간이며, 대숲과 솔 그늘 속에 숨겨진 곳으로 그려진다. 가정에서 가장 내밀한 곳인 황학정은 손기가 가진 여성성을 드러난다. 섬돌, 모란, 난간, 연못, 금붕어로 장식된 황학정은 소운성에 의해 밀려나 손기가 재생을 준비하는 공간이다.[19] 서사 내 가부장의 정점에 있는 형옥에게 황학정은 같은 기능을 수행한다. 형옥이 손기에 준 것은 '재생(再生)'의 기회이며, 이 공간 속에서 손기는 소운성과 대비되는 자신만의 세계를 구현하고 있다.

소운성은 아직 채 발달하지 않은 유아기(幼兒期)적 에너지와 욕망을 보여준다. 실패의 경험이 없으며, 거리낄 것이 없으며, 자아가 곧 자신 그 자체인 상태를 지속적으로 유지한다.[20] 반면, 손기에 부여된 여성성은 재생의 공간에서 그 잠재된 생명력을 잉태하고는 있지만 발현되지 않은 상태를 상징한다. 이 여성성은 유아기적 에너지에 의한 자극 때문에 새로운 자아의 탄생을 위한 양분으로 작용하고 있다.

황학정은 아이를 기르는 육아와 성장의 공간이며, 정태적인 주변물을 통해 생명력이 응축된 장소다. 황학정이 가진 여성성은 성숙과 성장 가능성을 배태한 에너지의 원천이다. 이 속에서 손기는 새로운 인물로 다시 배태될 수 있으며, 이후 출가(出家)와 입선(入禪)을 위한 미래가 준비된다. 손기의 여성성은 황학정과의 알레고리를 통해 구체

---

19) 분석심리학적 관점에서 집은 육체를 상징하며, 집안의 호수는 여성의 자궁을 상징한다. 특히 여성적인 도식을 그대로 가져온 황학정은 이러한 속성을 잘 드러낸다. (지그문트 프로이트, 김양순 역, 『정신분석 입문』, 동서문화사, 2007, 144-146면 참조.)

20) 황학정에서 손기가 보이는 여성성의 한 국면인 모성에 대비되는 모습은 유아적 자아의 모습이라고 할 수 있다. 소운성이 보이는 자아팽창(ego-flatting)은 유아적 자아의 모습이라고 할 수 있다. (Carl Gustav Jung, 『원형과 무의식』, 솔, 2003, 272-273면 참조.)

화하고 있었다. 이후 서사를 고려해 볼 때, 손기가 지닌 여성성의 미래는 선도(仙道)의 영역이며, 황학정에서의 시간은 손기가 지닌 여성성의 잠재력을 확인하는 시간이다. 황학정의 시간과 공간성은 손기가 가진 여성성과 일치하고 있으며, 신성적 힘에 기대어 장애를 극복하고자 하는 의식이 인격화한 것임을 알 수 있다.

3. 여성성의 긍정과 장애의 극복

가. 장애인과 여성성의 친연성

현대와 마찬가지로 조선 사회에서 여성과 장애 문제를 '소수자'의 관점에서 생각해 볼 수 있다.[21] 잘 알려진 바대로 여성과 장애인의 동일시는 〈수궁가〉에서 잘 나타난다. 심청을 중심으로 극빈, 장애, 여성, 미혼, 지역의 요소가 결부되어 있으며 이것들은 모두 소수자라는 특징을 지닌다.[22] 〈영이록〉의 손기 역시, 장애인이라는 점에서 소수자의 성격을 지니며, 여성성을 지닌 존재로 드러나고 있었다.[23]

손기가 가진 여성성은 사회적인 시각에서 장애인인 사실과 같은 의미를 지닌다. 한편 무의식 수준의 양성성으로도 나타난다. 손기의 무

---

21) 이러한 흔적은 우리 문화에서 깊숙이 뿌리 내려 있다. 또, 우리 속담 등에서 정신적 장애의 이미지가 늘 여성과 결부된다는 점 역시 이와 관련이 깊다. (박희병, 「"병신"에의 시선」, 『고전문학연구』 24, 한국고전문학회, 2003, 318면 참조.)

22) 최기숙, 「"효녀 심청"의 서사적 탄생과 도덕적 딜레마」, 『고소설 연구』 35, 한국고소설학회, 2013, 74면 참조.

23) Carl Gustav Jung 편, 이부영 외 역, 『인간과 상징』, 집문당, 2013, 198면 참조.

의식에서 여성성이 가장 잘 드러나는 공간은 전술한 바대로 황학정이다. 황학정은 손기와 마찬가지로 가정 내에서 소외되고 배타적인 위치를 점한다는 점에서, 장애 화소와 함께 손기가 지니는 '소수성' 혹은 '특수성'의 의미가 있다.[24] 소운성은 자신을 '도학군자'나 '영웅 장부'로 인식하는 데 반해, 손기는 '산속의 도깨비'로 인식한다.[25] 한편 뱃놀이나 시회(詩會)를 통해 손기에 대한 배타적 인식을 분명히 한다. 특히 장인인 형옥과 기생 반선(伴仙) 앞에서 손기를 욕보임으로써 손기의 남성성을 부정한다.

손기에 있어 황학정의 시간은 남성 인물 속에 투영된 여성성이 드러나는 시간이라고 할 수 있다. 따라서 황학정에서 손기의 시간은 아니마(Anima)가 노출되는 시간이다. 하지만 황학정에서 노출되는 손기의 아니마는 부정적인 형태를 띠기도 한다. 아니마는 부정당한 남성과 함께 손기의 의식 속에 있는 여성성은 부정적인 형태로 드러나기도 한다.[26] 부정적인 아니마는 손기에게는 시종일관 지속하여 오던 것으로, 늘 주변인들의 폄하나 남성성의 훼손을 통해 촉발된다. 손기는 소운성의 입가 이전부터 일가친척들과 노복들의 비난에 대해 자신

---

24) 황학정에 대한 배타적 위치는 손기가 가진 장애 화소와 함께 부정적인 대상이 숨겨진 장소라는 점에서 프로이트적 설명의 '그림자 자아'를 연상케 한다. 한편, 출세(出世)를 위한 잠재력을 배양하는 곳이며, 생산적 활동과 인물의 변모를 예비하는 곳이라는 점에서 융의 '그림자 자아'와도 상통하는 면이 있다. 하지만 '그림자 자아'가 개인적 무의식의 특징을 설명하는 데보다 유익하다는 점, 이 글의 주된 개념인 아니마와 아니무스가 집단 무의식을 설명하는 원형이라는 점에서, 사회적 인물로서의 손기를 고찰하는데 '아니마'의 개념을 사용하고자 한다. (이부영, 『분석심리학』, 일조각, 2011, 91-92쪽 참조) 한편, 개인적 인물형으로서 손기의 '그림자'에 대한 연구는 추후 연구로 진행하고자 한다.

25) 〈영이록〉, 49면 참조.

26) Carl Gustav Jung 편, 위의 책, 199면 참조.

을 스스로 유폐시킨다. 또 입선(入禪) 이전 시기 사회적 비난에 대해 손기는 우울감이나 권태의 양상을 보이는데, 이는 전형적인 부정적 아니마의 모습들이다.

황학정 시기 손기의 부정적 아니마가 최고조에 이르는 때는 소운성에 의해 손기가 상처를 입는 장면에서 볼 수 있다. 시회(詩會)에 억지로 끌려 나온 소운성의 모습은 작품 속에서 '거북이'의 모습으로 그려지고 있다.

> 오랫동안 거북이가 목을 등딱지 가운데 숨긴 듯이 재주와 어진 마음을 감추어왔던 손기는 우연히 물에 나왔다가 어부의 그물에 걸린 것같이 어쩔 줄 모르고 있었다. 평소 소운성의 뛰어난 명성과 위풍당당한 모습을 추앙하던 형 씨 집안의 노복들은 형옥의 자제들과 소운성이 서로 어지럽게 부르며 즐겁게 인사하는 사이에 형옥의 분부를 기다리지도 않고 나는 듯이 노를 저어 배를 물가에 대었다. (46면)

외향적인 소운성의 모습과는 달리 내향적인 손기의 모습은 목을 움츠린 거북이로 표현된다.[27] 형가의 시회에서 손기의 무의식 속 아니마가 자각되고, 드디어 남성성과의 통합이 준비된다. 소운성의 비방이나 악의적 조롱은 손기의 본질이 거북이 껍질 밖으로 나올 수 있게 하는 동인이 된다. 시회는 이후 손기의 '재주와 어진 마음'이 노출되는 서사적 계기다.

---

27) 거북이는 물과 뭍, 내놓음[現]과 숨김[藏], 남성과 여성이라는 대립적인 의미를 모두 가졌다. 거북이의 이중성은 서로 다른 막과 막을 연결해주는 다리를 상징한다. (이나미, 『융, 호랑이 탄 한국인과 놀다』, 민음인, 2010. 17면 참조) 이는 손기의 무의식이 점차 의식화되고 있으며, 개성화를 이룰 수 있는 계기를 보여준다.

〈영이록〉에서는 장애인에 대한 당대의 양립적인 시각이 잘 드러난다.[28] 손기는 가정 내에서 지체 장애인으로 등장하며, 폄하의 대상으로 그려지고 있다.[29] 하지만 서사 후반부터 초월적 영역에서 신성적인 힘을 발휘하는 인물로 바뀐다. 장애에 대한 두 가지 시선은 각기 손기의 부정적 아니마를 형성하는 기제가 되기도 하고, 긍정적 아니마를 실현하는 조건이 된다.

나. 부정적 아니마의 전환과 장애의 극복

손기는 서사 속에서 통과제의를 거친다. 통과 제의적 공간은 서사

---

28) 한편 손기의 양면적 아니마는 조선 사회 장애인들에 대한 시각과 일치한다는 점에서 흥미롭다. 손기에 부여된 아니마적 요소는 당대 사회문화적 집단성을 지닌 것으로 보인다. 다음은 장애인에 대한 당대의 기술이다.
경 읽는 판수들은 모두 머리를 깎았는데, 세상 사람들은 이를 선사라 하였다.("讀經盲類皆剃髮.世人稱曰禪師.有老盲金乙富" 성현, 〈용재총화〉 8, 『대동야승』, 한국고전종합DB.)
우리나라의 소격서(昭格署)와 마니산(磨尼山) 참성(塹城)에서 지내는 초제(醮祭) 같은 것은 곧 도가의 일종이다. (중략) 사대부 집에서 매년 정월에 복을 빌고, 집을 짓고 수리하는 일에 재앙을 제거하려고 비는데도, 반드시 맹인 5 · 6 · 7명을 써서 경(經)을 읽는다. ("我國家有昭格署磨尼山塹城醮之類.(중략) 士大夫家每歲初祈福.若繕修營造等事.禳災必用盲." 서거정, 〈필원잡기〉 2, 『대동야승』, 한국고전종합DB.)
조선 사회에서 장애인(특히 맹인)은 점복과 주술의 직업을 가졌으며, 때때로 선사(禪師)라고 부르기도 했다. 이들은 조선 사회에서 도교적 신앙을 바탕으로 주술사의 역할을 담당했다. 비록 장애의 종류는 다르지만, 손기에 투사된 인물형은 조선시대 장애인들의 모습과 사뭇 닮아있다. 〈영이록〉에서 손기는 독경(讀經)과 점복(占卜)의 기능을 수행하는 전형적인 도교적 주술사로 등장한다.

29) 바보 사위 학대담의 화소는 〈영이록〉 외에도 〈낙성비룡〉, 〈장풍운전〉, 〈소대성전〉 등에서 보인다. 하지만 〈영이록〉에서는 전쟁에서의 승리나 무공에 의한 압도가 아닌 '속물적 협기(俠氣)'로 갈등이 해결된다는 차이가 있다. (이상택, 「낙선재본소설의 문학사적 의의」, 『한국 고전소설의 이론 Ⅱ』, 새문사, 2003, 14면 참조.)

속에서 신비화되어 있으며, 아내나 친족에게도 말할 수 없는 공간으로 그려지고 있다. 손기의 통과제의가 다른 작품들과 다른 점은 그 신비화의 정도가 강하다는 데 있다. 이 공간은 자기(self)[30] 내적 요소들이 합일을 이루는 초월적 공간이다. 일반적으로 통과의례는 모성이 굴혈(窟穴) 혹은 바다와 같은 상징으로 나타난다.[31] 하지만 〈영이록〉에서는 인물의 통과의례가 인격화되거나 대상화하여 나타나지 않는다. 다만 계아의 꿈속에 관음이 등장하는 것으로만 처리되고 있다. 통과의례 장소의 신비화는 손기에 대한 무의식이 반영된 흔적을 보여준다. 또, 입선(入禪) 전후 손기의 외형적 변화는 인물에 투사된 무의식이 인격화된 결과로 보인다.

> 손기가 집 나간 지 사오 개월이 지났다. 계아가 주야로 마음을 놓지 못하고 염려하느라 몸과 마음이 초췌해지니, 일가친척 모두가 딱하게 여겼다. 하루는 계아가 향을 피우고 기도를 마친 후 책상에 비스듬히 기대어 졸고 있는데 갑자기 흰옷을 입은 관음이 다가와 등을 어루만졌다.
> "부인은 크게 염려하지 말라. 천사(天師)가 이제 도틀 이루어 돌아오면 그대의 몸이 자연스럽게 빛날 것이니 헛되이 근심하는 것은 부질없도다." (중략) 손기가 크게 웃고는 잠시 후 도사를 만나 천서 세 권을 익힌 전말을 일일이 말하며 당부하였다. (57~62면)

---

30) 자기(self)는 무의식의 소유자라는 점에서, 의식의 주체인 자아(ego)와는 구별된다. 자아는 의식이 드러난 부분의 중심이다. 한편 자기는 정신 전체이기도 하다. (Carl Gustav Jung 외, 설영환 역, 『융 심리학 해설』, 선영사, 2014, 307면 참조.)

31) 융은 통과의례(Initiation)를 '어머니와 아들의 동일성, 자아와 자기의 동일성을 가장 깊은 수준까지, 동일성이 보편적 무의식 속에서 일시적으로 분할되거나 소거되는 것'으로 설명한다. (Carl Gustav Jung, 권오석 역, 『무의식의 분석』, 홍신문화사, 2014, 238면 참조.)

손기의 변화는 시간과 공간의 변화와 함께 천서(天書)에 의한 것으로 그려지고 있다. 하지만 작품 속에서는 통과의례를 위한 시간만 부각될 뿐 천서의 작용이나 기능에 관한 서술은 축소되어 있다. 이렇게 능력 획득의 개연성이 축소된 자리에는 가정 내에서 손기에 대한 기다림의 서사가 두드러진다. 오랜 기다림 끝에 손기는 집으로 돌아온다. 이때 손기는 내적으로는 '예전과는 달랐'지만, 겉으로는 '옛 얼굴 표정으로 말없이 어리석은 듯'[32] 행동한다. 이는 내적 성숙의 발현에 일정한 단계가 있으며, 손기가 변모의 과정 중에 있음을 말한다.

손기의 외형적 변화는 내적 능력의 변화로 이어진다. 또 손기 능력은 점차 표면화되고, 그 도달 범위가 점차 확대된다. 일차적으로 손기는 정신적인 장애가 극복된다. 그동안의 학습장애가 극복되고 '현자'의 경지에 이른다. '선천도[天書]'의 독서 장면을 통해 가정 내에서도 처남인 한림학사에게 인정을 받게 된다. 손기의 변모는 부부의 공간-가정 내-궁궐이라는 공간의 변화와 일치하고 있으며, 공간의 확대[33]는 손기가 가진 부정적 아니마가 극복되어 가는 양상을 드러낸다.

손기는 변모를 통해 소운성과의 대결을 위한 능력의 획득한다. 당대 장애인이 가진 장애 요소를 정상적으로 돌리는 것은 매우 어려웠을 것이다. 또, 장애인과 그 가족이 겪는 사회적 난관은 매우 어려운

---

32) 〈영이록〉, 60면.

33) 그동안 손기의 영웅성을 실현 범위를 중심으로, 〈영이록〉을 국가적 서사로 볼 것인가(임치균, 앞의 글, 346면 참조.) 가정 내 서사로 볼 것인가(허순우, 위의 글)에 대한 상반되는 시각이 있었다. 한편, 손기의 서사가 '천상계 중심의 명령과 실현 / 손기 개인 중심의 자아 성취'로 양분된다는 절충론 역시 있었다. (김용기, 「원형 스토리의 변형과 교구를 통해서 본 〈영이록〉의 특징」, 『고전문학연구』 43, 한국고전문학회, 2013, 218면 참조.)

것이었다. 장애에 대한 해법을 작품 속에서는 환상적 서사로 구체화하고 있다. 손기의 변모가 이뤄지는 환상적 영역 속에서 주변 인물의 도교적 모티프가 서사적으로 필수적인 요소로 작용한다. 천서를 통한 도교적 능력의 습득은 서사 속에서 손기의 비범성을 구체화하고, 완인(完人)보다 월등한 능력을 부여한다. 도교적 환상 속에서 이뤄지는 신비화는 작가의 무의식 속에 억눌려 있던 투사된 욕망을 '선술(仙術)'이라는 서사적 장치를 구현하는 역할을 하고 있다.

손기에 일차적으로 투사된 무의식은 정상인이 되고자 하는 욕구라고 할 수 있다. 또 정상인이 되고자 하는 욕구와 불가능한 현재 상태의 괴리는 입선 과정에 관한 서술을 최소화함으로써, 신비성의 공간을 만들어 내고 있다. 또 이 공간은 부정적 아니마를 긍정적 아니마로 전환하는 과정을 만들어 낸다. 신비화된 통과의례의 공간은 무의식의 다양한 측면을 극복하고 개성화한 의식의 인격인 손기의 모습을 그려 내고 있다. 이런 점에서 통과 의례적 공간에 개입된 도교적 화소와 축소된 서사는 신비화된 공간을 만들어 내고, 인물이 가진 내재적 비범성이 형상화되는 계기가 된다. 이 속에서 손기의 아니마가 발현되고, 이것이 자기(self) 내에 조화롭게 통합된다.

손기와 대결 구도를 보이는 소운성은 무의식과 의식의 관계가 정상적이지 못하며, 자기가 지나치게 자아에 밀착되어 있다. 이러한 소운성의 모습은 서사 속에서 가정 내에서 손기의 위치를 더욱 협소하게 만들고, 또 일곱이나 되는 형제들 사이에서 양분된 권력 구조를 만들어 내고 있다. 소운성은 이상화된 남성 영웅의 모습을 지니고 있다. 이야기 전체에서 소운성은 자신의 능력이 이미 마음껏 발휘된 인물이다.

> 소운성은 정제된 의관을 하고 임금이 하사한 청총마를 타고 있었다. 소운성이 형 한림 형제와 함께 성문을 지나자, 형씨 집안의 하인 모두가 그 모습을 보고 감탄하였다. (69면)

> 소운성이 시흥이 나서 붓을 뽑아 들더니 일필휘지하였다. 종이 위에 풍운이 일어나고 주옥이 흩어지는 듯하더니 어느새 글이 이루어져, 소운성이 금부채를 두드리며 높이 읊조렸다. 옥소가 옥피리를 불며 가느다란 소리로 노래하니, 그 소리에 흘러가던 구름도 멈춰 섰다. (53면)

위 서술에서 보이듯 소운성은 상대적으로 우월한 페르소나를 가졌다. 서사 속에서 그려지는 소운성의 페르소나에서 윤리적 가치는 드러나지 않는다. 한편 소운성의 페르소나는 자아팽창(ego-Inflation)을 일으킨다.[34] 자아팽창은 소운성과 손기와의 갈등을 일으키며, 이를 통해 힘의 우열이 노출된다. 소운성의 모습은 유교적 사회의 성공자로 그려지지만, 후반부에는 손기와 서사적 위치가 전도된다. 서사 전반부에서 소운성은 손기를 이기지만, 손기 변모 이후에는 손기에 도움을 받게 되고, 자녀의 일로 도움을 받게 된다. 이 과정에서 소운성에 대한 서술자의 거리두기가 점차 구체화한다. 소운성의 인물형에는 자아의식의 분화와 성장 속에서 사회에 적응하고자 하는 무의식의 요구에

34) 자기(self)는 인간 정신의 중핵이면서, 그 총체이다. 자아는 정신의 의식적 부분이라고 할 수 있다. 자아가 자기에 동화되려고 하는 경향을 자기팽창이라고 할 수 있다. (이유경, 『원형과 신화』, 분석심리학연구소, 2008, 211면 참조) 과도한 자기애는 자아도취로 나타나며, 타인에 대한 파괴적 행동을 정당화한다. 변수(汴水) 시회(時晦)에서 그려지는 손기와 반선(伴仙)에 대한 폭력은 자아팽창의 결과라고 할 수 있다.

비해 일방적인 의지의 실현만 강조되어 있다. 이 때문에 소운성은 기존의 가치를 대표하는 인물이지만, 서사 속에서 가정의 가치와 사회의 법칙을 수호하는 윤리적 가치의 소유자로 그려지고 있지는 않다.

형옥은 가정 내의 어른이며, 소운성과 손기로 표방되는 아니무스와 아니마의 실체를 알고, 이를 조정하는 역할로 그려진다는 점에서 이미 개성화된 인물로 볼 수 있다. 서사 속에서 소운성은 형옥에 종속된 인물이 아니며, 형옥의 권위에 아무런 거리낌이 없다. 소운성은 자신의 힘에 대한 강한 확신이 있다. 한편 소운성에 대한 모성적 서사가 전혀 드러나지 않고 있다는 점 역시 주목할 만하다. 이는 소운성의 자아가 다양한 정서 경험을 통해 발달하지 않은 미숙한 자아임을 말해준다.[35] 소운성이 겪게 되는 미지의 힘에 대한 두려움은 소운성과는 거리가 먼 아니마로부터 비롯된다.[36]

> (손기가) 어양삼과(漁陽摻撾) 한 곡조를 쳤다. 슬프고 웅장한 북소리가 물 위를 울렸다. 갑자기 달과 별이 한꺼번에 어두워지고 큰바람이 비를 몰고 왔다. 곧바로 강물이 터지고 붉은 용과 검은 거북이가 펄펄 날뛰자 배가 기울어지면서 물결이 솟아올라 금방이라도 엎어질 듯하였다. 자리에는 모진 우레와 번쩍이는 번갯불 내리쳤다. 성품이 엄숙하고 맹렬하며 담력이 있는 소운성이지만 더 이상 견디지 못하고 귀를 막고 눈을 가린 채 바닥에 엎드려 두려워하였다. (76-77면)

---

35) 박종수. 『융 심리학과 정서』, 학지사, 2013. 317면 참조.
36) 이 악마적 힘을 가진 원초적 아니마는 유아기적 비분리적 자아를 가진 소운성에게 공포의 대상이 된다. (Carl Gustav Jung, 앞의 책, 228-229면 참조.)

이는 손기가 가진 힘이 자연과 관계 맺은 여성적 힘이라는 점을 잘 보여준다.[37] 한편 자신의 정신적 장애가 아니마에 그 근원이 있듯이, 파괴적인 힘 역시 아니마적인 요소와 결합하여 있다는 점과 관련이 있다. 위 서술에서 드러나는 손기의 힘은 바다와 결탁하였다는 점, 신비성을 띠고 있다는 점, 매혹적이지만 위험한 존재라는 점에서 여성적이다.[38] 또 소운성에 대한 복수담의 쌍으로 제시된 입선 이전에 변수의 시화에서의 굴욕이 손기에게는 과도한 여성성의 자각이었다는 점과 소운성에게는 자아팽창의 결과물이었다는 점에서 이 장면에서 보이는 손기의 복수담은 유아적 자아에 대응되는 여성성의 압도적인 권위와 힘을 담아내고 있다.

4. 새로운 페르소나와 자아의 개성화

〈영이록〉은 다른 영웅 소설들과 달리 외적의 침입이나 역모와 같은 군사적 · 정치적 위기가 작품의 서사에 드러나지 않는다.[39] 그보다는 가정 내 인물관계에 초점이 맞춰지고 있다. 또 장애 인물이 갖는 갈등 역시 상대 인물의 병을 낫게 하기 위한 구마(驅魔) 의식을 통해 이뤄진다. 이는 〈영이록〉에서 문제시하는 주인공의 삶의 조건이 영웅으로

---

37) 아니마는 모성상과 혼합된다. (Carl Gustav Jung, 『원형과 무의식』, 솔, 2003, 202면 참조) 한편 모성상은 '고통을 주는 어머니이자, 죽은 자 뒤에서 문을 닫아버리는 어두운, 응답 없는 문'으로 자아의 신비로운 체험의 원형이다. (Carl Gustav Jung, 위의 책, 214-215면 참조.)

38) 이승훈, 『문화상징사전』, 푸른사상, 2009, 402면 참조.

39) 김용기, 앞의 글, 201면 참조.

서의 면모가 아닌 가정의 일원으로서 역할과 지위에 있음을 말한다. 더불어 소운성과의 대결에서 보이는 손기의 모습은 장애인에 대한 가정 내의 바람이 반영된 결과다.

손기의 영웅성은 남성성의 획득이 아닌, 부정적인 아니마를 극복함으로써 드러나는 전인성의 획득에 있다. 무의식에서의 균형은 아니마의 부정적 요소인 우울감과 유약성[40]으로부터 벗어나는 것으로 나타난다. 더는 황학정으로 국한되지 않는 손기에 투사된 무의식은 건강한 페르소나를 만들어 내고, 타인과 원활한 관계를 만들어 낸다. 또 진정성 있는 타인과의 관계 맺음으로 발전하고 있다.

(가) "저는 지금껏 신세를 한탄하며 당신의 앞일을 걱정하였습니다. 어찌 하루아침에 신선의 경지에 오르실 줄 생각이나 하였겠습니까?" / 그 후에 부부는 서로 말이 없어도 알아주고 공경하는 마음이 더욱 지극하였다. 다른 사람은 이런 사연을 모르고 '오랫동안 헤어졌다가 다시 만나니 새롭게 정이 두터워졌다고 하였다. (63면)

(나) "원래 손 선생의 얼굴을 보니 옛날 귀곡에 숨어 제자를 키우던 도인 귀곡자와 닮았으니 선천도에 정통한 것이 무엇이 이상하겠습니까? 손 선생의 도술이 너무 크고 깊어 형과 같은 사람을 만날 때만 담론이 풍부하고, 우리 같은 무리를 대하면 얼굴빛을 감추고 입을 닫아 그 기이함은 가히 미치지 못할 것입니다." (65-66면)

(가)는 부부간의 에로스적인 관계가 회복되었음을 보여준다. 또 이

---

40) Carl Gustav Jung, 한국융연구원 역, 『인격과 전이』, 2004, 솔, 102면 참조.

회복은 장애로 표상되는 부정적 아니마가 소거됨으로써 나타나고 있다. 이는 자아가 타인과의 진정한 관계 맺기를 실현하는 정초가 된다는 점에서 중요한 의미를 지닌다. 또 손기의 내향성이 외향성이 주목받는 계기가 된다는 점에서 가정과 궁궐의 벽사담(辟邪談)으로 이어지는 서사적인 확장을 보여준다. (나)는 달라진 손기에 대한 한림의 평가다. 외모에 대한 언급은 달라진 페르소나에 대한 외부의 평가를 보여준다. 귀곡자(鬼谷子)의 이미지를 손기에 투사함으로써 손기가 가진 비범함과 신성성을 동시에 드러내고 있다. 이는 손기가 가진 페르소나의 변화가 사회적 관계의 변화를 불러왔음을 말한다.

손기가 가진 페르소나는 외형적으로는 완전히 극복된 장애며, 사회적으로는 천사(天師)의 모습을 띠게 된다. 장애로 상징되는 무의식의 불균형이 비로소 그 전체성을 회복하고 있다. 소운성에 의한 수난은 가정 내에서의 소외를 의미하며, 장애의 극복은 가정 내에서의 배제와 무시의 회복이다. 신체적 정신적 장애[廢疾]의 치유가 위기와 고난을 통해 극복되어 도교적 선사로 탈바꿈하게 되는 국면은 마치 무병(巫病)[41]을 연상케 한다.[42] 선사는 신성한 영역으로 치환된 무의식의 세계와 현실의 지각 가능한 세계의 매개자라는 점에서 이러한 점은 더욱 분명해진다. 손기가 겪은 무의식적 불균형은 손기의 삶을 용해 상태 속에 빠뜨렸다. 깊은 용해 상태는 사회적 욕구의 불만족 상태와 부정적 아니마의 침윤, 유아적 자아의 끊임없는 도전을 통해 천사

---

41) Carl Gustav Jung, 한국융연구원 역, 『인간의 상과 신의 상』, 2008, 솔, 261면 참조.

42) 분석심리학에서는 이를 용해(solutio)라고 한다. 용해는 '사지 절단'(John A. Sanford, 심상영 역, 『융 심리학과 치유』, 한국심층심리연구소, 2010, 128-129면 참조.)으로 표상되는 신체적 정신적 기능이 온전하지 못한 상태를 말한다. 용해된 존재는 고통을 통해 내면의 중심으로부터 형성된 또 다른 자아가 발생하게 된다.

(天師) 손기라는 새로운 페르소나를 만들어 내고 있다.

손기가 이루는 페르소나적 성취는 서사 속에서 세 가지 국면으로 실현된다. 첫 번째는 소운성과의 재대결에서 승리, 두 번째는 소운성의 아들 구원, 세 번째는 임금의 구원이다. 이때, 두 번째와 세 번째는 모두 요물퇴치를 통해 이뤄진다. 특히 임금[王] 구원담에서 보이는 업룡은 선사 장현정도 이기지 못할 막대한 힘을 가졌다. 태종 때부터 대를 지나온 '다른 나라에서 온 귀신'[43]인 업룡을 본 사람들은 죽었으며, 임금은 간신히 목숨은 구했지만 위중한 병에 들게 된다. 임금이 얻게 된 병은 업룡의 모습과 관련이 깊다.

> 그러자 단상에 앉았던 흑룡이 꼬리를 치고 발톱을 세우며 올라가 싸웠다. 이어서 손기가 장난을 불러 머리를 풀고 칼을 빼 들게 하여, 현무신의 모습으로 만든 후에 검은 업룡을 맞아 치게 하였다. (중략) 그러나 업룡이 급히 몸을 비틀어 피하는 바람에 중상은 입었으나 목숨은 건졌다. 업룡이 태액지를 버리고 동북면으로 달아났다. 다섯 용이 바람과 번개를 몰아 따라 쫓으니 뇌성벽력이 천지에 가득하고 지붕의 기와가 다 날렸다. (127면)

임금의 구원은 업룡의 퇴치로 갈무리된다. 여기서 문제시되는 것은 용의 정체와 검에 의한 살해 모티프다. 검에 의해 살해되는 용은 앞서 말한 용해와 관련이 있다.[44] 용은 무의식과 의식의 중간자라는 점에서

---

43) 〈영이록〉, 108면.

44) Carl Gustav Jung, 한국융연구원 역, 『인간의 상과 신의 상』, 2008, 솔, 201-207면 참조.

〈영이록〉에서는 도교적 선사와 같은 의미를 지닌다. 한편 업룡의 퇴치담에는 두 종류의 용이 존재하는데, 하나는 업룡이고, 하나는 오방(五方)의 신룡(神龍)이다. 서사 내에서 손기 이전 '나라의 최고 도사'는 '천사 장현정'이다. 손기는 금룡(金龍)의 모습으로 장현정을 굴복시키고, 새로운 천사가 된다. 이는 장현정이 업룡과 알레고리를 이루고 있음을 말해준다. 업룡과 장현정은 과거의 미숙한 원형으로서의 자아라는 공통적 의미가 있다. 손기의 승리는 업룡에 상해를 입히는 것으로 결실을 보게 된다. 이 장면은 앞서 밝힌 용해의 과정이 축약되어 나타나는 부분이라고 할 수 있다. 업룡의 절단은 자아의 용해 속에서 새로운 질서가 탄생할 수 있는 배경이 되었으며, 이는 손기의 내적 변화가 상징적이고 압축적인 모습으로 드러난 서술이라고 할 수 있다.

5. 결론

〈영이록〉 서사는 주인공 손기의 장애가 극복되어 가는 과정을 그리고 있다. 장애 화소가 등장하는 많은 고전문학 작품 속에서 〈영이록〉의 가치는 장애 화소가 무공(武功)에 의한 출장입상에 있지 않다는 점이다. 〈영이록〉의 가치는 가정 내부의 장애 문제를 서사에 투사하고, 이를 통해 심리적인 위안을 얻고 있다는 점이다. 현대와 마찬가지로 조선 후기사회에서는 장애 문제가 여성 문제와 함께 소수자 문제로 귀속되어 논의되었다. 〈영이록〉은 이런 소수자의 문제를 다루고 있는 소설로 보인다. 하지만 현실 공간에서의 벽은 이 문제들을 서사 공간 안에서 재현했다.

〈영이록〉이 지닌 가치는 작가의 심리적 기전이 서사 속에 유기적으로 배치되어 있다는 데 있다. 이 글에서는 작품에 투사된 작가의 무의식을 중심으로 〈영이록〉을 읽어내고자 했다. 손기의 장애는 무의식 층위의 아니마와 관련이 깊었다. 특히 아니마의 부정적 측면이 작품 전반에 두드러진 흔적을 찾았다. 부정적 아니마의 표상으로서 손기는 다양한 도전에 직면하고, 이를 극복해 나간다. 편향성의 극복을 통해 개성화를 실현하고자 했던 손기는 일정한 보상을 지불받는다. 그 보상은 새로운 페르소나의 획득이었으며, 이는 에로스적 관계의 회복으로 이어진다. 이후 그려지고 있는 업룡의 퇴치담은 앞선 화소에서 보이는 개성화의 축약임을 밝혔다.

〈영이록〉은 국가나 민족 차원의 담론이 아닌 개인의 서사에 집중되어 있으므로 분석심리학의 시각 속에서 의미가 분명히 드러난 측면이 있다. 한편, 현대인의 시선 속에서 현재에도 고소설에 드러난 무의식의 총체를 부분적으로나마 확인할 수 있었다. 하지만 문학 치료의 입장에서 일반화된 임상 경험을 제시하지 못했다는 연구의 한계는 앞으로 보완해야 할 점이다.

참/고/문/헌

- 임치균 · 이래호 역, 영이록(현대어본), 한국학중앙연구원 출판부, 2010.
- 서거정, 〈필원잡기〉 2, 『대동야승』, 한국고전종합DB.
- 성현, 〈용재총화〉 8, 『대동야승』, 한국고전종합DB.
- 박종수. 『융 심리학과 정서』, 학지사, 2013.
- 이부영, 『분석심리학』, 일조각, 2011.
- 이상택, 『한국 고전소설의 이론 Ⅱ』, 새문사, 2003.
- 이승훈, 『문화상징사전』, 푸른사상, 2009.
- 이유경, 『원형과 신화』, 분석심리학연구소, 2008.
- 정창권, 『역사 속 장애인은 어떻게 살았을까』, 글항아리, 2011.
- 정창권 윤종선 방귀희 김언지, 『한국장애인사』, 솟대, 2014.
- 서명식 외, 『시간과 철학』, 철학과 현실사, 2009.
- 이나미, 『융, 호랑이 탄 한국인과 놀다』, 민음인, 2010. 17면 참조.
- 구선정, 「〈한후룡전〉 〈유화기연〉 〈영이록〉에 나타난 `장애인`의 양상과 그 소설사적 의미」, 『고소설연구』 42, 한국고소설학회, 2016.
- 김서윤, 「〈영이록〉의 자아실현 서사와 그 교육적 활용」, 『우리말교육현장연구』 10, 우리말교육현장학회, 2016.
- 김용기, 「원형 스토리의 변형과 교구를 통해서 본 〈영이록〉의 특징」, 『고전문학연구』 43, 한국고전문학회, 2013.
- 박희병, 「'병신'에의 시선」, 『고전문학연구』 24, 한국고전문학회, 2003.

- 손찬식, 〈영이록〉의 무속적 고찰」, 『어문논집』 26, 안암어문학회, 1986

  _____,「〈영이록〉의 민담수용양상」, 『국어교육』 49, 한국국어교육연구회, 1984.
- 이상택, 「고대소설의 세속화 과정 시론」, 『고전문학연구』 1, 한국고전문학회, 1971.
- 임치균, 「"좌절? 바보! 극복? 영웅"의 방정식과 문학치료적 함의, 그리고 문학치료를 위한 창작의 실제」, 『문학치료연구』 10, 한국문학치료학회, 2009.

  _____, 「〈영이록〉 연구」, 『고전문학연구』 8, 한국고전문학회, 1993.
- 최기숙, 「"효녀 심청"의 서사적 탄생과 도덕적 딜레마」, 『고소설연구』 35, 한국고소설학회, 2013.
- 최윤희, 「〈손천사영이록〉의 이본 특징과 존재 의미, 『한국학연구』 32, 고려대 한국학연구소, 2010.
- 허순우, 「현실적 문제 제기와 낭만적 해결법의 모색 : 의 작품 성격 재 고찰」, 『한국고전연구』 25, 한국고전연구학회, 2012.
- 허원기, 「〈손천사 영이록〉의 도교적 상상력」, 『고소설 연구』 29, 한국고소설학회, 2010.
- Carl Gustav Jung 외, 설영환 역, 『융 심리학 해설』, 선영사, 2014.
- Carl Gustav Jung 외, 이부영 외 역, 『인간과 상징』, 집문당, 2013.
- Carl Gustav Jung, 『원형과 무의식』, 솔, 2003.

  _____________, 권오석 역, 『무의식의 분석』, 홍신문화사, 2014.

  _____________, 한국융연구원 역, 『인간의 상과 신의 상』, 2008, 솔.

______________, 한국융연구원 역, 『인격과 전이』, 2004.

- John A. Sanford, 심상영 역, 『융 심리학과 치유』, 한국심층심리연구소, 2010.
- Steven F. Walker, 장미경 외 역, 『융의 분석심리학과 신화』, 시그마프레스, 2012.
- Sigmund Freud, 김양순 역, 『정신분석 입문』, 동서문화사, 2007.

찾/아/보/기

1세대 · · · 240
21세기 글로벌 시대 · · · 176
가족 · · · 216
가족 공동체 · · · 137
가족사적 근원으로의 회귀 · · · 325
각성 · · · 241
갈등 · · · 252
감동 · · · 45
감염력 · · · 46
개연성 · · · 135
개인적 고통 · · · 260
개체 · · · 219
게슈탈트 이론 · · · 209
게슈탈트(Gestalt) 치료 · · · 209
결핍 · · · 218, 226
경계 · · · 123
경계인 · · · 69, 212
고베 · · · 115
고통의 항변 · · · 267
고향 · · · 129
공동목표 실현 · · · 271
공동의 목표성취 · · · 266
공동체 · · · 129
과거의 외상 · · · 252
교토 · · · 115
교화와 선동 · · · 262
구별짓기 · · · 157
구재진 · · · 112
국가 · · · 129
국제이주 · · · 237
그늘의 집 · · · 111
그리움의 생명력 · · · 199
그리움의 존재성 · · · 192
긍정적 카섹시스 · · · 222
기시감(deja vu) · · · 126
기억과 애도 · · · 245
기억의 재구성 · · · 250
기억의 통합 · · · 245, 248
기제 · · · 123
김달수 · · · 237
김환기 · · · 112
낀 존재(in-between) · · · 305
나고야 · · · 115
나비타령 · · · 205

나쁜 소문 · · · · · · · · · · · · · · · 112
남북 분단 · · · · · · · · · · · · · · 48, 50
남은 여생의 시련 303, 308, 332, 334
네트워크 · · · · · · · · · · · · · · · 123
노동조합 · · · · · · · · · · · · · · · 263
노신 · · · · · · · · · · · · · · · · · 241
다름 · · · · · · · · · · · · · · · · · 226
다문화사회 · · · · · · · · · · · 237, 272
다양성 수용 · · · · · · · · · · · · · 179
단절 · · · · · · · · · · · · · · · · · 219
당위 · · · · · · · · · · · · · · · · · 221
대상들과의 합일 · · · · · · · · · · · 62
대응방식 · · · · · · · · · · · · · · · 50
대중적인 자각 · · · · · · · · · · · · 267
도쿄 · · · · · · · · · · · · · · · · · 115
독거노인 · · · · · · · · · · · · · · · 118
독자 · · · · · · · · · · · · · · · · · 47
동일시 · · · · · · · · · · · · · · · · 253
동질성 · · · · · · · · · · · · · · · · 130
동화 · · · · · · · · · · · · · · · · · 333
뒤늦은 사랑 · · · · · · · · · · · · · 330
디아스포라 · · · · 143, 171, 237, 323
디아스포라 경험 · · · · · · · · · · · 177
디아스포라 삶의 회복 · · · · · · · · 194
디아스포라문학 · · · · 237, 272, 306
디아스포라의 생명력 · · · · · · · · 172
러시아 · · · · · · · · · · · · · · · · 48
러시아 한인 · · · · · · · · · · 281, 294
루이스 코저(Lewis A Coser) · · 141
리비도 발달단계 · · · · · · · · · · 252
리진 · · · · · · · · · · · · · · · · · 45
리진 서정시집 · · · · · · · · · · · · 62
마리아 미스 · · · · · · · · · · · · · 175
마사 너스바움(Martha C. nussbaum) 152
마음의 상흔 · · · · · · · · · · · · · 255
말하기 방식 · · · · · · · · · · · · · 262
망명 · · · · · · · · · · · · · · · · · 50
모국 · · · · · · · · · · · · · · · · · 221
모국어 · · · · · · · · · · · · · · · · 48
무국적자 · · · · · · · · · · · · · · · 48
무언부동 · · · · · · · · · · · · · · · 271
무에의 의지 · · · · · · · · · · · · · 248
무의식에 관하여 · · · · · · · · · · · 135
무의식적 · · · · · · · · · · · · · · · 224
묵언(默言) 시위 · · · · · · · · · · · 270
문재원 · · · · · · · · · · · · · · · · 113
문제 · · · · · · · · · · · · · · · · · 226
문화적 차이 · · · · · · · · · · · · · 237
미군기지 · · · · · · · · · · · · · · · 265

미군정기 ················ 258
미래의 인간상 ········· 248, 255
미적 구조 ················ 45
미콜라스 마자 ············· 15
민족 간 결혼(intermarriage)318, 324
민족 공동체 ·········· 219, 237
민족의 분단 ·············· 68
민족의 정체성 찾기 ········· 273
민족의 회복 ·············· 240
민족의식 ········239, 269, 272
민족적 각성 ·· 237, 256, 269, 273, 274, 275
민족적 각성과 치유 ··256, 262, 268
민족적 자각 ·········· 271, 274
민족정체성 ··············· 139
민족주의자 ·······245, 256, 273
민족주의적 시각의 각성 ······ 263
민족콤플렉스 ············· 213
민중의 민족의식 ··········· 257
민중의 승리 ·············· 272
민중의 집단행동 ··········· 265
민중의 투쟁정신 ··········· 243
민중의 한과 저항의식 ···· 257, 274
민중적 민족주의 ······· 272, 275
바람꽃 ··········171, 174, 179
바람의 생명력 ············ 199
박달삼 ·················· 243
박달의 재판 ·············· 237
박정이 ·················· 112
박찬부 ·················· 133
반다나 시바 ·············· 175
반복 ···················· 226
발견 ···················· 226
발달 지체 ················ 343
발터 벤야민(Walter Benjamin) · 113
배제 ···················· 123
배타적 민족의식 ··········· 237
베트남 ·················· 134
변혁 ····················· 45
부르나예프 ··············· 283
부산극단 ················· 303
부정 ···················· 225
부활 ····················· 68
분석심리학 ··············· 342
불법노동자 ··············· 121
불안 ···················· 216
불요불굴 투쟁 ············ 257
불요불굴의 의지 ····263, 269, 271
불요불굴의 저항의식 ········ 275
불요불굴의 투쟁 ··········· 269

불요불굴의 해학적 태도 ······ 273
브라운 & 프롬의 치유단계 ···· 245
비진정한 ················ 129
비체(abject) ······ 153, 161, 163
비판적 여성주의 ··········· 188
비폭력 불복종 ············ 270
뿌리 의식 ··············· 224
삐라 ··················· 260
삐라 사건 ··············· 267
사바사바 ················ 259
사유 활동 ··············· 268
사할린 한인 ·········· 303, 308
사할린 한인 귀국 정책 ······· 306
사회적 각성 ·············· 263
사회적 고통 ·············· 260
사회주의 문학관 ··········· 262
산책자 ·················· 111
삶에의 의지 ·············· 248
삶의 긴장과 이완 ·········· 252
삶의 조화 ··············· 179
상처 ··················· 216
상처 치유 과정 ············ 205
상처의 근원 ·············· 222
상트페테르부르크의 한인 ····· 282
새 ····················· 58
새로운 가치 ·············· 248
새로운 가치관 ············· 255
새로운 에너지 ············· 222
새로운 장 ············ 219, 225
생리적 성장과정 ··········· 252
생명 존중 ··············· 186
생명과 인권 ·············· 185
서두 ··················· 125
서발턴(subaltern) ····· 118, 122
서방 ··················· 112
서사의 내적상황 ··········· 262
석상길 ·················· 32
성 ···················· 119
세계-내-존재 ············· 213
소속감 ·················· 129
소수성 ·················· 351
소수자 ·················· 237
소외 ··················· 123
소운 ··················· 294
송맹동야서 ··············· 46
송석증 ·················· 16
수용자 ·················· 46
스케일 ·················· 123
스튜어트 월튼(Stuart Walton) · 152
스트라이크 ········ 262, 263, 264

스피박(Gayatri Chakravorty Spivak) 118
슬럼(slum) 118
슬픔 134
시 치료 13
시선 231
시인추방론 46
시적 긴장 68
시적 언술 49
시치료학회 15
시학 46
신체 기능을 회복 248
신체 조절 246
실존적 자기 227
실존적인 삶 231
실존주의 209
실천적 여성주의 185
심리성욕발달단계 252
阿Q 241
아감벤(Giorgio Agamben) 112
아니마(Anima) 351
아리스토텔레스 46
아메리칸드림 12
아쿠타가와(芥川)상 111
안정화 245
알아차려 219
애도 135
양가감정 138
양성의 차이로서의 다양성 201
언어 습득 16
언어 찾기 327
언어의 지평 59
언어적 호소 267
에드워드 렐프(Edward Relph) 114
에로스와 죽음 133
에코페미니즘 172, 175
에코페미니즘 이론 175
에코페미니즘 치유 관점 171
에코페미니즘의 비전 175, 177, 200, 201
에코페미니즘의 전망 176, 177
에코페미니즘적 치유 174, 176, 186, 193
에코페미니즘적 치유 관점 185, 202
에코페미니즘적 치유 효과 178, 201
에코페미니즘의 전망 200
엑소더스 45
엘렌 식수 76, 77
여성성 348
여성으로서의 존재 확인 75

여성적 글쓰기 · · 76, 82, 87, 88, 95, 104
여성적 생명력 · · · · · · · · · · · · · 200
역사의 조난자 · · · · · · · · · · · · · 323
역사적 상처 · · · · · · · · · · 303, 330
역사적 행보의 재구성 · · · · · · · · 335
연결망 · · · · · · · · · · · · · · · · · 130
열정 · · · · · · · · · · · · · · · · · · 264
염세(鹽稅) 저항운동 · · · · · · · · · 270
영역(territory) · · · · · · · · · · · · 123
영역화 · · · · · · · · · · · · · · · · · 123
영주귀국 · · · · · 305, 308, 325, 334
예술론 · · · · · · · · · · · · · · · · · 46
오사카 · · · · · · · · · · · · · · 111, 141
외부 · · · · · · · · · · · · · · · · · · 123
외부세계 · · · · · · · · · · · · · · · 135
외부자 · · · · · · · · · · · · · · · · · 140
외상 후 스트레스장애(post traumatic stress disorder) · · · · · · · · · · 136
외상(外傷) · · · · · · · · · · · · · · · 133
외세에 억압된 삶 · · · · · · · · · · · 260
요코하마 · · · · · · · · · · · · · · · 115
욕구와 좌절 · · · · · · · · · · · · · 252
욕망 · · · · · · · · · · · · · · · · · · 112
우울증 · · · · · · · · · · · · · · · · · 135
우주론적 생명력 · · · · · · · · · · · 193
우주론적 조화 · · · · · · · · · · · · · 200
우주적 생명력 · · · · · · · · · · · · · 199
우주적 조화 · · · · · · · · · · · · · · 195
우주적 조화를 꾀하는 자연성 · · 201
운명공동체 · · · · · · · · · · · · · · 140
울음 · · · · · · · · · · · · · · · · · · 65
위치성 · · · · · · · · · · · · · · · · · 123
위협 · · · · · · · · · · · · · · · · · · 252
유기적 · · · · · · · · · · · · · · · · · 225
유기적 관계 · · · · · · · · · · · · · · 179
유기적 관계성 · · · · · · · · · · · · · 191
유기체의 장 · · · · · · · · · · · · · · 226
유대감 · · · · · · · · · · · · · · · · · 129
유미리 · · · · · · · · · · · · · · · · · 111
유아기(幼兒期)적 에너지 · · · · · 349
유폐 · · · · · · · · · · · · · · · · · · 48
윤동주 · · · · · · · · · · · · · · · · · 47
윤영범 · · · · · · · · · · · · · · · · · 24
이그라 · · · · · · · · · · · · · 303, 308
이기순 · · · · · · · · · · · 73, 77, 104
이데올로기 · · · · · · · · · · · · 48, 117
이민자 · · · · · · · · · · 118, 150, 165
이민자 문학 · · · · · · · · · · · · · 151
이방인 · · · · · · · · · · · · · · 81, 100

이병옥 · · · · · · · · · · · · · · · · · · 286
이양지 · · · · · · · · · · · · · · 111, 205
이용균 · · · · · · · · · · · · · · · · · · 119
이주 · · · · · · · · · · · · · · · · · · · 221
이주노동자 · · · · · · · · · · · · · · · · 237
이주민 · · · · · · · · · · · · · · · · · · 143
이주민 사회 · · · · · · · · · · · · · · · 237
이중 결혼(dual marriage) · · · · 324
이중 이산 · · · · · · · · · · · · · · · · 335
이중정체성 · · · · · · · · · · · 313. 316
이질적 · · · · · · · · · · · · · · · · · · 225
이카이노(猪飼野) · · · · · · · · · · 115
이해 · · · · · · · · · · · · · · · · · · · 227
이회성 · · · · · · · · · · · · · · · · · · 111
인 알렉산더(In Alexander) · · · · 304
인간성 회복 · · · · · · · · · · 191, 192
인간성 회복을 위한 유기적 관계성 201
인간혐오 · · · · · · · · · · · · · · · · 151
인무학 · · · · · · · · · · · · · · 304, 308
인본주의 · · · · · · · · · · · · · · · · 114
인종 · · · · · · · · · · · · · · · · · · · 119
인종의 섬 · · · · · · · · · · · · 315, 323
인텔리 청년 · · · · · · · · · · · · · · 256
일본군 · · · · · · · · · · · · · · · · · · 130
일제 식민지 · · · · · · · · · · · · · · 205
일제 침략자 · · · · · · · · · · · · · · 257
일체감 · · · · · · · · · · · · · · · · · · 130
임금노동자 · · · · · · · · · · · · · · · 121
있음 · · · · · · · · · · · · · · · · · · · 231
자기 구원 · · · · · · · · · · · · · · · · 69
자기 방어 훈련 · · · · · · · · · · · · 252
자기 정체성 · · · · · · · · · · · · · · 273
자기 찾기 · · · · · · · · · · · · · · · · 75
자기발화 · · · · · · · · · · · · · · · · 47
자기방어기제 · · · · · · · · · · · · · 253
자기성찰의 관점 · · · · · · · · · · · 256
자기실현 · · · · · · · · · · · · · · · · 261
자기의 발달 · · · · · · · · · · 245, 252
자기치료 · · · · · · · · · · · · · · · · 11
자본주의 · · · · · · · · · · · · · · · · 119
자신의 안전을 확립 · · · · · · · · 245
자아 · · · · · · · · · · · · · · · · · · · 225
자아정체성 · · · · · · · · · · · · · · · 256
자연 친화력 · · · · · · · · · · · · · · 193
자연성 추구 · · · · · · · · · · · · · · 193
자연성의 치유 · · · · · · · · · · · · · 197
자연적 치유 · · · · · · · · · · · · · · 196
자유 · · · · · · · · · · · · · · · · 52, 231
작품서사 · · · · · · · · · · · · 150, 151
장소 · · · · · · · · · · · · · · · · · · · 111

장소감 · · · 114
장소경험 · · · 129
장소상실 · · · 129
장소정체성 · · · 114
장애인 · · · 345
장애인 문학 · · · 339
재구조화 · · · 227
재러 시인 · · · 45
재미동포 · · · 14
재생(再生) · · · 349
재외한인작가들 · · · 237
재일 동포 · · · 219
재일 한인 · · · 205
재일 한인사회 · · · 205
재일교포문학 · · · 238
재일동포문학 · · · 238
재일문학 · · · 238
재일조선인 문학 · · · 238, 241
재일조선인의 민족의식 · · · 273
재일코리언 문학 · · · 238
재일한인 · · · 111
재일한인 문학작품 · · · 238
재일한인사회 · · · 115
재호 한인 · · · 74, 75
재호 한인 시인 · · · 73, 104
저임금 고물가 · · · 258
적극적 투쟁의식 · · · 262
전경 · · · 231
전공투 · · · 134
전이 · · · 253
전쟁 · · · 130
전지적 서술자의 편재성 · · · 262
전향 · · · 261
전향과 변절 · · · 257, 261
전향선언 · · · 256
접촉 · · · 219, 225
접촉경계 혼란 · · · 219
정병호 · · · 287, 288
정신 분열 · · · 215
정신적 갈등 · · · 218
정신적 외상 · · · 133, 244
정주민 · · · 143
정체성 · · · 129, 237
정체성 획득 · · · 245
정체성을 획득 · · · 245
정치사상범 · · · 261
제3세대 작가 · · · 111
제니스 Y. K. · · · 148, 149
제솝(Jessop) · · · 123
제주도 · · · 115

조선민족의 정체성 ··········· 273
조선인의 본질과 특성 ········· 263
조선족 디아스포라 ··········· 176
조선족 여성작가 ······· 174, 200
조센징(조선인) ············ 213
조합의 결성 ·············· 263
존재 ··················· 213
존재에 대한 응시와 자각 ······ 255
종족 집거지(ethnic enclave) ·· 117
죄책감과 열등감 ··········· 244
주디스 버틀러(Judith Butler) ·· 154
주류사회 ········· 117, 123, 237
주변부 ············· 119, 143
주변인 ················· 323
주변화 ················· 333
주제 명료화 ·············· 262
주체 ··················· 153
주체 사회(hostsociety)로 동화 (assimilation) ··········· 318
줄리아 크리스테바(Julia Kristeva) 161
중국인 ················· 129
중국조선족 문학 ··········· 241
중편소설 ················ 111
증상 ··················· 220
지금 여기 ··············· 228
지역 ··················· 129
직면 ··················· 228
직시 ··················· 227
진정한 ················· 129
집 ···················· 129
집단린치 ················ 126
집단의 광기 ·············· 264
집단의식 256, 262, 264, 266, 271, 274
집단의식 형성 ············ 263
집단적 각성 ·············· 241
집단촌 ················· 111
집단폭력 ················ 128
차세대 ················· 139
차차세대 ················ 139
창작자 ················· 47
청공 ··················· 241
체류지 ················· 128
초인의 가치 ·············· 256
총 ···················· 68
최하층 농노 ·············· 243
최하층민 ················ 262
추동의 통합 ·········· 245, 252
치유 45, 111, 140, 237, 241, 271, 303, 325, 330

치유 효과 · · · · · · · · · · · · 141, 174
치유와 극복 · · · · · · · · · · · · · · 239
치유의 관점 · · · · · · · · · · · · · · 175
치유의 글쓰기 · · · · · · · · · · · 95, 96
치유적 관점 · · · · · · · · · · · · · · 273
치유적 글쓰기 · · · · · · · · · · 73, 104
치유적 기능 · · · · · · · · · · · · · · 46
치유적 활력 · · · · · · · · · · · · · · 77
카타르시스 · · · · · · · · · · · · · · · 46
커뮤니티 · · · · · · · · · · · · · · · 122
쾌락원칙을 넘어서 · · · · · · · · · · 133
타자 · · · · · · · · · · · · · · 123, 231
타자를 수용 · · · · · · · · · · · · · · 77
타자성 · · · · · · · · · · · 96, 171, 173
탈국경 · · · · · · · · · · · · · · · · 272
태백산맥 · · · · · · · · · · · · · · · 240
톨스토이 · · · · · · · · · · · · · · · 46
통합 · · · · · · · · · · · · · · · · · 333
통합형 이주자 · · · · · · · · · · · · 312
투쟁정신 · · · · · · · · · · · · · · · 274
투쟁하는 민중 · · · · · · · · · · · · 270
트라우마 · · · · · · · · · · 48, 133, 243
특수성 · · · · · · · · · · · · · · · · 351
판타스마고리아(phantasmagoria : 환영) · · · · · · · · · · · · · · · · · · · 113
펄스 · · · · · · · · · · · · · · · · · 209
페트로프 A.I · · · · · · · · · · · · · 287
폐질(廢疾) · · · · · · · · · · · · · · 344
포용적인 언어 · · · · · · · · · · · · · 87
폭력 · · · · · · · · · · · · · · 112, 128
풍자 · · · · · · · · · · · · · · · · · 254
풍자적 대응방식 · · · · · · · · · · · 274
프랑수아즈 드본느 · · · · · · · · · · 175
프로이드 · · · · · · · · · · · · · · · 244
프로이트(Sigmund Freud) · · · · 133
프롤레타리아 · · · · · · · · · · · · · 119
플라톤 · · · · · · · · · · · · · · · · · 46
피아노 교사 · · · · · · · · · · · · · 147
피터소머빌(Peter Sommerville) 128
하위성 · · · · · · · · · · · · · · · · 118
하위주체 · · · · · · · · · · · · · · · 119
학습의 단계 · · · · · · · · · · · · · 251
학습의 변화 · · · · · · · · · · · · · 252
한국 전통무용단 소운(小雲) 281, 284
한국 전통춤 · · · · · · · 281, 286, 294
한국문학의 세계적 보편성 · · · · 202
한국인 · · · · · · · · · · · · · · · · 134
한국청소년교육문화센터 난(蘭) 282
한민족 공동체 · · · · · · · · · · · · 238
한유 · · · · · · · · · · · · · · · · · · 46

한의 정서 ··· 273
한인 공동체 ··· 140
한인 문학 ··· 148, 149
해결 ··· 226
해소 ··· 252
해학 ··· 243
해학적 불요불굴 ··· 261, 262, 274
행동의 변화 ··· 252
허련순 ··· 171, 202
허련순의 소설세계 ··· 171
현상학 ··· 114
현실개혁의지 ··· 240
현월 ··· 111, 141
현재 ··· 226, 231
혐오 ··· 152
혐오감 ··· 153, 155, 160, 163
혐오발언 ··· 154
호명 ··· 219
호모사케르(homo sacer) ··· 112
화해 ··· 69, 335
환경 ··· 218, 219, 225
환경 통제 ··· 246
황봉모 ··· 112
후예의 집 ··· 239
후쿠오카 ··· 115
희곡 쓰기 ··· 325, 329, 330
희생양 ··· 134
힐러리(George A, Hillery) ··· 132
힘에의 의지 ··· 248

필자 소개

이 승 하 · 중앙대 교수. 시인/문학평론가

저서 – 『세속과 초월 사이에서』, 『한국문학의 역사의식』, 『욕망의 이데아』 등
재소자를 위한 시 치료 프로그램에 10년 가까이 참여하였다. 앞으로도 계속할 것이다.

송 명 희(宋明姬) · 부경대 명예교수. 문학평론가. 문학예술치료학회 회장

저서 – 『트랜스내셔널리즘과 재외한인문학』, 『캐나다한인 문학연구』, 『페미니스트 나혜석을 해부하다』, 『페미니즘 비평』 등 46권의 도서 발간
2000년대 초부터 재외한인문학연구를 계속해 왔으며, 문학치료도 연구의 한 분야이다.

김 영 미 · 공주대 교수

저서 – 『안서시의 텍스트 연구』, 『시대를 건너는 시의 힘』, 『CIS 문학사와 론』, 『김명순에게 신여성의 길을 묻다』 등 다수
문학이 갖는 치유의 힘이 재외한인문학에서는 어떻게 작동되고 있는가를 살피는 것은 의미 있는 일이다. 그것은 CIS 지역과 원동, 사할린, 중국 등을 탐사하면서 겪은 생각의 한 자락이다.

김 남 석 · 부경대 교수. 문학/영화평론가

저서 – 『조선의 대중극단들』, 『조선의 지역극장』, 『빛의 유적』, 『빛의 향연』 등
평소 재외한인문학과 예술에 대해 관심이 많아 이 공저에 참여하였다.

권 대 광 · 공주대 교수

류 진 아 · 공주대학교 산학협력단 연구원. 문학평론가

공저 – 『여성학』, 『행복한 시작』, 『김명순에게 신여성의 길을 묻다』, 『여성과문학』 등
재외한인들의 삶과 재외한인문학에 대한 관심으로 현재 관련된 공부를 하고 있으며 그 연장선상에서 이 책의 공동 집필에 참여하게 되었다.

양 민 아 · (사)한국춤문화자료원 공동대표 / 디아스포라 춤문화 연구자

저서 -『초기 소비에트 연방의 민중문화로서의 춤 공연예술 현상연구』
현재 러시아한인들의 문화예술활동에 관심을 갖고 연구를 진행하고 있다. 앞으로 여러 재외한인들의 예술활동을 공유하고 싶어 공저에 참여하게 되었다.

김 원 희 · 전남대학교 시간강사. 문학박사

저서 -『한국 단편소설 시작의 시학』,『한국 문학과 창조적 여성성』,『한국 현대소설과 탈근대적 존재시학』등
21세기 한국문학 연구의 한 방향으로 재외한인문학의 비전을 품고 공저에 참여하였다.

조 민 경 · 부경대 강사

문학의 치유적 능력에 대해 관심을 갖고 공부를 하고 있다.
재외 한인 문학에 나타난 인물들의 상처 치유의 가능성에 대한 관심을 갖고 있어서 이번 기획에 함께 하게 되었다.

우 남 희 · 부경대 강사

공저 -『배리어프리 화면해설 글쓰기』
문학의 치유적 기능과 디아스포라에 대해 관심이 많아 이 공저에 참여하였다.

송 주 영 · 공주대 강사

재외한인문학에 나타난 치유적 글쓰기로써의 여성적 글쓰기를 살펴보던 중에 이 공저에 참여하게 되었다.

재외한인문학 예술과 치료

초 판 인 쇄 | 2018년 6월 20일
초 판 발 행 | 2018년 6월 20일

지 은 이 문학예술치료학회

책 임 편 집 윤수경

발 행 처 도서출판 지식과교양
등 록 번 호 제2010-19호
주 소 서울시 도봉구 삼양로142길 7-6(쌍문동) 백상 102호
전 화 (02) 900-4520 (대표) / 편집부 (02) 996-0041
팩 스 (02) 996-0043
전 자 우 편 kncbook@hanmail.net

ISBN 978-89-6764-119-1 93810 정가 27,000원